穿越時光見到你

36場歷史縫隙的世代對話

楊宗翰．主編

〈主編序〉

身居歷史縫隙，想像文學可能

◆楊宗翰

文學的世代之爭，在臺灣從來就不是一個冷門議題。其中固然有新世代作家欲爭取話語權的雄心，也可見每個世代面對「前行代強者」時必然閃現的焦慮。在進化論思維主導下的文學史書寫，尤其喜好「唯新是尚」、「由單一到多元」這類不太經得起檢證的標籤，並替讀者尋找（抑或發明）一個又一個宣洩的出口。但在各個世代之間，必然都得「爭」個不停嗎？我們對文學史的想像，能不能不要只停留在單一、單薄且單線的進化論上？立足當下的最新世代，可否嘗試重組前賢的記憶及脈絡，融合甚至拼貼出各個過往世代作家們的逝水年華、未盡之志？用想像對話替代隔空筆戰，會不會是網路時代另一種可能的解答？

類似的起心動念，便曾經展現在由臺北市政府文化局主辦、文訊雜誌社企畫執行的「二〇一七臺北文學季」。這項活動以「你我的文學世代」為講座主題，由中生代小說家駱以軍擔任策展人，邀請到不同世代的寫作者同臺對話。誠如駱以軍在活動手冊中所言：「文學恰正是擁有記憶之河，篳路藍縷踩過足跡的前輩，和帶著新感覺、新思維，正在當下文學空間突圍，開創下一輪文學景觀的年輕創作者，他們跨世代生命浪潮之拍擊，形成的波光瀲影。這既是新舊世代間的對話，記憶互補，誤解與牢騷，理性的辯論與感性的說情，也是不同文學時光，不同文學史章節，色彩斑斕的百衲被。」我則以為：各世代作家跟每個人的生命一樣，本不該有朱天心小說《古都》開頭那一句「難道，你的記憶都不算數」般的感嘆。每個人的記憶都該算數——無論左右統獨、高低尊卑，一個都不能少。

為了探索與展現更宏大的新舊世代對話企圖，二〇一八年八月起《文訊》雜誌主動策畫了名為「穿越時光見到你」的專題（自三九四期刊到三九八期，連續五期）。這個專題一次邀請了二十二位出生於一九八〇、九〇年代的臺灣青年作家，不設前提、不受拘束、不限文類，嘗試以文學創作與三十六位前行代作家「對話」。本書即完整收錄了這三十六篇身居歷史縫隙，想像文學可能的創作成果，並且特意整理出前輩傳主與青年作者的各自出生年：

前輩傳主	出生年	青年作者	出生年
陳虛谷	1896	利文祺	1986
張道藩	1897	朱宥勳	1988
王白淵	1902	徐禎苓	1987
謝春木	1902	徐珮芬	1986
郭秋生	1904	熊一蘋	1991
王夢鷗	1907	謝宜安	1992
沉　櫻	1907	楊　婕	1990
吳漫沙	1912	陳柏言	1991
廖漢臣	1912	楚　然	1990
孫　陵	1914	馬翊航	1982
魏子雲	1918	謝宜安	1992
子　于	1920	神　神	1990
周金波	1920	鍾秩維	1987
紀　剛	1920	馬翊航	1982
楊千鶴	1921	楊双子	1984
羊令野	1923	陳令洋	1991
葉　泥	1924	陳令洋	1991
方　思	1925	莊子軒	1988

前輩傳主	出生年	青年作者	出生年
夏　菁	1925	徐珮芬	1986
張彥勳	1925	蕭鈞毅	1988
潘　壘	1926	楊富閔	1987
田　原	1927	李奕樵	1987
張拓蕪	1928	林立青	1985
童　真	1928	翁智琦	1985
張漱菡	1929	徐禎苓	1987
大　荒	1930	李奕樵	1987
貢　敏	1930	廖宏霖	1982
吳望堯	1932	蔡旻軒	1989
張　放	1932	莊子軒	1988
顏元叔	1933	陳柏言	1991
水　晶	1935	利文祺	1986
尉天驄	1935	朱宥勳	1988
唐文標	1936	蔡旻軒	1989
杏林子	1942	林立青	1985
蔡源煌	1948	蕭鈞毅	1988
黃　凡	1950	廖宏霖	1982

雖說名為雙方「對話」，實則青年作家跟資深前輩間根本未曾見過一面。這些比文章作者大上好幾個世代的「傳主」，若非隱居，就是失聯，而更多的是早早升上了天堂。所以這三十六場「世代對話」，需要的是作者的大量閱讀、大膽想像，或佐以對前輩作家家屬及作品研究者的採訪，方能真正達到「穿越時光見到你」之目標。這裡就更看得出來，文訊雜誌社及其附設「文藝資料研究及服務中心」（以下簡稱資料中心）的價值——擁有數量龐大的書籍雜誌、珍稀的作家書信手稿，以及文學人際網絡和資訊服務專業。這二十二位受邀的優秀青年作者，遂能藉資料中心之助，揣想前賢，故事書寫，從無到有，完成一篇又一篇「對話」的成果。

五年前我有幸受託，參與「穿越時光見到你」專題設計及作者邀約的部分工作，也因此能比一般讀者早一步讀到，這些每篇約四至五千字的正文，佐以略抒關於傳主二三事的三百字側記。我從中深切體認到，二十二位青年作家對此次邀稿，於資料端的挖掘之勤、探索之奇，絕不少於他們在書寫技藝上的用心鑽研。今日看來，此專題企畫恰好展現了四十年來《文訊》和資料中心，在文獻蒐羅上的獨門優勢，與對「扶老攜幼」的長久堅持——這在臺灣、乃至全球的中文文學雜誌裡，恐怕找不到第二家。而對一般讀者來說，更重要的或許是：這三十六篇都是精采、動人的好看故事。新舊世代之間的對話，在此彷彿以文字為針、用想像作線，嘗試讓斑斕記憶在交織互補中得以顯影。

目次

輯三　不滅的薪火

輯一・熾烈的足跡

禮物邏輯看日治時期的社會建構

以陳虛谷的小說為例

◆利文祺

繪圖・毛奇

陳虛谷（一八九六～一九六五），彰化人，本名陳滿盈。日本明治大學政治經濟科畢業。曾參加「臺灣文化協會」，為《臺灣民報》、《臺灣新民報》成員，一九三九年與賴和等人組成「應社」。著有詩集《虛谷詩集》，另作品結集《陳虛谷選集》、《陳虛谷作品集》、《陳虛谷、張慶堂、林越峰合集》。

利文祺（一九八六～）。愛丁堡大學比較文學碩士、漢學碩士。蘇黎世大學漢學博士。現為愛丁堡大學人文高等學院研究員。曾獲英國比較文學學會翻譯首獎。著有《文學騎士》、《划向天疆》。

按：本文陳虛谷作品的引用皆根據《陳虛谷、張慶堂、林越峰合集》。考量讀者索引方便，於引文後以（頁碼）標註出處。

陳虛谷生平

陳虛谷本名陳滿盈，一八九六年生，後過繼給地主陳錫奎撫養。他十八歲奉父母之言與鹿港大家丁琴英結婚，婚後有感妻子生於書香世家，為了能夠匹配，發憤向學，並於一九二〇年時入明治大學。此時東京以林獻堂為主的「臺灣議會設置請願運動」正在展開。一九二三年一月的第三次東京請願，陳虛谷的演講並備受矚目，他自言：「因為這一場的演說，我的存在才被認識了」。同年六月，參與臺灣文化協會辦理的文化演講。他的足跡走遍各地，題目五花八門，多和生活有關。我們可說，從此他和文化運動有了半生的牽連。

一九二三年十二月發生「治警事件」（編按：全稱「治安警察法違反檢舉事件」，臺灣總督府依此法，大規模檢舉議會設置請願團體成員。），陳虛谷走避中國，寫下〈將之大陸有感〉，並言：「即今時局艱難甚，珍重青年要自尊」，表達政局動盪及感慰朋友之情。一九三〇年八月，與賴和等人同聘為《臺灣新民報》學藝部客員。但後來幾年，他不再續任，自言染了「鼻的蓄膿症」，而又慢性胃病，妻子又病著，無法勝任。

一九四一年日軍偷襲珍珠港，同日賴和入獄，幾日後陳虛谷女兒丁韻仙也因反日思想入獄，她因頑強的個性，在獄中吃了不少苦。有趣的是，賴和對丁韻仙相當關心，卻沒意識到其為陳虛谷之女。韻仙之事也殃及了丁家與陳家，陳虛谷受好友和女兒入獄的打擊，和女兒帶來的家庭風波，這些讓陳虛谷由積極抗日轉向田園歸隱（吳叔馨，二〇〇八：三四）。一九四四年，日本在戰中已逐漸衰敗，他就任於美恆生信用販賣購買利用組合的組合長，這是他唯一有固定工作並朝九晚五的時期，但兩年後辭去職務。一九四五年日本投降，陳虛谷之後寫下〈光復喜賦〉，表達他回歸中國的渴望：「投降勸告竟成真，草木雖秋亦似春；不信倭奴猶倔強，那堪吾族久沉淪。也知好戰非天意，早識爭雄讓美人；還我本來真面目，轟轟烈烈漢精神。」

然而，一九四七年「二二八事件」爆發，臺灣一日變天，知識分子被殺，人們感到的不是回歸的榮耀，而是再一次的挫折。隔年，陳虛谷雖聘為臺灣省通志館顧問委員，但因該館未來可能處理二二八文獻，陳認為將違背心志為國民政府粉飾史實，遂在一九四九年辭去職務，並將紙筆費、交通費回捐該館。一九五一年患腦溢血，右半身癱瘓。一九六五年九月二十五日逝世，享壽七十。

禮物邏輯和社會建構

陳虛谷的作品跨越新舊文學，有舊詩、新詩、小說。為此，張恆豪評價：「陳虛谷對於臺灣的貢獻，應在於思想啟蒙和文化運動上，他有相當重要的歷史地位。」（一四）他認為文學貢獻上相對貧弱，然而，或許是學者尚未正視陳的作品，或前人的研究也並未有太多的突破。閱讀他的作品，我看到一個有趣的現象，我認為，或許透過禮物邏輯能夠解析文本道理，理解日治時期的社會運行，並為日治時期的文學和研究注入新想法。

．

毛斯（Marcel Mauss）認為，所有的司法、政治、文化、宗教系統之中，宗親、家庭、小至個人，都透過「服務」（或所謂「禮物」）的贈與和回饋來建立起羈絆。這些羈絆則透過婚姻、孩子出生、兵役、加冕、宴客（婚喪喜慶、就職典禮）、債務的給予和履行來完成。而服務／禮物就在人之間串流，禮物贈予後獲得回饋，再次給予並又獲得回饋，如此循環往復，並形成社會的運作模式（二八—二九）。

這樣的禮物模型，若放在極權統治之下，是否依然如此，或者產生變奏，擦出新的火花，有趣的理論？我認為，日治時期亦有禮物運作的存在，賴和的〈一枝稱仔〉是典型的例子。「稱仔」象徵了平等交易，和日治時期的社會運作、規範，以及（表面上的）理性治理。主角想在稱仔上做點手腳，將蔬菜算便宜以討好巡警。主角早已習慣稱仔／社會運作的不公，將「禮物」平白送給上位的日本，沒想到這位巡警特別誠實，質問兩斤為何以一斤十四兩販賣。巡警在此要的是法治，是規範，是合理的送往迎來，這是日人能有效管理臺灣的方式。

然而，在日治時期，禮物邏輯建構的社會並非如此簡單，必須考量權威、壓榨、和不公。陳虛谷的四篇小說〈他發財了〉、〈無處伸冤〉、〈榮歸〉、〈放炮〉除了描寫日人的跋扈，臺灣人的沉默和無奈，更寫出了禮物邏輯如何展現權威，並強化不公。

〈他發財了〉：宴請中的權力展現

〈他發財了〉描寫大量日人向臺人的宴請。這不只是日人趁機撈錢的方法，或展現了日治時期臺灣文學家常談到的壓榨的主題，我們更要思考，宴請亦是建立在禮物邏輯之上，它是送往迎來（即，在日人的宴會中，臺人送錢，而迎來的報酬是順服後的不擾民），是高壓統治的必要機制，是極權社會建構的零件，是展演權威、恐懼和臣服。所以，故事的開始是巡查和妻子的聊天，談及日本新年將至，將在門前插門松、掛草繩。此時，作家寫道，從臺灣觀點來看，草繩並不吉利，「風俗真大不相同」暗示了臺灣和日本之間的扞格，以及「內臺和好」的不可能（一九）。

然而，正是透過這些宴請，將內臺人、各行各業牽連起來的，如巡查「插起門松起來，天天總有十餘人來送禮物，賭博者咯，保正咯，富豪咯，來來往往，真個門庭若市！」（一九）後來，巡查的妻子將懷孕生子，到時又是另一波宴請收錢的契機，如旁人的對話：「你曉得做官人的酒，是無白吃的嗎？請你吃酒你就要有打算。」（二三）保正甚至說：「無恥的東西，剛剛生了兒子，就來討賀，此去事正多哩。滿月、四月日、週歲。咳！臺灣人該慘！」（二五）但這次，本該展現巡查的威權並建立社會穩定的宴客，卻變了調，在眾賓客前，巡查站在郡長官前，且被長官說得面紅耳赤，且不敢動彈。這樣的失意場景，卻成了賓客眼中的最值回票價的好戲：「今天這兩塊錢了得（編按：陪得）到有價值了，只看這齣戲，心頭已經輕鬆得很多！……」（二八）這次的宴請並未強化社會階層，也未強化恐懼，相反的，卻帶來了「好戲」，在「好戲」之中鬆動了原本的權力架構。

〈放炮〉：修正社會建構中的錯誤

〈放炮〉可說是類似的變奏，同樣透過宴請來展現權利，並確立主僕關係，不同在於〈他發財了〉是日人創造宴請的機會，主動進入這禮物邏輯，而〈放炮〉的臺人卻先進入這禮物邏輯／習俗，日人被動等待，最後伺機而動，加入這場禮物遊戲，並獲得報酬。

〈放炮〉的故事描述如下：真川大人到老牛家受款待，隨行的有其子和夫人，老牛立刻向孩子遞上芎蕉和龍眼，在禮物的傳遞和奉獻之間暗示了臺灣人比日本小孩還不如：「他真是刁蠻不過的，尤其在這弱小民族的跟前，他特別發揮其無拘無束天真爛漫的大和魂的本能來」（六一—六二）。（註一）最讓人哭笑不得的，是後來的「服務」，這種「服務」不僅暗示語言的隔閡和誤會，兩種族裔的無法理解，更展現了階級。小孩要「汽水」喝，然而，老牛把日語的「汽水」聽成臺語的「放屎」，便想服務他，幫他抱下來。小孩大哭，用日語罵著「混蛋」、「清國奴」。老牛「深悔自己惘懂，觸犯了他的脾氣……殷勤地連問到底是要什麼？」（六三）他知道是汽水，連忙奉上。當小孩笑了，他才釋懷，說：「他還算乖巧！內地人的囝仔比臺灣人的，真乖得多喲！依從了他的意思，登時就歡喜起來，這還算好性情！」（六四）

席宴間，保正向老牛解釋：

> 他（編按：真川）極好款待，他每出來對戶口，就到我家去進貨，祇要有白鹿酒、土豆仁、米粉、雞卵湯，寥寥三四碗他就吃得顛來倒去，有時買不到米粉和

雞卵，單單一盤土豆仁，和幾盤粗草菜，他也吃得爽爽快快，他自己常說：「無論誰，都可以請我，無論誰，我都可以給伊請。」他實在就是這麼無格派（編按：沒架子），愛和百姓人交陪的。（六二—六三）

保正看似歌頌功德，實則話中嘲諷，也提示了禮物建構了社會。真川先以中文「無論誰，都可以請我」，再以臺語「無論誰，我都可以給伊請」，彷彿重複強調自己的「隨和」，然而，他真的「無格」嗎？或者，這樣的無格是以禮物邏輯的穩固（也就是飯局的保證）為前提？其次，高壓社會的禮物的遞送，原本就是不對等的。當禮物由下往上傳遞時，上位者並不給予更實質的回饋，因此老牛在他們離去後，才吐露真情：「請他實在更不值飼狗。開六七圓，連叫聲勞力（編按：謝謝）都無。」（六四）

是否能破壞禮物邏輯？在〈放炮〉的後半段，即試驗了這樣的可能。真川聽到「放炮」聲，知道有喜事或祭拜，必又有宴請。然而等了一下午，卻未收到邀請。第二天，他報昨晚之恨，假意普查戶口。真川看到劉天吃著紅粿，懷疑是他放炮而不通知宴請，遂拳腳相向，綁至派出所。保正詢問後，確定劉天並非放炮之人，但真川礙於臉面，許久才肯放劉天。有趣的是，結尾道：「卻因為劉天這場吃的虧，鬧得通庄的住民，都互相警戒著放炮，有萬不得已的事情，放了炮，那一天，定要辦一些酒菜，請大人去坐大位，這習慣，是比保甲規約，更要遵守奉行的。」（七一）比規約更要遵守的是宴請，是禮物邏輯。在體制內，所有破壞之人（如可疑的劉天）將被懲罰，殺雞儆猴，最後修正、強化系統，回到原本運作的樣子：宴請，展現權力，服從，警戒，再次宴請，展現權力，服從，警戒……

〈榮歸〉：臺人自我強化社會建構

不僅是日臺之間透過宴請來展演權力，在臺人之間，宴請亦是一種榮耀和對殖民母國的效忠。在〈榮歸〉中，秀才的兒子再福及第高等文官，可任郡守或知事。秀才覺得孩子任官將有大筆收入，投資孩子終於有成了。此時，秀才彷彿得勢起來，他為再福相親，也變得挑剔。即使保正的女兒家產有四五萬，嫁妝四五千，秀才也看不在眼裡：

> 你想郡守的跟前，保正簡直不是奴才嗎？莫說保正，便是街庄長，一見了郡守，哪一個不是五體投地呢？哪配與我們結親？結親是要門當戶對的，我想這個選擇範圍，非擴大到全臺灣不行，非財勢兼備的聲明赫赫的家風不可了。從前是我們求別人家，現在要人家來求我們。（五五）

路絲．伊瑞葛來（Luce Irigaray）在〈市場上的女人〉（"Women on the Market"）認為，「我們所知的社會，我們的文化，建立於女人的交換」（一七四）。女人即是商品，是資本，被使用，消費，並在男人之間交換，成就了社交生活、文化的可能，如伊瑞葛來言：「社會秩序即男人的慾望和需求，也就是交換女人，來達到穩定，平抑物價」（一七五）。秀才兒子的「嫁娶」，即禮物邏輯的體現，「嫁娶」將一方女性送進另一家庭，挾帶的家產和嫁妝，以及地位，將為男方帶來好處。

陳虛谷在此描寫的宴請，並未放入展現權力的日人，這次宴請也依循了禮物邏輯。秀才的宴請／禮物隱含了順服的訊息，如他的致詞：

> 豚兒再福，者番（編按：這次）得荷寵命，及第高文，不獨我王氏一族之幸，抑亦全島三百萬忠良之民，所當感泣也。……願我子孫，竭其愚誠，勉為帝國善良之民，以冀報恩於萬一……。（五八）

為何獨有臺人在場的地方，秀才也必須如此討好？是否害怕有人通風報信？是否自我審查（也就是我們說的，每個人心中都有小警總）？日人不在此，卻彷彿haunt這個地方。秀才所請的宴客，所給的訊息，再次加深了社會建構，加深日本的壓制。然而，如同毛斯認為，「禮物」（英文：gift）給出之後，所得到的回饋也有可能是「毒藥」（德文：Gift），秀才的「宴請」並不是「禮物」，而是一帖「毒藥」，讓每個臺人聽後，更相信自己為「忠民」，「所當感泣」，並為帝國「報恩於萬一」。

〈無處伸冤〉：默許社會建構中的錯誤

禮物邏輯／送往迎來的打斷，只能由日方決定。打斷的方式即強暴，即〈無處伸冤〉所說的故事。巡警岡平是個好色之徒，「每見了有幾分姿色的婦女，他就百計圖謀，靠著他的權威，被蹂躪的女子，沒一個敢呼聲嘆氣」（三五）。他看到老賊的女兒不碟，起了歹心，趁老賊和其妻不防時強暴不碟。此時作者寫道：犬獰惡地狂吠，豬四處走動，或許提示了社會規範的不容許（即便是日人之間也嗤之以鼻）。因此，岡平見勢不好，倖然離去。之後，第二次強暴不碟，不碟之母憤而反抗，傷了左腕。她想去告發，老賊卻含糊道：「我須守己安分，我……是無用的人……平生又未嘗見過官，不如……」日人意圖強暴而臺人不敢聲張，但也何須聲張，何須質疑那破壞禮物邏輯的日人？他們建立起社會，如何運作也是他們自己決定。聲張是沒有效的。

岡平看上了保正的弟婦，他選擇一個時機，並「思量要穿私服去好，還是公服好？利便上實在是要穿私服，但是他又想到萬一被人撞見，三更半夜，恐怕吃虧，倒不如穿公服去較能保持威嚴，假使人們敢行粗暴，便是犯著毆打官吏的大罪」（四五）。選擇公服來強暴，不僅當人們動粗他能師出有名，繩之以法，更象徵日本蹂躪臺灣。此外，穿公服帶來的「保持威嚴」，在強暴上也展現權力，慾望和征服，相對應的是日人／臺人，日本／臺灣，男人／女人，以及人／物品。我們甚至可說，臺灣的女人是「禮物」，是「貢品」，可任日本予取予求（但日方只能私下默許），也不曾破壞禮物邏輯所需要的回饋性。禮物並沒有回饋到給禮物的一方，而是滿足了接受者，甚至縱容他們，讓他們變本加厲，更加地壓迫我們。

被玷汙的女人報了案，岡平留下的公服成了鐵證。然而，司法科主任強迫她否認實情，她「不依從，就灌水毒打，她昏過了好幾次，遍體鱗傷，鮮血淋漓」（四七）。日方無法承認醜聞，因為若承認，將如何治理臺灣？強迫否認更提示了此社會制度對強奪禮物的默許和縱容，這是默許的「例外」，為的是保持權力的永續和穩固。

結論：沒有人是例外

或許這就是臺人的悲哀。臺人無法在禮物的運作中，在社會建構之中選擇誰能收取禮物，也無法確認禮物的給予是否能得到回報。禮物的遊戲中，他們永遠是輸家，他們被迫設宴來讓日人彰顯官威，他們被迫獻上女性，強暴卻成了社會運作的例外。所有的行為最後也只是加強了日治時期的社會建構，壓榨，欺凌，和掠奪，禮物邏輯繼續運行，沒有人是例外。

註一：類似的比較概念亦出現於後來：「常見到三四十歲的臺灣人，被七八歲的日本囝仔欺負，也置之不較，就是怕惹起大人禍哩。」（六四）

參考書目

陳虛谷等，一九九一，《陳虛谷、張慶堂、林越峰合集》，張恆豪編，臺北：前衛出版社。

吳叔馨，二〇〇八，〈陳虛谷及其文學研究〉，雲林科技大學碩士論文。

Irigaray, Luce. "Women on the Market." *The Logic of the Gift: Toward an Ethic of Generosity*. Ed. Alan D. Schrift. New York: Routledge, 1997. 174-189.

Mauss, Marcel. "Gift, Gift." *The Logic of the Gift: Toward an Ethic of Generosity*. Ed. Alan D. Schrift. New York: Routledge, 1997. 28-32.

一個日治時期文本的新觀點

最早認識陳虛谷，是他的後代在「默園」的醜聞。這次《文訊》的委任，我開始閱讀他的小說，並發現有趣的地方。他的小說能以學過的「禮物邏輯」看待。

許宸碩閱讀了我的文章，指出「陳虛谷作為臺人，他看見的觀點，某方面而言不是展示『殖民地的禮物邏輯』，而是『被殖民者看到的禮物邏輯』」。他也擔憂禮物邏輯是否太泛用。我的回答是，確實，這是「被殖民者看到的禮物邏輯」，以及我於文章指出了禮物邏輯在日治時期的獨特性，所以沒有太泛的問題，甚至，這篇文章能為日治時期的文本增添新的觀點，為舊有理論展演新的可能。

編輯原本希望我能拿一本陳虛谷的書拍照，可惜無法應允，因為我閱讀的是電子版本，所以拍了自己在圖書館，手拿關於臺灣史的專注，以此紀念我的國家。

圖書館的某一午後

在「道藩樓」醒轉的夢

◆朱宥勳

繪圖・毛奇

張道藩（一八九七～一九六八），本名張振宗，貴州盤縣人。一九一九年留學歐洲，一九二六年返回中國大陸後即擔任國民黨文宣重要幹部。一九四九年來臺後，曾任立法院院長、中國廣播公司董事長，主持「中華文藝獎金委員會」及「中國文藝協會」之成立，並創刊《文藝創作》，對五〇年代的「反共文藝」文化及國民黨的文藝運動影響深遠。

朱宥勳（一九八八～）。清華大學臺灣文學所碩士。現為奇異果版高中國文課本執行主編。曾獲金鼎獎、林榮三文學獎、全國學生文學獎、臺積電青年文學獎。著有《暗影》、《湖上的鴨子都到哪裡去了》、《他們沒在寫小說的時候：戒嚴臺灣小說家群像》、《作家生存攻略》等。

這一陣子，道公每天將近中午時，就會從「道藩樓」的某間空教室悠悠醒轉過來，像是睡了過於漫長的一覺那般。這樣的甦醒頗為詭異，睜眼頭一個念頭都是：「我不是死了嗎？」起身走幾步，他才會從走廊上的穿衣鏡裡，看到自己早該失去的中年的臉。這樣的時光錯亂，反而讓他重新確定自己真的是死了，只是不知為何魂魄未散，還滯留在這裡。

他不太記得死的感覺了，真要說的話，當年在貴州被周西成上老虎凳的那一刻，還比較像是死過一次的樣子。

這裡是道公死後五十年的政治大學，他甦醒之處，正是一幢以他的名字命名的大樓。一走出去，背後就是「季陶樓」。道公習慣往山下踱步，穿過準備到學生餐廳午餐的一簇一簇學生，先是經過「志希樓」、「果夫樓」，最後才抵達建築氣派的「中正圖書館」。季陶、志希、果夫，再算上道公自己，這四幢樓代表了政治大學前後的四任教育長——不，那時候還不叫政治大學，而叫「中央政治學校」；校址也不在現在這座山上，道公上任的時候，學校已從南京遷到重慶了。

那時的校長是蔣公，教育長實際上就是統領校務的第一人。

當年如果沒有他，抗戰那時節，學生甚至吃不上一頓白米飯呢。

看到自己的名字被掛在紅磚大樓的眉頭位置，起先頗令道公感到得意。頭幾次醒來，他反正閒得發慌，就隨意拉路上的學生，問他們知不知道這些樓名的典故。

「季陶樓的意思……應該就是希望我們陶治人格，之類的吧。」一位被攔下的男生皺眉，同時露出困惑與無聊的表情，彷彿道公問了什麼不得體的問題一樣：「志希樓就是要我們有志氣、有希望？你問這幹嘛？」

道公於是稍微安心了一點，看來並不是只有他的名字被遺忘而已。

魂魄之身，卻又與凡人行走交談無異，只是每天都要近午才醒，日落之後便消散無蹤，毫無夜間的記憶，這樣的存在形態是道公從未想過的。跟幼時聽過的鬼故事不一樣，他沒什麼冤情待雪。要說自己成為本校的土地神一類嗎？倒也沒覺得自己有什麼神力，既看不到其他鬼神，也毫無碎葉飛花之能。偌大校園，歷代教育長，只有他重生於此世，一個相識的人也沒有，長久下來不免有些寂寞。

於是，道公養成了在圖書館盤桓的習慣。他不再被透明且會自行移動的落地玻璃嚇到了，也慢慢知道如何閃避低頭把玩扁盒子、走路不看路的學生。他甚至開始喜歡上這個時代的冷氣了，溫度與濕度之適宜，都不是當年那些轟隆作響的笨傢伙可以比的。

更重要的是，一走進圖書館，他就會看到蔣公的塑像坐在那裡，氣度雍容。至少這個學校的人還是記得老校長的，沒忘記黨的培植與使命。如果說黃埔是黨的武學校，那本校就是黨的文學校了。

道公上了二樓，踱進右邊的「經典書房」。

這是一塊形狀不大工整，但布置得有如客廳般舒適的空間。兩面書牆中間，散落著四、五組雅緻的小桌與沙發，靠窗的地方也有蒲團可以坐臥。這裡之所以稱為「經典書房」，倒不是因為收了什麼《論語》、《紅樓夢》一類的名著，而全是政大歷代教授的著作。自稱經典是厚臉皮了點，不過收羅陳列自家教授的著作，也確實是館方有心。但讓道公略感淒涼的是，無論這裡的書輪換了幾批，始終就沒見過一本自己的著作，《酸甜苦辣的回味》沒有，《自救》、《殺敵報國》沒有，更舊的《近代歐洲繪畫》更不必說。略可安慰的是，進到這間書房的人，其實也沒有在看架上的書，人人都在玩那怪異的扁盒子，這樣一來，自己的書在不在架上，好像也就沒有差別了。

•

然而今天不同。一進去道公就感覺不對——有個矮胖男子，竟就坐在道公平素最喜歡的一座沙發上，熱心地讀著一本薄而陳舊的書，身前的桌上還散了幾本，看起來就是從旁邊架上挖下來的。此外，矮胖男子的椅背上還掛著一副塑料袋，裡面似乎塞滿了字紙。道公好奇心大起，矮胖男子看上去不過三、四十歲年紀，顯然比手上的書要年輕得多。他偷眼一看，書背上印著是《三民主義文化運動論》，作者是葉青。

竟然是葉青——

一股怒火燃了起來，道公沒想到死後半世紀，自己還能有這麼精純的怒火。

道公一直認為，葉青是潛伏在黨內最危險的共匪毒瘤。他永遠不會忘記第一次見到葉青，是在法國留學期間。那時遇到五卅慘案，留學生們開了一個大會，會上幾個潛伏的共產黨分子就不斷趁隙操縱議程，整個會上此起彼落地喊著「擁護第三國際！」之類居心叵測的標語。葉青便是在此時現身，草擬了一份極端偏向共產黨的宣言，想矇混以大會的名義發出。幸而道公人在現場，當機立斷要求主席重新向大會群眾確認宣言，這才力挽狂瀾。

從此以後，道公就再也不信任任何一個共黨分子了。但葉青真是能鑽，據說他曾被本黨同志逮捕，不知怎麼地逃過了槍決。再過幾年，竟爾搖身一變，變成了帶著筆桿子投靠我黨的文宣大將了。道公長年主掌宣傳體系，始終戒備著他，私下也勸同志別讓他與聞機密。可惜他實在過於狡猾，道公只能眼睜睜看著分明是共黨奸細的他自居為「三民主義第一理論家」，但自己身居高位，動見觀瞻，對外還得做出一副用人不疑、寬容大度的樣子，實在憋屈至極。

思及此，道公覺得是可忍孰不可忍——這矮胖男子坐在供上了歷代政校教授著作的書房裡，卻讀著最陰毒的黨的敵人的書，他忍不住一屁股坐到矮胖男子對面，衝口而出：「你為什麼在看這本書？」

矮胖男子一愣。好半晌，才重又低下頭，淡淡說：「沒什麼，研究研究而已。」

「你可知道他是誰？」

「知道啊，一個老作家嘛。」

矮胖男子視線還在書上，慢聲回應，大有拒道公於千里之外之意。道公也意識到自己唐突了，可是他一生縱橫官場，哪裡吞得下這口氣，冷笑道：

「你就只知道這麼多？」

這話終於逼得矮胖男子放下了書，先是皺了皺眉，繼而微微一笑：「你好像不是很喜歡他。你讀過他的東西嗎？」

「何止讀過。」

「喔？」矮胖男子抿抿嘴：「聽你口音，還有談到他的語氣，我猜猜——您是中國來的？」

道公從這話裡聽到了什麼不對勁的苗頭，但又說不出所以然來，稍加遲疑，還是點了頭。他當然是從中國來的，整個中華民國誰不是從中國來的呢？然而嚴格說來，自己現在卻是每天從不知名的虛空之中醒轉過來的，那又好像，不大能完全這麼說了。但無論如何，他一定要搞清楚眼前這人是什麼心態；在這個沒有人記得季陶、果夫、志希和道公的未來，竟然還有人讀著葉青，這讓出身自宣傳體系的道公感到極大的恥辱。

「我在大陸上就認識這人的真面目了。不，更早，比在大陸上更早。」

矮胖男子促狹一笑：「這樣啊，您可以四處繞繞，去找自己喜歡的書，不必一直盯著我呀，這圖書館的藏書量，在臺灣是排名很前面的。或者也許您會喜歡這位作者——」矮胖男子從桌上拎了一本書，往道公身前一送。封面印得頗精緻，左上角大字寫著《回首我們的時代》，作者是尉天驄。

這王八蛋存心氣他的不成。

尉天驄就是葉青的姪子，共產黨拉拔的一個小共產黨。

「你怎麼老看些共匪的書？」

「共匪？」這回輪到矮胖男子困惑了：「所以您不是——中國來的？」

道公瞬間明白了，厲聲說：「我跟那些共匪八百輩子都沒有關係！」

「好好好，別氣別氣，是我誤會了。我想說您可能知道葉青背叛『共匪』的往事，又看您那麼生氣，所以才有此一猜。」

·

矮胖男子一邊說話，一邊擺弄著桌上的書。道公這才發現，這張桌子上的七八本書，通通都是尉天驄寫的。順著視線往書架上一掃，他才發現，尉天驄自己一人，就在「經典書房」這個區域裡獨占了一整格。尉天驄的旁邊，則是一櫃少得多的王夢鷗。

道公冷哼一聲：「不過就是辦了個《筆匯》，就以為自己是號人物了。」

「喔？您也讀過《筆匯》？」

「何止讀過。」

「不容易、不容易。」矮胖男子笑道。

事實上，道公還真讀過一期《筆匯》，而且是世界上沒幾個人讀過的一期——那還是他安插在帕米爾書店裡面的老部下王一非，親手在他們付印前，把試印的樣稿偷到道公桌上的。那也是道公最暢快的一次，從那期《筆匯》裡逮到葉青和尉天驄的小辮子，逼他們把刊物給停了，碰一鼻子灰。

這確實不容易，只可惜還是沒能真的弄倒葉青。

「你還是沒說，葉青有什麼好研究的？」

「沒什麼，都是些陳年舊事了，當故事書看看罷了。」矮胖男子攏了攏椅背上的塑料袋，聳聳肩：「看看這些老國民黨怎麼做事情的，偶爾也是能派上一點用場的啦。您也對五〇年代的文學史感興趣？」

派上用場？文學史？

道公覺得頭昏腦脹——老國民黨他理解，但他從沒想過，原來他們這一代人的故事，已經是「文學史」的範圍了。他生前自詡文藝鬥士，但要說自己能夠進入文學史，倒是想也沒想過的事情，光是稍微想像一下，竟然好像就比「道藩樓」的紀念更讓道公覺得受用。不知道他們讀的是自己的哪一本書？於是道公強壓自己，稍微冷靜一點才開口：「是有點意思，你有什麼推薦的嗎？」

「大概就鍾理和吧，王鼎鈞也還可以。反共作家可以看一個姜貴。再晚一點，還有林海音跟聶華苓……」

矮胖男子滔滔不絕地說了下去，看來真是下了一番苦心研究的。但說來說去，別說道公自己的名字沒有出現了，連同輩人都沒有幾個。好不容易聽到矮胖男子話裡頭出現了「中國文藝協會」，道公急忙出聲：

「說到文協，那你覺得創辦人張道藩怎麼樣呢？」

矮胖男子停了下來，打量了他一眼，那眼神讓道公深感不安，好像自己的祕密被他發現了一樣。道公甚至有一種感覺，如果矮胖男子此刻揭穿了自己的真實身分，他的魂魄之體就會在此潰散。

這樣一來，究竟是有人記得他而使他潰散比較幸運，還是無人記憶卻能永存此世比較幸運呢？

矮胖男子淡淡說：「張道藩沒寫什麼東西吧，他就是個官。要說的話，他的同事陳紀瀅才真的是會寫，至少是個窮人版魯迅。」

說完，另一名穿著連身裙的女學生走了進來。那一身素雅的花色，幾乎讓人以為圖書館外的街道，此刻正是五〇年代的臺灣。矮胖男子把書通通歸回架上，向道公點頭告辭之後，一手拎著塑料袋、一手牽著女學生，往樓下走了。

・

午後的「經典書房」，突然安靜了下來。道公坐在那裡，好像是陷入了沉思，卻又好像沒有在想什麼。時間一點一點地過去，但對於已經死去的道公來說，其實是沒有任何差別的。總有一天，他在道藩樓醒轉過來的日子，會超過他真正在人世裡存活的總和。他倒也不是有對誰生氣的意思，現在的他不是人、不是神、不是鬼，沒有賜福亦沒有降禍的能力，就只是這麼存在著，不被記得或被誰記得，也就只能這樣了。

至少道公還存在著，每天能來這裡看看老校長的銅像。而季陶沒有，葉青沒有，這是一個沒有同志也沒有敵人的世界。

道公慢慢地滑入了夢境。不，那甚至不能稱之為夢境，只能說是一種純粹的、生人所無的黑甜的睡境罷。因此，他也就沒有聽到一樓的圖書館大廳，突然爆出了一波一波喧鬧的聲音：有一男一女兩個人，趁著警衛不注意的時候，用強力膠水在大廳上的蔣公銅像上面黏了幾百張字紙。根據稍晚的新聞報導，男子預藏的字紙上面，印滿了「二二八事件」和白色恐怖受難者的名字。他們所用的膠水十分頑強，以至於警衛把字紙從銅像上撕下來時，在銅像周身上留下了許多纖維撕裂的白色殘痕，直到一周後才澈底刷洗乾淨。

不過，道公現在還沒有看到這一切，他要再睡一會兒，才會慢慢地踱下樓，再次思考自己到底算不算是死過了，這個問題。

一九五〇年代的燠熱與陰影

其實我並不喜歡一九五〇年代的臺灣文學作品，但我對一九五〇年代的臺灣文壇很有興趣。

在那個時空裡，人的才華幾乎都被貧瘠、混亂的時局給餓死了，註定是出不了幾個好作家的年代。但同時，也正是因為貧瘠、混亂，所以人人在那殘山剩水之境，勉力去留住一些自己的痕跡，這樣的努力本身就是一種浪漫主義式的小說了。

於是，在這次的計畫中，我接下了尉天驄與張道藩兩位一九五〇年代的文壇人士。幾經輾轉，發現他們兩人之間，其實可以用一名傳奇人物串連起來。於是，就有了〈帕米爾的某一午後〉和〈圖書館的某一午後〉兩篇小說。這是兩篇沒有辦法單獨閱讀的小說，因為裡面充滿了密語和變造的文學史，甚至兼及了當時還未在文壇亮相者的諸種典故。

不知為何，我腦中的一九五〇年代總是午後。燠熱的，陽光敞亮到必然衍伸出大量陰影的那種光景。人走在毫無遮蔭的街道上，走在亞熱帶臺灣的氣候裡，是拿那樣的光與熱一點辦法也沒有的。

行路難

王白淵的盛岡與上海

◆徐禎苓

繪圖・毛奇

王白淵（一九〇二～一九六五），彰化人，臺北師範學校畢業。曾任教於溪湖、二水公學校，一九二三年赴日留學，一九二六年畢業於國立東京美術學校圖畫師範科，後任教於日本岩手縣盛岡女子師範學校。曾參與創辦《臺灣文藝》、《フォルモサ》（福爾摩沙）。著有日文作品集《荊棘的道路》。

徐禎苓（一九八七～）。政治大學中文系博士。現為臺灣師範大學、中原大學兼任助理教授。曾獲教育部文藝創作獎、林榮三文學獎等。著有《流浪巢間帶》、《時間不感症者》、《腹帖》、《說部美學與文體實驗：上海新感覺派的重寫研究》等。

午後，沉疾的悶雷打在牢房外，空氣漫漶著將雨的氣息，過不久應該會下場雨。島嶼典型的夏日天氣，是再熟悉不過的，和上海不太相同。想到年輕的妻，才結縭兩年就分隔海峽兩岸，不曉得她現在過得如何？生孩子了嗎？是男孩，還是女孩？他們會怎麼看待這個缺席的父親？

現在，王白淵只能坐在晦暗斗室，抬頭望著一葉氣窗，世界被隔在外面，包括好不容易建立起來的生活。

其實，這不是第一次被拘捕入監。那時的景況與現在有點像，也有點不一樣。

盛岡時代

一九三二年九月，葉秋木參加了反帝遊行，遭到特高逮捕。政府才注意到東京竟然有個臺灣人發起的共產黨組織，叫「東京臺灣人文化同化會」（Taiwanese Cultural Circle）。參與該組織的臺灣留學生、知識分子因此受到牽連，悉數鋃鐺入獄。王白淵就是其中之一。

逮捕當天，他正在岩手女子師範學校的教室裡上課。王白淵一直是學校的明星老師，他待人親切和善，談吐幽默風趣，無論是美術課堂，還是網球社社課，總活潑熱情，受到學生愛戴。

這個臺灣老師的美術課很有意思。不僅在課堂引介膠水畫（即膠彩畫）、金屬工藝品，有時會帶學生到校園附近的岩手公園寫生，有時教她們用鋸子做木工，有時調石膏、手作竹藝品、黏土等等。還有一回讓學生把買來的吐司撕成小碎塊，作為炭筆素描的橡皮擦，調皮的學生趁著老師不注意，低頭偷吃一口，惹得周邊同學噗哧一笑。

這門美術課特別和樂自在。學生構圖時，王白淵習慣讓她們創意發揮，大部分時候他悠然穿梭於學生之間，偶爾停下來提出一些意見，課程結束還特地到街上借了場地給學生舉行作品展覽會。

學生們最記得的是，老師常於課間談論臺灣獨立，諷刺時局政治，那些日本內地不曉得的事情，透過王白淵轉述，學生們無不感到震驚，甚至被老師感動而傾力支持。不過，學生們也清楚若這些時政評論傳入別人耳裡，勢必對老師造成極大殺傷力，因此只要聽到走廊有校長巡堂的腳步聲，窗口的學生會趕緊打pass，王白淵便迅速從政治話題導回美術。

可是，那天不一樣了。教室門被打開時，全班都愣住了。穿著便衣的特務喊了王白淵的名字後，衝上講臺拘押他。在場的同學驚惶得說不話來，好幾個女孩嚇得哭出來，咬緊雙唇，顫顫地說：「怎麼可以這麼過分……」

王白淵的美術課、網球社社課被毫無預警停了近一個月。學校刻意不向學生說明停課原委，但當地的《岩手日報》早在案發隔天刊出逮捕消息：

> 吳文惶（日本名北村俊夫，二十四歲，日本神學校學生）與四・一六事件（編按：一九二九年，日政府鎮壓共產黨人的事件）中甫出獄之舊識林龍井取得聯繫後，赤化活動愈見積極，本年八月一日祕密組織「臺灣民族解放運動文化社團」、出版手冊並著手其他諸多活動。然因欠缺資金，曾屢次得其摯友臺灣王白淵（三十一歲）數百元之金錢援助，加以王某從中穿針引線，組織於焉日益壯大，於今方為警視聽所查捕。該課為逮捕前述之女子師範講師王白淵及篠原久子，曾發祕電通知盛岡、青森兩縣之警部，至為謹慎。

事發兩個月後，《特高月報》報導「拘捕東京臺灣人文化社團相關人士」一文，裡頭澄清：「王某本人與共黨資金局無直接關係」，但那畢竟是之後的事。老師的消息很快在學生裡流傳開來。大家私下奔相走告：「聽說王老師是『紅黨』（共產黨），被逮到了。」就連宿舍學姊看見學妹持有王老師贈送的詩集《荊棘的道路》，都忙不迭出聲警告：「這本書會讓你被警察盯上！」小學妹嚇得只能趕忙把書扔了。

差不多時間，王白淵的日本籍太太久保田良的家裡也受特務登門搜索，妻子的哥哥挺身為妹妹、妹夫奔走，然而，依舊徒勞。

王白淵被釋放後，旋即遭到學校解聘。

過去他求職時，礙於臺灣人的被殖民身分，屢屢受挫。雖然日本老師總是教導大家：「長大以後，做個了不起的日本人，日本政府一點也不會歧視你們，隨你個人的能力可以成為了不起的人。」但事實呢？只有挫敗的人才懂。他好不容易透過東京美術學校老師田邊至的推薦，來到日本東北岩手縣的女子師範學校任職，誰也沒料想工作還是丟了。

解聘後，他一度來到東京，但生活始終沒有著落。這樣下去不是辦法，他不得已離開日本，離開深愛的孕妻。

可能連他自己也不明白，人生的步履竟能走得那麼顛仆。

荊棘之道

第一次被關，二十餘天即釋放。但這回不同了，被判刑八年。那麼重的判決，王白淵已經三十五歲了，按理這時事業和生活應當穩固，卻忽然身繫囹圄。八年後，他四十三歲，上哪重新開始？

幸好監獄生活不算無聊，白天大家來到課室學習與工作，王白淵就是在這裡對手工藝產生興趣。他跟著老師學日本傳統的蒔繪技法，在漆器屏風上噴灑金色粉末作畫。以往，勞作的好處是讓自己靜心，當人專注於某件事情，會暫時淡去外頭的人事物，但也令人特別敏感。

他今天有些浮動。雨聲從外面傳入耳裡，嘩啦嘩啦，一併把下雨的氣息打進來。在微暗的畫室裡作畫時，眼前金粉不知不覺令他憶起盛岡的鎏金歲月，憶起膚白魅力的久保田良，就算太太曾笑著告訴朋友：「我們有時意見完全不合，真是傷腦筋」，看似埋怨，其實像極了小女孩在撒嬌，會輕遮嘴巴害羞說討厭啊的那種。如此可愛的太太。他始終覺得虧欠她。

•

一九三三年七月，王白淵接受了老朋友謝春木的建議，從東京搭乘上海丸赴上海，居於法租界維爾蒙路一百一十六號。

對於王白淵而言，謝春木彷彿啟蒙者，走在時代前沿。就像十六歲的那年，他們相識，謝春木正在耽讀歌德《浮士德》，王白淵卻連浮士德也不曉得。王白淵只能靜靜地聽，聽謝春木講西洋文學，談論日本政治，然後一起「幻想著小孩子般的理想鄉」——族群共和平等。然而他們在臺灣、在東京卻飽受「差別的痛苦」、「沒道理的壓迫」，原初勾勒的理想很快被現實戳破。更多時候，他們徹夜聊臺灣人的命運，覺得在日本帝國主義下的臺胞們，其實和對岸中國人遭受列強瓜分的命運無異，華人都是被矮化、奴化的民族。「歷史是悲劇中的悲劇。」王白淵說。

畢業後，謝春木任記者，王白淵執教鞭，分屬不同領域，也分隔兩地，依舊交情甚篤，友誼「不單在臺灣，有時在東京，有時在上海。」

一九三一年秋天，日本假托中國軍炸毀日本修築的南滿鐵路，出兵占領中國東北。中日緊張關係白熱化。幾個月後日本政府大動作解散了日本國內的左翼團體納普（NAPF），打壓左傾分子的情況越來越嚴重。而臺灣剛經過轟動的霧社事件，總督府統治方式轉嚴，此時，民眾黨的靈魂人物蔣渭水也過世，抗日運動的條件瀕臨滅絕。眼見東亞震盪，謝春木毅然背負著臺灣民眾黨團結中國農工陣線的使命，舉家遷居滬上。

同年，王白淵在日本出版了第一本詩集《荊棘的道路》，找來老友執筆推薦序，謝春木點明這本詩集「是作為日本教育忠實反射鏡的現實」，「將反射鏡問諸於社會，又想將之擊碎，代之以臺灣人所居住的現實社會之正射鏡」，「《荊棘的道路》是你二十九歲以前的倒影，同時也是你將往何處去的暗示」。王白淵寫臺灣人的被殖民悲哀，寢食與共的老朋友最懂。

•

謝春木到上海之後，選址靠近日僑主要居住區的北四川路，成立了帶抗日色彩的

「華聯通訊社」。北四川路是一八九九年公共租界擴張後，遺留的兩不管地帶，它的北段是租界與華界共管的「越界築路」，但半租界區管理不易，很快成為左翼分子的聚集地，包括新感覺派作家劉吶鷗便選擇此地開立第一線書店，魯迅經常光顧的內山書店等皆在北四川路上。

這回，謝春木力邀王白淵來自己公司擔任翻譯工作，接替被日軍逮捕的蔣文來，將日本廣播電臺的日本消息迻譯成中文給中國有關機關。誰都知曉這份工作潛在著風險，因為謝、王均為日本人，在中日交戰期間，他們竟然把日方消息走漏給敵營，這舉措儼然叛國。事實上，兩人都憧憬著社會主義與民族情感，對少年中國極為嚮往，認為中國革命將會同時解決臺灣問題。

童年以降，王白淵始終惦念琢磨父親講過的林爽文故事。林爽文的故鄉離家鄉彰化二水不遠，鄉里關於林爽文的傳說特別多，也因此把抗清之士的一生記得特別牢、特別清楚。「在殖民地長大的人，都一樣地帶著民族的憂鬱病」。然而，憂鬱病召喚出革命的微光，固然讓人癡狂，也讓人陷入行路難的絕境。

一九三五年，華聯通訊社受到日本政府壓制而不得不軟化抗日言論，中國政府對此感到猜忌，縮減補助款，通訊社面臨財務危機。謝春木只好向僑民銷售《中外論壇》，導致被國民黨以涉嫌日本間諜、共產黨員逮捕，最後只得商請有力人士關說才獲釋。事件之後，通訊社無法力挽頹勢，宣告倒閉。

一九三七年王白淵有意重建通訊社，卻因上海「八一三事變」（編按：又稱「虹橋機場事件，導致中日雙方展開淞滬會戰。）爆發，成員紛紛走避，最終沒有實現。

詠上海

其實遷往上海之前，一九三〇年左右，王白淵曾到過上海一次。那時，他佇立揚子江口，一方面為江河的歷史悠遠、華夏文明興替而悸動；一方面看穿了上海的駁雜，既感嘆列強榨取，又敏銳覺知上海租界的現代化與資本主義一體雙面所形成的惡之華；既注意到上海為「果敢抗爭與犧牲」的左翼聚集地，對照孕育孔老等古老中華文化的黃河流域，來突顯上海之於「青年中國」的表徵。

青年中國的印象，拓印心口，他寫下〈給印度人〉、〈佇立揚子江口〉兩首詩。沒想到有這麼一天，《フォルモサ》雜誌創辦前後，王白淵闊別日本，決定來到東亞第一大都會——上海，重起爐灶。

第二次來上海，王白淵纖細的神經，很快覺察魔都上海的人事物，不僅是所有日治臺灣人來到祖國後遇到的矛盾——「看到穿著浴衣的我／就叫喊著：「打倒日本人。」／惹人憐愛的小女孩也令我悲傷」。臺灣人的口音、穿著太容易曝現出日本人的影子，然而，臺灣人要怎麼對中國人解釋身分這件事？縱然王白淵祕密執行抗日工作，身分上的矛盾其實也是臺灣人脆弱的一塊。

見到自己居住的法租界裡，法國巡警一邊侮辱一邊拖行苦力，法國官憲欺侮雇用的越南人，甚至觸目可及的妓女、乞丐和貧民，作為被殖民地的次等公民，王白淵特別感同，他很快從這群人身上折射出臺灣圖像，滿腔憤懣地質疑儒家、宗教何以致迂腐、貧弱橫陳。「誰說上海是歡樂之都／在大砲和軍隊之下掙扎著」，這是「連小孩都無法笑的國家」。

上海生活予他新的啟悟，這些感受觸發他寫出一首又一首三行詩，在《フォルモサ》第二至三期依序發表了〈上海雜詠〉、〈唐璜與加彭尼〉（小說）、〈給親愛的K子〉、〈紫金山下〉、〈看《フォルモサ》有感〉。

這時，他的詩一改《荊棘的道路》的筆法，主要以啄木調進行創作，內容也更具現實批判。尤其〈上海雜詠〉、〈給親愛的K子〉被吳坤煌視為代表作，巫永福更譽之「臺灣的啄木」。

昭和初期，日本文壇盛行石川啄木的三行詩。石川啄木生於岩手縣，就讀於盛岡尋常中學，年僅二十六歲便過世。在盛岡的王白淵亦在啄木熱潮裡接觸其文學。王白淵特別提過：「雖然短歌對啄木來說是悲傷的玩具，但那短歌比什麼都還能打動我們，因為超乎文字的強大意志，化為濃烈的生氣向我們襲來。」啄木特色的三行書寫、日本流行的象徵主義、甘地的社會主義思想、郭沫若的革命思想等，世界的藝文都在王白淵的心裡播下種子。

•

但最心碎的恐怕不只對祖國的淪落感到失望，而是居上海一年後，王白淵輾轉聽聞久保田良在日本產下一女，當父親高興是有的，但自己卻無法在孩子身邊。他提筆創作了一首諷刺味濃烈的啄木調詩：「被帝國主義者放逐的人，不能讓他的親生孩子叫一聲『爸爸』，哀哉兮。」

那段歲月靜好的盛岡時代很快襲來，淹沒思緒，如果這時候能在教室裡看學生繪畫，如果還能執妻的手，「祕藏著我的青春／的那個杜陵的秋天原野／我想再站上一次」。

將往何處去

一九三五年，王白淵應聘至上海美術專科學校，教授圖案設計。他在那裡認識了大廈大學的女學生，兩人陷入熱戀，不久結婚了。

兩年後，上海發生「八一三事變」，王白淵攜著孕妻到法國領事館避難，不料遭日警逮捕，被強行押解回臺，入獄服刑。自此一別，竟與妻子音訊斷絕。
這是他的第三次婚姻，分開的理由依然是不得已的政治問題。

•

那些都過去了，成為生命的一部分。
而今，他在臺北監獄裡，跟著老師一起作畫，那種單純創作的感受，像回到東京念日本美術學校的時候，曾經他想當米勒，現在他只想好好完成眼前的漆器屏風。
老師說，畫蒔繪的時候要在暗黑的空間，在微弱的光照裡構圖，才好度量漆器上的泥金如何彰顯畫面的堂奧和餘韻。因為蒔繪不是要人一眼洞穿，反倒要人細細品茗其中的曖曖內含光，那似乎是種提醒，再怎麼幽暗靜寂的房間，亦有光。
就好像、好像他在《荊棘的道路》開篇的〈序詩〉寫過的：

我也知道　你也知道
地平線彼方的光芒
東方黎明的徵兆

社會主義的理想，他沒有忘。

縫織臺灣人的故事

一九〇二年冬天，王白淵出生於彰化廳東螺東堡二八水庄大坵園。臺灣早期詩人。一九六五年歿於臺北。

這是認識王白淵的線頭。在一本書上。

寫博士論文時，特別注意日治時代赴上海發展的臺灣人。王白淵是其一，他的生平簡介在記憶裡打上一個結。

線頭已起，忽然有了進一步探究的機會。我翻讀著相關評論，論述泰半環伺《荊棘的道路》、左翼思想等面向，對於上海時代著墨不深。在上海時，王白淵寫了日文詩、小說給《フォルモサ》，然而，這些作品雖少，卻尚未系統性地翻譯。我只能憑著小學生程度，邊查日文字典，邊問朋友，反覆確認。一針一針縫織起王白淵在上海的故事。

寫的是王白淵，實輻輳出日治臺灣人的精神圖景，儘管挫敗，依然理想，依然火光如炬。

謝春木：斜槓青年和他的那塊紅布

◆徐珮芬

繪圖・毛奇

謝春木（一九〇二～一九六九），彰化人，又名謝南光，筆名追風。一九二一年畢業於臺北師範學校，考入東京高等師範學校；留日期間參與「新民會」、「臺灣文化協會」等團體；一九二七年任臺灣民眾黨第一任祕書長；一九三〇年與黃白成枝共同擔任《洪水》編輯；一九三一年移住上海，並創設華聯通信社。著有論述《臺灣人の要求》（臺灣人的要求）等三種。

徐珮芬（一九八六～）。清華大學臺灣文學所碩士。現專事寫作。曾獲林榮三文學獎、周夢蝶詩獎等。著有《還是要有傢俱才能活得不悲傷》、《在黑洞中我看見自己的眼睛》、《我只擔心雨會不會一直下到明天早上》、《夜行性動物》、《晚安，糖果屋》。

一邊開著YouTube讓音樂跑，一邊研究著謝春木的生平與後世評價。焦頭爛額之餘，隨機播放正好放到崔健那首膾炙人口的〈一塊紅布〉：

看不見你也看不見路
我的手也被你拴住
你問我在想什麼
我說我要你做主

說來有點唐突，我瞬間覺得這段歌詞實在太適合用來當作謝春木的BGM（Background Music縮寫）了（當然我們誰也別提崔健和春晚的風波（註一），那實在掃興）。一路走來，才華洋溢、鋒芒畢露的謝春木未曾停止散發他的存在感：早年寫詩寫小說、撰社論，乃至後來做外交、（被懷疑的）間諜，甚至也可以算成旅遊作家……這不是斜槓，什麼才是斜槓？

等等，那又跟崔健的歌詞有什麼關係？且待我容後解釋。

身分一：追風的文藝青年

在謝春木諸多著作與立論中，最為人津津樂道的文學成就，便是他於一九二二年在東京留學時期，以日文發表的短篇小說〈彼女は何處へ？〉（她要往何處去？——致苦惱的年輕姊妹們）和兩年後的〈詩の真似する〉（詩的模仿）系列，其中包含詩四首：〈讚美蕃王〉、〈煤炭頌〉、〈戀愛將茁壯〉、〈花開之前〉。

〈她要往何處去？〉表面上談的是留日臺籍學生與傳統臺灣女性之間的青春戀曲。然而，就與當時許多知青筆下的作品相去不遠，「女性」翻個面就是「殖民地」，「臺女」兩個字，在那個年代完全是另外一番意思。在經過愛情的衝擊、男角的「啟發」而引起內心一番掙扎後，原本乖順的女主角（們）毅然挺身與世俗禮教對抗，放下手中的針線，走上了前往帝都東京留學的「康莊大道」。

將鏡頭轉回謝春木的生命歷程。自幼出生書香世家的他，一九二一年以優異的成績自臺北師範學校（今國立臺北教育大學）畢業後，領了總督府文教局頒發的獎學金，負笈東京高等師範學校（今筑波大學）。不管倒著看、橫著看，都可謂是呼風喚雨人生勝利組的謝春木，在留日的那段時光裡，與同鄉（臺灣）、同年（一九〇二年出生）的文友王白淵共住一室，感情好得不得了：「因長年寢食與共，所以我們彼此比骨肉還親」

（註二）。

身為經過殖民教育機制「淘選」出來的菁英分子之一，走在北方「祖國」的街道上，年輕氣盛的謝春木，如何理解自己在時代中的位置？從謝春木為摯友王白淵於一九三一年出版的日文詩集《荊棘之道》所作的序中，或可窺見一點他的心跡：

> ……烏雲籠罩了明鏡般的你的心情。生為殖民地的人，誰都必須嘗受的。你一定刻骨銘心嘗受到了。所以你投入美術。在美術學校，你一直憂憂鬱鬱，研究詩多於作畫……

值得玩味的是，謝春木在同一篇文章裡自陳：他體內的憂鬱種子比王白淵更早萌芽

> ……同樣十六歲的時候，你和我一齊進入了臺北師範唸書。那時我患上憂鬱症，你則像隻天真爛漫、快活、春天裡載歌載舞的小鳥……

容我大膽假設，謝春木在這裡提到的「憂鬱」，應該和少年維特的憂鬱或波特萊爾

的「巴黎限定憂鬱」不太一樣，那恐怕是一種殖民地青年的憂鬱，對家鄉又愛又恨鐵不成鋼的複雜思緒，終日糾結在心上。

身分二：歸鄉的覺醒青年

在東京時代之大部分時間用於政治運動，民國十四年四月，因余兄為反日農民暴動首領而全家被捕，致廢學而返……

一九二五年，因蔗農不滿會社收購價格而衍生的「二林事件」爆發，成了謝春木生命中的一個轉捩點。事件中不少參與者是他的親人或熟識，例如曾出任臺灣文化協會理事的醫師李應章等人。為聲援這場意義重大的農民運動，謝春木斷然放棄在東京的學業回到島嶼。

在為農民運動奔走的過程中，謝春木更加理解到媒體是影響社會、啟迪民智的重要武器。他在無數場演講中，不斷強調報紙在社運中的功能性不可被輕忽，同時也開始在彼時臺灣人辦的報紙中影響力最大的《臺灣民報》內部工作。

一九二七年，「臺灣民眾黨」在高漲的民族自決意識下，由蔣渭水成立，而第一任祕書長便是謝春木。開始在政壇活躍的他，一邊持續執筆撰寫社論並擔任報刊「洪水」的編輯。比起將重心專注在臺灣文化啟蒙、教育改革議題的留日時期，彼時的謝春木政治立場愈發左傾。如果謝春木生在二十一世紀的臺灣，我們毫無疑問會給他冠上「覺青」的稱號。

身分三：長江一號，是你？！

在參與島嶼社會運動的過程中，因理念與蔣渭水近似，被認為是蔣渭水「繼承人」的謝春木，親眼見到臺灣民眾黨因聲勢逐日壯大而被總督府「抄家」、蔣渭水憂憤而死的悲傷結局，於是在一九三一年底決意出走中國。

謝春木的「兩岸一家親」思想，其實早在他自一九二八年時，代表臺灣人到南京參加孫中山奉安大典回來後寫下的〈新興中國見聞記〉中，便可見端倪——然而這本著作被我私心歸類到「遊記類」，容後說明。

一九三二年至一九三六年間，可以說是謝春木「爆肝」的一段歲月：在上海創立對抗日本官媒的華聯通訊社，足跡亦遠至長城內外、甘肅、青海、四川重慶、福建等地。樹大當然招風，地下工作者的名字當然得是複數，謝春木也不例外，在一九三三年改名成了「謝南光」。當年那個寫下「你的身體黝黑／由黑而冷／轉紅就熱了／燃燒了熔化白金／你無意留下什麼」（謝春木，〈煤炭頌〉）的文藝青年，追的不再是風，而是在混亂的年代中飄揚的紅色旗幟。當時的他，如何聰慧也意料不到，自己會在三十年後，成為故鄉寶島家喻戶曉的電視劇《揚子江風雲》中的間諜角色設定參考來源：「長江一號」。

因為辦了評論中國外交軍事情報的雜誌《中外論壇》，被當時的國民黨盯上，旋即被以「共產黨員」的理由逮捕。萬幸出外靠朋友的謝春木透過關係，沒幾日就恢復自由之身。頂著「中共」、「日共」、「特務」和「間諜」的指控，謝春木頭上戴著的帽子，堆起來大概都能讓身形嬌小的他碰到天花板了。

身分四：革命前夕的中國旅遊作家

交通工具不是摩托車，遊覽的也不是南美洲。我們的春木兄從他還是追風少年的時候，便開始撰寫遊記。光查閱一九二九年六月至十二月的《臺灣民報》，就可以找到二十篇他發表的「旅人の眼鏡」，以地域粗略區分為三大類：日本東京、上海華東和東北滿州國。

……來上海前，我頭腦裡頭裝的有關上海的傳聞，大部分令我不寒而慄……什麼綁票、扒手、兇惡的車夫、旅館的坑蒙拐騙，總之沒有一樣好東西。而且，我完全人生地不熟，語言不通，作為旅行者，心中更是不安。

——謝南光，《謝南光著作選（上）》，一九九九年，頁二一八——二一九

思慮清晰、站在時代前鋒的謝春木，隻身到異地自然也會孤獨不安，「追風」的浪漫人格面，在陌生的土地上悄悄地重新現身——

……當時正值六月中旬，到下午九時都能看到夕陽，一切的祕密皆因緯度原因，我頭腦裡漸漸浮現出古地理知識，所有的不可思議並不奇怪……

——同前引，頁二三九

這段充滿異國弔詭感的文字，寫於駛往哈爾濱的火車上。如今讀來，居然有那麼一點村上春樹《國境之南．太陽之西》中「西伯利亞症候群」（Arctic hysteria）之感。回歸技術層面，謝春木絕對是一個規畫縝密的旅行家，大概就是散漫的人跟他出去玩會被他電到爆的那種。從他記述所見所聞的方式，便可看出他自許為一名觀察者、針砭時政的動機遠大於觀光娛樂。

惦記體內流著漢民族的血液、心上懸著對原鄉的情懷和日本教育的影響，使得謝春木在旅途上自然會將中國、臺灣和日本三地的狀況做對照：

……在中國旅行感到不便的就是速度問題。我們講華語，穿中國服飾，但人們老不相信我們是中國人。其很大的原因之一就是我們的一舉一動。由於這個速度，往往引起中國人與臺灣人之間「我們是中國人，你們是日本人」之類的爭吵不休。我們的速度觀念的確比他們敏感得多。……乘客都下到月臺上，有的散步的，也有的買瓜子及其他食物吃的，但誰都不知道停車的原因，也許是某個地方出故障了，也不去查問，就像對戰爭一樣，愛打就打去，即使聽見機關槍聲，也不慌不忙。環境是可怕的，若是日本，一定怒罵：「為什麼不走？什麼地方壞了？何時出發？給我退快車票？」

——同前引，頁二一八——二一九

在路上——「那個地方」

後人評價謝春木，不可能不花大篇幅著墨他的政治立場與作為。然而我總感覺他就是崔健〈一塊紅布〉ＭＶ裡，那個綁著紅布、讓你看不到他眉眼的熱血青年，抱著吉他嘶吼關於自由、天空和道路：

這個感覺真讓我舒服
它讓我忘掉我沒地兒住
你問我還要去何方
我說要上你的路

無論曾經捧讀的是什麼主義，無論他懷抱的是哪種信念，又或許中間曾脫了隊，走到別條路上。我看到的謝春木一直在往前進——往他相信的「那個地方」，雖然他的眉眼被紅布遮住了我看不見，但我敬畏任何敢披荊斬棘的人。

謝春木一路涉足了那麼多地方，或許他在尋找一個人人無須虛偽或掩飾，不用對發生在眼前的不公不義緘默的世界；在那裡，人人都可以望其所望、愛其所愛（註三），不須經受憂鬱和絕望。

註一：享有搖滾教父之譽的歌手崔健，因在六四天安門事件時到場聲援學生，其歌曲〈一無所有〉，成為抗爭者傳唱的歌曲，遭中共當局封殺直至二〇一二年才回到舞臺。二〇一四年一度傳出將登上央視的春節聯歡晚會，引發議論風波。

註二：引用自王白淵著，陳才崑譯，《荊棘的道路．序》，彰化：彰化縣立文化中心，一九九五年。

註三：改寫自謝春木詩〈讚美蕃王〉，原句為「你不虛偽，不掩飾／望你所望的／愛你所愛的／你不擺架子」。

安身立命的方法

對我來說，處理一個頂著「社會運動參與者」、「政治人物」光環更甚於「作家」、「詩人」的角色，著實不是一件容易的事。多虧文訊雜誌社率先提供具有參考價值的資料，為我在找尋其他相關論述時指了路，讓我不至於繞得太遠，抽掉太多包菸。該說恐怖還是感慨呢。謝春木出生於超過一百年前的臺灣，而他曾面臨的困境和不安，於今讀來仍心有戚戚。

當然每個時代都有每個時代安身立命的方法。春木前輩無疑是浪尖上的人，不畏懼浪花沾濕一身。而百年後的我們躋身在船艙之中，握緊了筆桿仰望眼前的巨大冰山：

「不可能，這艘船不會沉」、「把救生艇留給女人和小孩」、「水慢慢灌進來了……」只要有點敏感的人，都可以聽見私語在暗夜的黑水溝下湧動。

如果此時有人發給我們一塊紅布，說曚上就不會再害怕了。往日自許（自以為）知識分子的我，會怎麼做呢？我們該如何抉擇？

徬徨的時候，重讀謝春木的著作吧。畢竟這位前輩真真切切地為臺灣的未來憂鬱過，也曾挺身凝視那黑洞般剝奪你追求自由渴望的深淵。

江山樓的那個郭秋生

◆熊一蘋

繪圖・毛奇

郭秋生（一九〇四～一九八〇），臺北新莊人，筆名秋生、芥舟、街頭寫真師、TP生、KS等。畢業於廈門集美中學，後任職於江山樓。一九三〇年代參與臺灣文藝協會成立，出任幹事長，一九三二年參與《南音》創刊，並力倡臺灣話文運動。創作嘗試以臺語文寫作外，亦有隨筆〈社會寫真〉、〈街頭寫真〉；小說〈跳加冠〉、〈貓兒〉等散見於刊物。

熊一蘋（一九九一～），本名熊信淵。臺灣大學臺灣文學所碩士。現專事寫作。曾獲林榮三文學獎、聯合報文學獎等。著有《華美的跫音：1960年代美軍文化影響下的臺中生活》、《我們的搖滾樂》等。

※本文情節均為作者設計，如有雷同，純屬巧合。※

致讀者：本期「穿越時光見到你」專題的郭秋生一文，由於作者熊一蘋遲遲未能交出正文，不得已將編輯與他討論寫作方向的對話紀錄直接刊出，望讀者海涵。

編：一蘋，郭秋生的文章進度如何？有什麼需要我們協助的嗎？

蘋：應該不用，資料大概都看過了。

編：那請問什麼時候方便收稿呢？之前約好的時間已經過了。

編：一蘋，你還在嗎？要不要我現在打電話過去？

蘋：沒關係沒關係，這裡講就好了。

編：那可以說一下你現在的進度嗎？

蘋：不是、那個，因為，郭秋生的資料比想像中還少很多。

編：會嗎？我記得光我們傳過去的檔案就有一百多ＭＢ。

蘋：少的不是他的作品，是關於他這個人的資料就少得很誇張了啊。

・

蘋：和他有關的事蹟都很集中，就是他在江山樓當經理的時期。

編：只有那段時期的資料不夠嗎？

蘋：與其說夠不夠，那樣的形象就很單薄啊。

蘋：用現在的狀態來說，大概就是「以前有個年輕的夜總會經理滿有才華的，有一陣子還常跟人筆戰，可是後來也沒幹嘛，離職之後就沒聽到他消息了」這樣。

編：這也太短了吧。

編：筆戰是說臺灣話文論戰嗎？

編：聽起來滿精采的啊。

蘋：對啊很有趣。

蘋：我覺得他當時的身分和處境滿複雜的，但他沒有深入講自己的心境，也沒什麼人提過。

編：那就以論戰為主來寫不行嗎？

蘋：論戰我不太熟……

編：你不是臺文所畢業的嗎？

蘋：我的研究領域不是文學啊……

編：這樣可以嗎！

•

編：那你研究所都在幹嘛？

蘋：主要是觀察藝文人士之間的聯繫和活動……這一類的吧。

蘋：所以郭秋生這種類型對我來說很麻煩啊。

蘋：比起真實存在的人物，更像是只活在新文學運動初期的傳說，臺灣話文論戰都快變成他的前綴詞了，臺文所學生提到他的時候會說是「臺灣話文論戰的那個郭秋生嘛」這種程度。

蘋：不過以一九三〇年代的人來說，應該會是「江山樓的那個郭秋生嘛」這樣的說法。

編：照這個感覺，應該可以寫一篇文人們慕名到江山樓和郭秋生交遊的事蹟。

蘋：我原本也有想過，但有點微妙。

蘋：江山樓是超高級的大飯店，要說去江山樓的文人，大多都是詩社的舊文人，新文學家對那樣的地方應該不太喜歡才對。

蘋：一群有頭有臉的仕紳聚在高級飯店裡喝酒、聽藝旦唱曲，寫什麼忘卻塵世煩憂之類的詩句，跟日本官員應酬，跟新文學家說的走入民間、啟蒙大眾之類目標差太多了，完全是兩個世界。

蘋：而且新文學家很喜歡攻擊的連雅堂，他跟江山樓的老闆吳江山是好朋友啊。

編：是喔。

編：好像也不怎麼意外。

蘋：說是連雅堂每次來都會親自下廚，平常沒事會送佛跳牆和芋頭糕到他家，夏天還改送冰淇淋給他消暑。

編：為什麼被你一講就好像人家有打算幹嘛一樣。

蘋：誰知道，總之資料說是好朋友。

蘋：連雅堂還嫌棄過郭秋生的隨筆，說一個文學家寫路邊用髒話對罵的市井小民是羞辱自己，他們觀念的落差就是這麼大。

編：照你這樣說，郭秋生在那個環境工作不就會很痛苦嗎？

蘋：不會喔，他說老闆不太管事，事情做完了就隨便他想幹嘛，所以很多作品都是在店裡寫的。

編：不是說新文學家會不喜歡那個氛圍嗎？

蘋：嗯，從這個角度來說大概是吧，但畢竟「新文學家」這種頭銜也只是人的一部分，他畢竟也是江山樓的經理。

蘋：實際上臺灣文藝協會從籌備到成立的期間，也大多在江山樓開會。利用舊體制資源支持進步思想的事情都會發生嘛。

蘋：而且那裡也不只有舊文人會去啊，如果茶商們開會什麼的，他們就要去接待英國客人，平常也有很多日本客人。郭秋生好像因為這樣受到很大的刺激，剛進去的時候還花了一年的時間，自修早稻田的函授課程。

編：該不會也是趁上班時間吧？

蘋：資料說是「工作之餘」，不過總覺得很有可能XD。

蘋：好棒的職場。

編：搞不好是人家很拚啊。

•

編：這樣的話，郭秋生之後跟人論戰、辦雜誌的時候，在江山樓的立場可能會很奇怪，從這樣的角度切入如何？

蘋：這個太細節了，很難深入啊。

蘋：不過江山樓本身就是一個很微妙的空間，不同的人看有不同的面貌。

蘋：最早江山樓成立的目標，是想讓臺灣人有個跟梅屋敷、鐵道旅館齊名的高級旅館，主打的是吳江山親自在大陸四處考察的支那料理。

蘋：但對日本人來說，江山樓反而是臺灣料理的代表，而且是可以接待皇太子等級的最高檔臺灣料理。吳江山後來也在報紙上寫料理專欄，特別強調這些料理有臺灣特色，跟支那料理是不一樣的。

蘋：而且他還說了「名廚做法的變化，就像為政者施政的變化」這種危險的發言。

編：意思是他在江山樓完成了文化臺獨嗎？

蘋：但說不定是為了因應日本統治啊。

編：然後在新文學家眼中是資產階級和守舊派聚集的大本營。

編：真的是很微妙啊……

編：嗯，不過，這跟郭秋生沒什麼關係吧……

蘋：咦是嗎？

蘋：不過從現有的資料看起來，當時藝文人要接觸郭秋生，幾乎都是去江山樓拜訪，對他的印象會因為對江山樓的印象而改變，感覺也是可能的。

•

蘋：郭秋生不是參與過《南音》和《先發部隊》兩部雜誌嗎？

蘋：雖然這兩部雜誌的起源故事，都是從「某人前往江山樓拜訪郭秋生」開始說起的，但實際比較一下，兩件事的差異還是滿大的。

編：那你要不要就往這個方向寫？

編：感覺你已經有大致的構想了啊。

蘋：但我就是越找資料，越覺得摸不透郭秋生是什麼樣的人啊。

蘋：像《南音》那邊的狀況，起因就還滿好笑的。

編：不是郭秋生因為臺灣話文論戰成名，之後有人找他一起討論辦雜誌的事嗎？

蘋：這樣說也不能算錯，但看了細節就覺得，這整件事和郭秋生幾乎沒什麼關係啊。

蘋：總之那時有個喜歡文學和上酒樓的人叫黃春成。

編：這開頭就很偏頗了啊。

蘋：他自己還滿以這件事為榮的，風流狂傲之類。

蘋：總之黃春成在報紙上看到了有個叫芥舟的人在提倡臺灣話文，就問了當編輯的朋友說這個人是誰，編輯朋友說是江山樓的店員，黃春成就覺得奇怪，在那種地方工作的人居然會寫東西，還會提倡這種奇奇怪怪的論調。

編：你有沒有扭曲人家的意思啊……

蘋：黃春成寫東西也差不多這種語氣喔。

蘋：這裡還有一個疑點是，郭秋生用「芥舟」這個筆名發表的通常是隨筆，推廣臺灣話文的文章都是用本名發表，最有名的那篇〈建設『臺灣話文』一提案〉又是刊登在《臺灣新聞》上，和黃春成說的《臺灣新民報》不符。就算他看到的是郭秋生和黃純青在《臺灣新民報》上的論戰，那幾篇文章也是他用本名發表的啊。

編：追到這裡就太細了吧。

編：大概是單純的記錯？

蘋：但讓人很在意是錯在哪個環節啊。

蘋：搞不好真的有什麼夢幻的文章被漏掉了。

編：那直接去翻《臺灣新民報》？

蘋：我會暈微捲……

編：算了算了。

蘋：那我繼續說喔。

蘋：之後某天，江山樓的店員來找黃春成收帳，黃春成趁機問他，發現芥舟就是郭秋生。因為他太常泡江山樓，聽到名字就隱隱約約知道是什麼人，結果當天晚上黃春成就跑去江山樓找郭秋生聊天了。

編：還真的是很愛去。

編：等一下，這樣就說得通了吧！

編：黃春成一開始注意到的是芥舟的隨筆，也對臺灣話文論戰有一點印象，之後跟收帳的打聽到芥舟就是郭秋生，就在腦子裡直接把兩個印象兜起來了吧。

蘋：好像是欸！

蘋：你也太強了吧！

編：呃。

編：那個……

編：可能是你資料看太多，頭腦有點打結了吧……

蘋：不過這也只是小細節而已啦。

編：我剛剛不就這樣說了嗎！

蘋：總之總之，黃春成去找郭秋生那天，郭秋生很興奮地和他說了非常多，從鄉土文學講到臺灣話文，然後抱怨發表的平臺太少了，沒辦法促進討論風氣。

編：所以後來才會有創辦《南音》這件事對吧。

蘋：嗯，其實黃春成說他對這些話題都沒什麼興趣。

編：咦！

蘋：但是他也覺得發表作品的管道太少了，所以之後他到臺中找朋友，提到了這件事，大家聊一聊覺得有搞頭，就在臺中開了個會，透過霧峰林家的人際網絡串一串，就把雜誌社組起來了。

編：怎麼聽起來和郭秋生沒什麼關係。

蘋：郭秋生大概就是好萊塢電影序幕出現的引路人，演員字卡跑完後正片就沒他的事了。

蘋：順便一提，黃春成一開始掛的是發行人，但過了幾期他就把這個擔子丟給葉榮鐘了。

編：黃春成的形象都被你敗壞光了。

蘋：不過這也是好事，畢竟葉榮鐘做事比較實在。他也有幫郭秋生潤過稿，還嫌說文筆很糟，後來那篇稿子好像就沒刊了。

編：在他的專題還是不要寫這種東西比較好吧。

蘋：不過葉榮鐘有說內容還可以。

・

蘋：傳說林獻堂曾經到江山樓參觀郭秋生的寫作間，大概就是透過這條線牽起來的吧。如果不談對後世的影響，和霧峰林家搭上線的人脈和名聲，對郭秋生來說才是投入論戰最直接的戰果吧。

編：這也太現實。

蘋：畢竟他是靠自學成名的，一下子和這麼多文人拉近距離，對自我精進很有幫助吧。

編：你剛剛說得好像他要用這名聲來幹嘛一樣。

蘋：那是太多人利用名聲做壞事才會有這種印象啦。

編：至少寫成象徵資本吧。

蘋：那是什麼？

編：算了當我沒說。

蘋：不過郭秋生在《南音》同人裡還是比較邊緣的，一開始在上頭和關心文學運動的人討論得很熱烈，但是雜誌發了幾期之後，社內就緊急開會，決定要限制鄉土文學、臺灣話文相關的篇幅，以免被誤以為是專門提倡這些議題的刊物。

編：是擔心被官方刁難嗎？

蘋：除了那個原因以外，也有一些人是真的想要避戰吧，畢竟雜誌的主導者大都還是對舊文學有感情，再怎麼說也只能算是保守的進步派，裡頭還是很多人不想蹚這渾水，結果就變成讓郭秋生安靜點了。

蘋：明明一開始辦半月刊，就是希望有什麼論戰可以進行得緊湊一點。

編：人微言輕啊。

‧

蘋：不過到後來辦《先發部隊》的時候，參與的人大多是想要改變文壇風氣的新文學家，郭秋生的主導力就強很多，變成一個大家長的感覺，出場地、請吃飯、拉贊助之類事情都是由他來做。

編：開始受人尊敬了吧。

蘋：更實際的理由是其他人都很窮，不是學生就是小職員，還有人沒正職的。

編：有資源的觀念保守，想革新的沒有資源。

編：哪個時代都一樣啊。

蘋：所以郭秋生這種兩邊都有交情的人物很重要啊。

蘋：不過他在《先發部隊》時期就比較少有作品了，大概是真的太忙，又剛好遇到吳江山過世，江山樓也是從這個時期開始從巔峰往下走。

編：他的人生和江山樓的同步率好高。

蘋：畢竟他本來也沒什麼驚人的家世和學歷，完全是那個環境催生出來的人物吧。

蘋：之後日本政府把漢文報刊禁掉，郭秋生也離開了江山樓，文壇就幾乎看不到他的消息了。

編：完全沒有嗎？

蘋：是有一篇介紹冬瓜料理的短文啦。

編：好有餘韻的結尾。

蘋：因為他當時自己也另外經營餐館吧。

•

編：明明是新文學運動正要到高峰的時候，結果專心投入其他事業了啊。

蘋：把火苗延續了很長一段時間，結果在真的燃燒起來時默默淡出了。

蘋：不知道他當時是怎麼想的。

編：這就真的只有本人才知道了。

編：我覺得你把剛剛說的這些組織一下就可以寫一篇了啊。

蘋：組織一下啊……

蘋：還是乾脆拿對話紀錄去刊好了。

蘋：可以嗎？

編：怎麼可能！

編：……如果真的不得已的話吧。

編：希望你不要逼我這樣做。

蘋：我覺得這樣滿有趣的啊。

編：那稿費應該要算我一半。

編：總之你快點寫！

之後熊一蘋沒有再回覆訊息，對話到此結束。本文標題為編輯所加。

江山樓長出的那支筆

郭秋生的文學生命和江山樓緊緊相連，這一點讓我非常好奇。

雖然郭秋生不怎麼談論自己的經歷，談論他為人和背景的文字也很少，但他在論戰中的立場和文學實踐，都讓我覺得他的心境非常貼近在街頭活動的小人物。這樣的一個人，卻是在江山樓這種政商名流應酬、吟詠詩詞來交際的豪華酒樓工作，還有許多人慕名而來。郭秋生究竟是如何看待自己的身分，這點讓我很感興趣。

詳細查過資料以後，發現「慕名而來」四個字說得實在太簡單了。不同階級的人如何看待郭秋生，又是抱著什麼樣的心態前去拜訪他，都可能是截然不同的故事。江山樓這個交織著權力、酒色和文藝的複雜空間裡，會寫文章的郭秋生就像一個驚喜，所有人都忍不住想去探個仔細。

也許就是眾人好奇的心態讓郭秋生得到了機會；在新舊文學交替的時刻，郭秋生一度成為了居中斡旋、重新分配資源的人物。希望透過分析郭秋生身邊的人際網絡，讓大家也可以去揣摩他的面貌。

拾荒者言
夢鷗先生的小說課

◆謝宜安

繪圖・毛奇

王夢鷗（一九〇七～二〇〇二），福建長樂人，一九四九年來臺。廈門大學中文系、日本早稻田大學文學科研究所畢業。曾任教於廈門大學、政治大學、日本廣島大學等。早年從事電影工作、創作話劇劇本，來臺後曾參與製作中央電影公司的影片。曾獲中國文藝協會文藝獎章、五四獎文學貢獻獎、中山文藝創作獎等。創作文類以文藝理論、文學評論、劇本為主，計二十餘種。

謝宜安（一九九二～）。臺灣大學中文系碩士。現專事寫作，為「臺北地方異聞工作室」成員。曾獲磺溪文學獎、中興湖文學獎、道南文學獎。著有《特搜！臺灣都市傳說》、《蛇郎君：蠔鏡窗的新娘》、《臺灣都市傳說百科》（合著）等。

他從同學手中接過那一疊稿紙。稿紙上密密麻麻的都是字，他略翻了翻，約有二十頁左右。這數量可謂十分驚人。但這還不是他看到的第一份。上一份他瞥到時，已經因為經過同學們的手，沾上了汗水，而變得凹凸不平。這一份還是新的。他讀了兩句，看起來像是份逐字稿。

誰的話這麼重要，蔣總統嗎？

他再細看，發現內容似曾相似——好像是兩周前某堂課的紀錄。他已經記不得是哪位老師了。小說組來的講座這麼多，每一位都大有來頭。從三月開始，他們每晚從六點上到九點，即便來的都是泰山北斗，他腦中的印象也漸漸模糊，覺得半數人講的都大同小異。一輪聽過去，也沒覺得誰講得特別好、特別重要。

反正他跟同學們不一樣，本來就志不在此。

可是這疊筆記還是激起了他的好奇心，或者準確來說，疑心——而這恰恰是他最該注意的。

「這份筆記是……？」他問借他筆記的那群同學。

「這是王同學做的筆記，分享給我們溫故知新用的。」回答的是班長張雲家。

「王同學？」

「就是坐後排的王鼎鈞同學。他不是在中廣上班嗎？他請人來錄了音，自己抄成筆記。」

「他真認真！每堂課都這樣嗎？」

該死，錄音事大，他怎麼沒注意到？

「哈，那多累。他只有夢老的課才錄音。」

夢老？是那個講《包法利夫人》的王夢鷗嗎？講座裡有立法委員胡秋原、文協張道藩這種大老，也有郎靜山、梁實秋這類名家。王夢鷗不過就是個大學教授，他的課有什麼好錄音的？

還有一點令他在意的，是他常聽學員們喊「趙公」、「李公」、「道公」，卻叫年紀與他們不相上下的王夢鷗「夢老」。

他借走了那份筆記。

•

他聽同學們說過，王鼎鈞的筆記做得好。這話是夢老講的。夢老發現了這個努力的光頭，說他做的筆記既抓住要點，也顧到細節。

他只是擔心擅長做筆記的人，也擅長做其他事。

小說組是中國文藝協會出資辦的，張道藩找了師大的教授趙友培、李辰冬負責。從一百二十名學員中，考了三十名進來。這些學員都經過筆試，要他們陳述小說的藝術價值，也經過蔣碧薇和李辰冬的面試。他已經聽不只一位學員說過，他們「很榮幸」能考進小說組。他可以理解，因為確實不容易。

太容易得到的東西，反而不容易珍惜。

小說組每晚借臺北市立女師附小的教室上課，展開六個月的密集課程。他覺得文協的用心已經很明顯了，就是要培養這批學員成為作家。趙公不一開始就講了嗎？「學員皆講座，講座亦學員。」因此幫他們挑的講座老師，不是檯面上大家熟悉的小說家，而是檯面下的文壇要角，為的就是能把這批修行好的學員直接引進門，屆時自然「學員皆講座」——他們也是文壇的一分子了。但他看著這些天真生澀的面孔，在授課聲中乖巧地抄錄筆記時，他會疑惑，這些人真的知道嗎？他們真的值得託付嗎？

·

他心中把那次事件當作考驗。那一晚，網灑下來了。軍警湧入總統府附近，包括他們上課的女師附小那一區，封鎖了街道，抓住了行人。其實抓起來也沒做什麼，只是為了治安考量，需要盤查行人的身分，以及，提醒民眾安分守己——能達到震懾人心的作用就好。這叫做「抄把子」。只要看過了身分證，就會把人放出來。有人說什麼只有中老年人會被釋放，青年人會被抓走，都是無稽之談。不過只是為了看看行人之中有沒有罪犯混雜其中，而罪犯常是年輕人而已。

「抄把子」後，他能感覺到這些學員乖巧不少。有的怕是被嚇到了，直接缺課。但他仍有種不甘心的感覺，經過這次，他們的熱情該會消退不少吧？但還是有學員每天遠從外縣市來上課，不知該說他們上進，還是說他們遲鈍。

後來風聲才逐漸傳開。若是哪天有同學無故缺席，同學們便會私語。這也有警惕人心的效果。

•

他還是上了這些人的當。

他把那二十頁的逐字紀錄一句句讀完了。連上一份一起。筆記如實紀錄，一字不漏，既不少，也不多，沒有什麼什麼暗號或密碼。他一度以為，他們口中的夢老是講了什麼煽動的內容（像是之前葛賢寧講的唯物辯證法），或是授課時偷渡了什麼暗示，才令這些單純的學員如此神往。但王夢鷗講的內容十分純粹，當時多數的文藝理論還是重思想、重主義的，但王夢鷗只講作品跟技術，光一個景物描寫，他就能舉唐詩宋詞為例，上個十小時。他一度覺得這些枝微末節最為虛無，哪裡比得上三民主義文藝理論。但學員們似乎反而覺得從夢老身上學到最多，確實，實際操作下來，夢老的說法最有可行性。

他開始寫了。

只是很簡單的小作業。寫人物，寫心理，寫景物，製造衝突。他原以為很輕鬆，寫下去後才知，入學考試時有沒有交那一篇小說，還是有差的。這些人都是交了才被選進來的，他這才感覺到這甄選條件的必要。一周一次的小組討論，他在夢老這一組。討論約在新公園的樹下，作業一拿出來就知道差了一截。夢老沒有特別批評他，只是點出了幾個可以改進的方向，最後微笑說，繼續努力。但凡交了作業的人，他都是鼓勵的。

他在書店找到了夢老的劇本《燕市風沙錄》。正中書局三十五年出版。夢老提過，他在廈大時寫過抗日戲劇。該劇脫稿於三十一年，算算正是其中之一。《燕》劇講的是宋亡後，文天祥被元人囚禁在燕京的故事。平時受夢老指導，他以為夢老就是個文藝理論家，他才知道原來夢老劇本也寫得不俗。《燕》劇讓他驚豔的點有二，一是序幕那營救文天祥一方要劫船的詭譎氛圍。已對文藝略有理解的他，知道氛圍營造必不可少，但夢老卻又穿插了另一項衝突，就是讓理念相同者，也有不同意見，這倒是他在抗日劇中少見的。二是劇末長長的「史料雜錄」。他在讀時已疑惑，怎麼登場人物都有名有姓？看到末尾才知道，原來這些人物都是史上有記載的人物。夢老從海量的文獻中，鉤沉出可用的本事，加以變造——這使得《燕市風沙錄》成為有扎實史料支持的歷史劇。這對於提升民族自信心，想必更有幫助吧。

他在心裡算是過了一關。既然是寫過抗日劇的人，愛國心應是沒有問題的。

接受他指導自然也不會有什麼問題。

・

小說組結業後六年，他踏進了夢老的家中。

夢老在政大任教，家也在木柵。那天木柵下雨，他從市區搭上公共汽車一路往郊區開，窗外雨就一點一滴落下來了。他來到夢老家時，時間已經遲了，眾人都坐在客廳。看過去都是熟悉的面孔。這該是個多好的場合，多好的接觸機會——但他卻認真了。他對自己竟認真地思考著創作，而感到羞赧。

他是被夢老的信領來的。夢老寫信來，說他有一個計畫，要在雜誌上刊一批作品，要用新式的白話小說，改寫中國古典的筆記。小說將由他們這些小說組的學員執筆，一期一篇，他會出借材料給大家。

他其實對於自己為什麼會在這裡感到困惑。從其他同學跟夢老的熟悉程度看來，他們在這六年之間，一直和夢老有聯繫，比如王同學就常來木柵探望夢老。除了王鼎鈞以外，來的還有第二期的學員劉非烈、蔡文甫。

但是他只在小說組的聚餐中出現幾次，當初表現也不特別突出，為什麼是他？

他感到前所未有的緊張。

他從來不覺得自己醉心文藝，但收到信後，他迫切地想知道，自己未來是否能走文藝這條路。若說夢老有慧眼，那自己能否為英雄？

「找你們來，是想說集合你們幾位年輕的朋友，把那些好的，有意思的古人作品拿出來，改寫了之後呈現給現代的讀者。就像讓發霉的古書曬到現在的陽光一樣。這可不只是把古文翻譯成白話文而已，你們要改寫，要掌握小說的全神來創作。這也不是創舉，明代人馮猶龍就是這麼改寫唐人小說的。就當作你們和他們一樣，都是中國豐富的文藝寶庫裡頭的拾荒者。」

夢老說得玄，沒人敢當第一。夢老只好安慰眾人，他拋磚引玉，給大家當做範例。於是就有了那篇〈江西客〉。

《暢流》第十四卷第六期，刊出了夢老的小說〈江西客〉，署名「梁宗之編」，十分謙遜。雜誌為他們開了一個專欄，叫做「中國歷代短篇小說選」，夢老這篇是「之一」，後續由他們接棒。刊出之後，他們約了一次討論會，就在夢老家。〈江西客〉末尾標註，出自《客窗閒話》的〈某駕長〉，講的是一個藥材商人的故事。藥材商人招惹了一位少林寺來的托缽僧，往後在經商時又遇上對方下戰帖，幸好商人帶上的船夫身懷絕技，方才化險為夷。

夢老拿出線裝書給他們翻閱，要他們閱讀之後，討論一下小說做了哪些改編。

「原文撐船的是某駕長跟同夥，這裡改成老頭跟小伙子了。顯身手的是小伙子，不是駕長。」

「很好，為什麼？」

「因為那個結尾？要留點餘韻，只說小伙子身手好，好讓人想像老頭的厲害……原本的結尾，思想太消極了。」

「非常好。還有嗎？」

又有同學舉了夢老小說裡強化江西商人門前的地磚等等的例子。他腦中突然閃過一個念頭。

「我……」

大家轉向他，「你怎麼了？」

「呃，不是，我是說，那個『我』……小說裡的那個。原本的古文裡沒有的。」

原文裡，故事直接開始。但梁宗之的小說，卻讓「我」出場，這個「我」和江西商人同鄉，說起地方上的故事相當熟悉。

他的意見這樣不成熟，連話都無法好好說清楚。但夢老卻點點頭，鼓勵他繼續說下去。

「你有什麼感覺？」

「感覺好像……更親切了？」

夢老露出滿意的神情。

「你抓的點很準確。」接著，夢老開始向他們解說小說的第一人稱、第二人稱和第三人稱。按夢老的說法，人稱的說法可以用「演劇」的情形來譬喻，第一人稱就是演員的觀點，是劇中人出來說話，其優點在於真實性。第二種則是導演的觀點，第三種是觀劇者的觀點，這是最為客觀的。但是諸位應注意，即便是第三種觀點，敘述還是敘述，就連歷史家的敘述，都不可能完全客觀——

夢老繼續說著，但他已經跟不上了。好不容易才覺得自己攀到了一點文學的邊，卻又馬上離他遠去。歷史怎麼會不是客觀的呢，八年抗戰勝利，臺灣光復，這些難道會是假的嗎？

•

那天他在困惑中離開，夢老看出了他的疑惑，拍拍他的肩膀，說：「有問題很好，要一直保持。你沒問題的。好好加油。」

他後來改寫的是宋代的一篇話本〈碾玉觀音〉。受了夢老說法的啟發，他挑了一個郡王府裡的下屬當作觀點，就是找到崔寧跟璩秀秀的那個郭排軍。稿子寫好後他拿給夢老看，夢老的雙眼隱在厚重的鏡片下，他看不清神情。夢老說問題不大，強化大青小青那對刀，以及前面多點郭排軍的心理描寫就好。這樣改很有意思。

出刊後某個假日，他們一樣聚在一起討論，那天買了酒，夢老喝了好幾杯也未見醉態。大家討論了王鼎鈞的〈杜子春〉的結尾，又講到他這篇〈碾玉工匠〉，同學幫他斟了酒，「來來來敬我們的新科作家」。大家討論到傍晚，室內黃光映在酒杯上，背後討論的同學才剛安靜下來。他首度感受到自己真的跟這批人一同完成了一件事。

「我從沒想過可以這樣讀〈碾玉觀音〉！」

同學敬他，他乾杯的時候，不小心把酒潑到了衣服上。王師母拿了紙巾給他，一夥同學們只忙著取笑他。他卻覺得這情景一點也不討厭。日後想來，那大概就是「自由」的氣息吧。

那批小說刊完後，他沒有機會再去夢老家。夢老是不會拒絕學生的，夢老總在學生離開的時候說：「以後常來。」但他就是跨不出那一步。後來他又做過幾個工作，待過一些組織，都覺得格格不入。

幾年後，他聽在帕米爾書店工作的前輩王一非說，文協辦的雜誌《筆匯》換人做了，接手的是任卓宣的姪子尉天驄。尉天驄找了幾個有想法的年輕人，老師王夢鷗也幫忙引介了幾個年輕作者。

他聽到時，腦中浮現了夢老家的模樣。這些年輕自信的寫作者，也會聚在同一個地方，飲酒闊論，感受著自由的氣息吧？

「一非兄，如果方便的話，安排我去帕米爾書店工作吧。排排字也好。」

拿起新的一期時，他必定能再次聞到那股熟悉的味道。

文壇創作者的「夢老」

王夢鷗之於政大中文是特殊的存在。我聽許多老師們提起過他，系上也有以王夢鷗為名的學術講座，以至於在我們這些學生們之間，王夢鷗這名字，代表的是一個我們都耳熟能詳的大師——即便實際上，這位大師是我們的老師的老師的老師輩。只是因為王夢鷗對政大中文影響太深，我們反而錯覺他很近。這使我對他有點好奇。

後來在研究所修課，終於讀到王夢鷗，是他的《唐人小說校釋》。做唐小說的老師說，你們要留一本放在手邊。絕版書買不到，我只好一直跟圖書館續借。王夢鷗的學術成果總是一直有人讀，聽說這學期，政大的老師還要開王夢鷗專題。

假使王夢鷗注定以學者身分為後世所記，那我想挖掘看看他的不同身分。

我發現王夢鷗除了是學者的老師，也是創作者的老師。他在小說組帶出了一批作家，包括王鼎鈞、蔡文甫、舒暢、劉非烈；在尉天驄和許國衡、劉國松等人辦《筆匯》

時，王夢鷗家又成為他們的聚會場所。瘂弦說，是王夢鷗找他們這些年輕的詩人去《筆匯》寫稿，王夢鷗可說是《筆匯》的精神領袖。

無論是小說組或是《筆匯》，這些一線的創作者都成為後來文壇的重要人物。王夢鷗像是以他的親身經歷，解答了「中文系到底能不能教文學」這個世紀難題，他既是優秀的文學理論家，也是一大批創作者的老師。我因此虛構了一位不存在的小說組學員，透過文學理論與實踐，他也會受文學吸引。

沉櫻：戀愛時應該想到死

◆楊婕

繪圖・毛奇

沉櫻（一九〇七～一九八八），山東濰縣人，本名陳鍈，筆名小鈴、陳因、陳塵；一九四八年來臺。上海復旦大學中文系畢業，曾執教於苗栗大成中學及北一女中。創作文類以散文和小說為主，一九三六年以前在中國出版數本短篇小說集，惜多已散佚。譯有《一位陌生女子的來信》等二十多種。

楊婕（一九九〇～）。政治大學中文系碩士。現為臺灣大學臺灣文學所博士生。曾獲時報文學獎、梁實秋文學獎、全國學生文學獎、臺中文學獎等。著有《房間》、《她們都是我的，前女友》。

合不來就是合不來，干小三什麼事？

都說沉櫻情路坎坷，兩段婚姻皆以男方劈腿告終。其實根本不是這樣——和馬彥祥、梁宗岱的婚姻，都是沉櫻主動求去的，她不是委屈自己的人。

才女過世三十年了，看戲的沒有散。第二段婚姻至今還是網路內容農場的八卦，半真半假，串在一起非常聳動——是的，在翻譯史文學史上，沉櫻的名字總和梁宗岱連在一起。他們是同行、是夥伴，也曾是戀人。

•

遇見梁宗岱那年沉櫻二十四歲。剛從上海到北京，結束第一段婚姻，出了三本書，主演話劇《女店主》。她正處在人生的轉捩點，情路受挫，才氣則初露鋒芒。

梁宗岱剛從法國回來，經由徐志摩寫信推薦，胡適愛才，一力延攬到北大教書。梁宗岱能寫、能譯，性格瀟灑，據說他上課是這樣的——因為名氣大、學問好，旁聽的學生多，門裡門外都是人。而梁宗岱每次上課呢，就一身歐洲裝束，英國式西裝短褲搭長白襪，慢悠悠晃進課堂。梁宗岱養了一隻羊，總跟在後頭，到教室門口才轉身回去。

才子佳人一朝邂逅，很快墜入愛河。年輕時的愛讓人甘心拋下一切，梁宗岱為沉櫻捨棄家裡包辦婚姻的妻子，離婚官司鬧上報紙頭條，丟了教職。

一個是離過婚的女人，一個是拋棄結髮妻子的知名學者。中國是待不下去了，一九三四年夏天，兩人東渡日本，落腳葉山。後人談及這段往事，總多事為沉櫻遮掩，說她「留學日本」——其實哪有那麼堂皇？沉櫻就是去談戀愛的。

葉山位在鐮倉東南方，是座寧靜的海邊小鎮。梁宗岱與沉櫻避世而居，沒有朋友、沒有鄰居——真是戀愛的好地方啊。在這裡，沉櫻度過一生中最甜蜜的時光。兩人常去海邊散步，將新奇的小生物帶回家中魚缸，布置多彩的水藻石沙，慢慢養它。沉櫻還為這方水天取了浪漫的名字：「我們的海」。戀愛就像大海。

風波漸息，家還是要回去的。第二年秋天，兩人返回天津；抗戰爆發後，梁宗岱改至暫遷重慶北碚的復旦大學任教，沉櫻則輾轉於不同中學教書。

戰火是熬過了，卻熬不過感情的脆弱與開放性。一九四一年，梁宗岱回廣西處理父親後事，在銅雀臺戲班邂逅粵劇花旦甘少蘇。沉櫻毅然帶著三個孩子搬離住處，遷居上海，一九四八年隨母親、弟弟來臺。

啊這故事真流暢：小三介入，男方移情別戀，女方慘遭拋棄——偏偏沉櫻不是這種通俗劇女主角。

•

女兒梁思薇說，沉櫻和梁宗岱雖相互欣賞，個性都太強悍，無法和平共處——這是藝術家伴侶的宿命吧。在思薇看來，梁宗岱是「如果有一分光卻要發出十分熱力」的人，滿嘴自吹自擂，沉櫻卻是「即使有十分光也只肯發出一分熱力」，謙虛得過分的女子。沉櫻未必容不下梁宗岱心裡有別人——有些東西既然從內部腐朽了，為什麼還要歹戲拖棚等它虧空呢？

梁宗岱留過沉櫻，沉櫻不肯。但走不下去不等於不愛，直到晚年，沉櫻給朋友寫信，仍署名「梁陳鍈」。在臺北住處，沉櫻曾當著琦君的面取出一疊紅紙，手抄一首首纏綿的詞。琦君問，這是梁宗岱寫給你的嗎？沉櫻笑答：「才不是呢！曉得他寫給誰的？」那是給甘少蘇的詩詞集《蘆笛風》，沉櫻曾動念替梁宗岱在臺灣出版這本書。

這也解釋了為什麼，一九七六年，沉櫻會在隨身帶來的幾本梁宗岱譯著中，挑中《一切的峯頂》重印，並因政治形勢代為掛名吧——至今仍有讀者不察，以為出自沉櫻手筆，這美麗的誤會或許稱不上誤會——因為，那是兩人在葉山那年，梁宗岱完成的作品啊。

•

一九七二年，沉櫻寫給梁宗岱的信上說：「這老友無多的晚年，我們總可稱為故人的。我常對孩子們說，在夫妻關係上，我們是怨藕，而在文學方面，你卻是影響我最深的老師。」下一信又說：「其實我們的分開正是成全，否則我們不會有今天。」梁宗岱讀信非常感動，他告訴沉櫻，「我們每個人這部書都寫就了大半了，而且不管酸甜苦辣，寫得還不算壞。」年少時愛過的人，老了還能像朋友互訴衷腸，這晚景真不壞。

一九八二年春天，沉櫻返回中國探親。兩人都老了病了，梁宗岱以為沉櫻將出席在北京召開的作家會議，特意撐著病體，坐輪椅從廣州到北京想見她一面，但沉櫻沒出席。回到美國，沉櫻忍著手痛給梁宗岱寫信，信中淡淡一句：「可惜你不能來此同遊，望多保重，還能再見。」是還忘不了葉山情景嗎？

梁思薇說，母親是刻意不見梁宗岱的。她雖然感性、浪漫，卻也非常冷靜。如今再見這一面，又有什麼意義呢？

不到一年，梁宗岱病逝，五年後沉櫻告別人世。他們是彼此這一生最大的相遇，最圓滿的錯過。

自費出版傳奇：沉櫻的「一人出版社」

沉櫻什麼都走在人前，愛要愛得風格，翻譯也是如此。她憑一人之力改寫臺灣翻譯史，開譯作暢銷長銷之先，將文學之美帶進語言轉換的縫隙。

沉櫻的翻譯道路要追溯到中學時，出身北大的老師顧羨季將新文藝帶入沉櫻的視野；上了大學，沉櫻廣讀各國翻譯小說，當時翻譯品質不佳，不僅字句不通，還常常沒印譯者姓名——她從譯作一路嗑到原文，栽進西方小說的世界裡。

戰事爆發後，書更稀罕了。抗戰期間在重慶，沉櫻讀到後來讓她揚名譯壇的褚威格《一位陌生女子的來信》——她確是視書如命的人，來臺時，僅有的行囊中，硬是塞了幾本褚威格、毛姆。

到臺灣後，沉櫻發現，書比重慶更缺，她對文學的愛，唯有透過翻譯來「宣洩」，一字一字譯，才覺得讀深讀透了。沉櫻的翻譯事業遂由此起始。沉櫻總自謙，她不是職業譯者，翻譯不過是閱讀的副產品，不懂理論、流派，時常譯完才查作者姓名國籍填上去。

沉櫻客氣了。她認為翻譯也是文學作品，將美學肌理注入譯筆，刷新臺灣讀者對翻譯的印象。一九六六年，《新生報》副刊連載〈一位陌生女子的來信〉，迴響熱烈，其後沉櫻把思薇姊妹匯給她過壽的錢，用來自費出版《一位陌生女子的來信》，一年內連印十版，迄今累積數十萬冊，打破臺灣翻譯小說的銷售記錄。

•

沉櫻受到鼓舞，創立一人出版社，編纂「蒲公英譯叢」、「蒲公英叢書」，自印自銷。版權頁大剌剌寫著沉櫻的住址，少了出版社中介，跟讀者的距離拉近了，一天接到十幾封信是常有的事。

沉櫻實在是行銷能手。新書出版，在報上刊登廣告，預先購書即享有優惠，讀者能用便宜的價格早點看到書，她也確保了印量與銷量。資深媒體人張典婉形容，沉櫻的一人出版社是臺灣「最早的博客來／亞馬遜」。

這是臺灣作家自費出版而且「成功存活」的鼻祖吧？但浪漫的出版傳奇背後，暗藏出版界對譯者的勞動剝削。都說寫作的稿費低，翻譯更低。沉櫻經常受騙，跟雜誌說好刊三期的譯作，她傻乎乎一次把稿子全寄出，拿到第一期稿費，後面兩期就沒下文了。當時著作權觀念尚未普及，盜印也是常有的事，連好友都曾偷印她的書。即便版權合法賣出，又忽然被賤價轉售──逼上梁山，才有了一人出版社。

沉櫻是臺灣的中歐小說最主要的譯者。羅蘭認為，沉櫻的譯作之所以成功，主因之一是她懂得選擇與自己氣質相近的作品（註一）。學界則認為沉櫻的譯作展現了女性特質，除了文本選擇，也呈現在不做註腳、譯序的感性風格──更關鍵地，沉櫻會透過對原著的「改造」，例如將男作家筆下過於「父權」的段落刪略、增補，悄悄抬高女性的位置。

那還是用郵政劃撥單買書的年代。她親手書寫每個包裹、信封，研究一張張劃撥單，揣想每位讀者的性別、職業、所思所好。如果地址在某座山林或漁村，她就想像山中海濱的寂寞。收到因家務纏身，改用郵票函購的婦女來信，沉櫻便在心中描塑那名未曾謀面的女子的忙碌身影。

她寫得比你們想像中好多了

關於沉櫻的文學成就，有種常見的說法：小說不如散文、散文不如翻譯。談到她的作品，就是婚姻愛情——要貶低一個女作家，這方法最快。文學史對沉櫻的定位，則是「承先啟後」，丁玲之後、張愛玲之前。她只是一個過渡的名字。

這類印象太深刻。國中時我就讀過《一位陌生女子的來信》，卻壓根不知道沉櫻也創作。迄今臺灣以沉櫻為題的學位論文仍掛零。

實際找了沉櫻的作品來看後，才發現全然不是那麼回事。沉櫻二十出頭寫過一批短篇小說，真是好。

她常寫的題材有三類：因愛好文學結合的伴侶，日子過久了，愛不免幻滅。（跟馬彥祥、梁宗岱不都是如此？）她也老寫「抖M」——男人不壞，女人不愛，人忘不了的總是把自己整得最慘的那個。還有許多和她一樣喜歡寫作的女人。

沉櫻深知愛情不等於婚姻，寫起妻子、母親，根本就是民國版的馬尼尼為。〈妻〉裡的妻子不想做傳統妻子更不想做母親，理直氣壯告訴丈夫：「我不要小孩，也不愛小孩，只要愛著你。」不僅毀婚，還要滅家，〈舊雨〉直指家庭結構才是壓迫女人的根源，沉櫻所想像的「家」，遂不必然由夫妻、子女組成，〈搬家〉妻子不敵白日獨處的寂寞，商議與另一對夫妻共居，「多元成家」。

沉櫻生得太早了，早到沒人看得懂她。

她也不只寫愛情。〈主僕〉、〈張順的犯罪〉談階級，〈舊雨〉則根本是張愛玲〈同學少年都不賤〉先聲。一九三〇年後的作品，女性加入革命黨、為理想獻身，走得更遠了——儘管當時沉櫻因政治立場不明確，被歸類為不左不右的「第三種人」，她只是不喊打喊殺——沉櫻更關切個人情感的爭戰，那才讓人一輩子血淋淋。

有些句子如今看起來，還是非常適合做成文案，到社群媒體轉發一千次，「你為什麼有這樣的夢想，你不知道這是夢想嗎？」（〈生涯〉）看她多會寫感官——「那在李女士的臉上撫摸過的手，直到此刻還有一種柔滑、溫軟的感覺黏在上面。」、「只有時間在那裡有意似的為難，盼著的時間總是不肯到來，而來了的時間又老是不肯過去。」（〈意外〉）或用文類形容感情：「那像詩一般的戀愛生活到了現在已是散文的了，但覺得散文也有散文的美，一切對於他倆仍是無缺憾的幸福。」（〈欲〉）

沉櫻徹底被臺灣文壇忽略了，後半生的翻譯事業掩蓋她早慧的文學成就。說實話，作品不傳於世，沉櫻自己也要負責——她不喜歡早期的作品，說那些只是對西方小說的模仿，不肯重出，就是不肯重出。

梁思薇感嘆，母親太過謙虛了。其實沉櫻的白話文寫得比梁宗岱更好，當梁宗岱的白話文猶像徐志摩「濃得化不開」，沉櫻已經可以用優美通順的文字寫作，梁宗岱寫白話文，還得常常就教於沉櫻。

到臺灣後，寫作的日子中斷了很久。沉櫻說因為教書使人手低，翻譯使人眼高，「這兩種不利於寫作的事我同時在做著。」晚年，當沉櫻重新開始寫，她選擇了散文。年輕時的尖利收了，寫花寫鳥，寫房子、寫季節、寫朋友。

沉櫻一生低調，後人也就忘了她。

「她替我享受了我媽媽」——思薇和典婉的世交情誼

一九四八年沉櫻來到臺灣，定居頭份斗煥坪，任教於大成中學。

時逢政府頒布語言禁令。學校新轉來一批被新竹中學開除的孩子，性情調皮但天資聰穎，老因為講日語挨罵。沉櫻告訴這些孩子，不必放棄母語。在家講日文沒關係，但不要因此排斥其他語言，學好了，一生受用無窮。後來那批學生長大成人，有的因兼擅英、日文馳騁商場，想起沉櫻仍無比感念，說沉櫻是唯一懂他們的人。

學生畢業排名次，原該第一的孩子，因家庭背景「有問題」，其他老師只肯給第二名，沉櫻據理力爭，最後為這件事離開大成，到已多次禮聘她的北一女教書。

一九六七年沉櫻退休，彼時三名子女皆已赴美，沉櫻返回斗煥坪，在從前的鄰居司馬秀媛的果園中蓋小屋居住。司馬秀媛和沉櫻同樣來自上海，是外交官張漢文之妻、作家張典婉的母親，兩人曾共度初赴臺灣的寂寞時光。

小屋蓋好了，琦君、林海音、張秀亞、羅蘭、劉枋假日就來小聚，張典婉目睹這些女作家的情誼，在她們的文學灌溉裡成長。

暑日清晨，沉櫻早起，總隔著落地窗看外頭的蓮霧園，聽見蓮霧掉落的聲音，就喚張典婉去撿，順道採一把撲鼻的野薑花。夜裡，打成蓮霧汁還捨不得喝，捧在手心端詳那美麗的色澤。

•

張典婉北上讀大學，經常借住沉櫻的退休教職員宿舍，也常替她打下手，把譯書搬去郵局寄。梁思薇曾說，小時候母親在家是不講話的。教書太累，她把時間都給了學生，沒有太多心力照顧自己的孩子。

這時沉櫻的生活已較為空閒，她教張典婉讀書、帶她上館子吃飯、去曼都剪頭髮。後來思薇每每聽典婉說起沉櫻，都困惑地想：「啊？這是我媽媽嗎？」她笑著指指張典婉，「她替我享受了我媽媽。」

思薇在美國，算準日期把裝滿小禮物的包裹寄給沉櫻。其中總有一疊幻燈片，錄下家人的身影。果園小屋裡，張典婉一張一張陪著沉櫻看，幻燈片把兩個異地的女兒牽繫在一起。

沉櫻病重之際，林海音替她編了散文全集《春的聲音》，書中收錄好友寫沉櫻的文章，司馬秀媛寫了〈柚子花開時〉，回顧兩人在斗煥坪共度的美好時光。張典婉說，其實中段是她代寫的，因為母親哭到寫不下去。

一九九六年，梁思薇隨丈夫齊錫生到香港科技大學任教，張典婉恰巧也因雜誌社工作外派香港。林海音給了她梁思薇的電話，兩人重新聯繫上。梁思薇出國時，張典婉猶是襁褓中的嬰兒，重逢之際，張典婉已為人母、臨盆在即。多年不見，約在九龍酒店碰頭，卻都感覺那樣熟悉。張典婉將珍藏多年的幻燈片，原封不動交還梁思薇。

二〇〇二年，齊錫生出任中央研究院特聘研究員，攜梁思薇短暫返臺。張典婉的親戚恰巧承辦相關手續，轉告張典婉，張典婉立刻去探視梁思薇夫婦。二〇一〇年，他們決定回臺定居，張典婉義不容辭，協助處理生活大小諸事。

我其實覺得，這才是沉櫻的故事裡，最美的一章。

按：題名「戀愛時應該想到死」，語出沉櫻的短篇小說〈生涯〉（一九三四）。

註一：羅蘭，〈我讀褚威格的小說〉，《一位陌生女子的來信》（純文學出版社）。

那又美又利的眼神

十月，我和梁思薇夫婦約在淡水的家中。他們已屆八十高齡，住的地方離捷運站遠，張典婉二話不說載我們去；她來過很多次了，有空就接梁思薇夫婦出去吃飯，但那社區還是大得讓人迷路。

梁思薇家極美，四壁都是她的畫。她傳承母親的好手藝——沉櫻極擅紙花，一九七一年中國婦女寫作協會的「女作家藝文作品展覽」，都靠沉櫻手作的奇美花卉撐起。

坐定，齊錫生笑說，現在沒我的事了，我先進房間做事了啊？梁思薇瞅他，說你得留下來替我壯膽。採訪要開始了，齊錫生去給她倒杯水潤喉，話講多咳嗽，起身加水。時間晚了，梁思薇一伸手抱臂膀，齊錫生立刻去關窗：「風太大啦，我給你關一點。」

梁思薇後半生一直在追尋父母親的足跡。她見過楊絳、巴金，還有馬彥祥再婚所生的兒子，問父母年輕時的事情。她說她也寫過母親，稿子不知道擱哪裡去了。和梁思薇說話的時候必須提著神，因為她的眼神很美也很利，據說很像沉櫻。

蓬萊片景

吳漫沙與《風月報》

◆陳柏言

繪圖・毛奇

吳漫沙（一九一二～二〇〇五），福建晉江人，本名吳丙丁，筆名漫沙、曉風等；一九三六年來臺。一九三六年開始於《臺灣新民報》發表作品；一九三七年獲邀主編《風月報》（後改名為《南方》）；一九四五年創辦《時潮》月刊，後入《臺灣新生報》任記者，其後又轉任《民族報》、《民族晚報》、《聯合報》記者。創作文類包括論述、詩、散文、小說、劇本等二十餘種。

陳柏言（一九九一～）。臺灣大學中文系碩士。現為臺灣大學中文系博士生。曾獲聯合報文學獎短篇小說組大獎等。著有《夕瀑雨》、《球形祖母》、《溫州街上有什麼？》。

吳漫沙一定清楚記得自己的歲數，因為一九一二年，他與中華民國同時誕生。那時他還不叫吳漫沙，叫吳丙丁；他還不知曉自己將成為一名作家，更不會知曉自己將在一海之隔的他鄉終老。

風月練習

吳丙丁生在福建省晉江縣泉州石獅市，據老吳漫沙憶述，那是個「沒有農耕地沒有水電，滿地石頭的窮鄉，也是一個三面臨海，大約僅一點六平方公里大的沿海小丘陵地」，居民若要維生，只能往外地跑。吳漫沙的祖父吳梅素正是旅臺的「臺客」之一。早年渡海往來兩岸，經營茶葉生意，後來還在臺北開了一家規模龐大的「吳東川」茶箱工廠。工廠雇請的工人，全來自泉州，每年冬至，吳梅素總會關廠，讓員工帶兒女返鄉過年。隔年清明祭祖後，才率員工們返臺開工。出於對故鄉的眷戀，吳梅素並沒有選擇跟隨潮流，前往南洋發展，成為掌握更大利益的「蕃客」。吳梅素死得早，臺北鼠疫大流行那年，吳梅素不顧家人的勸阻，前去訪探病友。病友沒死，吳梅素反而染病逝世。

吳仕添是吳梅素的次子，後也常因商務往來兩岸。吳梅素留下一幢大宅邸，家人卻常出外謀生。一九一九年間，吳仕添難得待在石獅老家，老吳漫沙說，那是吳家最熱鬧風光的時刻。吳仕添雅好收藏骨董字畫，謙和好客，有「小孟嘗」之稱。彼時，常有文人墨客、地方權重往來吳家。在老吳漫沙的《追昔集》裡，吳仕添屢被描繪為雅好文藝的望族士紳，鎮日賞畫下棋打麻將，不時與知書達禮的母親放閃曬恩愛，「放下雨傘和煤油燈，脫下外衣的父親，一股腦就往有著母親體溫的暖被窩裡鑽。」

吳漫沙不只見習父母這對恩愛的「模範夫妻」，從小還要粉墨登場，充當別人的「小丈夫」。石獅是閩南僑區，成婚後丈夫常因商務關係，無法久留家鄉。根據地方風俗，正臨新婚的新娘不得獨守空房。新郎不在，便要有個小男孩陪睡，也討個生男孩的好兆頭。七歲的吳漫沙已經不會尿床了，但還是離不開媽媽。他被連哄帶騙送上床，卻和新娘同枕異夢，兩人都睡不好，翻來覆去到天明。小孩子當然不懂，新娘連夜哭泣是為了什麼，只知道年輕的新娘總以被角拭淚，還不時詢問小漫沙：「是不是想要尿尿了？」

不知在那怪異的「洞房花燭夜」，吳漫沙領略到了多少風情？——風月本就不只是肉體或豔情，更關乎想像與話語。

多年後，吳丙丁成為吳漫沙，成為《風月報》的主編，寫下一系列「愛情加啟蒙」的小說。他不僅在《韭菜花》、《黎明之歌》等小說中極力摹寫鄉土女性身影，也在報上刊載給「摩登女性」的建言。吳漫沙不只為女子代言，也啟蒙、也諷喻，真可謂彼時「女性的導師」（陳建忠語）。甚而在戰後，吳漫沙在專欄寫婚姻和婚變，還出版《終身大事在臺灣》、《養女在臺灣》這樣的著作。可以說，除了小說寫作以外，吳漫沙另一個重要的身分，是兩性問題專家。

而那「風月練習」，或許從他孩童時擔任「小丈夫」就開始了。

「我的父親也很寂寞」

在繼續敘說吳漫沙的故事以前，我們必須撥快時間，先一步來到吳漫沙不在的未來：二〇一八年的八月二十七日，落雨的臺北之夜，我和吳漫沙的女兒吳明月終於見面。吳漫沙共有四女一子，女兒名字裡都有一個「月」字，分別是美月、麗月、明月和秀月。大姊美月嫌這「月」字俗氣，開玩笑說拿掉「月」字，「吳美」好聽多了。吳明月笑道：「那我豈不是變成吳明了嗎？」我總暗自揣想，吳漫沙將女兒取名為「月」，是否還揣著當年的「風月之心」？

吳明月已經七十幾了，和我祖母差不多年紀，她們同樣健朗又健談。吳明月頭髮已經全白，卻是健康的白。LINE上頭貼，是她戴著紅色兔女郎耳朵，參加路跑時拍的照片。有事問她，她總是秒回訊息，話語簡短，俐落，只有談起父親才變成一個多情孺慕的小女孩。和吳明月談話，我更能知曉為何吳漫沙《追昔集》往往報喜不報憂，有許多故事隱藏在妙趣橫生之後。例如石獅的大房子，多年後在人民公社時期充了公。留在對岸的姑姑一家，被打為地主階級，全趕到街上，甚至得乞食度日。多年後開放探親，已近八十歲的吳漫沙回鄉探望，見那大房子有一部分被切為學校，家人多落魄貧窮。吳漫沙便通過海外親友，長期匯款給身在中國的親人。即使有人笑他：「這是匯款給共匪。」也無妨，吳漫沙對家鄉的眷戀，凌駕國共政局的對壘。

吳漫沙的父親吳仕添，在《追昔集》裡，確是一有品味、有生活的文士，據說還曾藏有唐伯虎的真跡。然而，父親病逝那年，吳仕添才二十歲，並未習得什麼謀生的本事。吳梅素雖在臺灣留下資產，卻因種種變故，幾乎散失殆盡。吳明月憶述，自她有記憶以來，祖父吳仕添就鎮日拉二胡，唱戲曲小調，標準的公子哥兒姿態，「我還很小的時候，他就教我唸唐詩。」來臺灣以後，家是回不去了，財產也少，但「小孟嘗」的稱號卻從未改變。家裡依舊熱鬧非常，文人墨客來來往往，「那是他們習慣了的生活。」我說那不就是白先勇的《臺北人》？吳明月點頭，她說，其實這些人都是很寂寞的。

「我的父親也很寂寞。」

失語者，栽種者

吳漫沙生於民國元年，彼時初廢科舉，然而他的教育仍來自老式私塾。一九三五年冬天，為了避免捲入地方派系鬥爭，吳仕添帶著一家五口離開泉州，來到臺灣定居。那時，吳家的多項事業已因景氣不佳，紛紛停業，只留下新店的煤礦，在其他人合資幫助下勉力經營。吳家住進新店，開始礦區的工作。屋漏偏逢連夜雨，後因抽水機的操作失誤，技師觸電慘死，又有人溺死於雨後的坑道，礦場被迫停業。吳家人只好狼狽搬離新店，在淡水河畔的港町，以每個月三元的月租，租下二樓的房子。

在那二樓的房間，不會日文，又面臨失業的吳漫沙，開始了自己的閱讀與寫作。他開始讀巴金、郁達夫、魯迅、冰心、胡適、沈從文的作品，其中又以巴金「激流三部曲」中的《家》最讓吳漫沙感同身受。在那樣失語的環境中，閱讀漢文、寫作漢文成為吳漫沙懷鄉的方式。他無師自通，摹寫巴金的《家》，寫出此生第一篇文章〈氣仔姑〉，並寄給《臺灣新民報》副刊。幸運的是，吳漫沙第一次投稿，就獲得了主編徐坤泉（筆名阿Q之弟）的青睞，並受邀撰寫專欄「晚江潮」——彼時，吳漫沙只有二十五歲。這個頗為雅緻的專欄名，便是父親吳仕添為他選取的。他在《臺灣新民報》副刊大量發表作品，賺取稿費。什麼文類都寫，包括小說、散文、劇本、小品及詩歌，直到一九三七年六月《新民報》漢文欄被迫結束。在這短短一年半的時間，吳漫沙一共發表了八十二篇作品，可見他擁有一枝快筆。

「晚江潮」第一篇〈見面的話〉，吳漫沙即以園丁自比：

因為筆者是沒有學歷，未經世故的青年。要來把這小園地希望種植著美麗的花草，繁盛的果樹，這卻是很難的事！也好說這是一粒剛萌芽的種子，在這雨水不調氣候不和的時期，不用說是要小心看護和灌溉。

就歷史的後見之明來看，吳漫沙對於寫作專欄一事頗有警覺。他深知在這塊逐漸禁止漢語、「雨水不調氣候不和」的土地，需要努力萬分，才能護住這座花園。吳漫沙不只栽植專欄裡的盆栽花草，還定期連載長篇小說《韭菜花》。臺灣有俗語「女人韭菜命」，意指女性命薄，恰如多年後廖輝英的《油麻菜籽》。對我來說，《韭菜花》所指涉的，不只是女性的慘澹人生，亦指向漢語書寫本身的艱難——由此看來，「韭菜花」意象或可看作殖民地人民的命運。

•

一九三六年，「中國人」吳漫沙因「外國人居留臺灣過期」被捕，後遭驅逐出境，自基隆港搭船返回廈門。離開臺灣的半個月間，專欄並未中斷；在兩個「故鄉」的飄泊擺盪間，吳漫沙還寫下了〈鷺江之風〉、〈一個青年的遭遇〉等作品。返回臺北第三天，吳漫沙即受邀參加「臺灣新文學」座談會。那次的座談，由黃得時和楊逵共同主持，還有兩名日本刑警在旁監視。整場座談都說日語，吳漫沙再次陷入尷尬的「外語」

情境，整場鴨子聽雷。他不只是日語的局外人，也是「臺灣新文學」的局外人。

隨著東亞情勢緊張，日本對於殖民地的政策雷厲風行，《臺灣新民報》漢文欄面臨停刊。吳漫沙在一九三七年四月的剪報剪貼簿上，寫下「最後一頁」的筆記：

可憐我種植的園地已別我長逝了。從茲以往，它已在天國護花，我的歪文字亦沒有再和愛我的《新民報》讀者見面之日了！痛哉！

不只吳漫沙，《臺灣新民報》的寫作者們，亦以園地的消失比擬漢文欄的逝去。例如施鳩堂的詩〈最後一粒〉：

種子既選得不錯而整備。
可惜已失掉了園地，
還失卻了播布的時機。
只好讓人家找個家庭裡的小溫室，
用人工和化學去調節，培養就是。
日光——土壤——灌溉——除蟲，

那麼要竭心用力，細心護持，
使她：
萌芽——生長——開花——結子
遵守著四季循環的法則，
靜待著未來春天的時期。
再跑向肥沃的大自然的懷抱裡去，
大繁殖，得收穫。
充滿著人們的久渴和荒饑。

徐坤泉（老徐）也有一篇〈最後一課：園丁的話〉：

今天是我們耕作最後的一天，園丁手執著鋤頭，淚汪汪的，收拾，選擇著殘餘的種子。霞紅的夕陽，憐照著他的臉，樹上的小鳥，吱吱啁啁地，吟到舌將落下來；花兒淚下、農夫們眼巴巴地在籬外傷心著。

告別之日，消逝的園林——對這些「跨語」的作家來說，失去漢語，確如失去僅存的故地。他們把語言空間化，將書寫生態化，小心翼翼播種灌溉；而今，他們連這塊至其貧瘠的土地都要失去。

在蓬萊閣裡想像「蓬萊」

我總是好奇，一九三七年秋日，簡荷生和徐坤泉來訪吳家的那個下午，吳漫沙的心情何如？那時，吳漫沙已結束《臺灣新民報》的專欄，對於一個不懂日語，又沒有什麼謀生技能的人來說，處境無疑艱難。如果借王德威先生的話來說，那是一個「危機時刻」：所謂的危機，指的不只是吳漫沙個人的生存困境，還攸關國祚興亡的多事之秋。一九三七年七月七日，「蘆溝橋事變」爆發。

也就在同一年的秋日下午，吳漫沙接下《風月報》編務。或許，那並不用多費心思。對於要養家餬口的吳漫沙來說，那也由不得他躊躇。

•

《風月報》前身《風月》，屬於舊文人組織「風月俱樂部」的會員刊物，由謝雪漁全權主編。報上除了登載古文古詩，還提供「花事闌珊」、「花叢小記」等單元，刊錄藝旦酒女的宣傳照片。一九三七年二月，原金主吳子瑜撤資，《風月》被迫停刊。直到同年七月，才改由「蓬萊閣酒樓」老闆陳水田接手贊助，並改名《風月報》。陳水田建議《風月報》轉型為文藝性雜誌，指定徐坤泉負責編輯，簡荷生為業務，並提供「蓬萊閣」一隅作為編輯部。

吳漫沙在《風月報》上第一次登場，是一九三七年十月的短篇笑話〈笑談〉；同一年底，他開始新的長篇連載《桃花江》。吳漫沙不只編輯刊物，還要投入撰稿。他有時化身曉風，翻譯柯南．道爾的偵探小說《俠女探險記》；有時化名林靜子，連載《早春》。有時則變身「一記者」，報導藝苑消息；甚而多次為簡荷生代筆，撰寫應酬文章如〈竹塹訪友〉、〈新劇比賽會參觀記〉和〈第壹百期發刊辭〉。吳漫沙寫稿，常取不同筆名，就連《桃花江》連載前中期，也只書「漫沙」。只有在連載《黎明之歌》時，吳漫沙皆用全名，或可看出其對這部作品的重視。

限於篇幅，我無法在此重述《黎明之歌》的內容，然我們可以將吳漫沙的詩〈女給的悲歌〉（一九三八年三月），視為認識這部小說的起點：

生活的壓迫，命運的安排！
咱著假裝獃！
將寶貴青春，沉淪在人海！
人客歡喜，糟蹉生氣，

咱也暫時忍耐，
　忍耐，忍耐！

《黎明之歌》，就是一個由下層女性的困苦生活構成的故事。在這部小說裡，吳漫沙寫了養女、女服務員和酒家女的故事。我總想像，吳漫沙就彷彿古代的采風官，在蓬萊閣裡編輯寫作，身邊來來往往的都是酒客和女給。他便把所見所聞，轉化吸納為進行中的小說。在每半個月就要出刊一次的壓力下，《黎明之歌》常有戲劇化的衝突場景和轉折，甚至連結尾都沒有完成。吳漫沙挾帶著「男性的同情」，寫下這一個頗有倫理教誨意念的故事。在這篇小說裡，吳漫沙要教導女性的，不是去反抗命運，更不是要去革命、背叛階級，而是「暫時忍耐」、「忍耐，忍耐！」

・

我曾問過吳明月女士，吳漫沙先生是否自悔少作？她答是的，吳漫沙其實不大想重出《韭菜花》這些作品，「他說那些都是亂寫。不合邏輯！」在另一個訪談中，吳漫沙先生自己也說，《韭菜花》是「歪打正著」，「自己寫作之始，其實甫居臺灣未久，如此貿然把對臺灣的粗略概念放進作品裡去，不僅感到惶恐，日後自己也覺得部分看法未必正確。」

但我認為，正因為吳漫沙作為一個「甫居臺灣未久」的人，他對於臺灣的想像，才更有我們探索的價值。在「中國人」吳漫沙的長篇小說裡，臺灣往往被投射為一個苦難的集合。它充滿貧窮的男男女女，充滿不被祝福的愛情，彷彿是座只有哭泣和吶喊的島嶼。吳漫沙寫臺灣往往以「蓬萊」稱之，例如在《韭菜花》開篇，就指明這是「蓬萊島」發生的故事；而在小說末尾，則將結婚禮堂設在「蓬萊閣」。我認為，這是一個頗具意義的現代性書寫，吳漫沙從第一部長篇小說開始，就下定決心書寫其所立足的「此時此地」。

到了《風月報》時期，由於「蓬萊閣酒樓」成了幕後金主，刊物上常有「置入性行銷」。除了蓬萊閣酒樓的名片，時興的風景照片，也成為一種宣傳方式。「蓬萊春色」、「蓬萊之夏」、「蓬島片景」……蓬萊所展示的，也往往是蓬萊閣所在的大稻埕風光。在〈風前月下談風月〉（一九三八年三月一日，五十九期）中，吳漫沙如此寫道：

> 旖旎的春風，嬝嬝地光臨到翡翠的蓬萊島上……《風月報》自受全島的同志熱烈援助，好比一株初培植的樹兒，得了春露，重萌新芽，又得愛花的君子們，時時灌注澆沃，除草施肥。

在此，「蓬萊」的意象對吳漫沙來說，變得更加繁複了。它不只是長篇故事演繹的所在，更是一處具有商業價值的樓閣。它是風月之岸，也是文藝之島。而當我們考究「蓬萊」古籍原意，它更是一處海上仙山，一座宇宙樂園。然而不要忘了，在另一位日治時期詩人洪棄生的筆下，它則可能意味著背棄與幻滅：

日月日以馳，江山日以老，蕭條蓬萊天，寂寞方壺島。

我又想起吳明月女士說的，「我的父親也很寂寞。」

今天的我們，如何想像臺灣？

在密集書庫遇到熊一蘋時，我正在讀《風月報》。猶記得碩一時，我常往後門的臺文所跑，因為我最好的朋友幾乎全進了臺文所。那時，我旁聽黃美娥先生的臺灣文學史專題，受益良多，還差點考慮轉所。課堂上，熊負責報告《風月報》，他特別關注報上各種神奇廣告和笑話欄位，讓我留下深刻印象。因此，這次在眾多前輩作家中，我挑選了吳漫沙，也算是與年少友人的跨時間「共讀」吧。閱讀過程中，我不免心想，如若我當年選讀臺文所，那麼這大概就是我將走上的另一條林中之路了。

這篇文章的完成，首先要感謝吳明月女士接受我的拜訪，解決不少困惑。吳漫沙先生實在留給我們太多迷人的謎團。那一夜的談話很愉快，愉快到我甚至將手機遺落在吳家（跪）。其次，要感謝《文訊》認真蒐集並提供作家資料。本文內容，主要參考吳漫沙《追昔集》和李宗慈的《口述歷史：吳漫沙的風與月》進行改寫，另也閱讀了相關的研究材料，特此說明。

文章終了，或許我該提起那個問題了：而我們，今天的我們，又是如何想像臺灣呢？

廖漢臣：獲得廣茫的園地

◆楚然

繪圖・毛奇

廖漢臣（一九一二～一九八〇），福建安溪人，出生於臺北；筆名毓文等。日治時期老松公學校畢業，曾任《新高新報》、《東亞新報》記者，一九三三年與郭秋生創設「臺灣文藝協會」，並參與《先發部隊》、《臺灣文藝》、《臺灣新文學》等刊物發行。一九四八年任職臺灣省通志館（隔年改為臺灣省文獻委員會）編纂。創作文類有散文、小說及傳記，兼及民間故事。

楚然（一九九〇～），本名林承樸。臺灣大學臺灣文學所碩士。現為國立臺灣文學館駐館研究員。曾獲國藝會補助、中興湖文學獎、林榮三文學獎等。

沒想到有這款時機，我又從長長的夢裡頭睏醒過來。

回到少年時陣，過去的記憶依舊留在心頭上，不過身體需要慢慢熟悉現代的生活。

回頭算算，我已經死去好幾十年，期間發生什麼事情，心中是一片空白，記得剛活過來，看見足多新奇的事物，不知該如何使用。

•

今日，我住在一個小房間，是一家報社的記者。

時代進步了，科技也發展得令人咋舌，可嘆的是資本家依然壓榨人民。雖然我看起來是少年人，但始終不知真正的少年人在想什麼，也許當年其他人看著我們討論什麼主義，也是一頭霧水吧。

在同事的催促下，我有了臉書帳號，偶爾看同事發的近況與相片。

我以為自己是特例，直到看到石輝先生的臉書貼文〈怎樣不提倡鄉土文學〉，這篇文字再度引發一連串的文字仗。

在不少極好的文章上，見著以前熟悉的名字，也見到一些新的名字。

日本統治時，諸位同好都在雜誌上面打文字仗，一來一往就好幾個月過去了。在臉書上打文字仗，每幾個小時就有好幾篇條理清晰甚是好看的文章。

這下，我才知道臉書的威力。

•

看到還有人在吵臺灣文學有沒有價值，讓我慶幸即使過了這麼久，自己的文學知識沒有太過落後。

一知道石輝先生也活過來，我忍不住傳訊息：黃兄是不是亦是同款死而復生？

等待他回覆時，我心中有些後悔。也許只是跟石輝先生同名同姓。

沒想到石輝先生立刻就回傳訊息，興奮地告訴我還有誰也活過來了！懶雲先生、我軍先生、清德先生等人也是同款！

石輝先生還說，清德先生讀到一篇研究他小說的碩士論文，氣得想盡辦法找到論文的作者，痛罵他完全不懂自己的作品。

幼春先生一知道有人研究櫟社，喜孜孜地戴起面罩，跑去人家的會議裡旁聽。等到會議結束，聽說幼春先生流下了眼淚。

沒想到過了這麼多年，還有人記得櫟社。也絕無人想著——櫟社活得比日本殖民政府還久！

•

臉書就像一片肥沃的地，所有人都可以拿起鋤頭，盡情種出理想的花。

雖然人各有所好，但有些花還是比較受人歡迎。

懶雲先生每次發文，總是能得到好幾千個讚。

以前我們這群同好者聚在一起總愛說：「創作是令人寂寞的事情！」但，今日創作並不是這樣的。

我們這些活過日本統治的同好者，用著臉書的好處，有事無事約出來飲茶喫飯。一些學生徒會在我們的活動頁面上留言：「真是有梗的活動！」

他們一定想，「這些人不都死這麼久了，怎麼可能聚在一起？！」

不過，我很期待他們同我們作夥來喫茶。話這麼說，每次還是一樣的同好。諸位同好見了面也是談閒事、聊社會。

有一點不一樣，就是這個時代的文學作品比我們那時還多哇。我心想：能活過來真是太幸福了！

諸位同好者也說這個時代真是好！

還有一點，這個時代不像我們一群同好互相點評對方。

想也沒想過，這時代居然有人研究我們這群死人還能出書？！可惜，有些人其實搞錯了幾點細節，真是可惜啊。

研究我的人並不多，約莫是我寫得少，文獻整理做得多。

看到我們同好者會在臉書上頭發表文章，講的都是我們那時候怎麼寫、怎麼辦社團、成員有哪些、有什麼主義。就只有石輝先生發表的文章引起廣大的關注。

獨獨可惜了懶雲先生。

懶雲先生被人家在臉書上頭議論：「是否是小編拿了賴和的作品來發表文章。」什麼小編，懶雲先生就曾經主持過《臺灣民報》的學藝欄，自己還寫了新詩、古典詩、小說，這可是半點不假的事——

他一點也不需要有人代替他主持臉書。

•

有天，郭秋生君發了封訊息給我，「毓文兄，用臉書讓《先發部隊》重生吧！」

我觀望了一下，在臉書上有不少跟文學相關的社團跟專欄，像是「拾藏：臺灣文學物語」、「想像朋友寫作會」、「輕痰萬事屋」等等。

就連文學雜誌也用臉書跟人家交談。

我看到的文學雜誌就有《文訊》、《聯合文學》、《印刻文學生活誌》。這麼多文學雜誌，還提供園地、稿酬給作家寫稿。我們那時真是想不到。

倒是一群同好者慶賀發刊的事情，這件事不論我們還是他們都是一樣啊。

•

我見到一個社團，同我們那時一樣，想為文學鋤下新生的一鋤——「輕痰萬事屋」。今年年初這個社團宣告解散，可惜得很。

他們說好年中會出最後一刊，結果今年快結束了，都沒見到半點影子。他們這群同好者的結束，讓我不禁想起當年同好者的情形。

受到日本政府的阻撓，一些青年志士接連參與的《先發部隊》、《第一線》、《臺灣新文學》等文學雜誌都夭折了。我也是其中的同好者，感到不勝唏噓。

縱使如此，我們這群同好者也從未忘記繼續發展新文學運動。

結果，二二八事件之後，同好者們都四散了。

郭秋生君捨棄了紙筆，當起老實的商人。守愚先生進入學校教書，偶爾投稿古典詩到《詩文之友》。

我則是埋首紙堆，蒐集編寫民俗故事了。現在死而復生才發現，我當時寫的那些臺灣三大奇案，後來被人家擴寫，奇案變成四個又五個呢。

•

活在現在，我覺得比以前更自由。

當我用臉書，看到「臺北地方異聞工作室」的文章，盯著螢幕的眼睛就流下淚來了。

想起當時和張深切君打的筆仗——記錄這些民俗故事是否增長迷信？見到現在這群同好者靠著臺灣古老的傳說創作故事，再次讓我說服自己當時沒做錯事。保留臺灣文化才真個是重點！

說起迷信，前幾天，懶雲先生在臉書上發了一篇新聞，新聞裡寫道：「提倡酸鹼體質理論的倡導人被罰一億美元。」懶雲先生用這個新聞告誡諸位同好者，「似是而非的事情很多，如果諸位身體不適，就來我這診治吧。」

我仔細想想，懶雲先生說的不無道理，想想每個時代總有一些不一樣的迷信吧。

‧

不久前，我和郭秋生君討論如何再次凝聚同好們的事宜。

想想以前要聯絡諸位同好者，都要想著辦法取得地址。寫錯了是寄不到人家那的。現在不一樣了，只要用臉書，就可以找到諸位同好，也可以發送消息給諸位同好們。

‧

我和郭秋生君在臉書上頭創建了聊天室。

郭秋生君拉了黃得時先生進來，我則是找了克夫先生、點人先生、德音先生、君玉先生等同好加入。

當年不比現在的自由。

當年，我和郭秋生君幾位先生在江山樓討論怎麼辦好一份雜誌，日本警察就直接找到我們幾位刺探消息。

但是，現在真的不一樣了。我們幾位同好現在隨時可以在臉書聊天室上交換意見，不必受到日本政府管控，也省去彼此聚集往返的勞頓。

興許沒多久，逸生先生、青萍先生、月珠先生也加入敘舊了。諸位同好者一見聊天室名字就叫作「臺灣文藝協會工作坊」，也哄哄鬧鬧地說起話來，說起當年在江山樓的光景。實讓人記憶猶新的是友芬先生的鬍子。猶記得友芬先生來我們這廂採訪諸位同好者，臉上掛著兩條卓別林式的鬍子，活脫脫像是日本特務，嚇壞了在場諸位先生，當場給他自己鬧了場笑話。

聊天室該到的人也都很快就到了，郭秋生君就問了諸位同好：對於臉書上創建發表園地有什麼看法？這說法背後的意義可是件大事！當年諸位同好因為時局因素，有些同好的作品苦於無園地可耕耘，有些同好則家貧無力提筆創作。想來一陣鼻酸，但，那時還是有一股力量凝聚我們這群青年志士，全心為臺灣貢獻一己之力。

在場諸位同好跟我的想法約莫是一樣的吧？郭秋生君理解我的想法，又說：「同好們可以在臉書這塊園地上隨時發表文章，毋須花費半點錢，也無人監管我們，不過，我建議諸位同好可以每月訂一主題，就藉主題進行發揮。」此話一出，諸位同好議論紛紛，其中一位先生「街頭寫真師」也發表了感想。

「請問@街頭寫真師是誰？」

「守愚兄。」

我問了郭秋生君才知曉他和守愚先生已創辦了名為「街頭寫真師」的專頁，延續他們倆在《臺灣新文學》的專欄名字，主要描寫街頭的風景。當年，郭秋生君與守愚先生為增加《臺灣新文學》的寫手，用了「街頭寫真師」這名號來一塊創作。直到現在，很多同好都還搞不清楚「街頭寫真師」只是他們倆其中一個寫作名號罷了。

突然，逸生先生透過聊天室貼了些東西給諸位同好分享。我點開來看，一看就關上了。幸好我不是在公共場所，給人家看到逸生先生的東西給我誤會就不得了了！

大概有十分鐘，沒有一位同好在聊天室說話。可見諸位同好都看到逸生先生發來的東西吧。

得時先生看不下去，先說了話，「吳君，你怎麼在這種場合發表黃色作品，這可要不得。」

逸生先生很快地就給得時先生回了話，「實在抱歉，我不小心發表錯了在網路上的東西。方才我還在研究『性的問題』，沒個小心就出神了，便發了方才見著的東西給諸位同好。」

其中一位同好一見到發言，便說起逸生先生當年讓人深刻的事兒來：當年日本特高搜索吳君的家中，搜出張競生的《性史》、羽太博的《性典》。諸位同好看到這話，紛紛想起約莫有這麼一件深刻的事，便問起：逸生先生的家裡還藏著這些圖書嗎？

逸生先生也不慌不忙，看起來很泰然自若地回應了：「這些書我已經丟掉了。在臺北的生活著實不容易，我現在只能住在小房間裡，還放不下這些書。幸好在網路上的性的素材很多，我還能慢慢研究呢！」

我對逸生先生對性的研究的熱情一點也不感到驚訝，只期盼他別在公共聊天室放上相關的東西，但是基於朋友一場，我也不能直直地說，只好拐個彎說話：「吳君真是對性的一切感到熱心呢。」

逸生先生還聽不懂我話中底意思，這麼回了：「廖君客氣了，雖然『酸鹼體質』是錯的，但，圓滿的愛情一定要有圓滿的性，這件事是絕對不會錯的事啊。」

點人先生見話不在重點上，「郭君，我們真的不用湊點錢來當專業的底金嗎？」

「不用出版的紙張錢。諸位同好只須提供作品，就是在經營文學園地。」見郭秋生君一口氣看來說得實在鏗鏘，諸位同好也是十分贊同、欣慰。

想起以前，諸位同好為了刊物的資金，很是奔走：

郭秋生君向醬油公司拜託捐款。

德音先生和君玉先生跑去唱片公司，拜託公司投廣告到雜誌上來，讓雜誌編輯部有廣告費作續發下期刊物的底金。

最後，諸位同好實在沒錢在繼續辦雜誌，得時先生不得已拿了他的妻子的私房錢來急用，結果，兩人差點因為這事鬧得離婚。實在令人緊張得很！

我還記得印雜誌的印刷廠是明星堂。當時，克夫先生跟明星堂的老闆還算熟識，給我們的雜誌的印刷費算得比較便宜。

把過去這些事兒跟現在比較起來，諸位同好心情都極好。錢，再也不是我們這群同好最主要的、最艱難的問題。

經過一番討論：我和郭秋生君負責評審理論、小說戲劇是德音先生、隨筆是得時先生、詩歌是克夫先生和君玉先生。至於「臺灣文藝協會工作坊」的編輯管理員是郭秋生君，由他統一回覆臉書的消息跟發布諸位同好的文章。

會內的責任分配一結束，諸位同好開始聊起些閒事，有些人決定約出來交換「寶可夢」，有些人還說下次詩鐘以「寶可夢」為主題。

我問：「要和其他人邀稿嗎？」問題一出，懶雲先生、石濤先生、詩琅先生等人的名字就出現了。當然，諸位同好對懶雲先生心有所屬。沒有一位同好讀了《鬪鬧熱》和

《一桿「稱仔」》之後，心頭是無動於衷的。

「但是——懶雲先生的肝恐怕——」

「懶雲先生除了在臉書發表文章，平日也要四處行醫，還擔任一些農民組合的顧問，不能再讓他負擔了。」

「雖然只要我們去問，懶雲先生就一定會答應，所以更不能麻煩他了。」

「不然找逵兄好了，或者秀喜先生也可以。」

「找千鶴先生也可以，近日她出了長篇小說《花開時節》，聽說評價很是甚好。」

我慢慢一個字一個字敲打鍵盤，「諸位同好請聽我說明，《花開時節》長篇的作者另有其人，不過，作者算是千鶴先生的粉絲。」

「如果要向其他同好邀稿，」郭秋生君的下一句過了一段時間才打出來，「要不要也向外徵稿？」以前的《南音》，我們特別設了好幾個獎項，期望新人能供稿。

郭秋生君說：「說到稿費的事，怕有獎棍冒出頭來。」

談起獎棍，我在報社工作，有時處理文學獎的行政事情，經常見到某些名字。後來，我和其他同仁討論，才知道有些常常拿獎的人，會被人家稱為「獎棍」。

如果獎金都被同樣的人搶去，對其他新人可是大大不公呢！

一談到錢的事情，同好們都不說話了。

過去一群人待在咖啡館，想不到解決辦法時，我們就拚命解決香菸。在一陣煙霧瀰漫中，我們直想著該從哪裡找錢，為的就是刊物的存續。

現在大概是一群人對著螢幕，桌上放了一大杯咖啡。畢竟，在家裡喝咖啡是不會遭人白眼的事。

錢的事情之後再想吧！我在聊天室看著同好的名字。

人們都說雲端科技，果真如此，我們又在雲端相聚了。

無論是未來的哪一位同好者，都很難以想像我們討論刊物創辦時的苦楚跟辛酸吧！我們也曾出現那些無法執行又充滿綺思妙想的企畫，現在想來，除了可惜還是可惜啊！

想到這，我突然想把這些同好者的樣子給寫下來。

至於篇名，就叫〈同好者的面影〉吧。

按：題名〈獲得廣茫的園地〉取自廖漢臣的詩句。

很多沒印出來的愉快時光

　　廖漢臣的資料不多，他的貢獻多半是文獻整理與搜集。直到女友說到他在《臺灣新文學》有連載過幾篇〈同好者的面影〉，內容是描寫好幾位文人的軼事，譬如朱點人早期喜歡寫豔詩、劉捷由於怕地震會壓垮房子，所以搬到比較空曠的地方。根據廖漢臣的敘述，〈同好者的面影〉一出，很多人希望他不要再寫了，當然廖漢臣是不理會這些意見，他說寫這些是為了盡「介紹」之責。幸好有他的紀錄，讓文學史出現的臺灣文學作家有了更生動的形象。

　　之後讀廖漢臣回憶辦雜誌、創立協會的經過，突然想起和朋友大學時創辦輕痰的往事。大多數的人只會看到印成紙本的內容，但有很多沒印出來的，才是日後我們回憶時的愉快時光。

　　於是融合〈同好者的面影〉和〈臺灣文藝協會的回憶〉裡的資訊，我想像這些作家來到現代，如何利用新媒介推廣文學，以及可能遇到的問題。藉此回憶過往和朋友辦刊物的時光。

　　特別感謝女友幫忙模擬、潤飾這些文人的行文方式。

留（不）住一切親愛的
孫陵的故事

◆馬翊航

繪圖・毛奇

孫陵（一九一四～一九八三），山東黃縣人，本名孫鍾琦，筆名梅陵、虛生；一九四八年來臺。哈爾濱法政大學肆業，曾主編長春《大同報》副刊；一九三六年逃離東北到上海，並創辦多種雜誌、出版社。來臺後，曾主編《民族晚報》副刊，創辦《火炬》雜誌，並曾於多校任教。著作涵括詩、散文、小說、論述、報導文學等計十多種。

馬翊航（一九八二～）。臺灣大學臺灣文學所博士。曾任《幼獅文藝》主編，現為臺灣師範大學臺文系博士後研究員、臺北教育大學語創系兼任助理教授。曾獲全國學生文學獎、原住民族文學獎、臺北文學獎、花蓮文學獎、Openbook好書獎等。著有《細軟》、《山地話／珊蒂化》。

風雪

只要閱讀描述臺灣五〇年代文學生態的文章，很難不對孫陵這個名字留下印象。反共文學的先聲、〈保衛大臺灣〉歌的作者。論述往往引述歌詞，展示時代氛圍。標楷字體，驚嘆號，消滅、保衛、殲滅、戰鬥，強烈字眼、強烈情緒，讓戰鬥時代可視、可感、可聽：

保衛大臺灣！保衛大臺灣！
保衛民主復興的聖地，保衛人民至上的樂園，
打倒蘇聯強盜！消滅共匪漢奸！
我們已無處後退！只有勇敢向前！向前！
大海是敵人送死的墳墓，金澎舟山是我們海上的鋼拳！
敵人來一千，我們殺一千！
敵人來一萬，我們殺一萬！
完全徹底乾脆殲滅！絕不放鬆奸匪生還！
殺盡共匪！打倒蘇聯！

保衛臺灣，保衛民族聖地！反攻大陸！光復祖國河山！
臺胞七百萬，快快總動員！
七百萬人一條心！拿起武器上前線，殺盡共匪保家鄉，打倒蘇聯護國權！
陸海空軍聲勢雄壯！勇敢戰鬥，齊步向前！
保衛反攻戰線，保衛金澎舟山！
保護家鄉！保衛自由！保衛大臺灣！

從上海來到臺灣的孫陵，在新竹近郊蓋了三間木屋，數十坪的寬敞空間，很能讓人靜心寫作。但寫作對孫陵來說，從不是一件靜心的事。十多年前，他還在長春《大同報》擔任編輯，因為在報刊上引渡反滿抗日思想的文字，引來滿州國警察機關注意，在受到檢查之前，他必須燒去那些有問題的文字。北方的夏夜，裝載意志的斗室裡，文字燒融了。「雖然我全身流淌著汗水，但是我一點也未覺到熱。相反的我覺到了不可形容的內心的寒冷。燒著，我的眼淚流落了。我將一切東西都投進爐火裡，我燒滅牠們，就同燒滅了我的一個可愛的孩子一樣的傷心。」（註一）如果現在可以坦率地愛國，為什麼不？他特地從新竹來到臺北，拜訪國民黨中央宣傳部部長任卓宣，希望做一名反共的狙擊手。

任卓宣給了孫陵一個任務——三天內寫出一首激昂戰鬥的歌曲。他當晚並未返回新竹，而是投宿在臺北新公園前的三葉莊旅社，徹夜苦思。第二天，他攜帶著初稿，在新公園裡繞行，思想，潤色，下午就送出了這首聲音與文字的子彈。但接下來的故事是，〈保衛大臺灣〉成為了國民政府遷臺後的第一首禁歌，據說原因是「我們已經無處後退」聽來灰色消極，「保衛大臺灣」唱久就像「包圍大臺灣」，在戰鬥的年代，諧音若成為了反戰鬥，那是不能允許的。統治者退處島嶼，任何可能觸動敏感神經的意象——孤島，水手，敗象，小國的國王——也不能顯現。例如十多年後林海音與副刊刊出的〈船長〉，柏楊因為他翻譯的「大力水手」，在時代冰冷的巨手下，這些不過是小塵埃。

孫陵的《大風雪》也是一個奇異的案例。小說一九四七年即在上海萬葉書局出版，寫九一八前後的哈爾濱。裡面有賣國求榮的商人，投機政客，困惑與等待躍起的人，舊式知識分子，頹唐墮落的空氣，風雪裡面藏著憤怒與死滅。一九五三年由臺灣拔提書局再版，扉頁題詞是「獻給／在苦難中奮鬥不屈的偉大靈魂」。小說中的細節造景，借古諷今的人物筆法，比起當時許多反共文學作品靈活許多。但這本書流通不到三年，就被保安司令部在一九五六年查禁。理由是《大風雪》刻畫了貪瀆無能的官吏、挑撥人民對政府不滿，或者「使用共匪詞彙」、「崇尚俄化」等理由。白色的時代漩渦，沒人能夠確保何為安穩，何為危疑。隔年底，《大風雪》一字未動，又被解禁。熱帶島嶼，比起遙遠東北，更像是有激烈，令人困惑又難以前進的風雪。

朋友

葛浩文在一九六二年第一次從美國來到臺灣。他拍下的第一張相片，是一面長牆，青天白日配色的標語高掛牆頭「蔣總統是中華民族的救星」，牆上粉刷著黑人牙膏的廣告，讓他生出刷牙不忘救國，或救國不忘刷牙的困惑。那是他眼中的戒嚴風景，憲兵與坦克是街景常見的裝置。多年後，他的中文比起許多臺灣人好得多，也結交了一些朋友，孫陵就是其中一個。他因為研究蕭紅，知道他們兩人從前是舊識，寫了一封信給孫陵，很快收到回信──後來才知道，那回信是孫陵的另一個好友周錦寫的。葛浩文成為孫陵與周錦的海外知交，之後幾乎每次來臺都會與他們見面。但孫陵自己卻說，他因為行事風格，朋友不多，甚至自己承認是個不守信的人：「我這個人有些事不大守信用，譬如約好看一場電影、吃一次小館子之類，屆時如有更重要的事，或更有興趣的事，便會不復再去看電影或下館子。但是對於救國一類的事，一經決定，便永無改變之理。」這個容易因為興趣而更易約定的人，面對救國圖存，竟沒有商量轉圜的餘地。這樣的堅毅國家需要，卻也在很多時候，輕易地被疏遠，像捲起來之後，第二天忘了升起的旗。

孫陵嗜酒。好酒善飲的文學人不少，但孫陵的嗜酒，似乎到了困於其中、為酒所控的地步。早在三〇年代的東北時期，他就曾因貪戀酒精，或是憂國心懷而自殘自傷。

酒，像專有溶鉛的威力，貯量四兩白乾的小磁瓶，在飲過兩瓶或者三瓶以後，於是鬱積在胸膛中間的鉛塊全都溶解了。然而彌補起這剩餘空間的東西是無盡的憎恨。我永遠也不能忘記在我這次飲酒以後，發瘋了一樣歇斯底里地將拳頭奮力向間壁上擊打著。間壁是木條外面塗上灰土隔成的；灰土被我打落了，木條也折斷了，在間壁上，留下一串被我用拳打穿的空洞。……像這樣舉動，誠然無聊而且頹廢，然而也正說明了我那時的心情是怎樣受著苦痛的折磨。

——《邊聲》，頁一二六

在葛浩文的記憶裡，國民黨政府為了控制、消緩孫陵，知道他嗜酒，便常常送來便宜的烈酒，粗麻繩捆成半打，就放在孫陵門口。有軍旅經驗的葛浩文酒量不差，常常陪著孫陵酒後高談。舊日飲酒自傷是憂國心懷，葛浩文與孫陵的酒是跨國文學因緣，卻也有時代的綑綁——粗麻繩一樣。

孫陵寫過許多他在東北、上海見識過的朋友，都是動盪時代的一流人物。蕭紅、蕭軍、巴金、郭沫若……他一次一次地寫。《文壇交遊錄》（一九五五）、《浮世小品》（一九五九）、《覺醒的人》（一九五八年開始撰寫並在《公論報》連載，一九七三年出版）、《我熟識的三十年代作家》（一九七八）。這些記憶是他的珍寶嗎？在最年輕，激烈，急欲實現文學與未來的時刻，如何觸摸關於人與人之間的背叛、怠惰、躁進、謊言、疏懶。我們不免想起許鞍華的電影《黃金時代》。電影以蕭紅為主角，但不止是蕭紅傳。電影人物——演員——真實人物對著觀眾說話的形式特色，混淆框架，提示你黃金時代下的真與不真，存與不存，也是把過去傳導、遞送至今日的渴望與妄想。敵人，同黨，政治，生命，情感，經濟。是黃金時代，但也像電影裡所說，「是在籠子裡過的。」但孫陵筆下的蕭紅呢？他寫她需要生活，那些隨筆組合起來，釀造起來，告訴我們得意又失意的作家，在男人領導的（婚姻、文學、愛國）世界裡，到底真需要什麼，期待什麼。孫陵的寫，不知是復活他人或是復活自己。記憶裡不是只有美德，那些人物有後見之明的政治批判，有事過境遷的幽微憐憫。像他手中被破壞的牆板，昂揚生命裡下沉的鎔鉛，定有一些未竟的好，過多的苦痛，像酒，像需要反覆訴說的黃金時代——致現在以過去。

或像葛浩文，為了蕭紅而來，卻成為了他晚年為數不多的好友之一。

不充足的夢

寫為了意志。葛浩文手邊有孫陵贈與的于右任墨寶，是一九五一年左右，孫陵為了創辦《火炬》，請于右任為雜誌的題字。于右任寫了好幾個字體，後來孫陵珍藏著。某次葛浩文到孫陵家作客，好奇詢問，葛浩文離臺時，孫陵就把書法饋贈給他，也附上了一些說明：

> 這是我在一九五三年創辦雜誌，于右任先生為我所題的原跡，試寫三張共十餘個，現在以其中一幅送給為我的小友蕭紅寫傳的美利堅合眾國研究現代中國文學的葛浩文先生，內心感激與感慨，豈文字可以傳述，即請浩文先生雅正。（註二）

持筆如火炬。《覺醒的人》延續著《大風雪》的故事，年輕的東方曙離開了東北來到上海，讓城市實踐他的心願，也給城市注入新血。他期待著可以投筆從戎，但小說中的王燭塵（對應現實世界中的王統照）說「你安分做作家，那是比當兵夠有成就的，不管是為國家打算，還是為自己打算。」（註三）筆的力量比砲火強大，或等同砲火，在

（一直持續下去）的戰爭年代，可能是一種方針，也可能是一種信仰。孫陵在一九三七年就寫下的《邊聲》，是一部典型的報告文學。文章開頭以「親愛的」呼告，以書信建立讀寫親密關係與契約，讓「邊聲」的敘述位置，有了各種奮進與突圍的可能，告訴他方的你我，國家的幽暗與沉鬱。邊境傳來的聲音有：教科書的「亡國教育」，蟻一般被擊毀的村莊，戰慄的屠殺場景，情報組織的宣傳情形，溥儀登基的照片，荒淫的人，嚴肅的工作。《邊聲》在一九八七年再版（彼時孫陵已經離世）。報告文學的時效性，重印之後又意味著什麼？那個親愛的，又能是誰呢？

親愛的，當我寫這些消息報告給你的時候，你不會想到我底心是如何激動，我底血是如何沸騰！當你讀過了這些消息之後，可能發生和我同一的感動嗎？

葛浩文對《邊聲》的評論是「『邊聲』這系列的通訊是由感情和理智，軼事與真相，悲傷和希望組成的……是故人孫陵先生有分量的遺產。」（註四）學術的嚴謹判斷之下，多少是不希望孫陵，成為被遺忘的人。

孫陵曾經在一九五四年春天夢見巴金。在遠離塵囂，山水畫色澤的高臺上，眾人高談闊論，為某個國際問題僵持不下。巴金突然把孫陵拉開，大樹下收斂起笑容，輕聲地問他「你這幾年怎麼樣？」孫陵意識到，此刻的接近，只意味了過於長久的分別。醒來後，淚水已經浸濕枕頭。他的教授朋友說，也許是潛意識裡知道，快樂不再來；也許高臺意味著，高處不勝寒——孫陵沒有回答這些詮釋，他知道他想念一個正直的靈魂。在他的時間火炬裡，真正感佩的或只有巴金一人。在《覺醒的人》裡，他寫「我終於發現一個俠義無私的偉大靈魂了！」年長孫陵十歲的巴金，從殘酷的生活裡活下來，活成了百歲老人，孫陵卻沒有。

一九八三年六月八號，葛浩文讀報，看見孫陵照片在《聯合副刊》上，他知道大概又失去了一個久未聯繫的老友。副刊上是〈灰燼之歌——讀〈懷念蕭珊〉致巴金〉，以遺作之名刊出：

> 我生性桀驁，不懂生活，所以家無餘貲；我不會做人，得罪朋友也不少。

孫陵在文章裡，提起自己仍是如此決絕，或許還在那夢中高臺；或許此身漂泊，知交皆在海外，或是時間裡。

近一個月後，葛浩文寫了文章悼念孫陵，寫兩人結識，寫他身邊常用之物仍為孫陵所贈。他並不寫出太多哀痛，只希望大家能夠認真讀讀《覺醒的人》，別讓悼念只是海外故人。

忠實地生活，熱烈地愛人，愛那需要愛的，恨那摧殘愛的。

這是巴金（或小說中的黎寧）曾留給他的，誠實去生活與愛並非易事。在仍能做夢的人不在之後，那些忠實與熱烈，彷彿更應該被反覆提起。

註一：引自《邊聲》，頁一四一。

註二：引自葛浩文，《從美國軍官到華文翻譯家》，九歌，二〇一五。頁一三四。不過《火炬》創刊於一九五一年，此處寫一九五三，或是孫陵記憶有誤。

註三：引自《覺醒的人》，成文出版社，一九八〇。頁二十二。

註四：引自葛浩文，〈光明裡的黑暗：評孫陵的長春通訊「邊聲」〉，收錄於《邊聲》。

酒精危害的「可惜」

在撰寫這篇文章的時候，看了過去沒看過的孫陵作品。其中成文出版社的「中國現代文學研究叢刊」中有《覺醒的人》、《我熟識的三十年代作家》、《女詩人》。這幾本書前的「本書作者」介紹，搜集資料的人當然不會放過。「孫陵，民國三年（一九一四）生於山東黃縣。少年時前往東北，成長於哈爾濱……」這些都是介紹作者的標準文字。翻頁後是「來臺後，極力鼓吹戰鬥文藝，提倡反共文學……建立了優良副刊的風骨。」也是穩妥的評價。但結尾處卻下了令人覺得怪異的結語：

「可惜酒精危害，再加上其文與其人一樣的多稜角，是以雖全力貢獻於現代文學，但得意時不多。」

一本書前的序，出現如此貶抑作者的文字，實屬不尋常，我甚至還去查了成文出版社的發行人或其他編輯，猜想究竟孫陵是得罪了誰。後來轉念一想，大約是他自己所寫，除了他自己正是此叢刊的編輯委員之外，那語氣不是舊友恨鐵不成鋼的貶抑，而是無奈的減損與自憐。

那真是酒精危害嗎？孫陵的文章憶人比憶己多，要找到他如何描述自己，並不那麼容易。有些關於酒的心緒，散落在記載與虛構的夾層裡。我被簡單的「可惜酒精危害」困住，但並不是因為酒精，而是因為第一次感覺到這種「可惜」——所以想要試著寫出來。

來自島上的淘金者

魏子雲《金瓶梅》研究其後

◆謝宜安

繪圖・毛奇

魏子雲（一九一八～二〇〇五），安徽宿縣人；一九四八年來臺。武昌中華大學中文系肄業，曾任《北方日報》副刊編輯，並於上海創辦《中學生》周刊，來臺後曾任省立臺北師範專科學校副教授，創辦《青溪月刊》，與尹雪曼等人合辦《文學思潮》，擔任中國青年寫作協會總幹事等。著作包括散文、小說、文藝論述、戲劇等多種，其中對於古典小說《金瓶梅》的研究著作達十餘種。

謝宜安（一九九二～）。臺灣大學中文系碩士。現專事寫作，為「臺北地方異聞工作室」成員。曾獲磺溪文學獎、中興湖文學獎、道南文學獎。著有《特搜！臺灣都市傳說》、《蛇郎君：蠔鏡窗的新娘》、《臺灣都市傳說百科》（合著）等。

電話又響了。安靜的研究室裡，電話發出「咚咚咚、咚咚咚」的聲音。大概是這上午的第十通吧，我已經數不清了。我已經可以想像，我會聽到什麼：「所以是屠隆嗎？」「是山東諸城人嗎？」「是江南人嗎？」「王世貞對不對？」「丁惟寧！丁惟寧！」「是李開先吧，你們別藏了！」

我正要接，老師就搶在我之前，把電話掛斷了。

「煩死了！到底要打幾通啊？直接把電話線拔斷吧。」

「真的要這麼做嗎？」

「不然我們整個上午都無法做事的，拔吧。」

我搶在下一通電話的鈴聲剛響起時，拔斷了電話線。拔完後我看向老師，老師低頭讀書，嘴角還是不自覺上揚。我也是，我懂。

雖然有點抱歉，但掛斷電話的愧疚感，抵不上我們欣喜的萬分之一。

沒想到終於有這一天。

我們已經掌握了最重要的事。

•

一個月後，金瓶梅國際學術研討會即將舉行。臺灣不是第一次舉辦《金瓶梅》研討會，第一次是在六年前，這是第二次。這是有史以來，從籌備到舉辦，時間最短、最快速的一次研討會。當時幾位老師一敲定日期，借好場地，馬上發信給中國金瓶梅學會、國際金瓶梅研究會等國外的金瓶梅學會，讓他們去通知學者研討會日期。這過程完全由臺灣單方面決定。就算有其他學者表示有行程安排，希望更改日期，也不會有所改變——要是無法為了這次研討會放棄其他行程，那表示《金瓶梅》對他們不過爾爾。是呀。我要是他們，那天只要不是結婚或親人出殯，再怎麼遠，我也一定會飛過來參加的。

不過日期不是最嚴重的問題，那些打進來的電話，並不是為了研討會的事情。而是為了另一件事。

我們已經解開了最重要的謎團。這次研討會上，我們即將把答案公諸於世。

那就是：「蘭陵笑笑生到底是誰？」

是的，關於這個未解之謎，我們已經有了答案。

這話並非虛假。我知道過去有許多人，都主張他們找到了答案。他們根據小說的內證、外證做出推論，作者名單排起來至少有三十個人左右。但那都是推測。我不會說他們是錯的，但他們的研究成果，都即將因為這次發現而成為歷史。我可以理解那些打電話來的學者有多緊張，明明已經知道答案存在於世界上，卻還要一個月後才能揭曉，他們應該痛苦到想要死掉吧？我有預感，再過兩三天，就會有人飛來臺灣，到老師的研究室堵人了。嗯，但老師畢竟是臺灣學者中較為年輕的一位，在他之前，還有好幾位學者要擔心自己被堵。比如師大的那位古老師，接下來幾天應該很危險。

消息一開始公布時，被採訪的就是古老師。他說，「因為這次發現，我們有望知道《金瓶梅》的真實作者。」不愧是在金學界打滾的，話說得保守；即便知道得更多，也沒把所有資訊全部公開。但光是發現本身，也足以引起金學界的瘋狂：那本原以為失傳的《金瓶梅》續書《玉嬌李》，竟然重現於世。

這本書的發現經過跟書本身一樣傳奇。這兩年來黨產會陸續抄了一些國民黨附隨組織，例如婦聯會、救國團等。這些組織為怕查帳，往往積極把帳本等文件銷毀，或者搬移到別處——例如婦聯會把一百七十箱文件搬到臺泥大樓，隨後又將這一百七十箱銷毀。因為婦聯會的前車之鑑，黨產會下一輪查到軍友社的時候，便搶在文件被銷毀之前，找到了文件的藏匿地點。那是空軍轄下某棟大樓裡一個破舊的小房間，黨產會把一百多箱文件從該房間裡搬出來，整理時才發現有九箱不是文件，而是一些線裝書、字畫。推測應該是軍友社或空軍關係人士的收藏品，無法推知是誰的。專業人士一看即知，全為稀世珍本。

「不過一開始發現的並不是專業人士，他們只覺得有很多古書，應該把中文系的找過去。沒想到剛好找到《金瓶梅》權威古老師。古老師又找了一批人進去鑑定，包括我，才發現這批文物不得了。」老師說。

「這麼重要的文物居然就放裡頭，這麼久都沒人發現，也太扯了吧！」我吐槽他。

「你別吵，胡適的美國情人韋蓮司寄回來的信，還不是一樣被隨便放在胡適紀念館的地板上！這時候就知道專業的重要了，沒專業根本就看不出來啊！」

老師繼續說，這批稀世珍本被稱為「九箱文物」，不乏足以撼動學術界的重要發現。美術史圈的朋友已經沸騰了。而讓中文學界最興奮的，就是居然有一本《玉嬌李》抄本。

明版書不珍奇，珍奇的是，這本書一度只存在於傳說之中。《玉嬌李》十分特別：它在紀錄裡一出現，就同時宣告失傳。根據沈德符《萬曆野獲編》，金瓶梅有一部續書《玉嬌李》，而《玉嬌李》和《金瓶梅》的作者是同一個人。

也就是說，只要知道了《玉嬌李》的作者，那麼《金瓶梅》作者也就水落石出了。

「魏子雲知道了大概會很高興吧。不，他也可能很扼腕。他花了三十年探索的問題，答案居然就藏在他待過的空軍轄下某大樓裡頭。可惜他已經走了，沒有機會和我們共享這個世紀大發現。不然他一定會很高興的。」

「魏子雲是誰？」

我已經聽過老師感慨地提過他幾次，終於不知好歹地問。

老師眉頭一皺，我背脊一涼。我大概又有一串書單要讀了。

•

外界傳說，這次發現證實了魏子雲的說法。魏子雲認為今存《金瓶梅詞話》、崇禎本《金瓶梅》都是改寫本，在他們之前，有一個今日已經不傳的原本《金瓶梅》。魏子雲的推測，出自明代人對《金瓶梅》的評價：袁宏道說《金瓶梅》「勝於枚乘〈七發〉多矣」，但是現今的版本，並看不出來任何政治諷喻的痕跡，因此他推測，有一個已經失傳的版本，該本政治諷喻更強，且直接指向萬曆帝因寵愛鄭貴妃，而欲廢東宮另立太子。為此，他著有〈一月皇帝的悲劇〉一文。但這種說法被斥為無稽之談，一直以來都未得到贊同，唯一贊同的黃霖，其說法也相當保守——但聽說這次發現的《玉嬌李》，能夠證實魏子雲所說為真。

我沒看到書，我問老師，老師只是笑笑說：「如果是的話，那就好了。」

我沒有再追下去。因為研討會已經近在眼前，我光是改論文就來不及了——是的，我也是發表者之一。

研討會為期三天，一共有四場專題演講、兩場綜合論壇、共計發表三十篇論文。時間緊湊，國外學者來不及報名，因此這回發表者全為臺灣人，可以說是臺灣《金瓶梅》研究總戰力的展示。正好藉著「發現金瓶梅作者」吸引到的目光，把臺灣的研究成果一次推銷出去。啊，甚至是「強迫推銷」：主辦學者們約好了，在研討會之前通通對作者問題守口如瓶，就是要強迫各地研究者來參加研討會，順便見識臺灣成果。

不用說，一線小說研究者全數上陣。儘管如此，實際上研究者並沒有那麼多，像我這種研究生也被拉上去充數——我覺得是充數，老師覺得是好機會，他一直誇獎我那篇〈論《醒世姻緣傳》對《金瓶梅》的繼承〉寫得好，修改了就能發表。

我從沒在層級如此之高的研討會發表過，當然嚇得要死。這次研討會辦在國家圖書館，這是為了向上次致敬：六年前同樣辦在國家圖書館的金瓶梅研討會，是在臺灣辦的第一場研討會。據說上次是為了向魏子雲教授致敬：金瓶梅研討會已經在美國、中國大陸等地舉辦過近十次，卻未曾在臺灣召開過。六年前算是完成了他的遺願，雖然他已經不在了。

這次的第二屆研討會，吸引了全世界的目光。研討會的報名人數每天都在往上飆升，機票一票難求，國圖已經決定加開其他場地給我們，並且仿效前屆，再辦一次「魏子雲手稿文獻展」。魏子雲逝世之後，家屬已經把手稿全都捐給了國圖。

「手稿裡說不定寄宿著魏子雲教授的靈魂，他也會來聽你發表。」大會開始前我在看展，老師突然從我身邊冒出來嚇我。

「老師！我都已經夠緊張了！你還這樣。」

「欸，我也不是完全開玩笑。你看看這些手稿，不覺得很神奇嗎？」

老師等等要在古老師之後，演講「論《金瓶梅》、《玉嬌李》與《續金瓶梅》之關係」，不懂他為什麼還這麼悠哉。

「哪裡神奇了？」

「外緣研究就是這樣。只要有新的文獻出土，這些成果就全部成為歷史存在，失去它原有的效力。」老師低頭看著攤開的手稿，平靜的眼神，感覺他很投入。

「可是老師，不是據說，新發現證實了魏子雲的說法嗎？這樣就不能算是沒有用吧？」

老師笑開：「呵，其實啊，那只是皮毛而已，」

「什麼意思？」

「等等古老師的演講就會說了，所謂的『證實』，不過是《玉嬌李》裡，發現了一句講到鄭妃的話。但《玉嬌李》本來就是諷喻性很強的書啊，這並不意外。要是魏子雲在，他才有可能透過論述『證實』自己的說法。我們當然不會做這樣的推測。《金瓶梅》和《玉嬌李》就是兩部書，後者有政治諷喻，並不代表前者也是。而且古老師的看法始終如一：要是強調政治諷喻，那就喪失了小說的豐富性。他那種索隱派毫無疑問已經過時了，我們不可能再走上相同的道路，這是必然的。」

「老師，」我頓了一下，猶豫要不要問出口。

「什麼？」老師轉頭向我，清澈的眼神，毫無防備的樣子。

「當作是我亂猜也好。老師你是不是，很在乎魏子雲啊？」

老師的眼神閃過一絲驚訝，隨即又歸於平靜。

．

報名人數多達五百，國圖借出了最大的演講廳。古今中外的學者齊聚一堂，好多我以為已經作古的老學者，也在學生的攙扶下出席。還有一堆我們只聞其論文不見其人的名家，也傾巢而出。剛開始看到，我還會在群組裡跟朋友們通報：「是大大！」後來我已經懶了。大大？滿地都是啊。

古老師的專題演講，負責向大家交代「找到金瓶梅作者」到底是怎麼回事。但他說，閱讀完《玉嬌李》完整內文之後，可以判斷《玉嬌李》和《金瓶梅》的作者，並不是同一人。

全場譁然。「所以說作者到底是誰啊？」「不要騙我們啊！」

古老師繼續說下去：但是，在《玉嬌李》的序裡，直接指名蘭陵笑笑生是誰。古老師說了一個從來沒有出現在金瓶梅作者候選名單上的名字，但他簡短介紹之後，連我也覺得非常合理，他聽起來符合一切條件。

《玉嬌李》和《金瓶梅》同時，《玉嬌李》所說的作者，應該不會有錯。

古老師接著說明了《玉嬌李》的內容，和沈德符見到的一致。而他後續考證了作者的生平，也確實在他的著作中，發現了《金瓶梅》引用過、卻從未見於其他出處的材料。而且，作者也確實和《金瓶梅》最重要的收藏者徐文貞家、諸城丘家都有交友關係。這個答案，完美得沒有漏洞。最後，古老師說：

「上述結論，並不意味著我的成功。任何一個有基本功力的研究者，站在我的位置，都會得出同樣的結論。我也曾經亟力鑽研過金瓶梅的作者，我覺得，這樣神奇的一本書居然沒有作者，實在是太不能接受了。我那時候甚至覺得，只要讓我知道《金瓶梅》的作者，無論要我付出多少代價，我都心甘情願。」

「但這次材料一出土，我們居然就輕鬆地得到了答案，所謂『踏破鐵鞋無覓處，得來全不費功夫』。這應該是件令人感到開心的事，但是現在，我只覺得很虛無。」

古老師面對五百人，站在演講廳的中心。全場安靜無聲，所有人都在等他說下一句。

「但這次，是我們所有人的成功。因為我們活到這一刻，才有機會見證歷史。這是時間給我們的餽贈，我們應該感激。感激時間，讓我們不用懷抱著疑惑活下去；感激餽贈，讓我們能帶著重要成果踏出下一步。無論如何，這都是值得開心的事，我們可以大肆慶祝的。」

演講結束。理應有掌聲的但並沒有，我想大家都在錯愕之中。我才走出演講廳外，就看到有人跪在地上，爆出嚎啕的哭聲。哭聲震動了所有人，但只有寥寥數人前去關心他。那個人哭聲淒厲，幾度喘不過氣。我聽見旁邊的人耳語：「聽說他投入了二十年、數百萬的經費研究《金瓶梅》作者。」「那不就幾乎是一輩子嗎？天啊，這太殘酷了。」

我不敢看。我常聽老師說，魏子雲探究作者探究了三十年。他會知道解開的這一刻，感覺這麼空虛嗎？

他不會有機會了。我原以為得知作者是我們的幸運，現在看來，這說不定是他的幸運。

•

老師的演講順利落幕，我的發表也是。問答時，有人問我對《醒世姻緣傳》作者西周生真實身分的意見，我回答說，目前還沒有定說，我覺得就這樣保持下去也很好。這樣一來，我會比較願意繼續研究下去。

三天的研討會以一場綜合討論作結。這場討論延請了幾位重要外籍學者，請他們綜述此次發現的學術史意義，以及自己的研究心得。快要開場了，我還找不到老師。最後我索性放棄聽座談了，開始在國圖的各樓層之間找老師，終於在魏子雲手稿文獻展的展間發現他。

「老師，魏子雲說不定會偷看你在看展的樣子喔。」我悄悄出現在老師身旁。

「吼，嚇我一跳。你不是應該在聽綜合討論嗎？」

「我才要問老師吧？」

「不用啦。我大概猜得到他們會說什麼。一定都都會說這次發現有多重要、他們有多感動之類的。而且論壇結束一定又要拍照，我最討厭拍照，到時候再逃就來不及了。」

「那老師你又為什麼在這裡呢？國圖這麼大，為什麼偏偏是這個展間呢？」

老師不發一語。

「老師，我這兩天找了魏子雲的文章來看，我覺得，他不是你喜歡的類型。為什麼這麼在意他呢？」

「我年輕的時候，大概跟你差不多大的時候吧，曾經寫過一篇文章。」

「嗯？」

「那篇文章叫〈索隱派的功與過〉，年紀還小，不懂得控制火力。我把魏子雲狠狠罵了一頓，直接說他的研究一無是處。文章上了期刊，我當時滿得意的。但後來魏子雲看到了。」

「咦?那怎麼辦?」

「他寫了一封信給我。準確來說不是他寫的,因為他那時候身體已經很差了,是他親人幫忙寫的。信中一一回應我的論點。我那時只是一個小研究生,他是金學名家,他其實可以不用這麼對我。我是到這時,才懂得理解一些學術成就之外的東西。你知道嗎?聽說他晚年已經忘了許多東西,但還牢牢記得『金瓶梅』三字。飯後兒女問他要不要吃冰淇淋,他會說『金瓶梅、金瓶梅、金瓶梅』……我雖然批評他的研究,但在當時的戒嚴臺灣,全心致力於研究《金瓶梅》這部淫書的,並且努力不輟的,除了魏子雲,沒有其他人了。」

「況且你看,這不人人平等了嗎?所有人的成果,都一起成為歷史。無一例外。我們有朝一日也會吧。」

老師望著玻璃櫃中的手稿,透明玻璃上,映出了我們兩個的身影。

從《萬曆野獲編》回望

這回《文訊》的「穿越時光見到你」專題，我選了兩位作家，都是古典小說研究者。一是王夢鷗，研究唐小說；一是魏子雲，研究《金瓶梅》。

透過他們，我們可以看到當時古典小說研究者的定位。在現代文學研究不興盛的時代，古典小說應該就是讀者最能接觸到的「文學」資源了。王夢鷗讓學生改寫古典小說，發表在《暢流》雜誌；魏子雲也在《暢流》寫過《水滸》裡閻惜姣的故事，並在《仕女》上連載了三年《金瓶梅》女性的故事。這些在創作資源豐沛的當今，都是難以想像的。

這次要寫魏子雲，我一直很煩惱。我早就決定好，要寫魏子雲一定要寫《金瓶梅》。但研究《金瓶梅》的學姊說，魏子雲的說法今天已經不流行了，我實際看過後，也很難同意他。在學術成果已經退時的現在，如何評價這位研究者，成為我的一個難題。最後，因為我上課報告過沈德符的《萬曆野獲編．金瓶梅》一段，決定以此為切入點，想像一個令人神往的場景，再來評價他。巧合的是，魏子雲進入《金瓶梅》研究，起點是一篇名為〈金瓶梅的作者是誰？〉的文章，他根據的材料，也是沈德符的《萬曆野獲編》。

公路草叢旁的光亮水聲

論子于

◆神神

繪圖・毛奇

子于（一九二〇～一九八九），天津人，出生於遼寧開原，本名傅禺；一九四八年來臺。長春工業大學礦冶系畢業。曾任職於本溪煤礦，來臺後至建國中學任教，至一九八二年退休。創作文類以小說為主，兼及散文；著有小說《摸索》、《豔陽》等六種，散文《我在建中三十年》，選集《飄零：子于短篇小說選》。

神神（一九九〇～），本名沈宗霖。成功大學臺灣文學系碩士。曾獲林榮三文學獎、時報文學獎、聯合文學小說新人獎、教育部文藝創作獎等。

長領水獺領大衣

子于（一九二〇～一九八九），本名傅禺，四十多歲發表小說，夠晚了。他早年在上海喜歡張愛玲，張愛玲說，成名要趁早；但也不一定的，子于經歷了東北滿州國，理科訓練，礦冶工作，逃難渡臺，以及在建國中學教了三十年多的書，住在颱風來屋頂都要翻掀的宿舍裡。也許這些經歷積累，是成為一個小說家之必要。

他總說夏季炎熱，汗出得多，但也怕寒流下的臺灣。說自己從東北來還怕冷，不害臊？小說裡常出現一條長領水獺領大衣，穿在長篇《喜棚》（一九七四）那些東北行腳幫兄弟身上，也曾穿在短篇〈瞎蒼蠅〉（一九七〇）猶豫著要遠渡日本的男人身上。後來讀到子于的建中回憶錄，才知道，當年在天津賣了一條長領水獺領大衣，湊到兩張通艙的船票，渡海來臺。

一開始在小說注意這條長領水獺領大衣，覺著這料子鮮奇，想到保育類動物或打獵之類上頭去，沒想過是子于在動亂時代抽取的深層記憶。子于恐怕也是要笑我的吧。但也捨不得笑吧？在建中教了三十多年男孩子，打罵還會心軟。有次擔任一個留級生的班導，說：呀我們真是有緣，卻傷了那學生脆生青嫩的自尊心。當時他是很歉疚的，說男孩子乍看粗野，但寫起習題來，那些字跡都是纖纖細細地停在方格子裡。

•

我也是男孩，是即將成為一個男人的男孩，看著這樣一個男老師寫小說，總想自己如果高中被他教到數學，他不會太喜歡我。我的數學成績不好，文組命。子于說高中數學，微積分都不到真正數學領域，到大學、研所，那數學千變萬化，才是真正抵達數理，不，哲學的境地。《摸索》（一九七〇）序裡說，小說寫人，寫物質生活中的人，用科學方法透出的人性。無怪乎〈看海〉這篇，他用風飛沙比喻人的離合，又深到物理學，說一粒沙裡頭的分子、原子，核與電子的距離，又是核子本身的十個幾十次方倍，像太陽和地球的距離。

人的離合用自然律、用科學去磨它。但這並不是說子于是把自然知識抬得極高，他屢屢提到自己不打算用小說遞出一個絕對目的，小說不是工具，而是描寫人生在世的「感覺」，瞬息破滅也好，總有人把它挽下。他在一篇〈瓷瓶〉（一九七一）寫岳婿鬥嘴，賣了許多瓷器歷史製法知識，主編說寫得不誠意，最後他乾脆招認啦：是在書店大減價，買了本《說陶》和《中國瓷器史》，一個晚上寫完這篇，交稿後完全忘光那些知識。

鏡頭下的簾紗細語

淡大中文系教授陳大道，曾寫過一篇論文（註一），談子于書寫中的自然主義。從法國左拉談到日本私小說，說滿洲國時期的子于可能受其影響。我好奇「自然主義」這個脈絡裡的科學因素。十九世紀歐洲，博物館、百科全書風行，以及照相機、顯微鏡等精密觀測術興起，是這些促發了藝術家想用精密手法去抵達「客觀」現實。但奇怪的是，當左拉用一種框架侷限性的微縮鏡頭，希望能更精密捕捉角色並抵達「客觀」時，這種鏡頭手法卻也影響了後世書寫（如日本私小說）對自我「主觀」的細密凝視。

客觀牽涉的是知識論，不同個體是否能達到共同認知。但如果對自我主觀性的反思，能達到一種高度精密的覺察，是否也能上升到一種客觀程度？對自然主義而言，究竟什麼是主觀和客觀的標準，未有定論。陳大道認為子于用實驗手法描寫天真人性，並不被傳統道德觀綑綁，這一點可謂自然主義。

要接上自然主義，也許可以著重更多自然主義的科學脈絡。子于小說裡，將自然環境轉為意象的手法，有些是用科學邏輯去達成。例如長篇《月暗星亮》（一九八一）或短篇〈嶺上〉（一九七一），都描述對夜空中繁多的星星感到恐懼；這和傳統歌頌星星多美好的觀點不同。子于提到星星多得嚇人，在夜空中看似挨得很近，但其實彼此相隔許多光年，隔著一大段時間與空間。

子于的書寫很常出現蒙太奇和意識流跳接，這種手法在戰後臺灣的外省籍作家中，通常是描寫中國原鄉 vs. 臺灣現境的對照。但在子于作品中，常是對照著人情關係的變化。例如《月暗星亮》主人公在現下（今）的團體旅遊中，穿插與前女友的回憶（昔）。

另一種手法，則是純粹一來一往的對話體。張愛玲晚期風格轉向的代表作〈相見歡〉（一九七八），也是用這種對話體，去辯證兩種以上的觀點，並推展情節衝突。這種手法有點像隔一道簾紗，讓讀者偷聽兩人的竊竊私語。這個手法在子于描寫性、偷情的場面中很常出現。或者書寫東北家鄉的段子。想是作家聽多了上海話、天津話、山東腔、東北話，就讓各個語言粒子在紙面飛騰交會。

•

子于《喜棚》（一九七四）這本作品，以數個短篇：〈禿子，痲子〉、〈小四奶奶〉、〈皮臉兒〉等串織而成，圍繞同一個場景，即他在東北長大看過的行腳幫、窯子。子于在後記中提到，山東離得東北近一些，有時東北人把話換成了天津話，神不知鬼不覺的，沒人知道。

有人讀完《喜棚》對子于說，這些草根人物好似都沒什麼羞恥感。子于說沒羞恥感就是他要寫的，性與舒暢都是人的必要。但看這些人物，總都是泥濘裡留一些蓮花的良性。例如寫窯子主人曹老大，平時鞭打叫罵犯錯的小姐，但極度保護自己的痲臉太太；曾和弟媳年少一見鍾情，後來想賣她到妓院去，卻都不是認真地調情，「作勢」強暴她，被她一刀刺傷大腿，最後倆人都算了，甚至是笑笑。

寫人性的灰色地帶，沒有絕對善與惡，黑色看久了還有點白，可能反光，沾上塵埃之類。絕對的黑色真的見過嗎？就是夜空中的黑色，還有些星星亮著白光，玷汙了它。

夜暗門前掛馬燈

子于本人遷居美國，作品也有旅美題材，這個題目在陳大道的論文中也提過，說是違抗了主流大眾對醫科生、留學生的一勁吹捧，寫他們的黑暗處。例如《芬妮．明德》寫醫生開賭場，研究生淪竊賊；〈蒸籠〉寫高學歷哥哥只會念書，卻一路靠社會打滾多年的弟弟金援。〈瞎蒼蠅〉寫一對男女遲疑要否移民日本開餐館。

這三篇的共同點是出國「開餐館」的橋段。這也反映當時旅外華人處境，搬中國菜這最基本的文化資本。陳大道在論文下了很美的標題：飲食男女。這些留學、移民者不是披戴刻板認知中的繁華榮光，而是出於營生，被迫，混日子。

我發現還有第四篇〈高處總是眼亮〉（一九七〇），說的也是出國深造的徬徨。描述一個表哥替表妹當家教，把活潑好動的女孩教成一個愛讀書的知識分子。表哥當兵後只想維持在基本學歷水平，卻被升上大學的表妹鼓勵著，兩人一起努力考研、有天能出國深造。但高處真的眼亮嗎？故事末的表哥，似乎並不很積極。這大概是那個六、七〇年代，美國易（亦）來去的冷戰結構下的，知識分子共同的矛盾心靈。

《月暗星亮》（一九八一）和《迷茫・矬巴列傳》（一九八四）這兩篇，都寫一個男人參加團體旅遊，搭遊覽車遊臺。同時出現旅店吊掛馬燈，在夜晚幽微放亮的意象，藉此穿插主人公的今昔回憶：當年見過這一盞燈，它還亮著。不同於部分渡臺外省籍作家，較高密度地繾綣於中國原鄉書寫，子于並不特別強化戰爭逃難大空間移動的經驗，從這兩篇看來，倒很有落定臺灣本土的傾向。說的是小空間移動，環島，現今不是流行臺灣全島自助旅遊嗎？民國七〇年代時興的是結團出遊環島。也許後者更容易親近陌生人吧？

《月暗星亮》中的溫文儒雅的老師文洛，和一群本省女工搭遊覽車出遊。在此看到階級／省籍的張力。另外是「高級知識分子」和「藝術家」的反思。暗示文洛那去夏威夷深造的前女友是只會讀死書的書呆子。當文洛那一群有錢出身的藝術家朋友，嘲笑女工人沒品味；他則肯定這些本省女工的善良純真，旅遊過程一起唱〈望春風〉、〈心內彈琵琶〉等臺語歌。那時大概也趕上了臺灣民歌時代，男工人在旅店住宿時、在河邊撿石頭，都抱著一把吉他。

《迷茫・烓巴列傳》則是五十多歲老男人和二十多歲少婦在遊覽車相遇，在旅遊中發生微妙的情愫。像情侶又像父女。這裡則是婚姻／年齡的張力了。老男人以這位少婦投射到自己身為一個父親和丈夫的角色。一個女人徘徊在自由和婚姻，把違抗父權這個啟蒙主題加進去。但不是絕對的反抗父命，而是父親究竟有什麼務實考量，又自由解放式的浪漫能到多久？

他說，自由有度，一個點在空間只有上下，前後，左右，三個自由度。要點和點相遇，集合成體，自由度才大。這裡我們看到了數學老師本行和書寫鎔鑄在一起。但他可是辯證的，這一段不是鼓吹群體和入世，也不是反個人和反自由。他說這些點和點集合成體，說的是「量」；但他管的是「質」，即個性，這一點就是文學統治的範疇了。

絮絮彈落的菸頭

「論」了這麼多，不曉得子于喜不喜歡被論，看他和黃春明、施淑、李昂、王禎和相處，他說不善記憶其他小說家寫過的段子。有人問他意見，他常很尷尬，因為我忘了你寫過什麼。但子于確確實實是寫過了，寫了那麼多人性，自由，東北家鄉，寫臺灣，寫教書生涯遇見的孩子。

倒很常看到子于說主編俏皮話，說尉天驄、何欣對他小說的助益和交流，說自己寫小說是賺外快，零頭的，談起每個字多少錢，很務實。正因為不以文學專營，寫起來反而有種「非本科生」的暢快。他女兒拿了紙稿，是從窗戶遞給林海音的。林海音是菸不離手的，她大概就著窗戶吸菸吧。子于同樣也是菸不離手的，明星咖啡桌上擺著一盤菸灰。他說羨慕那些作家能坐在咖啡館裡寫作。有次他在咖啡館和街上晃悠了一陣，直到回到家中，午夜點一盞燈，才洋洋灑灑寫出來。

子于教建中，但似乎和那年代的師道權威很不一樣，很講民主和人性。像是學生郊遊攀折了本省農家的橘子，他趕緊假裝要重重懲罰學生，反而讓那農家心軟，把橘子送給他們。他大概就是這樣硬在表殼但軟在內心的男人。

他教的都是男孩子，曾撕過學生在底下偷看的小黃書，賞了學生一巴掌。但也反思自己年輕時沒少看過這些書。〈在岔道口〉（一九七〇）這一篇說的就是重考男學生的性啟蒙。在外租屋、偷聽房東夫婦燕好，被房東太太的身體吸引。在筆記本上隨便塗鴉，畫出一個女人身形。

•

說到性，子于死後在二〇一八出版的《飄零》收錄了他的風月小品，但我怕讀者就「近」只讀這一本書，只從這本書把子于歸位到某個固定向度去。如果我們從法國後結構主義，羅蘭．巴特的觀點，來分辨「情色」與「色情」：色情是讀者跟隨著作者先定好的單一意思（例如肉體純感官），但情色則是讀者能在巫山雲雨之外，品嚼更深的含意。意在言外，包含了人性。

〈豔陽〉寫女老師和男同學的互動，讀起來有些「意在言外」，但子于說這正是他要洗刷和避免的，放了兩條軸線沖淡它，最後只想回歸到寫高中男孩的性情這一點上。但讀者要從婚外情和師生戀去猜測〈豔陽〉，也是可以的吧。

〈淑真．大馮．我〉寫礦場同事偷情，〈火燒雲〉寫闊別多年的老情侶偷情，〈母與子〉寫身材大如牛的男同學和朋友媽媽偷情。如果回到羅蘭巴特對情色的觀點，很有這麼味道的：子于談的是人性，是存在的意義，而不只是性這一點上。他自述的小說觀，說自己寫的是一種感覺。我想官能亦是感覺中所不可或缺的。

野地重生與性肢解

如果把「官能」銜接到子于作品中的自然主義和科學性，從初階入門的性啟蒙（〈省城高中宿舍裡的私密〉）到更為成熟進階的性攻略（〈淑真．大馮．我〉），文中都出現鉅細靡遺描寫性愛姿勢和技巧。這的確像是自然主義，機械精密地分解一匹馬（加入醫學、解剖學等知識）。而子于則是用一種物理學的手法，去分割、分解男女的性愛姿勢。

當性被這樣科學地肢解之後，可能感到一種感情被潮水淹沒的悶窒，但這悶窒又偏巧是生命存在的本質。在官能片中，演員表演做愛時那種機械型、按部就班，彷彿工廠生產流線的動作，都像一個對現代性虛無的隱喻。

〈拉貨馬車馬夫的老婆〉和〈高粱地裡大麥熟〉回歸子于東北老鄉背景，窯子、行腳商，這是他東北主題的基本架構，在裡頭養大了真實草莽的人性，兩則說的都是老婆為了經濟賣淫的故事，做生意老婆被客人吃了豆腐，甚至強暴，丈夫鞭打她，卻也閉著眼睛讓她跑下一場。這其中都不是一個絕對的善／惡標準，而是生活困難中怎麼偷生，一晌貪歡，是人性生存的本體需求。

可見除了積極地擴寫生命本質的虛無之外，性的物理化、純物質化，對現實的磨難，是有一種抵銷和補償作用的；即「再生產」。當經濟困境時，妻子選擇賣身，腿廢了的老公偶爾會到窯子找妻溫存。給別的男人用，也要給我用。甚而兩人到半個人身高的高粱田去做愛。那高粱田遼闊自由的意象，正是逃脫現實困局的嚮往。

想像世界裡的解放野地，像男人撒了一小泡尿，全身酥爽後，又能回到車上去駕駛，闖蕩他的高速公路。子于不曉得喜不喜歡這樣的隱喻。我只知道他那在遊覽車上團體旅遊，和大家一起唱臺語歌，聽客運小姐放錄音帶音樂；也曾和少女不小心瞧見山坡涼亭上男女的放浪野合。這一整個人生短旅的隱喻，我很是喜歡。

註一：陳大道，〈從人性出發：試析子于小說的自然主義與「留學移民」情節〉。《臺灣學誌》第八期，二〇一三年十月。

異樣的情愫，並不異樣

文訊雜誌社資料室在張榮發基金會大樓，一樓正廳放了艘「大船」（豪華遊艇？），搭電梯到地下室資料庫，很有一種搭乘大船船艙飄搖在蒼茫文學史之感。

借閱了書籍，在車上讀子于〈豔陽〉這篇，首次接觸子于，以為是很規矩地寫師生，但中間咀嚼出一些異樣的情愫來。之後讀過子于所有作品，證明了這異樣的情愫，其實並不異樣，只是人們用規矩和典律去鎮壓它。終於是要讓它終於露出臉面來的。不但是在床第上，還要讓它滾到野生郊外。

資料室外有幾處用電腦平板放作家著作，提供閱覽，不過我翻了幾個平板，都沒有子于。所以請幫子于放上平板吧！好像滑一滑，就能看到他怎麼從東北，談到建中老師生涯，從知識分子、留學，談到退休、移民。或是從婚姻，談到性。人的一生真正這樣被滑過去了，到現在是個被平板電腦統治的時代。

輯二・狂熱的靈魂

志願與志願之間

重讀周金波

◆鍾秩維

繪圖・毛奇

周金波（一九二〇～一九九六），基隆人，桃園公學校、基隆第一學校就讀，日本大學附屬三中畢業，日本大學牙科專科部畢業。一九四一年自日本回臺，活躍於《文藝臺灣》；一九四五年參加三民主義青年團；一九四七年「二二八事件」被捕入獄；一九五三年創立「青天臺語話劇社」。創作文類以小說為主，出版作品有《周金波日本語作品集》、《周金波集》。

鍾秩維（一九八七～）。臺灣大學臺灣文學所博士。現任教於輔仁大學中文系。曾任哈佛大學費正清中國研究中心Hou Family Fellow、中研院中國文哲所博士培育人員、臺大文學院「趨勢人文與科技講座」博士後研究員。

按：本文的周金波作品的引用皆根據《周金波日本語作品集》。而文中日文翻譯若無註明譯者，皆出自筆者。考量到讀者索引方便，全文以（日文版頁碼；中文版頁碼）標註出處。

日本殖民統治期（一八八五～一九九四）的臺灣文學一方面是「臺灣」作家批判、抵抗帝國與殖民統治的媒介；另一方面，它也是此間文學者對於現代性這一嶄新存在處境之反映與反思；而更重要的是，這一時期的文學史同時銘刻著島嶼臺灣如何成為某個共同體其之界限的想像和形構。

換言之，誠如陳建忠所說，「殖民性」、「現代性」與「本土性」乃是日治時期文學史的三個關鍵字（陳建忠，二〇〇四）。但是到了戰後，這段複雜的文學歷史因為官方「去日本化、再中國化」的意識形態使然（黃英哲，二〇〇七），難免長期被壓抑、噤聲的厄運，直到一九七〇年代，在所謂「回歸現實」潮流的帶動下才終於重新浮現；不過在當時的語境裡，它勢必得披著「抗日」這類中國民族主義的面具始能取得合法性（蕭阿勤，二〇一〇）。

在這個意義上，日治時期文學的多元維度，遂不得不為中國民族主義版本的反殖民尺規所限定，在這把量尺劃定的範圍內者是忠於（中國）國族的抵抗志士，而在它之外的自然就是叛（中）國的奸佞罪人。根據這套民族主義的二分法，那麼崛起於戰爭期（一九三七～一九四五）中段，戰後被視為「皇民文學」代表作家的周金波（一九二〇～一九九六），他何以沒能順著回歸現實潮流被「日據下臺灣新文學，明集」或「光復前臺灣文學全集」給譯介就不難理解了。

擺盪臺日兩端的身世

根據其長子周振英所寫的傳記（二〇一三）——周金波，楊阿壽與林素之子，一九二〇（大正九年）出生於基隆。身為楊、林兩家長子的他卻姓周，是因為他的祖父楊吉食很早就過世，祖母陳金寶只好帶著阿壽及其弟壽山兩人改嫁周海發，長孫的金波依照傳統「抽豬母稅」習俗，必須跟著祖母再婚的丈夫姓周。周金波的父親在日本留學，就讀日本大學齒科專門部，周在一歲多的時候，就為母親帶著前往東京與父親一起生活。周母在東京經營提供學生賃居的「集英社」，後來在戰後臺灣政治圈活躍的人物，比如黃朝琴、連震東，乃至成為「臺灣文化協會」中堅分子的謝南光（謝春木）、蔡培火等人都曾於此出入；同樣在東京留學的楊阿壽，加上他所習者乃「醫」這一最能彰顯知識人革新啟蒙情意結的學門（新文化、新文學運動的重要人物蔣渭水、賴和都是醫生），自然也參與在臺灣文化協會裡頭——周金波就在這樣的語境中長大。

一九二三年關東大地震摧毀了楊阿壽一家在東京的房舍，作為「外地人」的他們，在一片混亂中接受政府的勸告返回臺灣。回臺的周金波先後在桃園與基隆兩地完成公學校的學業，而於一九三三（昭和八年）負笈日本，跟隨父親的腳步在日大附屬第三中學校以及日大齒科專門部完成中學和大學的學業，在東京度過了九年的時光。而這段黃金歲月即後來周金波小說繾綣鄉愁的所繫之處。一九四一（昭和十六年）周金波大學畢業，奉父命歸臺，與李寶玉相親結婚，同時繼承父親的齒科診所。

•

周金波在東京讀書時，據作家自己現身說法：「在父親庇護下的我，以離開雙親的自由之身度過快樂的學生生活。」（周金波，一九九八：二四九）與周金波一同上（東）京，後來也同樣就讀日大三中、齒科專門部的朋友張明華回憶，周金波手頭充裕，常常去看戲——當時戲票一張要一、二円（編按：「円」指日圓，下同），同期本島人基層公務員的月給是二十四円（參考龍瑛宗一九三七年的〈植有木瓜樹的小鎮〉）；而周金波甚至曾每個月花二十円去學鋼琴，可見他的日子確實過得頗有餘裕——同時周金波也參與在新劇研究會（澤田美喜子主持的「七曜會」）以及劇團（由久保田萬太郎、岩田豐雄與岸田國士創辦的「文學座」）之中，這些經歷影響了他在一九四〇年代對於戲劇改良、「青年劇」編寫，與戰後籌拍電影《紗蓉之戀》（一九五八）等文化活動的投入，周本人且有戲劇才是他文業的志向所在這樣的想法。

不過周金波現在比較為人所知的還是他的小說作品，尤其是同樣發表於一九四一年的〈水癌〉和〈志願兵〉兩篇。周金波之開始寫作投稿可溯及回臺前夕，他從張明華的堂哥張明輝——他也是〈志願兵〉這篇小說中張明貴的原型——那裡收到剛剛創刊由西川滿主編的《文藝臺灣》。周金波感動於該刊提供了一個讓日本人與臺灣人共同發表的園地，遂起心動念決定向它投稿。

殖民地下，水癌的界限

〈水癌〉作於周金波在日本的最後時光，周將它寄回臺灣，而本作也順利刊在當年三月號的《文藝臺灣》。〈水癌〉的故事不複雜，講述本地一個「無教養」、「穿著和洋漢折衷的所謂改良服，手腕露出黃金的小型手錶」（五；四）的母親，帶著患有嚴重「水癌」——一種口內粘膜壞死的口腔炎——的女兒來第一人稱敘述者「我」的診所治療。「我」告訴那名母親她女兒的病情太過嚴重，得到大醫院去才有辦法根治，為此「我」且特地寫了封入院的介紹信。然而這名據「我」的助手描述，握有上千円私房錢的母親，卻因不願花住院的錢、忿忿不平地離開。幾日後，那名母親因聚賭「打四色牌」（九；九）被警察逮補，而那時患水癌的少女才過世不到五天。

這則故事來自周金波就讀日大期間回臺歸省時的親身見聞，而在這裡，他刻意將這則故事發展成對於本島民族性的批判。〈水癌〉開啟於返鄉執業好幾年的「我」終於在新鋪的「榻榻米上開始過典型日本人的生活！」（三；三）的新願景，而不只「我」，就連家人、孩子也都開始習慣在和式空間中起居，顯示「島民是可以教化（為日本人）的。」（四；四）若然，則那名不願救治女兒、「在本地庶民階級的每個家庭中肯定都會有一、兩個」（五；四）的母親無疑是對於「我」美好憧憬的一大反諷。不過，醫師的「我」並不氣餒，小說最後，「我」認清「這就是現在的臺灣。」但——

> 惟其如此、惟其如此才不能夠認輸。在那樣的女人身上流的血，在我的身體內也有那樣的血留著。不可以不出聲旁觀，我的血也得洗刷乾淨。我不只是個普通的醫生啊，不成為同族的心的醫生是不行的，怎麼可以輸呢……（十二；十二）

這段用內心獨白的方式表現的心願，給了這篇恨鐵不成鋼的小說昂揚的結尾。而〈水癌〉有幾個點值得注意的點，它暗示了周金波日後寫作、思考的重要軸線——

首先，這篇小說其實寫於周奉父命回臺接掌家業、相親結婚之前；也就是說，那個回臺多年，終於在「支那事變」（原文如此，亦即七七／蘆溝橋事變）後「皇民鍊成運動」更加激進之時，才找到生活新氣象的「我」，毋寧是周對於即將回鄉的未來不安的投射。這份不安和不得其所感，在後來的〈氣候、信仰、宿疾及其他〉（〈氣候と信仰と持病と〉，一九四三）與〈鄉愁〉（一九四三）中一直衍生、困擾著周金波，是其人文學核心的主題。

從文學史來看，旅日青年結束學業、不得不（無法謀生、或被家庭勒令）回臺的路線其實一直出現在日治時期的故事中，深刻的作品如巫永福〈首與體〉及張文環〈父親的要求〉等等（陳建忠，二〇〇七：四四—五七）。

較諸一九三〇年代的巫、張對於歸臺的不情願與迷惘，周金波明顯正面得多。而他之能夠保持正向思考的推力即為「皇民化運動」的展開——這是〈水癌〉標誌的第二個重點，而最具體呈現在上引那段環繞「血液」的論述中。皇民化，顧名思義，意在將殖民地人民化為皇民＝真正的日本人。

不過周婉窈指出，這個宣稱其實與日本認為只有「人種意義上的日本人（ethnic Japanese）」才可以是純正的日本人之民族觀念互相牴牾（周婉窈，二〇〇二：三五）；換言之，血統決定了一切。吳佩珍更進一步將臺灣皇民化時期小說中，聚焦於

「血液」的討論放在現代日本優生學的論述中考察，而由其中的人物始終跨不過的血的界限來揭露「皇民化＝成為日本人」宣傳的欺瞞。（吳佩珍，二〇一一）

如此一來，周金波在〈水癌〉中投注的希望不啻為某種一廂情願。而那樣深信、奉行皇民化說詞的周金波——在同年九月發表的〈志願兵〉更以本島人高進六「果真割了小指（寫血書）」（三七；三五）從軍，力行皇民化作結（註一）——莫怪戰後會被貼上皇民作家唯一代表人的標籤。

周金波之子周振英（借助中島利郎的討論）曾就場域的觀點來為父親辯駁，他指出，因為父親戰後就淡出臺灣文壇，一時不察，竟粗暴地被拱為所有「皇民作家」的代罪羔羊：而其實，周振英引用張文環在一九四三（昭和十八年）「臺灣決戰文學會議」上的名言：「在臺灣，沒有不是皇民文學的文學。若有寫作非皇民文學的傢伙的話，務必要處以槍殺。」（周振英，二〇一三：十五—十八）確實，在總力戰全面地徵用下，很難有誰能夠置身事外，殖民地時期文學名家從張文環、龍瑛宗到深具抵抗意識的楊逵、呂赫若等，也都被國家派遣到鄉村觀察而留下文字紀錄。

志願之路漫漫

不過若從文化史的角度來看，陳培豐有關「同化」的研究有助於提出另一種解釋。在《「同化」的同床異夢》一書中，陳培豐認為日本的殖民統治「教化」新依附子民的措施莫過於「國語」政策，而透過梳理伏流在國語論述底下的「同化」一詞所包含的兩個層次——「同化於（現代）文明」和「同化於（日本）民族」——陳加以釐清日治期殖民吸納以及臺人肆應間微妙的拉鋸。

簡言之，即使隨著時局演變，日本人對於「同化於民族」的要求愈來愈強硬，但臺灣人仍儘可能陽奉陰違地往「同化於文明」這一廂靠攏。可惜欲潔何曾潔，到了「同化於民族」聲浪最大的皇民化時期，除了外部壓力再難容忍表裡不一的偽裝外，臺灣人內在的心似乎也不再能於民族的問題上堅壁清野。陳培豐舉著名的左派、抗日醫生文人吳新榮其人日記的一段紀錄為例——

我們每天做完了工作，就脫下西裝與皮鞋，換上和服和木屐，半天過和服生活……吃醃蘿蔔、味噌湯、生魚片、日式火鍋。又以家中設榻榻米寢室為榮。爾後以日本話談話，用日文寫作，最後以日本式的方法來思考。一切只為了方便。「方便」與「必要」成為同化的不可或缺條件。我們是被方便與必要所迫、而被同化的臺灣人。任何人都認為我們是日本人。恐怕大和民族形成以前的日本人，也是如此吧。

——吳新榮，一九三八年一月十九日；轉引自陳培豐，二〇〇六：四三三—四三四

原本「方便」而「必要」於汲取現代文明的日本語，如今卻變成難以抵擋的大和民族之詢喚（interpellation）。無巧不巧，周金波〈志願兵〉中的人物張明貴也有非常類似吳新榮自白的一段陳述——

那是因為不成為日本人是不行的。但是我不想如同像是拉車的馬的那傢伙（按，指對「成為日本人」有本能、直覺式決心的高進六）一般，為什麼非成為日本人不可呢？這是我先要考慮的。我在日本出生。我接受日本教育長大。我除了日本語外不會說話。若不用日本假名我不能夠寫信。所以說，倘若不成為日本人，我沒有其他能夠活下去的方法。（三五；三三）

大抵而言，張明貴類似於吳新榮，他們之學習日本語都出於一種「同化於文明」

——教育、溝通、言文一致——的訴求；但保持「理性」的張明貴最終仍敗給對「同化於民族」秉持忠貞熱情的他的朋友，處在光譜另一端「血氣」方剛的高進六。陳培豐因而認為，儘管周金波的作品一方面延續著臺灣新文化運動批判本島民族（性）陋習的傳統，一如〈水癌〉對沉迷於賭博、看歌仔戲而不願救治女兒的母親之批評——在後來的〈氣候、信仰、宿疾及其他〉與〈鄉愁〉中亦可見周金波的批判本島民俗信仰與逞勇好鬥等等——而這也提醒了我們前已述及的周金波家族和臺灣文化協會深厚的淵源。

不過另一方面，陳培豐也指出：「周金波在面對『皇民化—日本化—近（現）代化』這三個議題時，比較缺乏反省、批判和過濾的思索……在過度熱衷於社會改革之餘，他對講究達成目標的手段和選擇的思考過於草率，欠缺慎重考慮。」（陳培豐，二〇〇六：四四二—四四三）換言之，「同化於文明」與「同化於民族」的界線、取捨在周金波那裡呈現為模稜兩可。

事實上，同時代的批評家也對周金波〈水癌〉、〈志願兵〉所展現的「狂熱」、「強烈『尋求解決方式』的傾向」（辻義男二〇〇六：二〇二、二〇六）頗不以為然。但這些目的論的取向在〈志願兵〉的最後一段已經透露出遲疑——

狹窄的階梯不夠兩人並行的關係，我跟在他（張明貴）身後拾級而上。他的身子很長，遮蔽了光線。因為很暗，我一面挑選有光之處，一面一階一階數著那樣登樓。

如此這般慢慢地走上去，樓梯不知何故竟也挺長的呢。（三七；三五）

這一段落出現在明貴去向「血書志願」的進六低頭認輸，決心「從此以後我也要力求上進，請姊夫也給我加油吧。」（三七；三五）之後，那麼姊夫「我」的猶疑、不確定到底意味了什麼？志願與志願之間，這份「路漫漫其修遠兮」的負重感即貫穿周金波後來小說、乃至他其後一生的艱辛求索。

註一：〈志願兵〉同樣是使用第一人稱敘述的小說，但不同於〈水癌〉的「我」是個主述者，這裡的「我」（張明貴的姊夫）比較是張明貴與高進六辯論的旁觀者。這篇小說的梗概即公學校同窗，往後卻走向「上京留學的菁英——明貴」，與「留在本地日人食品店工作的庶民——進六」截然不同道路的兩人，有關「皇民鍊成」的辯論。而故事最後，高進六真的簽下血書、志願從軍，映照出張明貴理性的推論不免是誇誇其談的饒舌。

【參考書目】

辻義男，二〇〇六（一九四三），〈周金波論：以其一系列作品為中心〉，《日治時期臺灣文藝評論集（雜誌篇・第四冊）》。黃英哲編，吳豪人譯。臺南：國家臺灣文學館籌備處。頁二〇二—二一〇。

吳佩珍，二〇一一，〈血液的「曖昧線」：臺灣皇民化文學中「血」的表象與日本近代優生學論述〉，《臺灣文學研究學報》十三期。頁二一七—二四一。

周金波，一九九八，《周金波日本語作品集》。中島利郎、黃英哲編。東京：綠蔭書房。

周金波，二〇〇二，《周金波作品集》。臺北：前衛出版社。

周振英，二〇一三，〈作家周金波傳〉，《周金波日本語作品集・第二集》。中島利郎、莫素微編。東京：綠蔭書房。頁一—三十。

周婉窈，二〇〇二，《海行兮的年代：日本殖民統治末期臺灣史論集》。臺北：允晨文化公司。

陳培豐，二〇〇六，《「同化」的同床異夢：日治時期臺灣的語言政策、近代化與認同》。王興安、鳳氣至純平譯。臺北：麥田出版。

陳建忠，二〇〇四，《日據時期臺灣作家論：現代性、本土性、殖民性》。臺北：五南圖書出版公司。

陳建忠，二〇〇七，〈差異的文學現代性經驗：日治時期臺灣小說史論（一八九五—一九四五）〉，《臺灣小說史論》。臺北：麥田出版。頁十五—一一〇。

黃英哲，二〇〇七，《「去日本化」「再中國化」：戰後臺灣文化重建（一九四五—一九四七）》。臺北：麥田出版。

蕭阿勤，二〇一〇，《回歸現實：臺灣一九七〇年代的戰後世代與文化政治變遷》。臺北：中央研究院社會學研究所。

難以翻譯的作家獨白

周金波的文學成就可能是日本殖民統治期最被低估的一位。

周金波的寫作有持續思索、辯難的主題，尤其聚焦於知識人游移在臺日兩端的身分與鄉愁難題；而他也勇於實驗新的敘述技巧——閱讀中文翻譯可能不易察覺周金波頗為熟練的自由間接敘述（free indirect speech）手法，因為目前流行的中譯，常將原文中意識的穿梭流動加上表示對話或內心獨白的括號。除此之外，在周金波的身上，更可見到一九二〇年代以來，臺文新文學、日語世代文學乃至日人文學的交錯、對話。

無奈這些多元性終究敵不過「皇民作家」的指控，周金波的文業至今仍被「另眼相看」。本文一方面嘗試恢復解讀周金波的其他可能脈絡，另一方面，卻也想標示出暗含在其之狂熱的求索中潛在的盲點。

最後，在本文末及討論的文本〈鄉愁〉中，周金波描寫一個在故鄉「鄉愁」著東京

（多麼詭異的狀態）的主人翁「我」。至於故事終了，「我」終於為本地無機質的械鬥人流沖散到不知身在何處的山林曠野中——這裡是哪裡？這毋寧是一則殖民地臺灣版的「我們再也回不去了」的現代性寓言。

顯現幽靈

紀剛與他的《滾滾遼河》

◆馬翊航

繪圖・毛奇

紀剛（一九二〇～二〇一七），遼寧遼陽人，本名趙岳山。一九四二年遼寧醫學院醫科畢業；一九四九年來臺，任職於臺南陸軍訓練部醫院（陸軍八〇四總醫院），一九六二年退役後在臺南開設兒童專科醫院，執業二十餘年。紀剛創作文類有小說、散文及劇本，皆圍繞一九三〇、四〇年代的東北抗日地下工作經歷。曾獲中山文藝小說創作獎。

馬翊航（一九八二～）。臺灣大學臺灣文學所博士。曾任《幼獅文藝》主編，現為臺灣師範大學臺文系博士後研究員、臺北教育大學語創系兼任助理教授。曾獲全國學生文學獎、原住民族文學獎、臺北文學獎、花蓮文學獎、Openbook好書獎等。著有《細軟》、《山地話／珊蒂化》。

重回小河沿

一九八二年的十月底，位於東京的創價大學，連續兩天，由中國研究會的學生，演出了舞臺劇版本的《滾滾遼河》，這是《滾滾遼河》第一次在日本被搬演上舞臺。一九八三年的五月，紀剛受邀前往創價大學，行程的第二天，中國研究會的學生，為紀剛再一次演出「滾滾遼河」——日本學生學習中文，扮演一群與他們年紀相仿，在滿洲國從事地下抗日活動的青年人。四十年過去，紀剛踏上當初「敵人」的土地，明亮，穩重地，從正門步入校園。時間的彼岸與此岸，是與國家作戰，或與感情與記憶作戰，竟有些難以分辨。

幕啟幕落，演出結束，紀剛在聚光燈下向這些青年人說話。

「我站在這裡，我知道大家都看到了我的面上在流淚，我不知道大家有沒有看到，我的心頭——也在流血！」

黑暗的劇場沉寂下來，劇中未完成的愛戀，地下工作中亡逝的生命、青春、時間、愛戀，黑鐵上的啞光。劇中人的臉孔，記憶裡同伴的臉孔，年輕的孩子與充滿故事的成人疊映起來。昔為階下囚，今為座上客。小說裡完結的故事，似乎又在海的彼端連結起來。《滾滾遼河》中「覺覺團」的故事，從萬泉河北岸的盛京醫科大學，俗稱「小河沿」的地方開始。

這萬泉河雖小，可是他的水流進渾河，由渾河而遼河，由遼河而流入渤海，再沿黃海、東海、南海，與中國有名的珠江、長江、黃河的水，都一體相通了。

小說開頭的紀剛，穿過校園與醫院的月亮門，到眼科病房的護理室，與溫婉迷人的孟宛如談話。孟宛如疑惑，為何平日愛國愛民族的紀剛大哥，卻要選擇到日本人底下的哈爾濱精神病院工作？他無法回答，嚴肅的地下工作，不能在私人的情感前曝光。顯露或沉寂，出擊或藏匿，地下工作的說與不說，戰爭記憶的寫與不寫——那小河之沿，正是萬水之思的起點。

火與鐵，製作幽靈

戰爭結束後，攜帶沉如鉛鐵的記憶，紀剛與妻子朱驥離開東北，隨軍來臺，落腳於臺南。一九五六年，任職臺南陸軍訓練部軍醫院（一九六〇年改名為陸軍八〇四總醫院）的紀剛，前往臺大醫學院小兒科進修。日治時期留下的建築，年輕護理人員的交談與笑聲，恍惚之間，時空相互疊映，暫別的鐵與熱，似乎又無法藏匿地，重新震盪起來。他開始著手書寫《滾滾遼河》的前身——《愚狂曲》。隱身的創痛，讓藏匿於時間之河的地下工作，從地底浮起。除了記憶的肉身，還需要書寫的骨架與組織。身為醫者的他，以筆讓記憶還原與復生。然而那復生的時間，竟是幽靈一般的存在：

> 我們的辦法就是平常、平常，和一般人一樣。我們潛隱於社會眾人之中，我們一切的衣食住行言語動作都和常人無異，讓敵人無法把我們從我們同胞中區別出來，這就是我們的碉堡、我們的護身符、我們最大的安全保障。
>
> 我們這一群，就是像幽靈般化身於社會眾人之中……

何謂幽靈般的化身？以「覺覺團」為中心的地下工作，採取了「體制內抵抗」的作戰方式。簡單來說，亦即在反滿抗日之目的下，以祕密組織進入軍隊、教育部門、行政部門等機關進行活動，從內部滲透滿洲國組織，而非正面迎擊。一九四一年的「一二．三〇事件」之後，由於組織與人員的破獲逮捕，使得體制內抵抗活動受到重挫。事件後倖免的指導者（包括羅大愚、張寶慈、高士嘉等人，也就是《滾滾遼河》中人物的原型），開始重新審視組織的活動計畫，並改變了組織的結構特色。《滾滾遼河》中，也可以說是進入地下工作的隱身指南。盛京醫大畢業後，紀剛把畢業證書交給父母，就此一別，進入地下工作。日後他在一篇名為〈像讚〉的短文中，附上了當初醫學院畢業的學士照。時空停格，凝結青春一瞬，日後即是改姓更名的幽靈人生。

《滾滾遼河》寫出了沉重漫長的訣別，長信與長夜，施愛與割愛。諷刺的是訣別後，什麼地方都沒有離開。必須告別的是身分，名字，與其他同志偽裝成平凡家庭包裝地下工作的破壞，以及可能引來的險境。帝國是敵人，但艱難的挑戰卻是拋棄原有的連結與一切社會關係，自此，滿洲國再也找不到這個曾在的幽靈。

小說以「火的感情、鐵的生活、血的工作」，概括了青年情感與工作的交鋒。進行一段長期的祕密工作，且為戰爭中陷於危難的家國獻身，必須涵納細密謹慎的判斷。但這群熱情湧動的青年，如何辨認革命之愛與親密情感？隱身於市進行地下工作，是不是只能割捨尚未萌芽的戀愛？戰爭加戀愛的小說公式並不罕見，但《滾滾遼河》的加乘效果，卻建立在拋棄與割裂。不是以愛的熱望啟動戰爭的獻身，而是不斷的告別與藏身。

小說中驚心動魄的，還有地下工作隱身於日常的險奇與決絕，命懸一線如同刀刃的鋒利時刻：運送祕密刊物、被跟蹤、盯梢，街坊鄰居過於熱切的探問……小說敘事者的優柔與剛強，困惑與決斷的往來矛盾，使得地下工作不只是單純的犧牲奉獻或技術指導，觸動人心的是細微的情感拉鋸，與不夠完足的自白。那在小說開頭因為工作早已懸置的情感，卻也因為懸置而不斷地延續。即使戰爭終結，地下的幽靈得以重獲身分，那未完的感情始終未能完結。

不能訴說，與不能不訴說

難以完結的，正在等待訴說。沉重的經驗，畢竟是抗敵的歷史，紀剛在小說開頭卻說他「恥於訴說」、「厭於回答」：

> 我恥於訴說，我們這個行列是如何堅忍地投身戰鬥，與敵周旋。我厭於回答，有關我們地下工作的任何一項詢問。

一場犧牲與自我奉獻的地下戰爭，為何會是恥於訴說？紀剛給出的答案是這四個：不值得說，是因為好漢不提當年勇；不屑再談，是許多曾入獄過而今招搖過市者，也妄稱自己是地下工作者；不忍再談，因為創痕之深，傷痛之重；戰爭過去，既已失去當初的熱望，自此恥於再談。種種思索並非殘缺羞愧，而是面對他人與自我的慎重與堅毅。戰爭經驗與重述的迂迴，在臺灣的文學史中並非特例，但紀剛在壓抑與顯揚之間的考量，漫長的寫作歷程，恥於訴說與不得不說的對抗，甚至書成後，又是二十多年的纏繞與迴響，卻是臺灣文學中少有的故事了。

一九六九年，戰爭結束二十四年，紀剛近五十歲時，完成了《滾滾遼河》。當年八月十日開始於《中央副刊》連載，一直到隔年二月二十五日才刊載完畢，一百八十三天的連載之路，的確是一條長河，其後的十八年內，小說受到熱烈的閱讀與讚譽，締造了四十八刷的紀錄。對比《滾滾遼河》從前的轟動與長銷，如今提起這部小說的人已經不多。但這本小說曾經浸染了臺灣多數青年學子，在肅靜緊張的島嶼上，搬演著熱切與隱祕的抗敵工作。這場熱風，血色的暖流，延續到了南方的海島上。

同在島上的人，是這樣說的：

「每天讀《滾滾遼河》，便感到自己太渺小。」

「讀來就如經過一場感情的風暴。」

「它照亮了被陰霾，被軟化的過去歷史的真相，它也照亮了未來的歷史。」

這些讚譽顯現了《滾滾遼河》宛如火種的熱切，但小說的精細動人，也在其中低溫，幽黯難明的一面。他寫面對情慾燃燒時的壓抑，當黎詩彥緊緊貼在他的胸前，他困惑，幾乎喪失自制力時：

有些糖果逃落地上。

那聲響讓他喚醒理智，收回靈魂。突如其來的一筆，讓熱變為靜，騷動的心藏匿起來，卻留著逃竄流動的細碎聲響；或者寫女性同志，假扮家庭中母親角色時，那與外界絕緣，卻又時刻無法鬆懈身分的精神壓力；或者他也寫，以三代同堂家庭掩護工作時，家中老母雖非地下工作者，卻早已看出家中成員來往之不尋常，願意替他們默默支持掩護……凡此種種精神細節，在激昂緊迫的刑求、求生、脫逃之中，更地下，更細微，更接近於那些不寫而寫，卻無處不在的心志圖像。

日後曾經在平津一帶進行地下工作的王藍，讀到了《滾滾遼河》，為了那令人熱血沸騰的熱，珍貴的同志愛，寫了一封信給人在臺南的紀剛，他說「您的《滾滾遼河》，清清楚楚地，活生生地，告訴了世人，什麼纔是『地下工作』。」告訴他，若紀剛有機會北上，請務必與他見上一面。

王藍的《藍與黑》，同樣也是一部膾炙人口的作品，小說中男主人公與兩位女性角色在戰爭中錯動來往的情感，也像是《滾滾遼河》的一面鏡子。《滾滾遼河》中，寫被捕後繫獄刑求的段落，有一位在獄中做雜工與翻譯的白俄，叫做馬尼諾夫的角色，勸小說中的紀剛不須再做無謂的抵抗。日後紀剛在〈野馬停蹄〉中，重述了這段情節的原委，當初給他這番忠告的人，名叫王光逖，也就是寫作《野馬傳》的司馬桑敦，而《野馬傳》日後的被查禁，又是另一段故事了。

活著回來，燃起的河

這些各自歧出的生命之流，就像那匯聚又流散的小河沿。若要說生命比小說更富戲劇性，紀剛大概是最能體會的人。從鐵牢中走出，面對戰爭終結的那一日，滿布了時間的錯覺，像一場落幕後卻尚未完結的表演，在身體裡鼓起熱風。從死中復活，從幽靈轉生，書寫下去，當然也為了那些一起活著回來，來到島上的人。《滾滾遼河》的小說初稿，曾經分裝成六冊，寄送給當年的領導人羅大愚，以及老友張一正、吳尹生等人輪流審閱。其中不乏懇切銳利的意見，然而紀剛從不是為成就自己而寫。

在臺南，人稱趙醫師的紀剛，來臺灣之後，因為遼寧醫科大學的背景，在臺南八〇四陸軍醫院擔任小兒科主任，退休後，又自設兒童專科醫院。位於府前路的兒童專科醫院，是許多臺南子弟的共同記憶，作家保真，幼時也就在母親小民的懷抱中，讓紀剛療癒了孩童的大小病痛。由於《滾滾遼河》的轟動，紀剛甚至曾經收到書迷來信，一位女老師遠從東港帶孩子來看病，只為了一睹《滾滾遼河》中「紀大哥」的真面目，但當她看見紀剛與夫人言談間流露出的深刻情感與默契，她竟想起書中的詩彥，竟為故人感到不平，而懷疑起人間愛情虛實。紀剛本名趙岳山，他以地下工作化名作為小說人物名字，又作為筆名，虛實之間，竟有其交疊難分之處。

他以虛構帶動記憶，讓角色化身，讓自己化身，為了隔著河流碰觸記憶，為了替故人包裹暖被，免去時間與情感的侵蝕。書與人生，竟是紀剛多年來難以擺脫的課題。為那些革命與情感，紀剛所下的註腳是「革命誤我我誤卿」。那「誤」，也許正是生命最難解之謎，那在水中點火的小說，不過出自於一次一次的選擇與錯誤。活著回來，為何而寫？是為了記憶申辯，還是必須紀錄一個時代？也曾經有年輕學生回饋，讀《滾滾遼河》，是為了那些奇險如臨現場的境遇，但時移事往，又有誰能真的理解逼臨的恐懼？幽靈的偽裝，在今日又顯現了什麼？

•

書成之後，一切的連結，也如戰爭的推進與脫軌，令人始料未及。《滾滾遼河》在日本就有兩個翻譯版本、兩位譯者，都與臺灣、滿洲國，有著奇異深刻的牽連。譯者之一的山口和子教授，出生於遼寧鐵嶺，她的青春時代正是在滿洲國度過。當她第一次閱讀到《滾滾遼河》的時候，被那樣的痛苦與哀愁打動，自此發願譯為日文。日後在創價大學任教的她，指導中國研究會的學生將其改編為舞臺劇。另一位譯者加藤豐隆曾經任職滿洲國的警察特務，他曾經在小說譯成之後，於一九八二年五月拜訪臺灣，特地將

《滾滾遼河》的日譯本，置於羅大愚的墳上致意，一時淚下，不能自抑。

紀剛在第三次訪問創大的時候，是這樣對學生說的：

戰爭期間，大量的日本青年出征到海外，當他們傷病痛苦、面臨生死存亡的時候，他們在想些什麼呢？尤其戰敗後，那麼多的日本軍民留在中國大陸、東南亞，或者被流放到西伯利亞，當他們生活十分艱困，生命沒有保障的時候，又在想些什麼呢？是不是對他們所熱愛、所犧牲奉獻的祖國，也有這種遙遠、遙念、遙望的感受呢？

至此，敵與己，書寫者與閱讀者，訴說或者懺意，或都是被戰爭擺弄的人。無論是「誤」的故事，是恥於訴說的故事，任何事物，在河上都能得到映照，毫無例外。《滾滾遼河》不只是一部抗戰小說，也不是收納紀剛生命旅程的唯一事物。那時間與情感的水流，只是緩緩告訴我們，曾是幽靈，曾是輝煌的，都能被顯現。

「滾滾」的魔術時刻

很早就知道《滾滾遼河》，我的姑姑當初為我小名取名「滾滾」，就是因為這本書的關係（可見小說的暢銷與深入人心）。但認真讀這本書，是要到了博士班，修習岡田英樹老師的「在滿洲國的中國文學」專題課程。當初是為了博論修課，第一堂課剛見到岡田老師，還沒發課程大綱，他就開始變起了魔術，硬幣、繩結在他手裡隱藏又出現。下課後老師走出課堂，在一樓抽起了菸，我猶豫了一陣子，還是沒有下去與老師一起分享香菸時刻。後來讀了哪些作家呢？古丁、李季風、遲疑、山丁、王秋螢，當然也有紀剛。

讀紀剛那時為了課堂報告，顧著弄清楚地下工作是怎麼一回事，小說裡面誰愛戀誰又負責了誰，沒能看見那些落下的糖果，掐熄的火燄，人與幽靈與水流。故事給了我們一些繩索，沒能寫進去的還有史惟亮、李季風、鍾理和……。去年岡田英樹老師曾經來訪清大（正是為紀剛典藏資料的學校），二〇一八年寫起這篇文章，像重新與岡田老師分享一些時刻，當時沒能領會的，之後希望能遞送給他，像書裡書外那些因緣。

楊千鶴與花開時節與我

◆楊双子

繪圖・毛奇

楊千鶴（一九二一～二〇一一），臺北人。日治時期臺北第二師範附屬公學校、臺北靜修高等女學校、臺北女子高等學院畢業。一九四〇年畢業後，開始以日文寫作散文；一九四一年成為《臺灣日日新報》首位臺籍女記者，也是臺灣史上第一位女記者；一九七七年起旅居美國。創作文類包括論述、散文及小說，著有作品全集《花開時節》、傳記《人生三稜鏡》。

楊双子（一九八四～），本名楊若慈。中興大學臺灣文學與跨國文化所碩士。現專事寫作。曾獲臺北文學獎、臺中文學獎等。著有《開動了！老臺中：歷史小說家的街頭飲食踏查》、《我家住在張日與隔壁》、《臺灣漫遊錄》、《花開時節》、《綺譚花物語》等。

二〇一七年底，我以楊双子為筆名出版了名為《花開時節》的長篇歷史小說。故事舞臺是日本殖民統治中後期的臺灣，兩位女主角誕生於大正十年（一九二一），小說描寫日本時代中產階級少女們的成長歷程及生活細節。在那之後，我多次表述《花開時節》最主要的致敬對象，就是楊千鶴一九四二年發表的短篇小說〈花開時節〉。

「說起來楊千鶴還算是本家姊妹呢！」

双子姊妹曾經如此戲言，因我們與楊千鶴同樣姓氏。

其實出身相距很遠，楊千鶴是臺北人，我們臺中人。至今仍無機會一探臺北南門口楊家的家譜，但我們烏日下勝腊楊家的漳州血緣家系，可從大肚山腳的開漳聖王廟建廟史向上追溯兩百六十年，想必兩家是天南地北之遙。

本家姊妹之說，大有吃老前輩豆腐的嫌疑，實際只是親近感。楊千鶴壽終於二〇一一年，我們則二〇一四年起著手研究日本時代女性生活史以及前輩作家楊千鶴，其事未遠而其人已謝，必須找到連帶感。

其事未遠，遠的一直不是時間。

頭幾次接觸到「楊千鶴」時，老前輩還在。

二〇〇八年我讀大學最後一年，幾個嗜讀的好友開讀書會，朋友寫了〈花開時節〉心得，讀畢心得嘆服原來戰前有這樣一位女性作家呀！那時，我沒想過找小說一讀。

二〇〇九年讀研究所必修課，才是認認真真讀一遍〈花開時節〉與相關文獻，記得了楊千鶴筆下的少女情誼——女主角惠英與摯友手牽手走在沙灘上，內心觸動：「當一道結婚的浪頭打過來，少女間的友誼總是那麼脆弱地崩潰掉，那是多麼叫人難過的呀。」——這種情懷，在男性作家筆下從來不見蹤影。

是的，我是說比如楊逵、龍瑛宗，比如臺灣新文學之父賴和。我也記得了年輕女記者楊千鶴採訪知名「反動分子」賴和先生的戲劇化情景，那是一九四一年，楊千鶴與賴和年齡差距二十七歲的世代鴻溝展現於語言使用，楊千鶴只能讀寫日文，而賴和終身只寫漢文，導致楊千鶴採訪前，無以拜讀這位她所敬慕的文壇前輩的任何作品。這是殖民地時空底下才存在的悲哀啊！但即使心裡這樣想著的那時，我依舊未曾興起探索楊千鶴的學術熱誠。

其事未遠又其實很遠，遠在心理距離。

真正對楊千鶴起了研究之心，是二〇一四年双子姊妹決定要寫歷史小說。

有一個姑娘她有一些任性還有一些囂張

在二十一世紀創作以日本時代為故事背景的長篇小說，又是以接受現代女子教育的少女為主角，《花開時節》在角色設定階段考慮以楊千鶴作為主角藍本，說起來是合情合理的事情吧。我們是這樣才回頭重讀楊千鶴的。然而，最終我們沒有讓楊千鶴成為《花開時節》女主角的藍本，而是視楊千鶴為一個座標，令兩位女主角與楊千鶴同年出生，成為時代意義上的同儕。

這是為什麼呢？

——因為少女楊千鶴的其人其事，已經比小說還要小說了。

細讀楊千鶴生平經歷，腦海不禁浮現瓊瑤《還珠格格》神采飛揚的女主角小燕子，以及她那首猖狂的主題曲：「有一個姑娘／她有一些任性／她還有一些囂張／有一個姑娘／她有一些叛逆／她還有一些瘋狂。」

千鶴老前輩舊友後人若知悉我這樣的類比，想必斥之不倫不類，可是這確實是我讀少女楊千鶴讀書、求職歷程的直覺感受。

一九二八年入學臺北第二師範附屬公學校，一九三四年臺北靜修高等女學校，一九三八年臺北女子高等學院，女童千鶴到少女千鶴，她應屆報考應屆就讀，學歷止步一九四〇年，畢業於殖民地臺灣本島女性的最高學府。畢業未久，千鶴開啟她第一份工作，即臺灣大學理農學部中村教授研究室助理……這樣看下來，少女千鶴純粹就是個昭和臺灣的人生勝利組嘛！

不過，此時出現了小說般的起伏。

初入職場的千鶴很快遭遇赤裸裸的種族差別待遇。她的日本人朋友薪水比她高得多，原來相較於臺灣人，日本人可加俸六成。知悉此事，千鶴深感憤懣而提出辭呈。懷抱著這份對世情的不滿，千鶴對下一份工作的唯一要求便是：「一定要跟日本人（註一）同等待遇。」

之後她所接洽應聘的，乃日治時期最大報社「臺灣日日新報社」記者一職，與此同時，彼時日本帝國轄下殖民地臺灣，從未出現臺灣籍的女性記者。即使如此，少女千鶴也沒有放棄她要求公平待遇的原則。其結果呢？

《文藝臺灣》雜誌創辦人、文藝圈名聲顯赫的西川滿，時年任職「臺灣日日新報社」文藝版創版主編，讀過千鶴的隨筆〈哭婆〉後肯定了少女的文采，並且應允千鶴的待遇條件，薪金加津貼月薪六十五圓——第一位臺灣籍的女記者，就這樣誕生了。

月薪六十五圓是什麼樣的概念？

楊千鶴就職「臺灣日日新報社」的一九四一年，參照該年《臺灣總督府及所屬官署職員錄》「臺灣公立國民學校准訓導俸給規則」第一條：「臺灣公立國民學校准訓導月俸三十圓以上七十圓以下。」可知國民學校准訓導（工作為輔導與訓導的教職員）當中的許多人，很可能遠趕不上這位新手女記者的月薪呢！

關於千鶴的薪水，且讓我們再說一點吧。

千鶴雖是臺籍第一位女記者，卻並非日本帝國第一位女記者。她進入「臺灣日日新報社」之際，已有更早入社的兩位日籍女記者了。畢業於當時臺灣女子最高學府的千鶴，因學歷加給而成為三位女性裡薪水最高者，意外引起習於日臺種族差別待遇的兩位前輩的微妙敵意。事後，上司西川滿不得不為此費神操心，一方面額外提供兩位日人女記者車馬費加給作為補償，另一方面又努力維持千鶴月薪較高的現狀。顯然千鶴所追求的日臺平等，實際職場上是令人傷腦筋的。

結果隔年春天，「臺灣日日新報社」進入戰爭體制奉行皇民化政策，牴觸少女千鶴的處世美學，在報社進一步縮小版面減少員額之際，她卻毫無戀棧地果斷辭職了。

啊，這種轉折簡直像是在看日本晨間劇嘛！有一個姑娘，她有一些任性，她還有一些囂張。有一個姑娘，她有一些叛逆，她還有一些瘋狂——叫人想起這首比喻不當的歌，那也是難免的吧！

這位姑娘不是八點檔而是晨間劇的女主角

楊千鶴的一生當然是可以拍日本晨間劇的。

少女千鶴固然讓我想起小燕子，但與其說是灑狗血、掉金豆以煽情取勝的八點檔電視劇，近年流行以女主角成長歷程為主軸的日本晨間劇，更像是楊千鶴可能擔任主角的劇種。

倘若快速扼要地看一看楊千鶴的人生，會是什麼模樣呢？

這位臺灣第一位女記者楊千鶴在數年之後，由少女成為少婦，一九五〇年當選臺東縣第一屆民選縣議員，一九五一年當選臺灣省婦女會理事、臺東縣婦女會理事，並發起臺灣省、縣、市女議員聯誼大會。一九五三年丈夫因政治恩怨入罪，獨力扛起家計，直到隔年丈夫獲大赦出獄。動盪世局裡的中年千鶴，長年輟筆以撫育兒女，終於一九七七年合併考量生活與政治環境遠赴美國定居，年過半百之際在異國開啟新的人生階段。一九九〇年代的老太太千鶴才再度拾筆寫作，留下條理分明的評論、隨筆、演講手稿與長篇自傳。

一九九五年春天，年逾七十的老太太千鶴定稿了名為〈我對日據時代臺灣文學的一些看法與感想〉的演講手稿。這份手稿足足是二十六頁半的四百字稿紙，滿版字數一萬六百字。

老太太千鶴的這個講稿裡直言：「一篇文學作品的好壞，我認為不是取決於使用何種語文，凡是臺灣人以愛臺灣的心所寫出的文學作品，應該都可算為臺灣文學的一部分」、「臺灣文學應該跨越文字的界限」——這話放在日本時代是對日本人說的，放在國民黨政府時代，則是對國民黨政府說的。

帝國在前，黨國在後，臺灣人與臺灣人的文學始終在夾縫。這是解嚴不遠，「臺灣文學」根本搬不上檯面的年代，可是老太太筆跡裡還有當時少女千鶴的堅定光芒，將日本帝國和國民政府並置而論，視之為同樣壓迫臺灣人的政權，而且她同樣地並不屈服，內心仍然懷抱著文學之事。

果然是晨間劇的女主角對吧？

而一切的起點，還是日本殖民統治時代的少女千鶴。

•

一九二一年出生的楊千鶴，迎接了一個對臺灣女性而言空前嶄新的時代。這一代的臺灣新女性，成長於日本帝國為殖民地帶入現代化的社會空間，所以不分種族與階級，楊千鶴與她的同儕們長成了精神與身體都澈底轉變的新世代女性。

然而，即使是放在這一整個世代裡，楊千鶴也是臺灣摩登新女性裡相當醒目獨特的一位。

論者陳怡君觀察楊千鶴擔任「臺灣日日新報社」記者的經歷，認為其職場環境的養成，令她有四項「跨越」的表現，分別是女性身體空間、社會空間、主體意識、民族意識，並且指出楊千鶴主體意識的形塑，是她「在體驗不同生命經驗工作中逐步成形」（註二）。而昔日上司西川滿，事隔半世紀以後為楊千鶴自傳《人生的三稜鏡》

（一九九三）書序撰文，輕描淡寫間也留下這樣的句子：「自負於身為臺灣第一個女記者，楊女士的努力令人讚賞。」

我想應該可以這麼說吧，少女千鶴作為個人，與她「臺灣第一位女記者」的身分，是互相增強與補完的關係。

少女千鶴走出閨房而踏進世界，見聞與思考同步前行。她的寫作跟記者身分也是互生關係，根據作品年表，主要是報導與隨筆，時間集中在一九四一年至一九四三年間的婚前少女時期，書寫主題多元，總綰來說是女性觀點出發的臺灣文化記事與思索。終其一生，楊千鶴只寫過一篇短篇小說〈花開時節〉（一九四二），恰恰就是所有思索的結晶。

就此而言，楊千鶴之所以是楊千鶴，正在於她身處多重邊緣如殖民地女性的弱勢位置，卻又同時擁有階級、機運、天賦等優勢得以積極前進的獨特境遇──而她以耿直堅強的性格，認清自己的位置而未內心糾纏於國族認同，亦不埋怨差別待遇，即使是殖民地人民仍然以臺灣人身分為傲，為臺灣女性與臺灣文學走出了一條纖細而綿長的道路。

•

這便是為什麼我不只一次說楊千鶴是一個座標，是日本時代摩登臺灣新女性的代表人物。這也是為什麼我們無法以她作為小說主角的藍本，畢竟少女千鶴演繹她的燦爛花季，已經是如此燦爛奪目了。

「人非得美麗地做夢、美麗地活、美麗地死去不可。」

如果「楊千鶴」是一部晨間劇，那麼調性不宜總是高潮起伏，便說說少女千鶴進學之路相當富有晨間劇風格的三個插曲吧。

第一個插曲，是楊千鶴公學校畢業，報考臺北第二高等女學校的失利落榜。事件的起因，是導師山田先生鼓勵少女千鶴報考臺北第一高等女學校。其時北一高女、北二高女錄取臺籍學生人數極低，千鶴回家報告此事，巧合二哥自內地返回島嶼，認為山田先生是將千鶴當作教學實績的賭注，憤而指示千鶴報考臺籍學生為主的臺北第三高等女學校。不過，山田老師屬意的北一高女與二哥屬意的北三高女，千鶴都不喜歡，於是自作主張「折衷」選擇了北二高女，且在確認落榜後，心想著不要多等一年備考，便主動報考並錄取了私立靜修高等女學校。這一年，千鶴十四歲。

臺籍少女以專收日籍學生的明星學府為目標而名落孫山，說到底是因為當時學校教師看重的緣故。四年後，千鶴再次遇見類似的建議。女學校畢業前夕，數位專科教師勸說千鶴報考東京女子醫學專門學校——這便是千鶴進學之路的第二個插曲。

時人稱為「日支戰爭」的「蘆溝橋事變」爆發未久，殖民地臺灣距離戰場相當遙遠，卻已是戰時體制狀態，同時千鶴也回想亡母有過口頭禪似的「女兒絕對不讓她當女醫」這番言論，合併考量下無意留學，選擇了臺籍學生僅占三分之一的臺北女子高等學院。晚年千鶴自傳裡說起這件事，為難之處只有父親是否首肯，彷彿考試是一片小蛋糕那樣的事情，這份自信也充分展現少女千鶴的特質，她不卑不亢，深有自知之明。

第三個插曲是在千鶴高等學院畢業的時候。

允文允武的少女千鶴，是奪得全島桌球大賽學生組單打冠軍佳績的桌球好手，放眼盛大的「日本開國兩千六百年紀念大會」學生組雙打冠軍這個目標，特意留在學院入研究科——而後千鶴順利獲得優勝，達成目標便瀟灑地提前離校，對研究科的學歷沒有絲毫罣礙。

走筆至此，各位讀者還記得千鶴離校後的第一份工作嗎？是臺灣大學理農學部中村教授研究室助理。而為什麼是這份工作呢？千鶴自言，是因為可以在休息時間與下班之後打桌球呢！爾後，千鶴也與當時的臺大少女工友劉玉女聯手，獲得全島桌球大賽社會組雙打冠軍。

千鶴目標明確、志向遠大、個性鮮明的形象，就在這些枝微末節的生活片段裡立體起來。少女千鶴閃閃發亮，活得自在。

她當然是晨間劇的女主角，甚至是成長小說的女主角，致力於她自我實現的追求、成長與冒險，而且結局還很美好。這就是為什麼我們那麼重視這位老前輩楊千鶴，也為什麼後來寫的同名長篇小說是向她致敬。

・

晚年的老太太千鶴，本質也還是那一名閃閃發亮的少女。

千鶴自傳《人生的三稜鏡》開篇〈一冊古老的札記本〉，摘錄了少女一九四〇年的手抄詩句：

> 我們的人生短暫。
> 在這短暫的人生裡，盡可能作更多、更豐富、更美麗的夢。
> 人非得美麗地做夢、美麗地活、美麗地死去不可。

可不是嗎？在長期歷史教育裡呈現為肅殺、壓迫、戰亂、貧困的日本殖民統治時代，楊千鶴為我們呈現了一幕真實存在過的花開時節。

楊千鶴就是那美麗的夢。

註一：日本時代的日本人與臺灣人都是日本籍，因而時人多將日本人稱為內地人、稱臺灣人為本島人，但楊千鶴晚年書寫往事時一概使用「日本人」、「臺灣人」之謂，故本文沿用。

註二：陳怡君，〈日治時期女性自我主體的實踐——論楊千鶴及其作品〉（臺南：國立成功大學臺灣文學研究所碩士論文，二〇〇七），頁四十九。

花開時節想必是百合花吧

双子姊妹著迷於日本動漫次文化裡的「百合」（yuri）文化。所謂百合，指的是女性與女性之間的同性情誼，可以涵蓋親情、友情、愛情。我們認為百合文化的關鍵，更在於女性作為故事的主體，如何開展女性與女性之間的互動。許多年前讀楊千鶴〈花開時節〉，我們便笑說花開時節開的是什麼花？是百合花吧！

楊千鶴筆下有動人的女性情誼，還有女性對自我主體的思索與追求。是因著楊千鶴，我們重新認識了面貌模糊的「少女的日治臺灣」。

這兩年我以楊双子為筆名相繼發表《花開時節》、《花開少女華麗島》，都是以日本時代的女性為主角，並不誇張的說，書寫日本時代歷史小說深陷文獻的汪洋大海，楊千鶴是我們的北極星，叫人不致失去方向。

而因為本次撰文俯案細讀，我也重新「校準」了書寫路線。怎麼說呢？從老前輩的戰後記事來看，儘管她最終也走向因婚嫁生活而消聲匿跡的女性常態，但她卻遠比我早前所認知的更具有自主性，特別是尋找工作、延遲結婚、運動競技、爭取權益過程裡所展現的「衝撞」氣魄。我筆下的日本時代臺灣少女，則幾乎無法展現同樣氣魄。

啊，輸給老前輩了！心懷這種不甘，想要穿越時光對老前輩說：下一本小說，請讓我繼續挑戰吧！

詩歌隊長 羊令野的蝶之美學

◆陳令洋

繪圖・毛奇

羊令野（一九二三～一九九四），安徽涇縣人，本名黃仲琮；一九四九年來臺。曾主持軍中《前進報》，任國軍戰鬥文藝工作隊詩歌隊隊長、《現代詩》復刊首任社長；曾主編《詩陣地》、《商工日報·南北笛詩刊》、《青年戰士報·詩隊伍》。創作文類以詩和散文為主，計十餘種。除詩文外，在書法上獨樹一格，一九七四年與莊嚴、傅狷夫、汪中、于還素、戴蘭村等人組成「忘年書展」。

陳令洋（一九九一～）。清華大學臺灣文學所碩士。現為《聯合文學》雜誌副主編。曾獲月涵文學獎。

詩歌隊長，這名稱聽起來有種唐吉訶德式的幽默感，不曉得是要帶一隊戰士去朗誦大風起兮雲飛揚，還是要帶一隊詩人出城剿匪？有這種稱號，總讓人想像：只要隊長登高一呼，詩歌就會百花齊放，一群詩人就會跟著往前走。

國軍上校，十年詩歌隊長

臺灣一九六〇年代真有所謂「詩歌隊長」。在王昇發起「國軍新文藝運動」的背景下，各種文藝工作隊紛紛成立；一九六八年「國軍詩歌隊」應運而生，設有隊長一名，首任隊長是由官拜上校的詩人羊令野出任。據羊令野自己的說法，這個詩歌隊長最早是用任命的，後來才改由選舉產生，但他依然一負責就是十年；即使日後改制為「詩歌研究會」，他仍然擔任召集人。

身為詩歌隊長，他自然要有自己的隊伍，不僅要在行伍之間，也要在刊物之上。一九六八年七月七日，他在《青年戰士報》上創辦了《詩隊伍》雙周刊，徵稿項目涵括詩、散文與譯作，並講明編輯方針之一是要「結合新文藝的指導原則」，在創刊詞上詩歌隊長激昂地為「詩隊伍」寫道：「她是革命的旗手，她是思想的尖兵，她歡迎廣大的青年朋友們，她歡迎全體武裝同志們，一個連接一個走來；走向詩隊伍的行列。」儼然有呼風喚雨之勢。但其實詩歌隊長是個義務職，編輯刊物也沒有什麼經濟上的回饋，有時還得貼錢貼稿件，算是為了他理想中的詩歌與中華民國的發展，在當做功德人。

•

這種將「文人的集合」在想像上或在實質上變成「軍事的隊伍」，一直是長年擔任軍職的羊令野在文藝工作上所扮演的角色。一九五二年他便曾與郝肇嘉、翟牧兩位軍中的寫作者，合寫了一本詩文小說集《筆隊伍》。陳紀瀅在為他們所作的序文中，對於他們以集體創作的形式出書讚譽有加，還順道奉勸了一下青年朋友，不要忽視集體努力的重要，更鼓勵「軍中組織成無數的『筆隊伍』，其所發揮力量必定很可觀。」

雖然是集體創作，羊令野在這本文集裡的表現卻獨領風騷。除了散文部分全由他所寫作之外，書名的「筆隊伍」一詞，正是出自他的同名詩。在這首詩的開頭，他也是極盡渲染地呼告：

弟兄們
拉長了隊伍
筆就是槍
無數的手
無數的筆

一個接一個
走在旗的後面
是時候了
要出發

這段文字後來也被化用進《詩隊伍》的創刊詞中。有趣的是，總是在隊前高聲呼喊的鐵漢羊令野，在這本文集裡的表現卻十分柔情。特別是在散文書寫中，他總寫些愛情花朵春天海洋，山城離情思鄉夜巷，以啊、呵、來吧為句首，句中句尾要加上好幾個驚嘆號的老派文藝抒情美文。這種反差萌算是體現了文友們對他的印象——這是一位平日會對部下擺官架子，對詩友卻講情講義，說起兒女私情會害羞得「見笑轉生氣」，軍職與作家身分完全無法讓人想在一塊的——詩歌隊長。

貝葉入詩，情義《南北笛》

羊令野，本名黃仲琮，一九二三年一月二十日生於安徽涇縣的中產階級家庭，父親以經商為業。十五歲隨家鄉詩人左杏邨先生作詩填詞，後受其影響從軍報國，並於一九三九年八月加入中國國民黨。一九四四年拜識鄉賢許承堯翰林，隨其論詩、習書，並盡覽其書畫收藏。一九四八年赴浙江金華，創辦《浙西週報》，並於《蘭溪報導》上創辦「詩陣地」周刊。一九四九年隨軍轉至舟山，為《浙海日報》寫詩及散文。一九四九年來到臺灣。羊令野早期的創作，是以傳統詩為主，一九四五年開始接觸新文學，轉而投入現代詩創作。他的第一本現代詩集《血的告示》初版於一九四八年，卻遺失於上海保衛戰中。

來臺後，他先在軍中主持《前進報》，此時的活動範圍主要在嘉義，經常與詩友相聚於「六春茶室」品茗談天，也在這個空間完成許多創作。此時期有密切互動的詩人包括：紀弦、覃子豪、彭邦楨、張默、洛夫、瘂弦、葉泥、商禽、楚戈等。

一九五九年他隨著王永澍將軍北調國防部，在總政戰部擔任上校祕書，住宿於衡陽路的國防部單身宿舍。宿舍的空間雖然僅有兩坪半，訪客卻絡繹不絕，據張拓蕪的回憶，羊令野的宿舍幾乎是文友間的聯絡總站，「想找誰，在令公這兒留句話便行。」羊令野則曾戲稱這群朋友是「蝗蟲東南飛」，可見得他的人緣真的不錯。在國防部的這段期間，雖是羊令野公務最為繁忙的時期，卻也是創作質量最高的階段，他最重要的詩作品〈貝葉〉組詩（一九五九）便是寫作於此時。

「貝葉」一詞引自佛經，蓋佛經最早即書寫於貝多葉上，羊令野以「貝葉」為詩題，顯然賦予其詩歌崇高的意義。〈貝葉〉組詩分十三葉，共兩百四十一行，雖以佛經意象作為題名，但其中寫戰慄、寫死亡，更寫愛情。在他的詩中，總有位相當曖昧的傾訴對象「你」，詩語略帶文言，深情款款卻又優雅冷靜，例如：「我之無楫醉舟／航於唇。航於眼。航於／你正直不說謊的鼻子之岸。」（第四葉）又或「你的醉之姿，伸展於／床笫與睡眠之間，及於／年代的飢渴。／而我吸飲。而我醉出滿天星斗。」（第五葉），既沒有詩歌隊長式的慷慨激昂，也不似《筆隊伍》中的抒情散文般情緒氾濫。

•

不過，他在文壇真正發揮影響力，仍是因為主編刊物。除了前面提到的《詩隊伍》之外，羊令野最為人稱頌的事蹟便是主編《南北笛》詩刊。這份刊物創刊於一九五六年的詩人節，由他與葉泥、鄭愁予等人借用嘉義《商工日報》的版面出刊。當時羊令野人在南部，因此北部的稿件皆由葉泥統一集結後，再寄給羊令野主選。

每回出刊，羊令野都會親自前往排字房，指導工人排版，看到打樣時已是深夜時分。他會直接住在印刷廠對面的旅社，聽著印刷廠的機器聲、南來北往的火車鳴笛，像是在聽「南北笛」的鳴奏，直到天亮去取報紙，立刻寄發給作者。這份刊物早先為旬刊，後改為周刊，一度於發行三十一期後完全停刊。直至九年之後，這份詩刊才又以嶄新的面貌復刊問世。

一九六七年三月重新創刊的《南北笛》，改為雜誌型的季刊，封面由版畫家秦松設計，內容也變得更為豐富。創刊號所編選的內容更可見羊令野對已故詩人覃子豪的情義相挺。據詩人向明的回憶，覃子豪先生於一九六三年病危的時候，仍心心念念著《藍星季刊》第五期的積稿，在病榻接受錄音訪問的時候曾說：「現在《藍星季刊》已經出到第五期，雖然我睡在床上，但有很多朋友幫忙，大概不久就可出來。」然而覃子豪過世之後，第五期終究沒能出版。

文友們或許多忘了此事，只有羊令野默默將這段話謹記在心，將稿件存留了四年，藉著《南北笛》重新創刊的機會，讓這些作品得以順利刊出。羊令野亦將此事交代於創刊號的「編後隨筆」中，讓讀者知道該期葉珊、張健、管管、羊令野、桓夫（陳千武）、楓堤（李魁賢）、藍菱、吳天霽等人的創作，以及胡品清、于歸、向明等人的譯述，實際上就是未及出刊的《藍星季刊》第五期中，覃子豪先生原所選定的稿件。

筆名背後，神祕的鐵漢柔情

雖然文友如蝗蟲東南飛，在情場上，羊令野卻始終是落單的蝴蝶。已故詩人辛鬱顯然常替單身終老的羊令野感到寂寞。一九七八年夏天，一個颱風剛過的午後，天空欲雨未雨，辛鬱帶妥了紙筆，到芝山山腳拜訪羊令野的「艸之廬」，對他進行了一次深度的訪談。辛鬱跨進門後，視線不禁投射在他豐富的藏書，與滿壁名家書畫。羊令野則親切的為辛鬱開電扇、燒水、沏茶，讓辛鬱開始想：「如果這屋內有一位主婦……」但他來不及在這個聯想上停留太久，羊令野便把茶沏好，立即進入了訪談。

那次訪談中，羊令野在辛鬱的引導下暢談自己的生平、詩觀，以及對書法的見解，一路聊到午夜；羊令野也在訪問中解釋自己筆名的由來。他是在一九五三年開始，寫詩才啟用「羊令野」這個名字的——由於以前曾經用過一個筆名叫「予里」，是拆字的一個「野」字；後來再加上一個「羚」字，一分、一合，就成了羊令野——他說，「我喜歡自然，而我是與人同善的，很像一隻原野上的羚羊，以此自勉而已。」這個講法或許沒有完全說服辛鬱，在羊令野過世許久後的二〇〇七年，辛鬱為文懷念羊令野，再度透露了自己對他單身的好奇，並補述關於他筆名的傳聞。

原來辛鬱在一九六〇年剛認識羊令野的時候，就曾經親口問他為何沒有對象？不料，他竟瞪眼蹙眉嗆了辛鬱：「沒你的事！」辛鬱還沒再開口，羊令野已連聲叫他「去去去！」辛鬱也不敢白目，速速閃進廁所。很久之後，他才聽說羊令野曾有段不知所終的感情，女方曾用「羚野」作為筆名，他便來個拆字，以「羊令野」作為筆名紀念這段感情。但到底哪個版本才對？據張拓蕪的說法，羊令野的好友葉泥、彭邦楨、呼嘯等人均曾正面、側面問過，他卻總是笑而不答。

•

羊令野為何單身終老，對許多人而言可能是難以理解的吧，更何況他寫得一手好書法，憑藉才華帥倒人的經驗也不是沒有。一九七六年十一月三十日，詩人羊令野和一行詩人正在漢城（今首爾）進行為期一周的訪問，這天晚上他們來到詩人金良植的家中作客。席間，這群臺灣男詩人們一直將眼光投向一位相貌端莊的女士身上，她是擁有法國文學博士學位的崔貴童，據說是因為埋身於學術研究，故而遲遲未婚。

此時，羊令野轉頭向招待他們的韓籍中文學者許世旭問：「金府有沒有筆墨紙硯？」於是就當場揮毫了起來，讓主人金良植與崔貴童女士皆看得出神。許世旭在一旁用中文讚美羊令野的才華，同時又用韓文向兩位女士解釋意涵。

羊令野的字不為別人寫，就偏偏送給兩位女士。其中，寫給崔女士的詩是：「漢城的柳絲，猶之你的一綹青髮，我聽到千山雪崩的聲音。」寫完之後，羊令野親手將這幅字交給崔貴童女士。那瞬間，崔女士的臉上泛起了一陣嫣紅。梅新、楚戈、方心豫開始在旁邊起鬨，羊令野在當下也有些飄飄然。

但詩歌隊長到底是害羞又愛擺架子的人，歸返臺北後，詩人們若在聚會中提起這件事，羊令野總會眉梢一緊，趕緊斥喝道：「你亂說什麼！」

寫詩練字，轉化古典的創作者

事實上，他的書法並非只能拐騙江湖術士，而是能得到名家認可的。一九七四年他還曾與莊嚴、臺靜農、王壯為、汪中、戴蘭村（葉泥）、于還素等書畫名家合組「忘年書會」，並多次舉行展覽。據他自己的回憶，早年是因為學詩，為了抄寫古人作品，因而練就了這項技能，並且因為曾在許承堯翰林那裡看了不少書畫名跡，提供了他在書法創作方面的養分。

羊令野寫書法向來隨興而為，他自述常在午夜十二點後產生寫字的興味，往往欲罷不能。他的書法筆勢飄逸，結體奇崛，布局跌宕有致，在詩友之間頗受好評。以專業的眼光觀之，他的書法有時會有轉折過於圓滑、筆劃出鋒稍嫌單薄的問題，整體水準無法與大師並比，但作為一位有思想的創作者，他對書法的主張就如同他對詩歌語言的鍛造一樣，重在轉化而不重古典的範式。他曾寫作一首七言律詩，表達他對書法的觀點：

> 拚命追秦漢，抽身即是吾。莫為紙墨婢，不作金石奴。
> 永字雖八法，筆陣一獨夫。乾坤何浩浩，旋轉掌中珠。

詩中強調的精神，不是追摹古帖，而是從古帖中「抽身」，不願被筆墨、金石所制約。在詩歌世界裡當隊長的羊令野，到了書法世界依然要作一位傲氣的「獨夫」。回頭擁抱古老的書法藝術，是許多轉銜於新舊文體之間的文人所共同具有的現象，但無論是臺靜農或戴蘭村，在書法表現與觀念上還是相當尊古，而鮮少像羊令野這般，膽敢說出強調個人意識的言論。

・

回到寫作上，羊令野並不是一位多產的作家，來到臺灣之後，至一九九四年去世為止，出版的詩集僅有《貝葉》（一九六八）、《羊令野自選集》（一九七九）兩冊；其餘皆為雜文，包括《感情的畫》（一九五四）、《面壁賦》（一九七九）、《回首叫雲飛起》（一九八二）、《必也正雜文集》（一九七五）、《千手千眼集》（一九七八）、《見山見水集》（一九七八）等六冊。二〇〇四年，爾雅出版社為紀念羊令野逝世十周年，出版詩選集《叫花的男人》。

由於他的傳統文學素養深厚，大大影響了他的作品風格。他的詩中經常使用古典意象，句型上好以排比、對偶製造韻律感，使得他的文字古意盎然，讀起來一唱三嘆，卻不顯陳舊。所以張默曾稱讚其詩作「從傳統中粲然走出，汲取古典詩的精華，作為自身的滋養……他圍繞著那不絕如縷的音樂性而與時間一起飛翔。」相比於他在雜文中的表現——無論抒情、論說，隨時出口成章，引經據典——他在詩歌中更明顯有轉化古典為自身新意的企圖。

羊令野一直到晚年都還維持著創作傳統詩的習慣。據他自己的說法，他寫傳統詩幾乎從不修改，但寫起現代詩卻會一改再改。這個現象，當然可以單純解讀為羊令野對於傳統文學十分精熟，但若從另一角度思考，這其實也意味著他花費較多時間在思索現代詩的語言、韻律，以及如何鎔鑄古典問題。

幻化為蝶，寂寞的美學追求

最後還是講首詩吧。〈蝶之美學〉是羊令野在化用古典意象與文言句法上相當成功的一首名作。在這首詩中他引用莊周夢蝶的典故，將自己幻化為蝶，不斷穿越生與死的門檻。從蛹化為蝶、從蝶變成標本，只為了孕育美麗的日子，創造高於一隻蝴蝶所能達到的美學境地。但最後他告訴讀者：

現在一切遊戲都告結束
且讀逍遙篇　夢大鵬之飛翔
而我　只是一枚標本
在博物館裡研究我的美學

原來精神可以無限，生死可以超越（成為一枚標本），但一個詩人，終究只能渺小地存在於龐大博物館中研究自己的美學。這是何等寂寞又超越寂寞的結論啊，詩歌隊長終究不可能帶著別人一起衝鋒陷陣，他只是一隻標本蝴蝶，想像著自己是一隻大鵬鳥，在美學的世界裡孤獨地翱翔。

嚴肅中藏著熱情的「兵仔性」

早先覺得自己該為羊令野寫文章，只是基於三個理由：一為我和他一樣喜歡寫詩；二則我和他一樣喜歡寫書法；三是我的名字和他很像。

後來實際閱讀他的作品，從資料上看了不少他的書法，兩者竟都沒有太打動我，倒是他留給文友們的印象與逸事，讓我看了很感興趣。他有種「兵仔性」，表面上要擺出正經嚴肅的姿態，實際上還是藏不住內心的熱情奔放——那種熱情非常單純，沒什麼峰迴路轉之處。這不免使我偷偷拿他與我同樣當過軍官且熱愛藝術的爸爸做點小比較，益發覺得溫馨。

另外，有件事情也許應該在這裡交代一下。我在此次書寫過程中，曾經讀到一則資料，據說書法家王壯為先生很喜歡羊令野〈品書詩〉中的「抽身即是吾」一語，所以曾經在前頭加了句「得意渾忘古」，寫成一副對聯。我在國圖查閱了王壯為所有出版過的書法集，並未找到此聯，故在這篇文中沒提此事。不知是否有高人曾經見過此聯的原跡或圖錄？我想看。

碑牆上貼了一封信

葉泥的書法、翻譯與現代主義

◆陳令洋

繪圖・毛奇

葉泥（一九二四～二〇一一），河北滄縣人，出生於山東嶧縣，本名戴蘭村；一九五〇年來臺。山東省立濟南師範學校畢業。曾任職於國家安全會祕書處，主編《復興文藝》月刊、《南北笛》詩刊（與羊令野合編）。創作文類以論述為主，早期並有詩作；五〇年代曾譯介日本詩人詩作，以及西方詩人詩作與論述。一九七〇年代起從文學轉向書法鑽研。

陳令洋（一九九一～）。清華大學臺灣文學所碩士。現為《聯合文學》雜誌副主編。曾獲月涵文學獎。

戴蘭村是位書法家，但同時是個老菸槍，學抽菸只比學書法晚一點開始。他曾經跟瘂弦說過，自己從十幾歲就開始抽菸，早年在山東的農村裡頭抽水煙袋，後來香菸普遍了，就什麼牌子都抽。他抽「老刀」（海盜）、抽「翠鳥」、抽「美人」、抽「哈德門」，菸癮最大的時期，三天得抽上兩包。寫書法的人，如果懶得磨墨、清硯臺，經常會把墨汁倒在小瓷碟子裡，方便寫完後清洗。每小時要抽一次菸的戴蘭村，則是把罐裝墨汁往菸灰缸裡倒。二〇〇九年十月，他的好友鄭愁予紀錄片《如霧起時》拍攝時，他便在鏡頭前端出了Marlboro牌的菸灰缸盛墨，菸人合一地寫下了鄭愁予那首有名的〈錯誤〉。

說不定在整整十年前，一九九九年的十月前後，他也是這樣，朝菸灰缸裡咕嚕嚕地倒入墨汁，捻起筆管，在缸沿刮去筆毫上多餘的墨水，謹慎細膩地用他最拿手的帖派行書，為綠島人權園區的紀念碑書寫柏楊的句子：

> 在那個時代，有多少母親，為她們囚禁在這個島上的孩子，長夜哭泣。

平日謹慎低調的戴蘭村在接下這個任務的時候想必知道，這幅字可以優雅秀麗，但必須勁挺地撐起柏楊的盼望。從一九九六年起，曾經因為翻譯大力水手漫畫而遭受白色恐怖牢獄的作家柏楊，便開始積極奔走，希望能在綠島建立一個類似於以色列「哭牆」的紀念碑，並且希望能趕在世界人權宣言發表五十周年（一九九八）的世界人權日進行動土典禮。

這個構想在當時得到媒體大篇幅的報導，也引起社會各界熱烈響應。時任總統的李登輝，甚至捐出《臺灣的主張》紀念版的版稅作為建碑基金，顯然是件從官方到民間都樂見其成的大事。其後幾經波折，到了要選定碑文書法的時候，紀念碑的藝術設計霍榮齡女士終於找上門來。

這個時候的戴蘭村，生命只專注於書法，他每天每天地寫，從容不迫地架構著每個中文字的外形。對他而言，書寫的行為、文字的外形本身都是充滿意義的，寫或不寫？選什麼內容寫？用什麼方式寫？都可以透露出許多思想與訊息。所以他知道，這回他不只是在抄寫柏楊的句子而已，他更像是在給從前的柏楊寫信，也同時在寫信給後世的人們。

書家作字，意在筆先。在第一個字下筆之前，戴蘭村必定已先默想了每個字的分間布白，粗細濃淡，以及每個字存在於句子裡的意義；如果這幅字他重複寫了幾次，那麼每個字句他必定都反芻了數回，如同他每天面對書法字帖所做的「讀帖」、「臨帖」、「默帖」，反覆地讀，默記，默寫，日復一日，把古人放在心裡，腕底就會慢慢長出自己。

因此他口中反覆唸著這些柏楊字句，認真地進入句子裡的情境。當他開始動筆的時候，也許曾經做過這樣的回想：在那個許多母親長夜哭泣的時代，自己究竟都在做些什麼呢？

如果他真的曾經這樣想過，那麼他會想起自己曾在「介壽館」（即總統府）二樓上班，在「國防會議」（即後來的國家安全會議）裡從事文書工作的日子。他是顧祝同將軍的手下，由於寫得一手好字，凡是要呈給蔣總統的公文都會由他執筆書寫。他會想起，當年許多國家大事與國安機密，就這樣安安靜靜地經過了他的右腕，他的筆底，然後端莊秀麗地被蔣總統的眼睛一一收納。他可能會對於自己的力量感到震撼，自己的手腕竟然就是這個國家具體的組件。原來一個政權說簡單也就這麼簡單，靠著文字，一個字一個字地組織起來，竟然就可以讓制度運行，讓權力鞏固，讓異己被排除。這讓他面對自己筆下的文字，愈發肅然起敬，一絲不苟了起來。

·

但是在那個時代，他還有另一個身分。他又叫做葉泥——《詩經》裡「維葉泥泥」的葉泥，意思是柔軟潤澤的蘆葦葉——當他叫做葉泥的時候，便不再是國家機器中那顆規規矩矩的大螺絲。他是一位柔軟潤澤的詩人，一個活躍於《現代詩》、《南北笛》、

《筆匯》等文學刊物的現代主義者。他有能力理解里爾克、紀德，那些常人所無法理解的詩篇，譯介一些比三民主義、黨國體制更為迷人的文藝思潮。這是多危險的事情！在那個時代，國家雖然沒有禁止這些創作，但國家卻有點忌憚這些創作。如果沒有比別人多幾分政治敏感度，他可能就會像《現代詩》的同仁曹陽一樣，因為過於憤青的言論，遭判「犯上罪」而入獄。

還不只是曹陽。在那個時代，現代主義創作者在政治上能被懷疑的空間可多了，在現代派的詩人群中遭殃的還有秦松。秦松於一九四九年來臺，曾經跟隨李仲生習畫，並加入過東方畫會、中國現代版畫會等團體，一九五〇年代逐漸在版畫領域嶄露頭角。他也同時活躍於文學界，《現代詩》、《藍星》、《創世紀》詩刊都曾是他投稿詩作的園地。一九五六年二月，《現代詩》第十三期宣告現代派成立的時候，秦松也列名現代派詩人群的第一批名單中。

一九六〇年三月二十五日，歷史博物館的國家畫廊舉行了大規模的現代藝術聯合畫展，那天也同時是秦松因版畫作品〈太陽節〉榮獲巴西聖保羅雙年展榮譽獎的頒獎日。但也就在這天早上，政戰藝術系的梁氏兄弟帶了一群學生來到會場，其中有人指出，在秦松的作品〈春燈〉中暗藏了一個倒寫的「蔣」字，似乎有侮辱國家元首的嫌疑。情治單位隨後介入調查，查扣了秦松的〈春燈〉與〈遠行〉兩件作品，頒獎活動也遭取消。

原本，楊英風正要藉此發起的「中國現代藝術中心」，更受此事波及而不了了之。

當然，這些現代主義畫家們還不至於停止創作，藝文人士之間的網絡也沒有斷絕。葉泥肯定還記得，當年他和羊令野、鄭愁予等人在一九五六年借用嘉義《商工日報》的版面所出刊的《南北笛》詩刊，在一九六七年以季刊形式復刊的時候，就採用了秦松的版畫作品作為每一期的封面圖案。

但他可能會這樣想，假如當年自己也不小心說錯或寫錯了什麼，會不會也被誣蔑為國家的敵人？

但話說到底，究竟敵我又是怎樣被劃分出來的呢？難道我們不需要那些有點敵性的文化，才能更完整地認識世界嗎？這種辯證其實早在他十一、二歲的時候，就已經進行過一回。

•

葉泥出生於一九二四年的山東嶧縣棗莊。在他的童年時期，山東省便一直是日本人所覬覦的對象，早在中日戰爭之前，就已有許多日軍勢力盤據。有一天，他如同往常在一棵樹下乘涼。一位年約三十多歲的陌生男子走來，開口便問他有沒有「話匣子」（收音機）？這人雖然說著流利的中文，但透過口音還是可以聽出他是位日本人。葉泥就這樣開啟了他與敵對異國文化的第一次接觸。

後來他知道這位日本人叫做酒井，在軍中擔任曹長。酒井問他，想不想學日文？他心想，日文不是敵人的語言嗎？於是默不作聲。

酒井知道他在想什麼，就引用胡適的話對他說：「多學會一種語言，其實就是多一種有效的文學工具哦。」酒井肯定是愛好文學的人。從他的言談之間，透露了不少他對戰爭的反感，也多次表達他對中國人的善意。尤其他那幾近標準的流利中文，更顯示了他認真融入中國的用心。

於是葉泥開始向他學習日文。在兩個月左右的時間內，他迅速地學會了日文的假名與一些簡單的對話。不久，酒井因為軍隊移防而離開，但酒井跟他說過的話卻一直讓他印象深刻。酒井說：「我的家人個個懂得幾種語言，習得外語是向世界探頭的憑藉。」

敵人的語言又如何呢？後來葉泥就是靠著敵人的語言，認識了世界各國的重要詩人與文藝思潮。語言、國界、敵我、東方西方、現代傳統都只是一種分類而已，真心喜歡的東西，是沒有辦法去做那麼多區分的，就好像他是一位伊斯蘭教的信徒，因為熱愛寫字，卻也抄寫過佛經；《筆匯》的尉天驄為了跟他催稿，幾度揚言要在他家門口掛火腿，他也不會因此對尉天驄有什麼反感，人嘛，世界嘛，不就是因為各種衝突的東西能混在一起，才變得精采可期？

更何況他也沒想過有一天，他會來到一個被日本統治過五十年的小島，過完他的下半輩子。如果沒有日文，他要如何響應紀弦在現代詩刊上說要多登譯詩、多對歐美現代詩流派進行系統性介紹的宣示？如果沒有日文，他要如何接受好友楊喚的建議，去翻譯林亨泰的日文詩〈第一信〉，並讓它刊登在《現代詩》第二期（一九五三）上：

在小小的紙袋裡，
裝滿著大的希望。
真高興啊，這第一封信。
真高興啊，這第一封信。

這首詩的翻譯也就像他給這座島嶼的一封信，真高興啊，大家其實能有共同的語言可以交心。後來，這位生長於日治臺灣、透過日文進行文學養成的詩人林亨泰，也和他一樣成為了現代派的九位主要發起人之一。一九五六年現代派成立之後，為了串聯南北詩人，葉泥更曾與紀弦一同南遊，前往彰化拜訪過林亨泰，他也順道再往南，和當時人在嘉義的羊令野合作，規畫《南北笛》的創刊。

一個跨越臺灣南北、跨省籍、跨文化背景的詩人群體就是這樣誕生的。

他進一步想起自己每天在介壽館裡閱讀著日文的日子。他每天看《每日新聞》，吸收曾經敵對現在又不敵對的國家的資訊，把他有興趣的藝文消息剪下來收存，湊成一大本一大本的；他也三不五時從日本的文學雜誌、書籍翻譯一些介紹里爾克、紀德、喬埃斯、波特萊爾的文章到文學刊物上；他還陸續翻譯過日本詩人岩佐東一郎的詩作、田村隆一的詩作、川端康成的文學理論、野村四郎的詩論——《現代詩》廣告頁上還數度宣稱葉泥翻譯的岩佐東一郎詩作將集結出版，可惜這個計畫最後沒有成真。

然而，譯歸譯，他自己不太寫詩。雖然早年曾以「穆熹」為筆名發表過一些，但變成葉泥之後就幾乎不寫。刊登在《現代詩》第八期中的〈曉行〉算是極難得在詩刊上露臉的作品了。詩中的那個自己以驕傲的姿態在夜半的都市裡行走，「紅燈與白線／對我絲毫不能拘束」，尋找著「即來而尚未來的黎明」。唉，其實就是半夜在臺北亂晃還闖紅燈，再為自己的行為賦予追尋、等待天光的意義而已。

回想起來自己不太寫詩，大概還是覺得，詩就讓更有天分的人去寫吧。一九六七年新詩學會成立之後，他看詩壇新人輩出、品味豐繁，他便覺得自己可以功成身退，專心回去寫字了。一九六八、六九年他分別出版了他翻譯紀德的《凡爾德詩抄》以及介紹里爾克的文集《里爾克及其作品》，算是把十幾年來翻譯、發表的文章進行人生中少有的出版，而後就不太在文壇活動。

畢竟要說寫詩，此生最令他難忘的還是楊喚，那才是個天生的詩人。交過這個朋友，也讓他知道一個詩人可以怎樣和自己過不去，一個天才如何瞬間殞落，自己怎麼會變老，而逝去的人怎麼會永遠年輕。要成為一個詩人，就得先這樣做人。連他都不想寫了，自己怎麼好意思？

•

楊喚曾經是他的直屬部下，比他還要嗜菸。他們一九五一年才相識，但每天一起工作、一起生活，一起讀書、散步、寫作，很快就變成彼此重要的朋友。那時候楊喚寫童詩，葉泥翻譯童話，楊喚對他說的話是多麼熱情而純淨。他說：「我們應當多給孩子們流點汗，多寫點有營養的東西。」楊喚不僅寫詩，還畫畫，更寫散文。博學的他什麼都讀，所以葉泥也總和他有說不完的話。他們常在新公園、淡水河畔聊天直至深夜，楊喚甚至曾因此錯過門禁，坐了禁閉室。

他們曾經想過要一起辦詩刊。詩刊的名字取好了，叫做「詩布穀」，封面的圖繪楊喚也畫好了，詩稿更是已經齊全，但卻因為紙張費用出了問題，終究沒能出刊。他們還為此每個月買兩張愛國獎券，期望著若是中獎就可以繼續完成夢想。其實他們夢想的還不只是詩刊，他們還想出兒童刊物、婦女讀物，想開書店，想辦文藝沙龍。

然而到了一九五三年的下半年，楊喚卻因為驚服於一個女孩子的寫詩天分，突然變得有些苦惱抑鬱，詩也不太寫了。楊喚的好友歸人所寫的回憶中，也曾提到過他這段失落的時期。歸人代朋友請他評詩給意見，楊喚卻寫信給對方，稱自己從沒理解過詩，更宣示「今後我將不敢再提筆了，將永遠不提筆了」。直到一九五四年的春天，他還是過著落寞的日子，常常自己一個人抱著書讀。

三月七日，楊喚去世。眾所周知，他是在趕赴電影院的途中，腳被卡在平交道上，遭到火車輾斃的。葉泥在寫〈楊喚的生平〉時，也寫到那天他如何走出介壽館的後門、如何向同事拿了張勞軍電影票後揚長而去。

但有件事情葉泥沒說。他在整理楊喚遺物的時候，找到過一張明信片，內容是三月七日對方要與楊喚約晤。

•

葉泥一直收存著這張明信片。他知道那天是誰約了楊喚，他記得自己一定知道。可是……現在的他突然想不起來。最近他常常這樣，想一個人的名字要想好久。不久前，他為了想劉西渭的本名叫什麼，足足想了一整天。直到瘂弦來拜訪才告訴他，不就是李健吾嗎？以前他好謹慎地抑制自己的記憶，對於公事，因為關乎國家機密，有些事情記得，他卻從來不說；對於楊喚的事，有些關乎朋友的祕密，他就隻字不提。但今天不一樣，他是突然……不曉得為什麼，真真正正地想不起來了。

他的思緒只好移回眼下這幅柏楊的句子。

字倒是不知不覺已經寫完，寫得好秀逸細膩。他終究是書法家戴蘭村。

然而他無法因為完成了一幅作品而感到快意。如果眼前的字是一封信，大家會憑此記憶他所留下的訊息嗎？或是憑此遺忘？他決定去外頭抽根菸。

桌面上的墨跡慢慢地乾了。

菸的灰燼一截一截地掉。

一九九九年十月十二日，人權教育基金會的董事會暨建碑委員會通過決議，碑文就用戴蘭村的書法。十天後，霍榮齡帶著戴蘭村的墨跡影本到綠島，試貼在尚未完工的碑牆上。遠遠看去就好像牆上貼了一封信。

難以歸類但耐人尋味

我曾經因為做日治時期臺灣書法的研究，讀過一篇書法家戴蘭村寫曹秋圃的文章。後來聽朋友說起才曉得，原來戴蘭村就是詩人葉泥，還曾現身在鄭愁予的紀錄片《如霧起時》中。這回讀了許多資料後才又發現，他其實詩寫得很少，在文壇的發表主要以翻譯、介紹性的文字為主。

以前也曾在口耳相傳中誤信他是特務頭子，所以原以為自己這回要寫的是，各種臥底策反高來高去的間諜故事，結果他其實是總統府裡的公務人員，雖然是在國防會議，但就少了點刀光劍影。於是我轉而對綠島人權紀念碑的碑文、他與楊喚之間的深厚交誼，產生了比較大的興趣。

但花了這麼大的力氣，卻還是覺得這人難以歸類。他在各種領域，都沒有大破大立的表現，但這些藝文活動卻讓他的人生變得相當豐富有趣、耐人尋味。如果可以，我也想成為這樣的人。

這次書寫的過程，要特別感謝詩人羅行老師接受我的訪問，和我談了許多葉泥的事。也要謝謝我的朋友劉庭彰、蔡宗宏，在書寫過程中提供我資料線索與書寫上的建議。

方思：蔭影中的獨行者

◆莊子軒

繪圖・毛奇

方思（一九二五～二〇一八），湖南長沙人，本名黃時樞；一九四八年來臺。曾任職中央圖書館、美國遜謹遜大學圖書館館長，曾主編「虹橋文藝叢書」；後旅居美國。為「現代派」原始發起人之一，一九五七年與余光中等人組「中國詩人聯誼會」。創作文類以詩為主，兼及論述，著有詩集《時間》、《夜》等八種；論述《文化成長的全型書後》。

莊子軒（一九八八～）。臺北教育大學語文與創作學系碩士。曾獲臺積電青年文學獎、夢花文學獎、林榮三文學獎。著有《霜禽》。

那年，我剛剛踏入大學大門，走在校園中，面對眾多灼灼的眼神，經常怯生生抬不起頭，帶著人文經驗匱乏所引發的喪亂之感，無法融入按表操課的生活。當悶得發慌時，我遂悄悄離開教室，鑽入圖書館，隨機抽取詩集翻讀，若是靠窗座位有人，我寧願倚著書架，站著讀葉珊，或者方思：

長綠樹的蔭影鋪在黑色的土地上
我孤獨的影子在上面曳過
銀灰的月色顯得一定被人以為太暗淡了
我卻感覺足夠的明朗，而且暖和，這足夠是我的路

——《方思詩集》〈路〉

被文學史同樣定位為臺灣「現代派」發起人之一，方思和紀弦頗不同，無疑是安靜自守的，在他的作品與評論文字中看不到太多宣言與口號，看不到颯颯的旗幟，再鮮明的圖徽，也要時代的風尚鼓動方能昭然於目，而這些方思並不掛心。回到創作者本位，他像一位篤實沉潛的工匠，自謂「試圖千錘百鍊我國文字，使柔韌如鋼，如繞指柔」。

此言乍看之下並不稀奇，哪位有企圖心的詩人不願意這麼做呢？但若深究起來，

這句自白主要是針對那些「歐化」言論而發的，方思曾細細反思自己詩句的文法結構，覺得大都合乎一般中文文法，在語言層面，他認為歐化既非壞事，也在所難免，反倒是以為外國人方有獨創性的崇洋心理，文字風格似有若無地「模仿朱生豪譯的莎士比亞劇本」的先生們，寫作語法卻是十分古怪且不自然的，這些人對自卑心態的掩耳盜鈴，使自己益發焦慮遂率爾扣他人以「歐化」的帽子，藉此緩解自身的無力與不安，此類不健康的風氣恐怕「腐化讀者」，才真正令人擔憂。

暗夜行路，幽冷清輝之下，什麼樣的人依然能泰然舉步，並覺得明朗與溫暖？方思欣慰地說：我的詩，尚為一個真正的聲音（genuine voice）！不是模擬，亦非回聲，他深深肯定自己的獨特性，並且每首詩皆根植於生活的實際體驗，比如他這樣目擊了某一瞬間的青空與建築，透過一扇窗：

透過深綠色的百葉窗格　我凝視
人類靈魂的散布了的殘餘
啊，所謂宇宙的碎片
那青色的晚春的天，那白色的中午的雲
那灰灰的石擎起那現代的嚴峻的美：摩天樓

——《方思詩集》〈百葉窗〉

詩的開頭即展現不凡的視覺體驗，百葉窗格切割出破碎的影像，既是整體也讓人有局部的錯覺，方思將看似不連貫實則本為一體的日常意象共時性地呈現出來，和梅洛龐蒂（M. Merleau-Ponty）談及的視覺效應不同，梅氏說我們觀看外物之時每個眨眼瞬間都讓畫面造成間歇性頓挫，但這些零碎的阻絕之感不會銘刻記憶中，無法讓人深刻記取，而方思卻巧妙地將這些光影片段留存下來了。

我，所謂二十世紀的產物
亦所謂僅乎一個物質構成的形體
不欲推起百葉窗
清楚地我知道外際，外際是一個完美的整個
在心中：一個宇宙的影子

——《方思詩集》〈百葉窗〉

百葉窗是媒介物，而「我」也是與之同位的物質，我所見者是破碎的，心中卻有個完美形態；我擁有完備的身體，但想來若他人從窗子另一側看來，我的肢體也必然分裂為零散的部件。這首詩呈現出觀者受干擾的視域，固然不似中國古典詩憑欄遠眺藉以抒發離愁國恨的典型套路，和一般意象主義分衍物象的方式亦有區別，方思更抽象地把握人與時代間的依存關係，二者互相形塑，互為表裡。相對許多現代主義者把「與傳統決裂」當作自身美學缺乏根基的擋箭牌，詩風滿溢無所依歸的危機感，他更關注「我們如何體察世界」的認識論。有人說方思詩風空靈，也許來自這種「退一步」而觀看世界如何構成的姿態吧，在這首詩裡，並沒有過於落實的核心意義，然而，意義的闕如或者模糊，也許正是詩人欲傳達的現代感受，透過一扇窗，文明的建築摩挲著天穹，一切卻碎亂而超於現實的組接序列，彷彿萬花筒映像，在點狀的色塊中我們幾乎聽見那並未形諸語詞的音響，沙沙，娑娑，一絲動搖都能讓宇宙再生或覆滅。

這些閱讀經驗讓我在寫作上減低不少心理陰影。沒有意義，詩歌仍然如其所是，生活亦然。方思說：「其實，向詩要求意義，一目瞭然的意義，此本為愚蠢而又不合理的做法。對己，徒顯愚蠢；對詩人，誠不合理。」高中時代，我寫詩的慣性並不能精進文字表述的系統性，語言的配置只是媒介物的交合，我無法向他人指引汲水的所在，一截細吸管插入另一截粗口徑吸管，套合而成一種管狀路徑，全然開放的空洞貫穿其中，這足夠是我的路，看似相異的手勢最終都指向自己眉心與鼻尖，我還沒有準備好向世界開放自己，每句詩都是潛伏識海裡閱讀史的集句，我彷彿背負生鏽鐵錨於旱地步行的水手，無法向誰指引飲水的綠洲。

然而方思並非形式主義者，創作之際他沒讓表層符號的框架束縛自己，在詩集後記中，他說明其創作欲表達的是「細緻而深沉的情感與思想」，以及二者之間或變換、或長住的一面。誠如向明先生所說，許多標榜知性獨造的詩人，下筆仍是浪漫而抒情的。在現代派煌煌大旗下，能真誠地面對自己的詩觀，提煉自己的情感並以藝術形式再現，想來非常需要勇氣與信念，這人必須時時刻刻圓睜清明的雙眼省視自己，不過，有時雙眼圓睜也是另一種反諷：

終於敢安然于醒著，睜空虛的雙眼
面對這光輝的白晝

昨夜是一座尼庵，數不盡祈禱的念珠
對著，啊，你美麗眼睛的黑暗

——《方思詩集》〈白晝與黑夜〉

白日的正面價值在此被剝除下來了，成為蒼白無血色的曝照，有如紙鶴被開展攤平，每一皺褶都被消弭，隱蔽曖昧之處被強制揭示開來，還原成平面的紙張，所有遮蔽移除後只剩虛無的空白。詩中主體睜著波赫士一般的盲瞳與空茫對望，光輝無非更近於一種暴力的刷洗，讓差異的譜系化為庸常的潔淨與森冷。

相反地，昨夜尼庵才是詩人信仰的核心所在，祈禱既是宗教行為，也是更廣義的求愛行為，夜晚讓禁忌的邊界模糊了，每一顆念珠都是想法，都是一個美麗的視角。念珠從左眼滑入，自右眼脫眶而出，永恆的樣貌，眼珠子也不安其位，不再作為映像的器官，它倍化了自己，偶數漫衍，抽象為數碼的疊影，分裂擴張，相較於紀弦的名篇〈戀人之目〉的情詩規格：「戀人之目；／黑而且美。／十一月，／獅子座的流星雨。」方思更能掌握一九五〇年代的人文境況，並且保留了傾訴式情歌的基調。普遍來說，方思詩風被認為是冷靜的，節制少激情，關於這個特點最外顯的表徵，他說：「我卻是寫得既不大用修辭辭藻，又未用上一個感嘆號的。此即所謂古典的抑制歟？」，其所嚮往的詩必須嚴謹而有整飭法度，明潔而精實，屬於浪漫派的「夜鶯與哭泣，英雄與高呼」，並非他的終極追求。

方思每首詩假擬的訴說對象幾乎以第一人稱處理，所有出現的外國地名皆與詩人己身實際生活經驗息息相關，詩集後記中，他辛辣地說：「我絕未哼哼唱唱地用上什麼外國人名，（或係十七、八世紀英詩中常用的女子名，或為說來嚇人的大文豪，或涉及西方神話中的典故），對之親熱的呼喚，或掛在口頭似為招牌（盾牌？）」，符號的去脈絡徵引，本亦算是慣常的文學表現手法之一，但若以之作為價值的權威判準，則不免是偏狹可笑的。

不過，大學時期的我似乎仍對激越的情歌深深著迷，比如楊牧〈十二星象練習曲〉：

露意莎，風的馬匹
在岸上馳走
食糧曾經是糜爛的貝類
我是沒有名姓的水獸
長年仰臥。正午的天秤宮在
西半球那一面，如果我在海外……
在床上，棉花搖曳於四野
天秤宮垂直在失卻尊嚴的浮屍河
以我的鼠蹊支持扭曲的

風景。新星升起正南
我的髮鬍能不能比
一枚貝殼沉重呢，露意莎？
我喜愛你屈膝跪向正南的氣味
如葵花因時序遞轉
嚮往著奇怪的弧度啊露意莎

時序在跌宕的音響結構中浮升沉降，「露意莎」這個女性化的名字穿插於萬物品類之間，彷彿漫天星斗都是她的子嗣。至於楊澤早年名作《薔薇學派的誕生》更是避不開這樣殷切的呼喚：

這次我們的悵惘確已成形，瑪麗安
無人的長長的沙灘，天空
窗外，一縷斷煙遠方。
這是一九七六的初春，瑪麗安
世界還很年輕，我們

我們為什麼枯坐在此？
（你偏頭靠坐房間的暗角，長髮垂落，後來我發覺
你已疲倦睡去）

無論露意莎還是瑪麗安，在方思的語境中，他們無非是「一個宇宙的影子」，在幾乎潔癖的堅持下，評論者不能將詩中出現的「你」單單化約為戀人的指代，讀者亦不宜輕率斷定哪些詩篇屬於「情詩」的範疇，正如我們無法將詩歌恣意分類為社會詩、自然詩或都市詩等等。情者，無理之大理，若說「宇宙」這個詮釋太過空泛無當，那麼，方思所抒之情感能否看作對時空形式如何先天性地存在於人類感知結構之中的好奇？進而是對於「文明」合法地位的焦慮？比起制度、階層構築的安定秩序，他更嚮往暗影的曖昧：

夜落下來了，那麼
到夜之寂，夜之深沉，當有聲音升起
從靜之中央，那時便沒有光，沒有影子
你的形態便是我的心

讓夜過早地落下來罷
我不要再見你，你的影子
無所不在的，處處引我悲歌的
我要擁抱你，與你合而為一
我的心就擁抱你

——《方思詩集》〈夜歌〉

黑夜取消了影子，取消主客之分，沒有理型與摹本的區別，回到了洪荒草昧的「前語言」狀態，萬物那時沒有名字，連指涉的手指也沉浸在未知的闃黑之中，無所謂完美或不完美的整體，無有意向性的一顆心，黑夜裡它是關照外界的眼睛，而整個外界也是填充我們的臟腑，於深深懷抱中平衡地律動，運作。

方思的詩歌工於音律，這是目前論者大致的共識。長篇佳構如〈鳳凰木花開的時候〉：

鳳凰木花開的時候

我穿過黑夜
在蔭影中我疾馳
一層層的是黑暗黑暗
像池水倒映的蔭影，重疊又重疊
我觸撫不出邊緣，層際，我陷身黑暗之中
冷風吹動，間隙處閃爍又閃爍的是
星光，是深不可測的眼睛，是沉心至冷冷的池底的笑
黑暗依舊，蔭影依舊，空間依舊
我亦依舊，我陷身黑暗之中，在蔭影中疾馳
穿過黑夜，深不可測的黑色的覆蓋
一層層的是黑暗，黑色的宇宙

迴還復沓的筆法形成自足的結構，方思愛用疊句與大量排比句式，不以一兩句警策意象突出焦點。星光，眼睛，倒映的蔭影，鏡像一般彼此交互映射，敘述主體穿過黑夜，避開花萼熾熱的逼視在蔭影中急急馳行，而池水的波動讓二維平面的影像離心擴

充，一圈圈淪漣暗示著時序代謝的迴圈，同時表明疾馳者的旅程是無有盡頭的，每踏出一步是朝未知進發也是向原點回歸，一切是變動的，也是常駐的，當鳳凰木盛開如火：

我見到紅色的花，鮮豔如每個少女的青春
庸俗亦如之，所蘊藏的凋萎亦如之
鳳凰木已開花了，不知將否結實
鳳凰木已滿滿綠蔭了，重甸甸的，黑沉沉的
置身于黑暗的覆蓋之下，我陷身于黑色的宇宙

音樂奏鳴離不開時間，綿延發展，先後相顧，疊套貫串，這也類似柏格森（H. Bergson）式的觀點。綻放的鳳凰木固然燦爛一時，終究難免凋蔽為腐土，涉入另一輪循環。而在蔭影裡穿行的旅人，於虛像中提取了事物運行流變的力，無關悲喜與愛恨榮辱，那是屬於對生命抽象形式的探問，也是方思一遍遍錘鍊詩藝，沉著不懈的最佳寫照。

附註：本文方思詩句節選自〈路〉、〈百葉窗〉、〈白晝與黑夜〉、〈夜歌〉，皆收錄於《方思詩集》（洪範，一九八〇）。

時間的裂隙，詩的夜歌

大學時接觸方思的詩作，非常奇妙的，他的書總和葉珊的詩集放在一塊兒，而今看到楊牧的照片，我仍直覺性地把他們聯想為同一輩人，其實楊牧在方思口中是「葉珊老弟」，若方思至今仍健在，也九十多歲了。

為了蒐集資料，特別拜訪了前輩詩人向明；老師生於一九二八年，與方思同為湖南老鄉。在訪談中，他對方思評價不低，稱道其詩作明潔清朗，完全沒有現代派的隱晦之弊，〈夜歌〉等名篇在當時更是膾炙人口，許多段落向明先生至今尚能默誦而出，了無滯澀。

我擷取了方思詩歌若干片段，與大一時的讀書筆記相對照，從那些素樸得近乎古拙的排比句式中，隱隱體察到詩人對「律」的理解更在詩壇普遍依賴之「精鍊形式」的想像之上，超越知性與感性的區分，方思的詩有其獨特的聲音。

祕密森林的指路人

夏菁和他走出的小徑

◆徐珮芬

繪圖・毛奇

夏菁（一九二五～二〇二一），浙江嘉興人，本名盛志澄；一九四七年來臺。美國科羅拉多州立大學碩士。為「藍星詩社」發起人之一，曾主編《藍星》詩頁、《文學雜誌》及《自由青年》之新詩。一九六八年應聯合國聘請前往牙買加服務，為聯合國糧農組織水土保持專家，一九八四年自聯合國退休後，曾任美國科羅拉多州立大學教授。創作文類以詩和散文並行，出版近二十種。

徐珮芬（一九八六～）。清華大學臺灣文學所碩士。現專事寫作。曾獲林榮三文學獎、周夢蝶詩獎等。著有《還是要有傢俱才能活得不悲傷》、《在黑洞中我看見自己的眼睛》、《我只擔心雨會不會一直下到明天早上》、《夜行性動物》、《晚安，糖果屋》。

「藍星詩社」發起人、中國文藝協會榮譽文藝獎章得主、與余光中被喻為詩壇「兩馬同槽」……在諸多的詮釋與討論中，我們該如何從哪些資料開始理解詩人夏菁，與他的作品蘊含的密語？

通往幽林小徑

翻閱二〇一三年出版的《窺豹集——夏菁談詩憶往》一書，我注意到詩人在卷首便引用了美國詩人羅伯特．佛洛斯特（Robert Frost, 1874-1963）〈男孩的心願〉（A Boy's Will）一詩的句子：

They would not find me changed from him they knew—
Only more sure of all I thought was true.

除此之外，詩人亦曾在接受《文訊》第二九三期的專訪中，強調自己如何鍾情於佛洛斯特其人與其作：

對他的「一首詩始於欣喜，終於智慧。」（A poem begin sin delight and end sin

wisdom.）的說法，一度奉為圭臬。他用口語入詩，讀起來親切而有節奏感；深入淺出，不會拒人於千里之外。

夏菁對佛洛斯特的孺慕，在他自己的作品中已表露無遺。二〇一〇年，夏菁在參訪Colorado Academy時，巧遇佛洛斯特的坐像。詩人在重述當時的場景時，形容自己一開始恭立於一旁，直至坐於這位心中仰慕的詩人身旁（想必心情十分喜悅），甫發現佛洛斯特手中正在創作的一詩，正是已蔚為經典的〈未竟之路〉（The Road not Taken）。此景如何觸動了他，乃至於提筆寫下了〈與佛勞斯特同坐〉一詩：

現在我們倆緊緊地靠在一起
你聽到我的心跳，我看你握筆凝神
不一刻我們就東西睽離，只留下
一個永恆的你，和幾張攝影

今朝我未曾好好地準備和梳理
忽在此和你邂逅，感到靦腆和不敬

在你的面前，我和我的詩都似你所說
像剛出土的馬鈴薯，生澀而未洗淨

你是不朽的青銅，我乃漸衰的肉身
一株東方的水仙，一尊詩國的永恆
你曾感嘆：有一條叉路，未曾走過
我因同時走兩條：一條也未走成

讀到最後一句「我因同時走兩條：一條也未走成」時，我的眼睛忍不住發亮——在昔日的訪談中，夏菁曾表示認為自己是「業餘詩人」，並說：「如果在職業上受創，我可以在寫作上升空；反之，也可以在工作上落實。沒有包袱、也無野心。」

請容許我大膽揣測，詩人這麼形容所欲強調的應是：相對於所謂的「專職詩人」，自己因「身兼數職」之故，反而在創作上擁有更多的餘裕及能動性。此時，腦中居然自動浮現了陳綺貞清脆的女聲，詮釋著詩人鴻鴻詩作〈太多〉的句子：「喜歡一個人孤獨的時刻／但不能喜歡太多……」

令人玩味的是，詩人緊接著丟出了一句峰迴路轉的自問：「可是，我一直在懷疑，也在抱憾，假如我集中只走一條路，是否會較有成就呢？我不知道。」

再澄澈的眼睛，也只能看到月的一面。專心致志於創作者如夏菁，亦曾對自認「沒能抵達的地方」的風景感覺神祕，或許帶有一點點的遺憾。

陸上行舟般的詩路

詩人對佛洛斯特的憧憬與孺慕之情，從他自己的創作理念可見其本。在談論自身的詩觀時，夏菁曾明確表達自己強烈反對詩過分晦澀或朦朧，認為這樣會關閉了所謂「傳達的大門」。

從詩人早年在《藍星詩刊》撰寫的文章，乃至於近年的專訪，皆明確地表達了其始終如一的立場：「我認為詩的晦澀，可以分為兩種。一種是不得已的晦澀，一種是故意的晦澀。」並指出前者是可以被同情與原諒的，或因其之「不得不」，尚有可原且不失真；後者則掉進了誇耀和做作的陷阱，「偽」之「惡」因而生。

作為一個對詩歌懷抱著相當程度純粹想望的創作者，那由「偽」生出的「惡」，可想而知是令人不悅的。想像一座始終靜謐的深林，被惡徒的一聲槍響驚動了停在樹梢的鳥群。

拾起那把金色鑰匙

雛雞在破殼之際，映入眼簾的便是母親。個人自私地深信創作者亦然，在太年輕時因緣際會拾到一把來路不明的金鑰匙，未來的目的地就在那刻被確立。而「影響的焦慮」，又完全是另一件重要的事。

不過，請容許我先回到夏菁手中的鑰匙和它的齒紋。

曾經是哪些人、哪些詩，為更年輕時的夏菁，打開了這一道通往詩歌的傳達門？根據他在訪談中的說法，最早進入他生命的詩歌作品，主要來自在中國新文化運動中擔任要角的「新月派」。以泰戈爾的散文詩《新月集》（*Crescent Moon*）起名的「新月社」，由當代文壇巨擘徐志摩、胡適、聞一多等人所創立，在大力提倡現代詩歌格律化同時，亦強調對詩歌語言詞彙的運用方式。諸多理念讓當年的夏菁理解到詩歌之於他，最珍貴的特質實在「自由地、忠實地寫，不要無病呻吟。」

不難想見，如此追求純粹與誠實的創作者，自然會對於因應時代局勢而生、大量服膺於政治意識形態（為政府服務）的作品，感到厭倦且煩躁。是故，夏菁後來與余光中、覃子豪、鍾鼎文等文友共同成立了「藍星詩社」，強調要「恢復詩人抒發一己的心聲」。

「藍星詩社」自一九五四年在夏菁的寓所中創立後，不僅在當代詩壇開啟了許多舞臺及戰場，亦對日後臺灣詩歌文學運動的發展，產生了相當巨大的影響。同年，詩人的第一本詩集《靜靜的林間》亦在他伏案於「藍星詩社」詩刊、《文學雜誌》及《自由青年》新詩專欄之際問世。

《靜靜的林間》由四個分輯所組成，分別是「樹，山」、「鳥，蟲」、「詩，音樂」與「愛，人生」，標題已充分展露詩人一心投射最多關懷的核心。在該書的後記中，夏菁亦以堅定的口吻明志：「詩，在我是終身的追求，不是一時的調情。」

水邊倒影中的自己

「我們的想像力，一部分源於書本，大部分產自詩人一生的經驗。」此語出自於在夏菁身上亦產生了鑿痕的英國詩人T. S. 艾略特（Thomas Stearns Eliot, 1888-1965）之口。

夏菁其人其詩和「自然」的連結形態，與其說是繫絆，更接近「共生」。自來臺後，便在蔣夢麟博士主持的農復會中服務，在花蓮山林管理所木瓜山林場任職，後又為聯合國糧農組織所重用，前往牙買加、薩爾瓦多等當時名列低度開發國家的地區，投身水土保持工作，直至舉家遷往美國。在臺灣經受八八風災重擊時，身在遠方的詩人，亦藉由撰文投向報刊及寫詩等動作，表達對島嶼的心心念念。

一九九九年，詩人出版了以森林文化和生態意識為主軸，包含詩與攝影作品的合集《回到林間去：山、林人的融合》，透過照片與詩歌的形態，充分傳達他對自然環境的熱愛。

請容許我於此安插一個奇異的假設：描寫現代社會中人與人之間卡夫卡式的溝通不良，或是相對容易引發蒼白青年靈魂共鳴的文學。至於接近——應當說，回歸自然、擁抱環境，感受每一陣風獨特的聲線，並將之譜成曲誦唱出去——所謂的自然書寫，需要更大的底蘊去成就。

讀夏菁描寫自然的詩或散文，彷若看到他一次次獨身進入林間，又欣喜地走出來。無須狩獵甚至摘取花朵，詩人已聽懂了森林的祕密，於是在接下來的日子裡，他持續將風景描繪給沒能進去親眼看到的讀者。

在流離中安身的詩

夏菁的生命版圖相當遼闊，從中國浙江、臺灣花蓮、臺北到中美洲多國，直至落腳美國科羅拉多州。不斷移動的詩人形象，太容易賦予外界浪漫的想像，而這樣不斷輾轉流離之人，對「居所」的定義，又豈是缺乏同類型生命經驗的旁人，能夠輕易揣測？此時，我們回頭檢視總是藏不住創作者心跡的作品：

有一種語言
勝過鄉音，
使你聞之淚下。
從這個世界
回到另一個。

家是一個——
當聽到簷滴，
就會使你
酸鼻的地方。

——〈簷滴〉（Dripping from the Eaves）

在海洋彼端的大陸上定居的夏菁，始終致力於創作與翻譯等文學工作不輟，不僅經常在臺美兩地的重要報刊間發表詩或散文，亦將自己的作品翻成英文，投稿至全球第一部中英詩歌雙語網路詩刊「詩天空」（Poetrysky）。

其實詩人從相當年輕時便開始投身於翻譯及引介、推廣歐美詩歌的工作。身為將佛洛斯特詩作引進臺灣文壇的先驅者，夏菁率先翻譯了他的〈雪夜林畔〉（Stopping by Woods on a Snowy Evening）、〈黃金時代不久留〉（Nothing Gold Can Stay）等經典作品，與梁實秋、張愛玲等當代其他文豪的譯作，一齊收錄在由今日世界社出版的《美國詩選》中。

關於詩歌的翻譯與交流一事，夏菁有著很明確的信念。他認為：華語新詩尚在「開拓時期」，在不少地方需要向歐美詩歌借鑑，從另一個角度來觀看，他亦相信現有的華語詩作品中，富含中國優良的傳統和內涵：「如果譯得多了，中國的詩將是歐美詩的一大刺激品（great a stimulus）。」

此認知建立在詩人向來通透中西文化是如何大異其趣。他指出中西民族有許多基本上的不同點，主要為「中國人喜靜，西洋人喜動」，他說「……我們不是在街頭接吻，擁抱或跳舞的民族。他們（指歐美文化民族）也很少暮氣沉沉的現象。」是故，兩造的藝術創作更應相互激盪、交融。

秉持著如是的理念，詩人透過各種形式，持續在兩種語言——更精確地說應該是兩種迥異的文化之間，專注搭築「傳達的大門」。

詩人在森林深處埋藏的寶藏

詩人曾謙稱自己是「像我這樣的業餘詩人」，認為相對「以文學為職志的詩人」，業餘詩人的好處是在寫作上相對沒有壓力。寫作之於他，是「一種昇華、一種歡喜、一種變奏，像一具精神上的翹翹板」。然，詩人卻也如此形容創作一事在他生命中所占的重要性：「寫作是生活上的調節，一種欲罷不能的赴約」，這樣對於詩純粹近乎虔誠的態度，無疑已是真正意義上的「全職詩人」了。

在寫成於一九五七年的〈詩與詩人〉一文中，詩人已經將自己的初衷，表達得再清楚不過了：「我深信詩也是一種宗教」，旋即又聲稱「詩人這行業，與其他三百五十九行，並無貴賤之別」。彷彿透過這些寬容但堅定、擲地有聲的句子中，可以窺見詩人下筆時沉穩的神情，多年以來始終如一「做自己喜歡的事情」。

「詩人的內裡有一座神，所以他能忍受，他能堅定的廝守，他的方向可以永遠不受扭曲。」這是夏菁評價周夢蝶時所述，也透露了他自己就是那種面對岔路時，不會停下腳步太久的人。他不需要指南針。

像一個早已通透宇宙奧妙之長者，長年習慣每日在無人醒轉的清晨時分悄悄走出家門，漫步於靜靜的林間，悄悄把樹與風的祕密記錄下來，為沒有時間或沒有辦法停下腳步傾聽的人，搭建一道通往祕密森林的傳送門。

走在比較後方的我們，得以沿著他的鞋印穿花撥霧，也許能更接近一些關於世界如何運轉的祕密。而他持續地走在前頭。詩人沉穩的步伐，帶領我們一步步接近那埋藏在林子深處的詩稿，不禁如是猜想：詩歌最珍貴的價值，大抵就是讓後人知道——前方必有道路。

像野兔般闖進詩的森林

無論是評論、觀察或側記，這幾年以來我縱情於一種任性又詭異的自溺式書寫，幾乎全忘了如何從第三人稱的角度出發。從自告奮勇接下這份任務直至此刻，心情始終忐忑又告訴自己這絕對是有意義的挑戰。

詩人夏菁的著作甚豐且創作翻譯不輟，與其從外界的評價切入，我在撰寫這篇文章的時候，更寧可想像自己是隻野兔，不小心闖進了詩人經營的莊園，在那裡面有一套自成的生態系和曆法，以及我本來沒有機會領受的甜美祕密：關於詩的使命感。

作為一個不知道、也無從想像起自己還會「寫多久」之虛無者，在研究夏菁的資料過程中，常常為詩人以比「生命」更長遠的時間單位來理解創作及其意義的角度所感動到，並且清楚明白了那是我個人目前所缺乏的東西，遑論於詩歌之追求的態度。

他是真正的長跑者，以自己的速度在前進。

張彥勳：衰老的少年之眼

◆蕭鈞毅

繪圖・毛奇

張彥勳（一九二五～一九九五），臺中人，筆名紅夢，日治時代臺中一中畢業。曾任內埔國民學校、內埔國小教師四十二年，為「笠」詩社、「臺北歌壇」、「臺灣筆會」會員。曾獲第一屆臺灣文學獎、中國語文獎章、教育部兒童文學獎。創作文類包括文藝評論、詩、小說、兒童文學等，出版作品近二十種。

蕭鈞毅（一九八八～）。逢甲大學中文系畢業。現為清華大學臺灣文學所博士生。曾為電子書評刊物《祕密讀者》編輯同仁。曾獲臺北文學獎、林榮三文學獎等。

一

眼睛漸漸不行了。

他還那麼想繼續寫，寫小說，寫評論。還能寫字的時候，還有那麼一點憂鬱的快樂。曾經那麼困難的中文，好不容易才克服的障礙——整整十年，終於能再用「新的語言」寫作了；在稿紙上謄謄寫寫了又一個十年，這一次，卻是眼睛出了意外。

都怪鄉下的庸醫誤診。

眼壓的問題遲遲沒有好轉。眼用久了，頭都要跟著痛起來。

這一對衰老的眼睛還能支撐多久呢。他沒有把握，孩子漸漸大了，長子志卿都要十八，自己還能看得了他們多久呢。

教學時的五線譜，也都要瞇起眼睛才能看得清楚。這樣又會增加眼壓，看不清楚又不行。

這種惡性循環，簡直像是他的人生。

但是，和那些令他人生陷入難以翻身循環的「事情」比起來，他嚴重的青光眼，反而讓他有種「終究是自己選的」這樣奢侈的感受。

為了那一格一格的字，眼睛的苦難——除非到完全看不見了——似乎也都算不上什麼了。

當然，比起那些「事情」，還能擁有壓榨自己人生、健康的自由，更是珍貴地令他在心底感慨。

•

他是張彥勳，這是他在一九七一年的事。這年九月，為了那長年拖延逐步惡化的眼疾，他就要前往臺大醫院開刀。

術後，他的右眼失明，左眼僅餘零點三的視力。

對於一個以文學為終身職志的人而言，這幾乎是最底最深的咒詛。

幾乎。

二

他的父親數次入獄。

旁人還以為他的父親入獄，肯定不是什麼好人。但熟識的人都清楚，他的父親進出監獄的原因：臺灣文化協會。

倡議著不見容於日本總督府的意見，張信義身為其中一員，和警察大人打的交道也不算少了。

本以為日本戰敗後，好日子就要開始。政局卻一而再再而三地令人失望。不只是本島人的收入和日本時代比起來，沒有什麼進展；物價還一波波令人絕望地飛漲，一斤米要三十幾元的時候很快就來了。報紙上都是百姓瘦骨、貪官烹錢的漫畫，還有許多在貧窮之中掙扎的消息，從報導中的遠方，不祥地傳來。

即使父親加入了三民主義青年團，被指派成首屆的臨時參議員，又有何用。

一九四七年二月二十八日以後，全島上的風都摻了深豔的紅。

而一九四九年，彷彿交換似地，國民政府中央遷臺，他的二弟張彥哲逃到大陸。其後，他們家就再也沒完沒了了。

一九五一年，父親當上首屆的民選鄉長。而他的長女出生，彷彿是潛藏在他無意識中的紀念──「鈴」這個字浮現了：「就取名為『千鈴』吧。」去年甫從牢裡出來的張彥勳這麼想，他心中還是懷念著「鈴」這個字。它所代表的一切，竟然會在鼻息間偶爾噴發彷彿原鄉的微風草息。但在三年後，「事情」又找上了他。因為資助二弟潛逃，父親又牽連入獄，他也是。

他的運氣很好，只被留了十八天，就能回到因父親獲判的「罪」而被褫奪財產後的「家」──如果他還有屋子的話。

而他的父親就沒那麼幸運了，這次連本帶利，一共十五年。

在「事情」所涵蓋的如噩夢一般的大闇之中，他父親當年抗日與否、漢民族中華文化思想純不純正，都不在考量範圍。

父親入獄後的自己，身為一個父親，張彥勳知道他要以很艱難的方式，才能對自己的兒女說明：為什麼你們的祖父不在身邊。

艱難在於，他必須以最隱晦的字句，躲避每一個可能被糾察的指涉，才能婉轉地告訴自己的兒女，祖父出了什麼事情。艱難在於，這些事若以臺語，或他從小長大接受教育時習得的日文，一切都還好辦。

但時局，早讓他非得要會流暢的中文不可。

這時的張彥勳並非不會，但面對恐懼，人在第一時間吶喊出的呼救，往往都是母語。

再經過翻譯所需的時間，就死到心底也撈不到的闃黑深處。

三

他在一九三九年考進臺中一中。

當時多麼輝煌。從年輕的時候就承載了家族對自己的期許，那樣重的擔子，他靠中一中的入學資格回報。彼時，他已經從小學校時的二宮先生那裡學到了文學。

字也可以那麼美好。只靠字的組合和調度，世界原來可以是在他手心之中。入一中後他懷揣著文學的愛和幼稚而銳意的心，朝向自己的青春期。在第二性徵發育逐漸成熟，四周同學們的汗水與體毛漸趨豐富的環境裡，世界並沒有對張彥勳敞開步入戰爭的那一扇血肉混合的窗。

儘管他早有所感。

他開始寫詩，在定調為美，或是愛意的字句之外，轟炸機的瞬影仍然會在他的眼皮底下閃過。

一個人的瞳仁能夠承受的景物就這麼多。美的景物或惡的景物皆是。朝向青春期的他選擇了美。而他的文學，也在當時朝向了美的那瞬。

遇見朱實是個意外，才華洋溢的一中生。「命運之神讓我在班上遇見了一位了不起的同學。」性格豪爽的朱實和張彥勳志同道合，同樣熱愛文學的他們很快就有了想法。

——不如籌組一份文學刊物。

——一份同人雜誌。

——就叫做銀鈴會吧。

——好。

檢字印刷時的工夫並沒有讓張彥勳卻步。每一個字被撿起來的時候，全都是上面每個人每首詩的心血。他反而肅穆起來，一點都沒有同人刊物的輕鬆感。

同樣身處殖民地的前輩作家們，「由於處在殖民地的政策壓制下，不敢積極推展，因而不能夠肆無忌憚地表現出來。」

「鑑於此，我們決心要挑起這個擔子。」

名為「銀鈴會」的團體，就在張彥勳十八歲那年，一九四二年創辦。

一群高中生，一個殖民地島嶼，一處被牽連進大東亞戰爭的惡地，一個砲彈在人的耳半規管裡反覆炸響的時代。

他們為雜誌起了個名字，叫做《ふちぐさ》（緣草）。

在焦土中生長。

四

特務來問的時候，他幾乎無法言語。但燈光打在臉上的那刻，才真正知曉，死亡原來不是最使人折磨的事，恐懼才是。

張彥勳、蕭翔文、林亨泰、詹冰等人在一九四七年，更動雜誌名稱為《潮流》，二十三歲的他往眼前路多進了些。卻沒想到，會在二十五歲的時候，迎來了燈光拍在臉上時那陣腥辣的響聲。

同是接受日語教育的一群人，或許不能再使用日語，只是最小、最小的代價了。

「他們」要求《潮流》停刊，「銀鈴會」這百來人的規模，實在是危險。

張彥勳心底知道「他們」害怕的是什麼。而張彥勳也早早就和朱實談過，他不願意銀鈴會和共產黨掛上關係。朱實也明白，「銀鈴會」始終保持著在政治色彩上，一定程度的清白。

但清白歸清白，「他們」說你有危險，你就是有危險。

後來不少人還是都進了牢。敏感一點的，早早就逃了。只有如他這般只敏感於防患，卻還差未然一步的，從此沒完沒了了。

一九四八年，在「救苦、救難、救飢餓」的聲浪中，以師大臺大為主的學生運動起來了。當局不允許。在風聲鶴唳之時，兩名學生僅僅路過卻被警察重傷，其他聲援學生包圍警局，在要求當局負責這種無意義的暴力的口號下，無意義的暴力以更為陡峭的惡意現身。

槍和鐵。血與臉。子彈與碎骨。

一九四九年四月六日，大規模的逮捕行動開始。學生中僅六人確切加入共產黨。但遭逮捕無數。

火焰又在燃燒。張彥勳只是在草原的最末，卻也在身上烙下了疤。

「他們」要求張彥勳一切坦白，而「他們」卻早已掌握了銀鈴會的會員名單。這種訊問，只是要看你誠不誠實，能不能在無邊的恐懼裡，為了抓住一點求生的希望，而從汗濕的指縫裡流出一點「他們」不知道的訊息、或需核實的訊息。

張彥勳心裡有一張口，它慣習以詩的語句向世界傾訴。而在強燈與孤椅之後，它只是一個洞。

一九五〇年，十二月，張彥勳入獄。

那年，他二十六歲。

五

我深信人的際遇與「緣分」、「命運」有關，我與內人結合，就是最好的例證——該得到的總會得手。那時節我在鄉里一所學校教書，她是同事，我們共事三年有餘，卻甚少來往。為了找尋一位理想的伴侶，我的眼光一直朝外處打照，就是從不去注意她的存在。後來經兩次痛苦的戀愛經驗失敗之後，才由同事的介紹引線正式與她結交，而戀愛，而永結同心結為連理。如此的找尋過程頗富戲劇性，相信是與「命運」的安排的確有關。

——張彥勳〈牽手走遠路〉，一九八八年

六

（約記一九四五年至一九五〇年事）

很幸運的，一九五一年他出獄，四月，和陳桂葉女士完婚。在苦牢的日子裡，彷彿自己的背上都有著刺，分秒更深入肉裡，無可避免地憂懼著往後的將來：尚未完婚的未婚妻、將來的規畫、工作和家裡。此外，還有驟然而止的銀鈴。鈴聲已經消失了，他只能在很深很深的夢裡，才有機會再聽到有詩在他的耳邊唱歌。

即使他已經開始努力地學習中文，也來不及了。在「他們」眼中，你會中文是基本，只會日文是不道德的。而「他們」從來沒考慮過自小生長的環境對一個小孩的語言訓練和形成有多大影響。

張彥勳出獄後學寫字，學寫閱讀，那不僅僅只是要到「會」而已。他更重要的目標，是要可以文學——如果不能，那他只是個日益衰老的空殼。那個洞黑黝黝的，深不見底；弔詭的是，卻意外地時不時能聽見風穿過的聲音。

「研讀在白天，而晚間的一段寧靜時間，則用於訓練寫文章。研讀的作品選用古今中外名著，除本國作品還包括日本、歐美的名著，不管懂不懂，總要勉勵自己必須看完它。練習寫作的步驟則分為三個階段，先練習造詞，再練習造句，然後才作文。」

如此十年，一九五八年，張彥勳才得以中文開始寫小說。

而他並不孤單。

葉石濤、鍾肇政、鄭煥、張彥勳。四名生於一九二五年（日本治臺三十年）的作家，同樣也在戰後步向了艱難的學習中文之路。如同葉石濤在嘉義偏鄉小學以灶為桌抄讀《紅樓夢》，張彥勳也在閱讀的艱辛中重新學習另一種語言的文學語感。

十年很長，等到他終於又寫，那已經是他三十四歲時。

而少年時的張彥勳，早在十九歲時，即出版日文詩集《幻》。

透過詩而眺望遠方山丘的日子，早就在戰後的漆黑中，流沙一樣從內而下塌縮了。

在國小擔任音樂教師的日子，有時苦澀有時也快樂。

孩子們年年抽長。他終於又能寫出小說了。

不能寫時憂懼不能寫，能寫時又懷揣著好壞的心思。張彥勳從來就不想只是「能寫」，他更希望寫得好。

而和能寫同樣讓他高興的是，終於和其他作家又有來往聯繫。能夠互相批評、閱讀他人的寫作，和賭徒之於賭桌相同。

悲苦的日子似乎就要過去，好像，他的前半生身上所夾帶的煙硝與粉塵，都已經漸漸地聞不到氣味了。

七

往昔（二十歲前後）我憧憬詩，寫的也都是詩，小說在我是未知的世界，儘管如此，我還是寫作不輟，這種厚顏與不自量力，連我自己都不免驚詫呢。……鄉土文學——這是我想寫小說的動機之一，並且可能也是我們本省作者所最適切的文學路向吧？相信這個問題，他日還會有談論的機會。只是快四十歲的一名文學愛好者，但因愛文學之故，不自省低能，默默地付出含淚的努力，這一點敬請體諒。

——張彥勳復鍾肇政信函，

收於鍾肇政〈老兵不死——懷念老友張彥勳〉

八

而眼睛，漸漸地還是不行了。

術後的眼，很難看得清字；只剩一隻眼的微薄視力，為了能閱讀，非得用上兩倍的力氣不可，這樣惡性循環，對他來說，或許仍有一份主宰自己生命的奢侈從容。但事實並不會因心態而有任何改變，字所帶給他的苦難，並不會因為他失明的風險而結束。

因此，張彥勳眼疾後，改寫字數所需較少的兒童文學。無力應付繁雜而多字的小說，面向兒童——他日日教學的對象，卻也有了某種純樸的質地。

兒童會發著光，從他因青光而無法聚焦的瞳仁，直直刺入他的內心。青年時的他嚮往的美，在他生命不同階段的文學，以不同的形式展現。

曾中年自言「詩神」離他而去的張彥勳，從特務打出的強光之後，步向了鄉土。〈捕蛙父子〉、〈鑼鼓陣〉在田壟與溪水與森森的墓前，倒映出澄澈月光下每一張汗濕的人的側臉。〈妻的腳〉回到他年少和一直以來未曾放棄過的，銜接日本文學與現代主義的心靈，一條蛛絲一般晶瑩的文學傳播路線，在他們這一代作家的腦裡編出了逃不出去的網，小說裡因此以譁然的兇案為題，要說的仍只是一種愛欲的推向極端時，會從不道德之中看見最為純愛的光輝。

青年時期的自己已經遠行，中年時期的自己又渾身毛病。但就算如此，眼都看不清了，日子還是要過、人還是要愛、文學還是要走。

年輕時的詩走了，和他親手焚毀的銀鈴會資料相同，都成灰燼，在風中翻飛，即使收集碎片也只會得到殘缺和焦黃的邊緣。可是他心中的眼從那麼少年時期就定型下來，曾成為胸腔裡那曾經滿布血管紋理、幽森的洞，或許，因此能有了音樂，而不只有風噏，還能視物，只是隨著白色恐怖，早早地衰老世故。

早衰的眼，在文學的範圍裡，也可以是一種凝視未來的視線。

步入生命最後階段的張彥勳，以甫動過白內障手術的眼，再次重拾詩歌寫作。彷彿睜著還是那麼年輕的，過去的雙眼。

一九九五年，張彥勳過世，享年七十歲。

記得「銀鈴」般的線索

長期為世人所遺忘的作家並不只是張彥勳。當然，以當今的文學成就而言，如何重新評價這一批被遺忘的作家，不是易事；有時歷史意義大於文學價值，這說起來殘忍，卻難以避免。如何評價張彥勳的寫作，並不是本文的目標；就待有志之士完成。

但在文學評論可以介入以前，先留下、記憶、發現這些作家卻是第一步驟——也絕不可略過的步驟。否則臺灣文學史整體的性質與特徵就會少掉許多線索，一如「風車詩社」近年的重新評估，「銀鈴會」在十幾二十年來陸續有論文專論討論；學院定位這些長久不見於主流文學脈絡中的工程，雖然還有漫漫長路，但讓他們有機會面向更多的讀者，比較起來更為輕鬆，我們顯然沒有什麼不做的道理。

張彥勳的特殊性，在於他以「文學為志業」這樣的想法；這種想法對於受日治教育的作家而言，並不罕見。除了葉石濤、鍾肇政、呂赫若、龍瑛宗、鍾理和等較為知名的作家之外，還有一長串浩繁的名單，全都有著一樣的目標：從事文學，寫出好作品。

這種共性是非常重要的議題，也因此，重新梳理這些被遺忘的作家，便成為解釋這則問題的必要工作——畢竟，那麼久遠之前就已經有為文學死生許之的價值觀，如果我們在當代還有任何一點，想為文學找出一些可能性的夢想。不妨回頭看看文學過去是怎麼影響一代人的，這樣的曾經，或許可以為我們解釋文學時，多出一些有趣的線索。

潘壘的方法

從小說《安平港》到電影《情人石》

◆楊富閔

繪圖・毛奇

潘壘（一九二六～二〇一七），廣東合浦人，出生於越南海防。原名潘承德，易名潘磊；一九四九年來臺。江蘇醫學院肄業。曾獨資創辦《寶島文藝》月刊，並任中央電影公司編審、製片委員等，後赴香港邵氏電影公司任導演。一九七五年舉家定居香港，並獨資創辦現代電影電視實驗中心（華國電影製片廠）。創作文類以小說為主，另亦有劇本、散文等作品計二十多種。

楊富閔（一九八七～）。臺灣大學臺灣文學所碩士。現為臺灣大學臺灣文學所博士候選人。曾獲林榮三文學獎、玉山文學獎、吳濁流文藝獎等。著有《花甲男孩》、《解嚴後臺灣囝仔心靈小史》、《故事書：福地福人居》、《故事書：三合院靈光乍現》、《賀新郎：楊富閔自選集》等。

一

鑑於過往對於潘壘（一九二六—二〇一七）文學的探討大多集中《紅河三部曲》的藝術表現，以及著眼其人的越南華僑身分，兼之論及戰後初期創辦刊物《寶島文藝》，如何另闢文學發表場域等意義，我們對於潘壘文學全面性的探究，事實上仍有諸多施展空間。近年閱讀左桂芳女士編著的潘壘傳記《不枉此生》，更能體會潘壘生命故事與創作面向的豐富駁雜，而晚近各種文藝資料庫的啟用，方法上也有助於我們從生命史與大數據的雙重角度，動態性地去理解作家與作品。

因此本文力圖重探潘壘在戰後臺灣文學史的經典地位，尤其點出導演／編劇／小說家等多重身分，將戰後臺灣文化生產視作一個在亞太冷戰架構下匯流了電影、電視、廣播等跨媒材的創作場域，鎖定具備跨國界與跨文類之背景的重要作家潘壘與其創作，指出此一跨界表現，實為戰後臺灣文藝界一個特殊現象；它牽涉到審美意識的形塑、確立與位移，挑動了「文學」、「文藝」、「電影」乃至「藝術」等知識論的界限。

其次分析潘壘《安平港》的小說語言，同步考察《安平港》的出版狀況，潘壘關乎方言的寫作策略，不僅對當前戰後四十九年來臺文藝人士之研究模式造成挑戰，他的臺灣書寫與地緣政治，一則間接對話了戰前日人作家針對安平想像的創作譜系；也突出了跨域／離散者如何通過文藝創作安身立命的關鍵抉擇。

一九六〇年代初期，潘壘赴港加入邵氏電影公司；一九六四年返臺拍攝以小說《安平港》改編的電影《情人石》——這部自我改編的文藝電影，圍繞在「港岸」此一地貌的討論，得以發現潘壘重新連接了安平港、野柳、香港等空間意象。不同藝術媒材如何轉化運用，潘壘的跨界經驗與中文寫作之間的競合關係，值得我們持續細究。本文指出潘壘創作的離散特質，卻也認為潘壘作品的在地化，是以跨域創作方式擾動「文」的內涵，而轉向「藝術」求索的經典案例，並藉此摸索閱讀潘壘文藝創作，乃至五〇年代作家作品全新的方法論。

二

其實一九五六年出版《安平港》之前，潘壘早已發表不少文字創作，當中關注戰爭題材為重。潘壘的從軍經驗，領引他的足跡行過印度、滇緬、中國大陸等。跨地域的移動，讓他的文本在類型化的反共敘事中格外突出。一九五六年的《安平港》在題材挑選與小說技術，放在作者本身創作脈絡或文學場域的生產模式皆有突破，值得重視箇中的轉變。

就內容題材來說：潘壘除了將視角轉移至臺灣本地，他以臺南安平為故事場景，藉由一名從外地而來的年輕外省人「秦宇」為主角，講述他如何融入漁村，跟著當地居民蘇大傳一起學習捕魚，時間約莫一年餘。而小說女主角秋子是蘇大傳的青梅竹馬，卻對是否託付終身給蘇有所猶豫。蘇大傳後來在一次船難中失蹤了，同個時間秦宇漸漸與秋子產生情愫。故事最後秦宇打算與秋子互訂終身，秋子父親卻百般刁難，最是戲劇性的一刻，原本失蹤的蘇大傳回來了。在海上遇難的蘇大傳，船隻飄至巴士海峽，受到菲律賓華僑協助，終而歷劫歸返。小說發展至此：友情的兩難與愛情的折磨，都讓秦宇這名外省人在安平漁村裡裡外外不是人，他該怎麼辦呢？潘壘安排秦宇入伍從軍，消解無法立即改變的現狀，小說結尾漁村百姓齊聚臺南火車站為秦宇送行，在一片混亂之中，秋子傳來一張空白字條作為彼此的信物，故事戛然而止。

•

初讀《安平港》的讀者，難免以為公式化情愛敘事又出現了，或者容易將華僑援助與從軍選擇視作文藝政策的一個回應。設若我們自文本的結構特徵與題材內容來看，我們將會發現潘壘的《安平港》因為題材設定，致使小說的技術方法上也須有所因應，反而看到潘壘語言文字與臺灣地緣的角力痕跡。

值得注意的是，潘壘此時正在接觸電影劇本撰寫，一九五六年他投入中影，並連續擔任三部臺語片《痲瘋女》、《捉鬼記》、《寶島姑娘》的編劇與副導工作，形成一名身分多元的文藝工作者。為此，當編劇／導演／小說家等身分共構，各別技術能力相互援引，這段臺語片的經驗，同樣領引潘壘創作不得不與臺灣本地進行更多斡旋，而將視線從戰爭經歷轉到當下此刻。潘壘同年出版的小說《安平港》在題材選擇上不能不說受其影響。那麼潘壘如何遊走小說、劇本、導演之間呢？落實在小說創作的文本內容與表達方式，可能又有哪些變化？

三

目前所見《安平港》共計發行三個版本，最早版本乃係一九五六年由香港亞洲出版社印行，以下稱亞洲版；其次是一九七八年由聯經推出的「潘壘作品集」，《安平港》隸屬第四集，以下稱聯經版；第三則是近年「新銳文創」重印「潘壘全集」，為《安平港》第三種版本，以下稱新銳版。

潘壘在聯經版的《安平港》結尾清楚標記重修時間：「民國六十七年六月二十六日重改於韓國慶州佛國寺」；而第三種版本則無相關修改說明。經過筆者比對，從最初的亞洲版到聯經版，最明顯的更動是在臺語用字的調整。亞洲版使用臺語對話，描述方式相當特殊，遍及全書。潘壘從聲音入手，尋找適切漢字，同時置入括號，加以說明，如：卡快（很近）、沒賽（不行）、嗯轉（怎麼樣）、生理（買賣）、含慢（愚蠢）、是窪（我）、真勇（有種）；來到聯經版已不見蹤影，小說敘事與情節對話相對流暢。

其次，亞洲版的敘事方式，潘壘同樣使用括號解釋劇情走向與人物心理，如：秦宇撐著竹筏（擺渡的人還沒有來）、懦弱而畏縮的鼓勵她（近乎懇求的）到臺北去考大學、李靖仁（他是在戰後被菲律賓政府沒收了財產，遣送回來的華僑）、一面幻想著未來的種種（他已經在心裡默許了）。其方式類似於劇本的動作指導與內心獨白。這種將劇本敘事與小說敘事結合的操作手法，我在閱讀劉非烈（一九二三—一九五八）的短篇小說發現其作受到廣播劇影響，也有類似跨界技術的互涉特徵，實是未來理解五〇年代臺灣小說的一條新徑。

·

然無論臺語用字或者作者補充說明的寫作策略，二十幾年過去，聯經版的《安平港》可說越來越流暢，調整緣故無從得知，或者擔心臺語書寫造成閱讀困擾，或者作者美學風格使然。但在戰後臺灣小說書寫的意義上，它涉及作為描述工具的中文與書寫對象的臺灣，兩者之間的肆應、擠壓與競合，其與戰前一九三〇年代臺灣話文運動在尋找適切的表記文字，產生的各種方案設計，有著寫作上既繼承又差異的微妙關係。

潘壘的策略也讓人想起「歌仔冊」借用漢字近似符號的方法。值得注意的是，潘壘考量其所面對的除了臺灣讀者，尚且包含作為發行的香港亞洲出版社與其詮釋社群。換言之，作者的用字挑選具有重新定義中文的批判力道，在在顯示之於同代作者，潘壘在小說語言的高度自覺。

總地來說，從五〇年代臺灣文學跨域作家潘壘的探討，其所暗示的乃是中文語言如何名狀臺灣本地空間所蘊含的不同聲音，以及如何藉由另種媒介加以輔助表述呈現，此一跨域的技術輔助，企圖鬆動中文敘事成規，拆解單獨作為意義的中文字形，從聽覺或視覺等感官層面的修辭進行擾動，有意無意走出臺灣小說的一種罕為人至的徑路。有意思的是，無論潘壘的方言使用或句型穿插，它在破壞穩定的單一敘事之際，也牽動小說人物的心理走向與情節發展，我們不妨從小說中同樣作為外省人身分，任職漁會的謝從敏來看。

四

謝從敏是男主角秦宇的室友，亦是秦宇在安平唯一的外省籍友人。謝從敏在漁會工作，後來應徵成為臺南地方報紙《中華日報》的特約記者，寫新聞之餘也從事小說創作。《安平港》故事最後秦宇面對愛情友情雙重考驗，問起了寫小說的謝從敏，這樣的故事應該怎樣了結呢？問題看似問謝亦是潘壘自問，潘壘在三個版本都給了故事相同的神來之筆：

秦宇默默地在心裡重複念著這句話，然後抬起頭，有意味地笑著問：「這個結尾是大團圓的，還是那種悲劇性的？」

「我還不知道怎麼寫才好」，謝從敏認真地回答：「你知道我這個人的心腸——我總喜歡它們有個好結果，可是，我又害怕寫那種庸俗的，千篇一律的大團圓收場！你沒進來之前，我真的想到要請教請教你呢！」

「請教我？別開我的玩笑了吧！」秦宇苦澀地笑著說：「如果我懂得這個，我就不會……」

——潘壘，《安平港》（聯經，一九七八），頁二二四

潘壘透過與他本身職業相同的文字工作者謝從敏，間接說出了「結尾」的困難。這個不能完結的故事，放在戰後臺灣中文小說脈絡，與離散敘事那「完而未了」而無限衍異的特質不謀而合；潘壘安排秦宇與謝從敏的對話，也顯示他對小說千篇一律的收場方式感到不耐。就此意義，小說安排秋子的一封「無字天書」別具解讀空間。為什麼是無字天書？作為本省籍女兒的秋子，她的無話可說無言以對，可以看到潘壘對於省籍題材

在類型化的過程，敏銳察覺它的局限，並針對此一局限進行寫作技術的各種突破。

•

在小說人物的描寫：潘壘使用括號句型，補充說明角色的肢體語言與情緒轉折；而在情節的設定，我們也發現潘壘筆下的人物，糾結困頓不只是愛情，還包括友情。友情是五〇年代臺灣小說的熱門題材，這個內建的敵我關係不只存在臺灣大陸，還包括外省本省等組合，因此作為交流基礎的「信任」，尤其展現在患難與共的友情書寫。《安平港》處理的不只愛情，還有友情。然面對各種情的挑戰，都因語言隔閡作為前提，使得潘壘筆下人物一旦面對困難，總是出現喃喃自語的描述，這些人物尤其喜歡自我分析與獨白沉思，一如小說敘事需要不斷地補充說明人物的各種反應，方能完整呈現他們的精神危機狀態；這些人物內心世界，正在構築一個外在現實干涉不到的隱密空間。

而從這喃喃自語到無字天書，其所暗示的無不是交流的困難，這個困難落實在文字書寫，它在聯經版中逐一增減而使得閱讀更加清晰。聯經版的調整自有作者審美觀念的轉化延伸；然全集問世之際正值臺灣鄉土文學運動時期，我們不妨放大視野，從小說語言的運用策略，並置閱讀歷經現代主義、鄉土文學運動過後的臺灣小說作品，與五、六〇年代潘壘的亞洲版《安平港》及其後的修訂，他們無不都在擴大中文用字的肌理內涵，卻又有著大異其趣的創作走向。

換言之，對於語言想像的交錯狀態，一來出自於對書寫臺灣的大膽實驗，而他們的交錯——除了闡述臺灣的眾聲喧譁，也給予我們觀察臺灣作家關於中文寫作的各種因應，並提供我們思考如何將這個交錯理論化，反饋成為當代小說研究與寫作的另一種方法。

五

事實上潘壘的臺語用字與五〇年代他所從事臺語片經驗密不可分，電影與小說的連結再度提醒五〇年代文學場是個跨領域的新生地。五、六〇年代臺港兩地在冷戰局勢的驅力，文藝活動的傳播交流相當密切，除了作品輸出流通，人才兩地往返也是重要現象。潘壘六〇年代動身前往香港加入邵氏，當時他在臺灣已是寫而編則導的優秀文藝工作者；一九六三年，人在香港的他有感自身電影事業停頓，提出返臺拍片的要求，身分上因仍係屬香港電影公司，故以邵氏電影外景隊名義回到臺灣擔任導演。這部潘壘從香港回臺拍攝的電影，即是從《安平港》改編而來的《情人石》。

電影製作如資金調動、人員配置，乃至各種幕後技術，都與作為案頭書寫的小說創作迥然不同。而改編自小說的《情人石》，其製作團隊以香港為主，女主角鄭佩佩與男主角喬莊亦來自香江，雖然原創劇本是臺灣安平漁港的故事，然為了搭起臺港閱聽族群的橋梁，劇本設計自然有所調整，換言之《情人石》的完成可以看作五、六〇年代臺港電影事業合作的一個結果。值得注意的是，由於小說、編劇、導演都是潘壘，特別能夠看到題材流轉過程，各種方法的援用與折衝。比如片名的「情人石」即是當今臺灣北海岸著名風景女王頭，而這個被香港外景隊挑中的臺灣地景從此聲名大噪。為什麼會是野柳？根據左桂芳在《不枉此生》的文字紀錄：

> 我寫的一部小說〈安平港〉，是以臺南安平漁港做背景的故事，我想是拍電影的好題材，同時介紹臺灣綺麗風景讓世人觀賞……想起曾在拍攝《金門灣風雲》時，為勘查搶灘地的外景地，一路沿著基隆海岸邊找到萬里鄉野柳村，在完全看不到岸的太平洋邊，發現女王頭石……在香港靠近中國邊界的海邊，有個很有名的「望夫石」，我突發奇想：何不將野柳女王頭代換成情人石？故事稍作改寫，成為一部浪漫綺麗愛情影片，電影直接取名《情人石》。
>
> ——左桂芳編著，潘壘口述，《不枉此生——潘壘回憶錄》（國家電影資料館，二〇一四），頁二三七

潘壘這段回顧，有助於我們理解當時集結了跨國技術的電影事業，其審美方式是

如何斡旋於臺灣、香港，乃至於日本等地。其一：這個外景隊的視線來源，有香港邵氏上游的期待，也有潘壘自身美學的展現，換言之，所謂介紹臺灣風景的預設對象是臺灣的，卻也是香港的；而這個作為代表的臺灣「外景」，自然而然成為一個外交窗框；再者作為外景的情人石，其所嫁接的知識背景，靈感來自香港望夫石傳說，這個以類似作為共同基礎的地景選擇，試圖通過電影技術的呈現，讓香港臺灣地貌找到關聯性，用以爭取更多閱聽族群的共感共鳴。

然作為原著題材的電影改編，涉及面向廣泛且複雜，一個最根本的問題即是：安平不是野柳也非香港。小說雖以安平當背景，電影不少場景取自安平，但影片開始女主角秋子搭乘公用汽車返鄉下車的地點卻是北海岸；又或者劇情最後秦宇與蘇大傳各自駛船航向大海，村人沿著安平岸邊追趕，跑著跑著，畫面直接轉到了野柳的女王頭。我們可以試想，這些錯置的場景意味戰後臺灣的硬體技術、文學傳播、影視製作，進行跨界合作可能遇到的困難是什麼？而從小說到電影，其時潘壘跨界的啟示又是什麼呢？

六

茲以電影最後女主角從安平跑到野柳的劇情分析，這個突兀的安排其實展現了在小說電影之間的折衝狀態：首先女王頭的設定，是回頭過來決定了《安平港》改編的走向，不僅改以情人石當片名，原本在小說中呈現的族群議題，也因而轉向一則以三角關係的愛情故事；值得注意的是：這個被改編且重新設定的人物，是起源於一則望夫的傳說。而女王頭正是「時間（的）空間化」的具體表徵，當導演擷取了女性在岸邊苦苦等候的意象加以發揮，其所面對的：仍是作為離散敘事的時間性難題。為此仔細審視潘壘的跨界改編，我們清楚看到他已不再追溯過往（所以小說電影沒有戰爭記憶），也不看向未來（小說電影沒有結局），他選擇正視眼前的當下（小說電影背景都在臺灣）。

安平與野柳與香港共有沿岸地形，換言之場面設若不加以說明，當男女主角具有香港口音的國語配音，無論是視覺性的或者聽覺性的，我們將看到從《安平港》到《情人石》的改編過程，臺港兩地空間變化與其衍生的課題。

有趣的是，小說電影固然沒有明確結局，然電影中的女王頭作為一種將時間空間化的方法，可說提出且施展了原著小說沒有企及的嶄新視域。這在小說並不存在的策略，成為導演鏈結臺港經驗的一個嘗試，嘗試無論成功與否，卻清楚指向臺港跨界的焦點定錨，應是尋找一種如何而跨的方法論視野，同時思考以誰為座標基礎的立場問題。於是在《情人石》中我們看到安平作為故事背景，提供鄉土色彩般的布景，小說的安平地方特色在電影裡頭被淡化，而野柳則以岸邊礁石的形象映入臺港閱聽族群，成為代表臺灣的一個性別符徵。同樣的考量，我們亦可從演員對白的聲腔展演加以思考，誠如潘壘在

《不枉此生》所回憶的：

唯一不滿意的是，對白配音全由香港總公司配音班代配，不及原音自然，這是邵氏出品影片的共同問題，聲音千篇一律。我認為對白念詞是表演中很重要的一環，除非迫不得已，應用演員原聲，但邵氏此時已採用配音方式取代同步錄音，如此可縮短時間，影片迅速完成上映。

——同前引，頁二四二

這段對於配音的檢討回顧，又讓我們想到潘壘對於臺語用字的想法。《安平港》改編於一九六四年，其所根據的版本當是亞洲的《安平港》。來到電影本身，潘壘所追求的「原音」是什麼呢？是否更是一種五湖四海、南腔北調的音聲狀態？換言之臺港跨界過程也出現彼此競合整編的情形。因此本文從潘壘個案出發，重探臺灣五、六〇年代的臺港跨域經驗，我們必須留心所有評價須在臺港交流歷史的前提進行脈絡探究，並持平地去看待跨領域的功能論，方能更動態性地理解作家與作品。

小說家的跨界與轉譯

潘壘是戰後臺灣中文寫作一個不可忽視的經典作家。身分上他寫小說也編導電影，歷經大動盪時代，有著特殊的生命閱歷，再加上豐富的語言養成，致使他的文藝創作始終自外文史流派的論述架構。潘壘的難以歸類、無法定義正是他的特色所在。這幾年我是潘壘粉絲，到處蒐集他的文字影像作品，而他的研究開展的面相至少涉及：文學與影像改編、電影研究、臺港文藝交流、離散與反離散等議題，具有高度學術價值。

現今時下的IP產業與跨界製作，我們也能在潘壘作品找到對話空間，尤其他的改編，就臺灣文學與影視的發展歷史來看，都是極其珍貴的重要案例。除了本文提及的《安平港》，諸如《峽谷》、《金色年代》、《落花時節》、《魔鬼樹》等皆是歷經不同媒材加以再創的精采故事。潘壘小說影像的跨界製作，有助於複雜我們對於「何謂文學」的既有定義，也提供進行文學轉譯之際更多的經驗與方法。

今年暑假，我終於買回了十八冊的「潘壘全集」，搭配影音與傳記的同步閱聽，內心對於潘壘只有更深的崇拜。本文礙於篇幅無法細述潘壘文藝成就，但對前輩作家懷抱一顆敬心。潘壘作品有高度自傳色彩，我會永遠記得他的銘記：「我熱愛生命，不虛度此生。」

田原：與栩栩如生的回憶們玩耍

◆李奕樵

繪圖・毛奇

田原（一九二七～一九八七），山東濰縣人，本名田源；一九五〇年來臺。中國新聞專科學校畢業。曾主編金門《力行報》、《青年戰士報》、《前瞻》月刊等，並擔任黎明文化公司總經理等職。一九五〇年與友人創辦《駝鈴》詩刊，一九五八年與友人成立太平洋出版社。曾獲中國文藝協會文藝獎章、中山文藝獎等。創作文類以小說為主，多取材於早年的東北抗戰經驗，出版作品三十多種。

李奕樵（一九八七～）。現為資訊工程師。曾獲林榮三文學獎等。著有《遊戲自黑暗》。

田原總算是回到他夢中的土地了，終於沒有人情義理來打擾他，也不必為著國家或公司的事操心。這裡只有他一個人，除此之外，都跟他自己少年時期的願望相符，這裡有野化的稻米跟河水。

他覺得很開心。有土壤、稻子跟水，他就能憑著自己的豐富知識，開墾出一塊稻田。雖然在這樣缺乏工具的世界裡，需要不少時間重新摸索，但對單一事物的長遠經營從來就是他的興趣跟強項。

他把野地中的稻穀都收集起來，分批實踐種植。在四季不明的地方，他開始摸索，摸索十數年，直到有了足夠的稻穀。他把每一次的收成，分門別類地收在他自己建造的穀倉裡，隔離河水的濕氣。

有了稻穀，他就能製作酒麴。有了酒麴，他就能自己釀酒了。

他一一試驗不同種類酵母菌跟霉菌的酒麴，用合適的泥土燒出酒甕。用不同的方式處理白米，煮熟它，削切它，研磨它。發酵酒有自己的生命周期，沒辦法長期保存。他只能在酒甕上用碳枝書寫漢字，註記加工方式的差異。喝完這一甕，就在泥地上書寫對這甕酒的心得。就這樣，他跟自己的稻田與酒一起消磨了一段很長很長的時間。

他非常喜歡酒。但他其實更喜歡跟朋友們一起喝酒。在漫長的試驗，與對這裡風土特色的澈底掌握之後，他終於把自己的釀酒技術精進到能充滿信心地邀請好友們共飲的程度了。

他是來得早了一些，但過了這麼多年，大家也都該來了吧。他的朋友很多，也許不是每個人都特別親近，但這不才是酒的好處嗎？

他蹲在泥地上，憑記憶捏出一具瘦高的泥人。用兩隻指頭戳出泥人的一對眼睛，五指併攏，插出一張嘴。

「嘿！」他對著泥人說：「醒醒！青海兄！咱們來喝酒啦！」

泥人坐了起來，轉著頭，帶著頭上的兩個窟窿左右張望，才發現他。

「尊駕是誰？」泥人朱西甯很困惑：「這裡沒有高山，該不會——」

「朱兄，你居然認不得我啦？這我可有點難過了。」

這樣搞不清楚是誰在裝熟才真的讓我尷尬癌都要發作了，好想死。泥人朱西甯想。

「我是齊國人、魯省侉佬硬脾氣的田原啊，黎明出版社的總經理。記得嗎？」他說。

「啊？寫小說的田原？跟我一起籌畫第一屆國軍文藝大會的那個科長田原？」泥人朱西甯說。

「正是在下。看來那時候給朱參謀添了不少麻煩啊，居然說到我田原就記得這事。」他哈哈大笑起來。

那當然是因為我們也沒有特別熟啊，頂多只在這些公事上有來往而已。泥人朱西甯想。但泥人朱西甯畢竟是非常擅長應付他人的，便拱著一雙沒有指頭的泥手作揖說：「不不不，與田原兄訂交二十五載，雖說只有公誼，而乏私情。但怕也不僅止於公而忘私，若自命不凡地說，該是君子之交。所謂公誼，斷乎不是公辦的無情無趣。恰正相反，當年與公共事的默契與義氣，猶如一雙鄰兵互相賣命，衝鋒陷陣之際，彼此掩護支援，輪番躍進，非但無須言語交代，便是手勢暗號都嫌多餘。如此相識無間，猶之孟良、焦贊——」

他舉手停止泥人朱西甯再說下去。「好啦好啦。我只是想跟朋友們一起喝酒。你有沒有想找誰啊？」

「要有共同話題的朋友啊——那就延續每年四月八日的國軍新文藝運動紀念聚會開始吧？畢竟田兄本應留在最後送客，想不到您這麼早就離席了。」泥人朱西甯說。

「好啊，有哪些人？我自己記不太清楚了。」他說。

「填詞作曲的曼衍，康樂總隊副隊長羅授時？」

「嗯。再說一個。」

「寫詩評詩的葉泥，國安會祕書戴蘭村？」

「嗯。還有嗎？」

「負責新詩案的羊令野，特種部隊政戰副主任黃仲琮？負責散文案的，搞出《金門縣誌》的許如中？影劇案的文化大學教授吳淙淇？美術案朱嘯秋？音樂案羅援時？國劇案劉嗣？廣播電視案的吳東權？民俗藝術案的黃河？」泥人朱西甯說。

「嗯——總覺得大夥兒不是一齊出現的話，對被遺漏的朋友可能有失禮數。但要一齊出現，又嫌太費事了。」他說。

「啊！」泥人朱西甯福至心靈。

「怎麼了？」

「如果只要一個人就有代表性的話，」泥人朱西甯說：「不如請我們偉大的領袖，先總統　蔣公他老人家蒞臨指導——」

「你拍馬屁拍到自己腦子都傻啦！」某個人忍不住揮手拍了泥人朱西甯的頭，泥人朱西甯的頭都被拍掉了。

「我家三代都是基督徒嘛，總是習慣有個上帝坐在天庭裡，讓天下太平……」泥人朱西甯的身子跑去追自己一路滾遠的泥頭。

「等等，你又是誰啊？」泥人朱西甯追回自己的頭，捧在懷中，慢慢走回來。

「在下姜穆。」泥人姜穆，長相基本上跟泥人朱西甯差不多，都是三個洞，稍微沒那麼高瘦。

「講得我好像特別喜歡拍長官們馬屁，很傷我的自尊心啊。」泥人朱西甯說。

「就你會在別人的追思文集裡硬要扯蔣總統有多賢明。呸！那些吃人不吐骨頭的東西有什麼好歌頌。」泥人姜穆戰力百分百：「田原兄死訊一出，國防部的人事命令就下來了。連勞苦功高的田原兄尚遭如此對待，也無怪乎我們住在眷村的弟兄們只能那樣凋零了，我真不能忍受這種事。」

「算啦，姜穆兄。有像你這樣在乎我的兄弟就夠了，只要妻子過得好，其他身後事我也不會介意。」他說。

「我怎麼知道這樣寫有人會不高興，姜穆兄那時不是黎明出版社副總編輯嗎？收稿也沒人跟我說不行啊。」泥人朱西甯：「而且這種東西，行伍出生的作家這輩子哪裡少寫過了？我也是意思意思只提一點點……只是剛好只有我想到要提他老人家而已。」

「是啊，在應酬的文章玩這些，反而無傷大雅。」他拍拍泥人姜穆的頭，也拍拍泥人朱西甯的肩膀，說：「雖然我寫幾十萬字的小說要不了幾個禮拜。但時間過去，自己的作品夠不夠好，我自己心裡也是有數的。在那個時代我也被箝制著，寫了後來自己看著都覺得意圖明顯到可笑的小說。朱兄這方面可比我有氣節，至少留下了足以傳世的精緻作品。而我呢，被自己年輕時候的足跡掩蓋了。總算能開始寫真正文學一些的東西時，身體卻壞了。後世的評論者很難看清真正的我吧？」

「但您坐在那個位置倡導反共文學，也是身不由己啊，如果我們不這樣出來搞，國軍的文藝風氣就不會像後來那樣興盛了。」泥人姜穆問：「大夥兒誰二十歲前不是在整片神州大陸各個省分隨風飄散，抗日戰爭接著國共內戰，別說求學了，連青春都不成一個樣子。軍中生活如果沒有文學，只會更黑暗。就算是閹割過的文學，都比沒有要強。」

泥人朱西甯說：「那我不也是身不由己——」

「好啦，喝酒！」他說。

泥人姜穆：「懷念信義區的辦公室啊，這裡連桌椅都沒有。」

「我記得以前住在臺北市六張犁山邊的時候，物質條件差不多也就是這樣。那是白天都要開燈的泥地矮屋。門口還養了一欄豬，要進門都會激起一陣豬叫，順便當作門鈴來用。」他說：「我們再捏幾個人吧。」

於是兩個泥人又被捏了出來。

•

「真不愧是用青少年時期的半年回憶就能寫《松花江畔》的田兄。」泥人朱西甯說。

「怎麼，你是嫌田老寫得很鬆散嗎？」泥人姜穆說。

他豎起兩根指頭，戳出兩個泥人的眼睛。泥人蕭白、泥人施劍英都坐了起來。

「這是哪呀？」泥人蕭白問。

「田原的田邊。」他回答：「只是想跟幾位朋友喝酒。」

「哦？是那個把自己的命給喝掉，連場小感冒都撐不過去不告而別的田原？那可真是好久不見啦！」泥人蕭白說：「我還以為帶我們去六張犁公墓裡的涼亭喝酒已經夠說上一輩子了，這裡比公墓還慘。」

「我們那時不去公墓，就要在我家的泥地上跟豬玀平起平坐了。」他笑說。

「那幾個酒甕是怎麼回事？聞起來不像白乾啊。」泥人蕭白問。

「這裡沒高粱可種，蒸餾酒需要穩定供火也很麻煩。」他說。

二

十四歲的田原眼看著自己的村莊，被不到一個連的日軍馬團屠村。族中最照顧他的三叔被斬首，除了三叔的老母親以外，其餘二十一口，都被日軍放火悶死在後院防空洞裡。

三叔的老母親在一個月內把眼睛哭瞎了。十四歲的田原到村中南街去探望她。她摸著田原的臉，田原的身體，興奮地用無光的眼睛盯著田原，說：「你回來了，好！好！」叫著三叔、二叔、大叔，還有那些孫兒的名字。十四歲的田原難過得哭了。「活著就好，活著就好。別哭！」她摸著田原的臉與肩，安慰十四歲的田原，自己也沒有一滴淚水。

兩人一直坐到天黑。田原把帶來的兩個饅頭塞到她的懷裡，大聲說：「明天，我還來陪你！」

「你不住在南屋裡啊？又……又要回隊上去！」她喊著三叔的名字。

在回家的路上，頻頻拭淚的十四歲田原一把被狠狠抓住，回頭一看，發現是最要好同學的母親。正要喊嬸嬸時，卻被大聲責罵：「從村東頭喊到莊西頭，找你回家吃晚飯，真是耍野來，連人影都看不到一個。這回可逮到你了，趕快跟娘回家，去吃晚飯……」

十四歲的田原不忍心說自己是誰，甩掉手就跑。她呼喊著她孩子的名字，搖搖晃晃地追，但力氣不夠，追了沒有幾步，便坐在地上哭喊：「天天給你煮了好吃的，你可玩野了，就是不回家，剛找到你，你又跑掉，看我不擰你、撕你才怪。」

回到家中，田原的父親說，那位同學跟他的禿子父親的頭，那時都滾在護寨壕溝裡。

事發一個月後的村中，已看不到屍體。村中跟日軍交戰的游擊隊原有八十名，在向北門突圍前剩下二十位，最後活著的只有四人，其中一位雙手皆被戰刀劈斷。房屋皆被燒毀，只剩下大廟的正殿，跟田原家中因為用來安放日軍傷兵而倖免的磨坊馬棚。

這些事怎麼可以忘記呢？他想。但他發現自己必須不停述說，那些確實發生過的事才不會消失。

但他該恨什麼，不該恨什麼，這個世界好像總是充滿意見。明明是被日本殖民的臺灣，在光復之後反而開始懷念起日治時期來了。「我們真的有這麼爛嗎？」他想。

三

眾泥人開始從各個酒甕取酒。

「田原兄，你不喝嗎？」泥人蕭白問。

「我酒量其實也不好，喝酒是為了讓我難得糊塗。」他說：「有時清醒造成的傷害更大。」

眾泥人高舉他們的酒杯，發出爽朗笑聲，一杯又一杯地往嘴裡送，即便泥人們的嘴只是他用手掌插出的一個淺口，酒水倒入嘴裡，就立刻又外溢出來。

「好喝嗎？兄弟們。」他問。

「好酒！好酒！很香啊。」泥人姜穆說。

「但要喝醉，可能還得再多喝點。」泥人朱西甯說。

「要啊，要喝得糊塗！」泥人蕭白笑喊：「人生難得糊塗嘛！」

泥人施劍英把酒水淋在自己的臉上。酒水進入他的眼洞，也立刻又溢出來。

三十八年四月底，在國民黨相繼失去京、滬、杭之後，上饒「忠義」部隊奉命轉進，離開上饒毛家嶺、石塘，向北挺進，一路進剿閩、贛邊區土共，且戰且行。五月二十七日抵達福州。七月底痛剿同安官橋的叛軍及土共後，經蓮河、大㽗，轉進至廈門白水營，續向閩南、粵東轉進。雙十節，抵達汕頭，擔任防衛。十月十八日，挺進揭陽，進剿粵共。正在苦戰終日，薄幕時分，部隊尚未脫離戰場，忽奉命回到海門待命。十九日天明時刻，到了海風長嘯、驚濤拍岸的海門，施劍英遠眺大海，風緊浪急、魚舟點點、白帆片片，沿海都是大軍雲集，九點鐘，部隊開始徵集漁舟、攀登海輪，船小浪高，無數海魂逐波而去。連隊政工青年施劍英跟青年田原，九死一生，搏浪躍登大輪，僥倖未作波臣。其後，在海上漂泊六晝夜。十月二十五日下午登陸金門料羅灣，立即參與金門保衛戰。那就是他們的青春。

•

「好酒！但是喝不醉啊！田原兄！」泥人們喊。

他微笑，看著他花費漫長時間釀出來的一罈又一罈美酒，混和著泥人們的泥沙，重新回到土地裡。

人生難得糊塗，但糊塗也要是活著才做得到的事啊。他想。

泥人們的下巴被酒水沖掉，胸口被溶出一個大洞。動作逐漸遲緩，但他們依然笑著舉杯。「再來啊！」

直到最後一罈酒，泥人們已經不會動了，殘餘的肢體跟大地溶接在一起。

他把最後一罈酒倒在泥人們的殘餘肢塊上。

一切復歸平靜，只留下空氣中濃烈的酒香。

異鄉與小說的超現實

田原先生的作品、經歷與職位，可以說是解嚴前反共文學的代表，但實際上的創作野心遠不只是為政權發聲。田原來臺之後的三十年間寫了數十部長篇小說，產量十分驚人，題材廣泛，從初期的對日抗戰、國共內戰等主題，到後來寫臺灣商場的特殊情境，取材地域中臺皆有。小說語言平易近人，情節性強，且往往帶有中國方言俚語的語言元素。是一位兼具爆發力、規律性、語言素材厚度與大量異鄉生活經驗的優秀小說家。筆者本想從其作品中提煉出美學核心並且重現之，但最後發現其風格需要極長篇幅才能承載，而且通俗性強，並不完全適合當今的文學品味。故斗膽採用超現實路線的技法，依據《朝陽與我們同在》、《田原文集》等書中散文作為素材，表達出我對田原這位小說家的理解。篇中數位角色也都被我任性賦予一些性格色彩，那是基於素材觀察到的特質再誇張化的結果，讀者諸君別太當真。

張拓蕪：最後的老兵

◆林立青

繪圖・毛奇

張拓蕪（一九二八～二〇一八），安徽涇縣人，本名張時雄，另有筆名沈甸、左殘、沈犁、唐拙；一九四八年來臺。軍旅生涯共三十一年，一九七三年退役後專事寫作。曾獲國軍新文藝金像獎、中山文藝獎散文獎、國家文藝獎等。創作文類包括詩和散文，著有詩集《五月狩》，散文《代馬輸卒手記》、《代馬輸卒續記》、《我家有個渾小子》等十多種。

林立青（一九八五～）。東南科技大學進修部土木工程系畢業。友洸社創有限公司創辦人，曾任工地監工。曾獲Openbook好書獎等。著有《做工的人》、《如此人生》、《臺北大空襲小說集》（合著）等。

一個老兵的時代，隨著這位老兵的辭世過去了。

我第一次聽到「張拓蕪」是因為陳𦒿，那時候陳𦒿正參與編輯新的國文課本，閒聊時他說朱宥勳在書展時大力推薦一位作家，推薦原因是「這人是五十年前的林立青」。我聽了以後哭笑不得，怎麼好端端地坐在家裡，居然有人要給去認親，立刻傳訊問問宥勳到底哪裡給我認來了一個爺爺？畢竟被人這樣說總會提起一些興趣。宥勳收到訊息以後，大力推薦張拓蕪是「國寶級第一大兵作家」。

關鍵字：牛肉麵、軍中文學、代馬輸卒

事後我立刻上網搜尋「張拓蕪」，第一條目就是牛肉麵，紀州庵的老作家私房菜，圖上想必就是張老爺子，看起來好吃講究，主打這是好友牌，看了喜歡，心想著該去紀州庵點來嘗嘗；接著看下去，出現的「軍中文學」令我皺眉，在臺灣當義務役的，總打從心底覺得軍旅文學過於死板八股，退伍後就再也不願多看一眼。接著是「代馬輸卒」四字，看不懂是什麼意思，只能繼續搜尋。

不一會兒，網頁上跳出的故事令我折服，有些文字的故事不需要太多華麗花俏技巧，最優秀的散文應該是拚「硬底子」：重劍無鋒，大巧不工。光憑那眼界閱歷就要你佩服得五體投地，張拓蕪的文字就是如此。

「代馬輸卒」指的是當年山砲營為了拉砲養有騾馬，但軍餉都發不齊，給軍馬吃的糧草更是剋扣，騾馬紛紛病死，只好挑選精壯年輕的兵卒去拉砲，代替馬匹作為運輸的卒子。「代馬輸卒」四個字說出的是時代、是背景和人生，這樣的故事非親身經歷過，否則根本寫不出來。我讀幾篇就上網求購，從拍賣網站、二手書店蒐集而來，讀了深深折服崇拜不已。

•

在我看來，張拓蕪的書可以大致分為幾個部分，第一部分是「代馬輸卒」系列，內容詳實記錄自己在軍旅生活中的回憶以及苦難，第二類別文章是老兵在臺灣「落地生根」的忠實紀錄，第三則是帶有自傳性質的自嘲隨筆，也同時帶著生活品味和人生趣味。這三項既補足了臺灣歷史鮮少書寫的老兵視角，也將真實的人生感受全盤交出。

他最具代表性的「代馬輸卒」系列，就算拿到今日社群時代的標準，也會是最驚嘆眾人的爆料文字，舉凡軍隊中體罰、盜餉、虧空、賭博、嫖娼都一一寫出，隨便一個都可以想像得到會是今日的頭條新聞。這還不是瞎掰，張拓蕪的文字力道來自於他本人的親身經歷，他寫起部隊內的生活是活靈活現：打草鞋時用的粗細繩索如何纏繞；他寫起體罰，是直接說排長拿起刀子往手上刺到一個月拿不起碗筷；寫起盜餉也毫不含糊，明白就說軍官娶了從良的女導遊，結果全營軍餉全被盜光；他寫虧空時清楚指出銀圓券被棄置於倉庫之中，從軍官到衛哨全部摸進去用布袋裝起來偷運出去……

更別提他直截了當地回憶起軍官在發餉日當天帶頭聚賭，連長推起牌九當莊家吆喝下注。他直白白地寫著團長訓話一向乾淨俐落，說到軍中樂園就變得支支吾吾，講話怎地變得婆婆媽媽？這樣的作家文字也有獨到之處，過去從來聽不懂什麼「拉夫抽丁」，在他的散文裡面看過一下就全懂了，不只是看懂了，還連帶著感嘆了。

我自己則是在張拓蕪的文字中，逐漸看到自己的外公過去說不完的故事。那些當兵打仗的辛苦和委屈，幾乎沒有人要為這些小兵說一說，而張拓蕪，或許就是那一位見證歷史的老兵，由他筆下所帶出來的故事不需要修飾，就已經力道十足，總在看完故事的當下問起我母親，才突然想起來「外公也是這樣」，那樣的愛看「四郎探母」，那樣地回到原本的故土家鄉後，又還是在臺灣住下來。

拓老印象：白鬍子、漁夫帽、快人快語

我能跟他會面，多虧了《文訊》的封德屏社長，我跟著《文訊》的人喊封姊，且能名正言順地去跟著探望，稍稍親暱地叫「拓老」。第一次約見面拓老身體不適，我倒是因此又去書局買了幾本他的散文，幾番閱讀以後期待第二次會面。封姊告訴我，當她跟拓老說「現在有一個年輕作家叫林立青，在讀你的書，還讚不絕口」時，拓老只說「你

別哄我了！」

真見到面時，他坐輪椅而來，留著一把白鬍子，頭戴漁夫帽，看上去像是個享福的老爺子。老爺子見面後快人快語，稱讚他書寫得好，他會低頭舉手，笑說「感恩感恩」；問他書中故事內容，他則是邊想邊笑邊感嘆，接著說故事都還有後續：書中哪個軍官續了弦，哪個人又過得如何了……他說故事的能力依舊存在，只是人老了，他感嘆可惜自己現在不大能寫，否則還有這麼多的事值得記錄下來。當天的拓老吃了整整一碗牛肉麵，對著紀州庵的辣油給了個八十五分的評比，笑著說沒想到有人還看他的書，將近九十歲的拓老，依舊在紀州庵外面抽菸，逗趣地笑著。

在那次以後，我就開始針對特定的對象——軍人，推銷張拓蕪的書。記得一次在臺中一中，被邀請至教師研習的場合演講，我看臺下有兩位教官，便開始說能感動人心的作品，必定是有針對性。說起專寫大兵文學的張拓蕪時，我對著這些職業軍人說：「當了三十年兵的張拓蕪，大概會是最接地氣的大兵作家，舉凡當兵的委屈或者各種黑暗，他都沒放過，像是霸凌、盜餉、偷鐘或者各種軍隊體制上的不公平欺壓管教，都被拓老寫進了書裡。」我講完的時候，這些教官便在底下滑起手機來，想也知道是去查了「張拓蕪」或者「代馬輸卒」。同樣的場景發生在教會，我將張拓蕪推銷出去，不少人經過這樣一說，紛紛提起了興致。一個真的經歷過戰爭，看過大風大浪並且真誠的作家，他的文字會自然吸引那些有同樣經歷過軍旅生活和同袍情誼的軍人去閱讀。

當然他文字動人的部分不只在於軍旅。「代馬輸卒」系列五書以後，他在《我家有個渾小子》給讀者看見的是大兵的另外一個故事：回家。這裡的「回家」指的是張拓蕪回大陸探親以後的失落以及深思，他寫到原先他以為回家後，心中會有無限感慨，希望藉由訪鄉之旅再寫出一本書，連綱目都擬好了，卻沒想到在回家以後發現人事已非，故鄉已經不是故鄉，有些文字只會出現在張拓蕪的筆下：

> 古人離家三五年，便有大量的詩詞文章，吟哦他的鄉思鄉愁，現代人就比較麻木，加他個十倍、二十倍，整整四十九個年頭了，難道不該留點文字鴻爪？本來「回家」一字是寫實的，但後來變成反諷了，我與匆匆地回大陸，悲切切、氣鼓鼓地回臺北，究竟哪兒才是我的家，我問誰去啊！

他所記錄的，其實正是一個老兵的真實聲音，這些話在他筆下清晰且蒼涼，但也只有他能用這樣短短的篇幅將自己的鄉愁說得清楚。有些分隔異地的感覺，也只有他這樣真實經歷過大風大浪的老兵才能夠寫得出來，當他發現他無法用「回家」作為書名出書以後，「我家有個渾小子」隱隱約約就變成了孩子在哪裡，朋友在哪裡，哪裡就是他的家。

臺灣，或許說中華民國的軍旅作家數量並不算少，但多數是寫詩寫小說為主，每種文類的文體不同，散文若要寫得好，通常是要有特殊人生經驗視野，或者深厚的學問知識。張拓蕪屬於前者，與他對話時，豪爽大氣，反映在文字上便是真誠無欺的坦率，由於生活經驗的深刻，使他寫起場景時臨摹就能有最貼切的白描；他的書寫被評為真實，也因為太真實了，遠遠超過了我的生活經驗之外，我讀到需要放下書來，停頓片刻，喝一大口冰汽水或冰咖啡，才能夠在「讀懂了」以後冷靜下來，緩緩翻開書頁，繼續讀著老兵的故事。他寫的是自己的生命故事，讀者看到的卻是一整個時代的苦難與艱辛。

•

拓老過世的前一天恰是他身分證上的生日日期，我有幸能和他見面；我依約煮了一鍋白菜滷，那是在紀州庵時跟他說好的。那時候的他豪爽加辣，大口喝茶，有人說什麼甜點好吃，他一定要嚐上一口，白菜滷是我跟他說的祝壽菜，他聽到要為他祝壽，什麼也都說好。當天我們到了他家，拓老笑盈盈的，說起杏林子和三毛，滿是回憶。九十歲的老作家胃口還是很好，一會兒說我煮的好吃，一會兒又說稍嫌太辣，從湯鍋裡撈冬瓜和蛤蜊來配，吃完後他停下來看著水果，封姊問他怎麼不吃時，他說：「蛋糕呢？」逗得我們滿場大笑。

唱起生日歌時，攝影師想要留影，他總是不看鏡頭，只看著我們這些人的臉說「謝謝！謝謝！感恩！感恩！」臨走時請他在《文訊》的藏書上簽名，每簽一本，他便說起這一本書的故事：「這本書有香港版」，「這本書當年反攻大陸，沒跟臺灣出版社知會還因此吵了架」，「這本連自己都沒有留了」……我們約八月，等他農曆真正生日時再吃一次。

沒有留下自己著作似乎是張拓蕪一直以來的習慣，大兵的文字信手拈來就渾然天成，整本書內，有時每一篇散文的主題各不相關，一會兒寫起軍旅，一會兒又寫出美人，前一篇寫肚子餓，後一篇就說開小差。以現在書評的眼光或許會問這主題是什麼？會不會散了些？但身為讀者時又止不住地往下看，我每次看到「攏總如此」或者「不是蓋的」一時，總要翹起腳來笑上一會兒，因為他寫的是整個時代，以及那時代背後的文化，在他的書中沒有什麼大道理大論述，只有深深的人生故事。其中有詳細描述「餓肚子」的痛苦，他根據餓的程度不同，詳細寫出餓到一定程度時，人的動作以及情緒也都深受影響，我讀後深感震撼，這是他付出極大代價才寫得出來，我從未真正理解過這種滋味，也未曾有從其他人的描述中看過這等經驗。唯有他將苦難化為文字，留給人深深的嘆息。

祝壽當天他老人家喜孜孜地吃起那塊有櫻桃水蜜桃和巧克力的蛋糕，笑得連連舉手說感恩，送上祝壽金以後，拓老突然感動得流淚，這樣的喜極而泣反而令前來祝壽的我們感到哀傷。我本來是同行所有人中最年輕的，不知為什麼也難受起來，只得安慰拓老下個月還會見面吃飯。老爺子在我們要離開時，還堅持下次聚會時要由他來請客，我思量著帶他前去吃香滿樓，古樸的裝潢以及歷史感，或許是最適合老爺子宴客的場地，不料隔天就聽到老爺子仙逝的消息。

代馬輸卒：最佳的戲劇材料

拓老過世的那個下午，我在文訊雜誌社讀著張拓蕪的書，最大感嘆是臺灣至今沒有用過他的故事來翻拍戲劇，當各種軍教片和誇張的愛國電影潮起潮落之時，張拓蕪第一手的大兵文學卻始終無人問津，舉凡長篇連續劇、舞臺劇、電影等作品幾乎沒有人想過用張拓蕪的故事改編。但偏偏這應該就是最佳的戲劇材料：故事、背景和最重要的人物都已經刻畫得有血有肉，那一個個書中的人物既沒有任何國仇家恨，更沒有什麼道德規訓，只是想活下去的大兵。

在寫這篇文章的二〇一八年，更是看著楊青矗在去年以及今年都各有作品改編成為戲劇，分別是《外鄉女》和《奇蹟的女兒》，兩部戲劇也都好評不斷，激起社會討論。

唯獨拓老的文字，不知道為什麼始終沒有劇作家願意挖掘，將大兵的顛沛流離、勇敢自嘲和對於家園鄉土的深愛轉化為影像，交給後代去細細品嘗。

我在文訊雜誌社的「文藝資料中心」裡，發現張拓蕪也寫詩，文訊藏有拓老此生唯一出過的一本詩集《五月狩》，這證實了拓老寫詩的時間甚至比散文還早。他本人在當兵時貧苦交替，也曾在書中寫到當年為了投稿中選而雀躍不已，從《野風》雜誌開始，張拓蕪的詩便一首首刊載，那時候的稿費比起他一個月的軍餉還要來得多，這鼓舞了他的創作。後來他加入廣播電臺，每天用白話生動的方式寫廣播稿，多年以後，他說這些廣播稿在他真的出書以前，就已經有「等身」的數量，也無怪乎他的文筆自然生動、活靈活現閱讀起來一氣呵成，像是朋友當面在對你說話一樣，因為廣播本來就是要直接白話地說，他自始至終，都是那一個熱愛文字，寫著廣播稿，為自己的同袍和時代留下紀錄以及回應的老兵。

•

拓老的時代，是一個悲劇時代，老兵們的故事太累太辛苦，鮮少有人能聽得完。每次有這類老兵上鏡認真說起，總在看他們回憶以後痛哭，唯有文字，能夠凝聚情緒累積下來。細細地給往後的人看，給往後的人思量和回憶。

他無論逃兵幾次，終究是回去他的部隊，老兵逐漸凋零，文字卻可以留下。只是在張拓蕪仙逝以後，離亂與鄉愁，苦難與自嘲，動盪與歸宿，都只能在書裡找尋。

我們失去了那一位離鄉以後，歸根臺灣的小卒。

大兵之外，拓老的感情世界

張拓蕪老師的書有一個習慣，便是在每本書上市時，一定找上朋友寫序，余光中、蔣勳以及商禽都曾為他作序，其中的「鐵三角」劉俠及三毛還寫過不只一篇。其中劉俠和三毛不只關心他的創作進度和經濟狀況，總還會「關心」起拓老的感情世界。

拓老並不忌諱家變等事被提起，他將自己的人生全盤交代，給予讀者更強的震撼。只是身邊的人總為他擔心，三毛說父親幫忙簽字離婚而難受，劉俠為他不解風情而焦急，朋友們擔心牽掛：張拓蕪孤苦，希望有一個人陪著他愛著他。

可是老兵一窮二白，真有人願意愛嗎？

現實可能比文學還要來得浪漫有情，淑美姊在看了張拓蕪的書後留下印象，他們在活動中結識，成為拓老的「女友」，朋友口中的「夫人」；拓老的兒子結婚時，自作主張的在主婚人張拓蕪旁加上了「陳淑美」。

她愛著張拓蕪並且陪伴二十年，陪著整理稿件、投稿打字，騰出時間照料安排生活。當他們埋首於部落格的字句時，這世間可能沒有更相愛的兩人了。我第一次和拓老見面，淑美姊看著拓老和我們談笑，在旁淡淡地笑說「今天來見你們心情很好，吃得很多」，封姊說和拓老約見面時，也總是先跟淑美聯繫。四十五歲中風的拓老，晚年有愛他的人陪伴，至九十歲壽終正寢。

老兵的一生都是故事，甚至還擁有這世上最浪漫的愛情。

童真：在荒野種花的女人

◆翁智琦

繪圖・毛奇

童真（一九二八～二〇一八），浙江慈谿人；一九四七年來臺。上海聖芳濟學院肄業，曾為中國文藝協會、中國婦女寫作協會會員。一九五二年開始創作，創作文類以小說為主，著有小說《翠鳥湖》、《古香爐》等十七種；二〇〇五年出版「童真自選集」六冊。

翁智琦（一九八五～）。政治大學臺灣文學所博士。現為臺北教育大學臺灣文化所助理教授。曾任教於釜山國立大學中文系。曾獲玉山文學獎等。

方將孩子們哄睡後，陳森輕掩房門後走出。她的背影始終埋首在案前，然而此刻握在手中的筆卻停了許久。陳森到廚房舀了碗熱湯，端到案前：「天涼，喝點湯暖暖身。」她未曾將頭抬起，僅是微微嘆了口氣。陳森也不回應，將掛在椅背上的披肩重新鋪蓋在她的身。未久，她放下筆，攏緊披肩，視線似盯著案前的紙面，輕聲說句：「想兒子了。」

•

國共戰爭如火如荼之時，她與陳森正新婚。戰亂時代，兩夫妻匆匆飄海來臺，自基隆上岸，乘夜快車直奔高雄。年僅十九歲的她，甫從搖晃的大輪船上到陸地，滿天星星與都市燈火全混作一塊。從上海離開的他們，將祖傳屋田、財產全留在海峽彼端，落腳花蓮光復鄉從頭開始。

陳森平日任職臺糖公司，因畢業於復旦大學外文系，業餘時便翻譯點歐美文學理論與小說，是興趣也當外快。陳森外出工作，她在家當名稱職主婦；陳森翻譯之時，她便充當校對。畢竟求學時代便酷愛文學，婚後餘暇也以閱讀小說名著為樂，因此為陳森的譯作順順文字，也算歡快且得心應手。吹拂著熱帶季風的花東縱谷使他們生活安定，不久兩人也在這縱谷平原陸續誕下兩子。一九五一年秋天，兩歲長子因意外落水身亡，她自責不已。巨大的愧疚使她的生活陷入內心的困頓與空虛。每當憶起逝去的長子，她內心頓成一片荒野。在那裡，沒有一座屋，沒有一株樹，沒有一塊光滑的巨石，也沒有一處平坦的土地。滿地都是荊棘夾著亂石。她要歇一下，或者靠一下，都不可能。所幸她從來都不是一個人。是陳森手把手牽著她緩行慢走，一次次走過逝子的艱難，甚至告訴她是「一塊可琢之玉」。

「對我來說，我能寫論文，也能翻譯小說，但卻理智得無法寫小說。而我相信，不會的，總是最好的。你，就是這樣的存在。寫吧，我知道你可以。」陳森便是以這樣的溫柔話語與鼓勵，帶著她離開那片荒野。從此，她用筆挺身前進，用筆在創傷與內心的廢墟中種花，一字一朵，一行一株，把自己慢慢種回足以使想像暢遊的自然裡。

．

初試啼聲，是翻譯作品〈村長麥爾侯爵〉登上《聯合報》，隔年，更出版翻譯小說《廢墟中的花朵》。以翻譯起家，陳森自然是最大影響者，然而這本譯作得到當時叱吒文壇與政壇的張道藩作序，又有反共文學代表人物葛賢寧協助出版，一出手就順風高飛，她這一步簡直踏得無比舒暢。然而，這一切也拜她首先將第一篇小說創作〈大雪天〉投稿至《文藝創作》所致。〈大雪天〉以符合反共國策文學的姿態，順利在文壇登場。張道藩、葛賢寧便是在《文藝創作》見著了她作品裡頭的光。

．

「我完成這篇〈最後的慰藉〉，打算投去《祖國周刊》試試，香港那邊在辦徵文比賽呢！」她捧著一疊稿紙輕柔地說。

「哦！好，好極了！太太得獎我就得獎！」

「還沒投稿呢，你淨瞎說！」她笑將稿紙輕輕拂打在他正坐著的椅背上。

「呵呵呵，想我人生最大榮幸便是當太太作品的頭個讀者兼校對，It's my pleasure.」語畢手也順勢畫圈獻上紳士敬禮，不久便埋頭認真讀了起來。

不久，陳森將讀畢的稿紙齊整地放回案前。

「寫得真好。」陳森轉身。

「想兒子了。」拋下這句話後，陳森便進了房。她當然清楚陳森心底也有著同一片荒野，她寫作也是想讓他陪著一起種下更多的花，攜手在失去孩子的水面上灑滿這世界上最美的花。一九五五年冬天，〈最後的慰藉〉獲得香港《祖國周刊》短篇小說徵文「李白金像獎」，還留下照片一幀。照片中的她，穿上一襲有羅扇撲蝶圖樣的旗袍，手抱著李白獎座，頭髮因蓬鬆顯得有些凌亂，臉上漾開招牌的梨渦笑容。

自此，她的作品便不時獲得鎂光燈與文友們的關注，各家邀稿紛至，生活也越顯忙碌起來。香港報刊《大學生活》、《中國學生周報》、《文學世界》、《自由人》、《中外畫報》，以及臺灣報刊如《聯合副刊》、《新生副刊》、《自由青年》、《幼獅文藝》、《自由中國》、《文學雜誌》、《文星》雜誌等，都刊載了她的作品。

白日時間她除忙家務外，也把握瑣碎時間用來閱讀、構思、修改或謄清，晚上則進行規律寫作。

「媽，您來幫我看看這題數學題好不？」女兒高舉著作業簿正一路自客廳嚷進書房。

「來來來，我幫你看，別吵媽媽，媽媽每晚八點都要寫作。」陳森自書房中走出。

「可是，媽不是常說她出身典型商業家族，而且從小最拿手的科目就是數學了。媽還說有個當會計的姊姊一直督促勸導她，她當時志願可是工程師，不是作家哩。所以說，找媽媽幫我看數學作業，一定不會出錯呀！」

「呵呵呵，看你這小腦袋轉得可真快，現在媽媽不得空，乖乖，讓媽媽好好寫吧。」女孩聽罷也只好嘟著嘴跟著陳森走向客廳。

一九五六年春天，因陳森工作的調度，一家移居高雄橋頭。剛入新家的那天，孩子們乍見比舊居還寬敞的地方，不自覺在院子奔跑高呼。陳森微笑地帶著她入屋，領她到一間四蓆半大的空間，從此她有了更舒適的書房。日日的家務與寫作，使她患上病痛。有時寫到手臂疼痛，握筆吃力，一度連鍋鏟都舉不起來。陳森見她如此，也體貼地總在下班後將孩子們上學的白襯衫刷洗乾淨。

•

一九五八年，她出版了第一本短篇小說集《古香爐》，也在《文星》發表了〈穿過荒野的女人〉。同年，么子出生，但持續發燒直至周歲。她不會知道，她的身體會在這一段時間快速磨損，並且在之後影響著她的寫作，甚至導致長期停筆。她更不會知道，這篇當初應林海音之邀所寫就探討「家」是什麼的小說，會在將近四十年之後，被文學研究者挖出並視為女性主義小說的時代經典，而她孜孜矻矻用筆種出來的荒野花園，會在二○○○年之後再被重視。事實上，當時擔任《聯合報》副刊主編的林海音就曾說：「她是我個人最喜歡、欽佩的小說作家。她觀察入微，刻畫人物的心理很細膩。」然而畢竟有過長年停筆，她的作品在被研究者重新發現前，特別顯得幽微而靜謐。

么子康復後，她也恢復日常寫作。中間雖曾病倒，卻也趁病重讀不少文學名著。一九六○年新春時，還與文友姜貴、司馬中原夫婦約好一同在高雄橋頭糖廠出遊，重溫舊居回憶。

居住在高雄橋頭的這段時間，司馬中原與他們時常往來。當時在軍中擔任文職宣傳工作的司馬中原，時常在他撰稿的報刊上也看見她的作品，雖問過朋友，卻都不認識作者，然而他從她作品所展現的特殊風格中看出她嚴肅的創作精神。憑著這點，他便決定在一次中國文藝協會南部分會舉辦年會時，找到這位仰慕許久的作者。會議當天風和日麗，司馬中原與一群友人坐在湖心一個招待所裡談天，當他問著「誰是童真？」時，順著朋友的手指方向望過去，對面有位女士同時也在對他微笑著，他急忙上前一傾對其文采的仰慕之情。由於雙方住處都在高雄，司馬中原時常會上他們家走動。再後來她與陳森搬離高雄後，司馬中原也偶爾通信想念他們。對他而言，她像是一隻沉默的天堂鳥。正是由於深刻認知文學這條道路的遙遠與艱難，她以勤勉寫作在作品裡發出思想的鳴唱，清新而悅耳，用耐心精煉自己的筆，擲地而有聲。

・

自一九六二至一九七三的十年間，她的寫作進入一段豐收季。她陸續完成長篇《愛情道上》、《車轔轔》、《寒江雪》、《白色的祭壇》（後改名《離家的女孩》），中篇《黛綠的季節》等諸多作品。

・

「你老實說，你當初鼓勵我寫作其實是不是讓我大大地上當了，以致二十年來，我苦苦追求，熬夜來捕捉那個飄忽的夢——像在春三月的田間捕捉那隻紛飛的七彩粉蝶。而且也使得我一這麼愛乾淨人，家裡地板刷洗得乾淨，窗戶擦得光亮，書桌卻總是亂成這樣。你看看，這稿紙、這墨水瓶東歪西倒、藥罐、還有這廢棄痱子粉罐。哎呀！」每當她因寫作過於忙碌時，總這麼對陳森輕微抱怨著。

「你這看起來見不得人的地方可是你的小天地啊。每次搬家，我們不是把桌上這些亂七八糟的東西都給丟掉，把書桌好好整理一番，可沒多久，一切又恢復原狀。這叫什麼？這叫秩序啊！是你的秩序！再說，你那些辛苦捕捉的粉蝶，不都化成這些書了嗎？再說，就算是上當好了，我偏就是喜歡你有一顆不怕上當、何妨糊塗的心啊。」陳森總笑著將她愛聽、想聽的話再說一次。

確確實實，在她眼裡，陳森向來以她的愛好為愛好，以她的成果為他的快樂。就是因為愛她吧，一向愛書、看書、飽學幹練的他，甘願把自己的前途、事業，棄若敝屣。

•

在這期間，他們遷居臺中潭子。向來深居簡出的她，此時也因報紙較為固定的邀稿，與文友們來往比從前密切，也留下不少影像紀念。一九六四年初春，她與張秀亞、聶華苓、陳曉薔在大度山東海大學校園內散步合影，照片中只見聶華苓頂著一頭燙得又鬆又膨，髮尾捲翹的髮型，戴著副墨鏡，瞧不見雙眼，素色旗袍與深色褲襪，完全地優雅而時髦。著淺色旗袍的張秀亞，顯然較少面對鏡頭，羞赧地將提袋擋在小腿前。而陳曉薔或許受烈日影響，一雙眼睛壓根兒睜不開。照片裡就她一人著長褲，雙眼微瞇著直盯鏡頭。

一九六七年，她獲中國文藝協會頒發文學小說創作獎。她知道，能獲獎得感謝諸多文友的推薦與肯定，但也給自己過去的努力留下了紀念。而她，唯有繼續寫下去，才能看見自己的極限，畢竟，她心底的那片荒野花園，沒有邊界。

一九七四年，她在《中華日報》副刊連載完長篇《白色的祭壇》後，隔年便因右臂風濕痛發作，寫作擱置。這一次，她一停便停了超過三十年。在停筆的這三十年間，她與陳森一同到美國新澤西生活、四處旅遊，到上海與闊別多年的姊姊見面，回臺中老家當時初建好的亞哥花園遊玩。二〇〇二年陳森去世，她頓失生活最大的慰藉與依靠。為免觸景傷情，她將兩人在美國的房屋賣掉，搬至孩子的住家附近。直至二〇〇五年，她整理舊作重新出版七本作品，是為她往昔的努力作回顧，也算回應陳森這一輩子的一片深情。隔年，她更在《文訊》上陸續發表最新的散文作品，她是文壇再出發的「老新人」，可一出手便見唯有時間經驗才烘托得出來的深厚底蘊。

當她接受幾位研究者的訪談，依舊一口寧波國語輕輕細細訴說自己的創作。十九歲離開原來的家鄉，她當然想家。所以她用《愛情道上》及《霧中的足跡》紀念中國大陸風光與自己的懷鄉之情。然而更長時間她住在臺灣這個新故鄉，因此她用對世界的熱情，去探討問題、關注社會時局。她跳脫嚴父慈母的儒家文化既定印象，描寫更多對孩子關懷無微不至的父親與對子女疏遠冷淡的母親。她筆下的男性多為優柔寡斷、性格懦弱，不同於流俗，而她尤其擅長透過女性角色展現婚姻的不同看法，拓展多元視野，把閨秀風格帶出閨閣。

•

二〇一八年二月一日，她又夢見陳森坐在床沿，一陣劇咳，臉色灰敗。她慌張伸手輕拍他，霎時間，一口濃痰湧塞在他的喉間。他整個上身落在她的臂彎裡，艱苦地喘氣著。她哭了起來。陳森撐著身體坐起來，握住她的手。

「我知道你喜歡想；但有時候，胡思亂想是會傷人的。我也知道你愛哭，女孩時愛哭，現在是老奶奶了，怎麼還愛哭？」她想笑一笑，但笑不成形。陳森拉近她，兩人緊靠地坐著，陳森把她的手貼上他的胸口。

「你知道嗎，有一天，我真的會走；有一天，我走了，你不要哭。你知道嗎，有一天，你一個人的時候，你不要哭！」不久，她自夢中幽幽醒來，她沒有哭，嘴邊反而漾起梨渦微笑。床沿邊彷若坐著夢中的陳森，他問：「醒啦？唷，沒哭，這是在笑什麼啊？」

「沒什麼，就是想你了。」

•

是年是日，她自荒野穿過，回望身後，已是三千繁花。她耗盡一生成為沉默的天堂鳥，如今向著天堂遙遙飛去。

直視生命的小說細節

閱讀童真的作品，意外發現她在描寫各種生命狀態的角色時，竟連日常習慣也能安排相當巧妙妥貼。比方說，她要寫純情女大學生就安排她與男主角碰巧在花店相遇，男主角直接代買單並送上一朵不過分表態也不失好感的淡雅黃玫瑰；她要表達一個高中男生的百無聊賴，就寫他恨透母親每天都早晨六點吵醒他，而他只想睡到九點，並且在蹲廁所時固定只翻看小說的前五頁，下一次再進廁所便重複開頭那五頁，反正書中故事對他無絲毫意義。

這樣的童真相當使我訝異與佩服，尤其她對於寫作的堅持與經營，澈底職人精神。我總相信，一個願意花費龐大的時間心力，堅持完善一件事的人，都讓人感動。這麼一想，就覺得能夠這樣認識童真真是太好了。啊，真的想好好繼續磨損人生，認識更多這樣的人。

輯三・不滅的薪火

難忘，一九五二

張漱菡的那些年

◆徐禎苓

繪圖・毛奇

張漱菡（一九二九～二〇〇〇），安徽桐城人，出生於北平，本名張欣禾；一九四九年來臺。上海震旦女子文理學院肄業。一九五〇年代初期開始從事文學創作，六〇年代為創作高峰，另主編女作家小說集《海燕集》。創作文類包括舊詩、雜文、小說、兒童小說等，以長篇小說為主要代表，出版作品約四十種。

徐禎苓（一九八七～）。政治大學中文系博士。現為臺灣師範大學、中原大學兼任助理教授。曾獲教育部文藝創作獎、林榮三文學獎等。著有《流浪巢間帶》、《時間不感症者》、《腹帖》、《說部美學與文體實驗：上海新感覺派的重寫研究》等。

今天終於來了。盼了許久。

她十分看重這次慶功宴，前一日就去美容院做好頭髮，那時流行的依然是好萊塢飛波妹兒（flapper）頭，捲翹短髮，看起來摩登又精神。立在鏡子前，她細細拉開防塵套邊的拉鍊，拿出幾周前訂製的新旗袍套進去。深色緞面合身旗袍，罩上白色短版外套，再趿著高跟鞋。莊重大方的打扮，襯托她高雅氣質、精緻五官，很難不讓人多看幾眼。

一九五六年，中國青年寫作協會舉辦讀者票選活動，張漱菡的《意難忘》被選為「全國青年最喜閱讀文藝作品測驗」第一名。時任救國團主任的蔣經國親自接見得獎者，還特別設宴慶功。

接獲消息時，張漱菡開心極了。這次票選的競爭對手來勢洶洶，張愛玲、孟瑤、謝冰瑩、郭衣洞、徐訏等，都是赫赫有名的作家前輩，沒想到首獎殊榮卻給了新人。那是出乎意料之外的，出書前從來不曾奢求過。

長篇小說《意難忘》是張漱菡首部小說，一九五二年出版。

•

那年，是張漱菡的年。

她二十三歲，早慧早發。尤其作為初出文壇的新銳創作者，能在第一年交出六本書的輝煌成績，打破許多作家的出版紀錄，即便日後，她也不曾擁有這麼高的產量。

確切說來，作家這個頭銜從未出現在她的規畫裡，可是人生最有意思的安排，往往就在意料之外。

岔出的路，或許要歸於一場遷徙、一次大病。

文字緣，因閱讀開啟世界

二戰結束後，中國旋即陷入內戰。國軍在遼瀋、徐蚌、平津幾大戰役中節節敗落，精銳部隊幾乎全軍覆沒。長江以北被共產黨鯨吞。一九四九年年底，國軍已無力抵禦共產黨，撤守南方，最後搭上輪船，退至臺灣。

張漱菡的父親在這動盪年分裡驟逝，她與母親依隨國民軍來到臺灣。

對於久居安徽的北方人，島嶼氣候太濕熱，水土不服的情況浪般襲來。她身子本就單薄，早產兒的免疫系統似乎不好，從小體弱多病，現在患了瘧疾，嘔吐暈眩長年不癒，只能臥在床榻。這輩子才過十九年，原本就讀上海震旦大學文理學院，因大遷徙而被迫中斷，現在又受病痛纏身無法求學，也無法工作。唯待精神尚可，以閱讀殺時間。

．

她從小就愛閱讀。生於簪纓詩禮之家，父祖親族皆為顯赫名流，包括桐城派成員方苞、姚鼐，清朝宰相張英、張廷玉。張漱菡的父母也都是留日的新知識分子，閒暇之餘總在一起談文論藝，父親甚至出版過詩文集和翻譯作品。文青夫婦的身教薰陶著女兒張漱菡，尤其是古典文學的奠基。

小三小四左右，張漱菡的父親經常牽著她到荷花池畔散步，邊走路邊口授唐詩，她記性佳，很快就琅琅上口，經常吟哦李白的「床前明月光，疑是地上霜，舉頭望明月，低頭思故鄉」、柳宗元的「千山鳥飛絕，萬徑人蹤滅，孤舟簑笠翁，獨釣寒江雪」。一個小女孩甚至已能為詩句裡的意境與堂奧打動，乃至每有會意，便欣然忘記現實，不餓也不想睡，成仙似。

閱讀起了頭，是會上癮的。後來，她從哥哥房裡找到《西遊記》插圖本，閱讀喜好由詩拓寬至小說。她開始嗜讀《封神榜》、《紅樓夢》、《玉梨魂》、《聊齋誌異》諸如此類的古典小說，著迷於「古代名家的那些風雅，蘊藉而華麗的作品」，讀到廢寢忘食。她一本接著一本，攀著時代繩索，沿路追到三〇年代作家作品，張恨水的鴛蝴小說、綠漪（蘇雪林）的文章、報章上的武俠傳奇、徐志摩與宗白華的新詩，來者不禁，雅俗不忌。

意難忘，愛情小說的女王

這回療養時間比以往漫長，病情好好壞壞，卻不見起色。

某日，親戚來家裡作客，見張漱菡病容，心有不捨，彎身坐在床前竹椅，為她講述一則真實故事聊表安慰。那是同學的愛情悲劇。

女孩才貌兼備，為了未來宏圖，割捨摯愛。她絕非一般柔弱女子，而是五四以來新女性典範，具理想抱負與主張，她稽查、整飭大家庭的腐敗，不惜抵抗男性長輩的權威。在抗戰期間，一個女孩獨身到英國留學。回國後，為了肩負家庭經濟而重病一場。生活拖磨讓她年華漸黯，也錯失了深愛的男孩。

也許「病後的情感是脆弱的，但也提高了觸角的敏銳」，抗戰時期人物的悲歡離合，深深觸動張漱菡，書寫欲望在內心蠢動。

她決定搦筆寫成小說。即便她從未寫過長篇小說。

•

顧不了病痛，張漱菡趴在床畔小桌上，微微發抖的手開始草擬故事大綱，為人物命名。

動筆之際，「簡直廢寢忘餐，毫無抗拒地那麼亢奮，那麼熱中，把這個故事滲入自己底靈魂深處，然後忠實地用文字挖掘出來，再添些自己底想像」。一個月左右，她完成十餘萬字的小說。脫稿後，繃緊的狀態慢慢疏鬆，她發現專注力移轉後，原本的病痛竟須臾消失。

她聽從師友建議，將小說取名為「意難忘」，決定投稿發表。是日，她抱著厚厚的書稿從臺中搭車北上，在臺北街頭連跑了幾間報社、雜誌社與出版社，然而素人要打入出版市場並不容易，有些主編意思意思翻過幾頁，有些直接原封不動奉還，那些主編們說了各種理由一一婉拒。她只好重新捧回原封不動的稿子折返臺中，再也不對發表投以任何想像。

不久，《旅行雜誌》刊出張漱菡的散文，這是她的初聲試啼。過程裡，意外結識暢流社主編吳愷玄。吳主編同意讓那篇被鎖進抽屜的稿子連載於《暢流》半月刊上。就這樣，張漱菡以寒柯為筆名，從一九五一年一月開始刊出《意難忘》。儘管張漱菡事後謙稱《意難忘》「稚弱，拙劣」，「連自己看了都會臉紅」，可是連載後迭受好評。

愛情旨題最易扣人心弦，其中，主角李明珊的現代女性形象，無論是女性自覺，或改革積弊的魄力，都頗得讀者共鳴。若說白璧微瑕，大概是悲劇結尾，與讀者期待喜劇劇終不太一樣。張漱菡也覺得結局確實遺憾，「像一個不愉快的黑影，盤踞在我心中」，她著手微調，讓原本無以為繼的情人，能重尋彼此。

•

一九五二年三月，《意難忘》以新的結局面貌，交由暢流半月刊社出版。付梓後，造成轟動，出版社一口氣再版五次。後來，書稿又由皇冠出版社再版七次。

很難想像，原本一波三折的《意難忘》翻身成為全臺灣最受歡迎的小說。《意難忘》之後，張漱菡繼續寫，接連完成短篇小說《橋影簫聲》、《風城畫》、《綠堡之祕》、《翠島熱夢》，她的故事總有時代感，烘呈出反共抗戰下人物的悲辛，亦有故鄉底憶戀。

她的作品多次被改編成電視劇，那是在瓊瑤建立愛情國度之前，張漱菡已於紙上揮灑烈愛，成為愛情小說界的第一代女王。

《海燕集》，召喚女作家現身

張漱菡正坐在汽車後座，上路前往宴會場地。她看著外頭風景變化，車過隧道，在昏黃的燈光下，窗戶浮映出自己的瓜子臉。那時候美女作家還不流行，女作家這個詞也還是輪廓。她敏銳注意到女作家、美女作家將會是一個有意思的出版策略。

•

一九五三年，張漱菡一手忙著寫稿，一手創立海洋出版社。年輕人滿懷熱情，她開始企畫系列出版：一部女作家小說合集、一部男作家的，然後是小品集、散文集和詩集。儘管她尚未有過出版經驗，不曉得流程細節，譬如出版之後得廣告宣傳，更不清楚行銷前必須與經銷商簽訂合約。她只是在企畫完，不顧一切，執行了。

她擬妥邀稿信，去信女作家們。沒料到女作家們全鼎力支持，很快便寄回作品。張漱菡逐一拜讀，驚喜連連，忍不住讚嘆「有如珠玉紛陳，無不華美絕倫」。

事實上，在反共政策下，文學大量出現戰鬥、復興中華文化一類的號召式作品，這些女作家交來的多半是「革命加戀愛」小說，既回應了政府的反共懷鄉宣傳，又照顧到大眾的閱讀胃口。

張漱菡為這本集子定名「海燕集」，「海燕為一種勇敢而意志堅強的飛禽」，「憑著一對小小的羽翅，能飛越過萬頃海洋，回到溫暖的故巢」，影射「反攻大陸」，她也期許《海燕集》能讓海外僑胞「認識祖國的文化水準」，讓對岸同胞「了解自由的可貴」，將美德文化與自由價值作為區隔兩岸的標記，也特別彰明臺灣之於華人社群的重要性。主張正與日後她參與的中國婦女寫作協會完全一致。

《海燕集》內容核心大致底定，她輾轉思索如何編輯。如果女作家合集是個噱頭，也許能從市場消費的角度出發吧。目前，女作家與讀者群之間「就像是蒙上了一層面紗，互相隔閡，彼此缺少了一份親切感。何不大膽地起帶頭作用，在每篇作品前，附印一張作者的近影呢！」

於是，她在正文之前安插了「五〇年代女作家群像」，知名作家如琦君、孟瑤、郭良蕙、張秀亞、繁露等半身像首度公開亮相。只有照片稍嫌薄弱，張漱菡特別撰文介紹作家，細膩介紹其為人與文字風格，從外貌到性格予以立體而鮮明的形象，試圖圖文並茂地將作家推近讀者。

女作家成為商品這件事，尚未出現在戰後臺灣的文學出版中，張漱菡的編輯策略成功奏效。《海燕集》初版時印製五千本，即刻轟動海內外，連續印了六、七版。

•

其實，女作家合集非張漱菡獨創，早在四〇年代的上海就出現了。一九四七年，趙清閣編選過《無題集——現代中國女作家小說專集》，選錄冰心、馮沅君、蘇雪林、謝冰瑩、陸小曼等知名作家作品，編輯方式「仿照歐美出版家作風，每篇作品之前附印作者照片與手跡」，主要為了「加強歷史價值」，「給予讀者以較深刻的印象」。

《無題集》在每篇作品之前，展示了作家相片和手稿，也簡要介紹作者。譬如開篇祭出冰心在東京的街拍，她身穿時髦大衣，猶具摩登姿態；謝冰瑩則著旗袍、與孩子們在北京住家的生活照。這些照片不像《海燕集》裡都是帶有濃厚「表演」性質的沙龍照，而比較像小報，讓讀者管窺作家的尋常生活。

至於《海燕集》沙龍照，亦在四〇年代蘇青創辦的《天地》月刊被操作過。月刊第十二期刊出張愛玲的小說與照片。張愛玲的照片頗具意境。鏡頭由上往下，張愛玲正遠眺彼方——她一頭及肩波浪捲，身著繡花旗袍。張愛玲的照片有個特色，幾乎不正面示人，而是略帶角度，像設計過的。當時，閱讀《天地》月刊的胡蘭成正在南京療養身體，他已讀過張愛玲的小說〈封鎖〉，為她的才情傾倒，而今又見張愛玲的照片，他即刻動身赴上海找蘇青，催逼張愛玲的地址，想進一步認識。

這是女作家肖像的魅力。

《海燕集》裡出現的女作家群像也大抵走唯美路線，她們的照片也都微微側臉，秀出精巧五官，配上時髦的飛波姊兒髮型，身上或旗袍或西服，閨秀的摩登模樣，與上海的女作家策略形成虛線般的銜接。

正當張漱菡沉浸於暢銷的喜悅，才赫然發現自己從頭到尾都沒收到書款，怎麼會這樣？她不曉得出版社必須與經銷商打合約，擬定銷售事宜，只是一批一批把書送出。偏偏事務繁忙，她又無法親自到銷售處收款項，毫無契約證明，又無法律保障，導致張漱菡血本無歸，原要續編《海燕集》的計畫只得停擺。最後，海洋出版社應聲倒閉。

想到這裡，她胸口一抽，忍不住嘆了口氣。

•

從住家到宴客場所，相隔再怎麼遠，一兩個小時也差不多到了。車程裡她把一九五二年以來，這輩子最難忘的時刻好好重溫一遍。那時候，二十歲初頭，她已做過好多事，也受過不少挫折。

目的地到了，張漱菡低頭理了理衣容。唉呀，年輕經歷過的曲折顛簸，全都管他的吧。今天，不是拿過去來悲傷。她優雅推開門，高跟鞋落地，人再順勢滑出，下車。這些禮儀細節，她沒有忘。她是作家，也是名門世家。

她走入會場，接待人員在門口處招呼著，蔣經國還沒出現，參與者正互相攀談著。「張小姐！」她聽到遠處有人在喊她。還來不及轉頭，又聽到接待人員低語蔣先生來了。她用手指梳攏頭髮，見誰都好，這個場子，她要美美的。

轉介，轉向那個年代

坦白說，要從一篇千字文章敘述一個作家並不那樣容易。

張漱菡著作等身，寫小說，也作古典詩詞，其中多部作品被改編為影劇。她做事細膩，像個拚命三郎，總要把事情做到極致。她經手過一間出版社，期間重磅推出女作家合集《海燕集》。但讓我驚訝的不只是這時候她才二十三、四歲，而是她僅是剛出第一本書的新人，卻已經像在文壇闖蕩許久的老手。那一年，一九五二年。我想從這個角度切入。

翻讀張漱菡那年的作品，當我驚豔她第一本長篇小說《意難忘》已經頗為成熟後，很快發現她的短篇小說稍嫌生澀，五〇年代反共文學蔚為文壇主流，外省作家為了服膺政府反共懷鄉的藝文政策，無論談親情或愛情，總會間雜著抗共意識，偏偏這樣的語句一出現，原本自己的閱讀節奏、共感情緒會瞬間打斷，人抽離情節，很快召喚出學院裡論文訓練的批判。我得用力壓抑著，因為手上寫的不是論文。這是初始我碰到的困難。很後來，才慢慢調適，從裡面找到時代感，呈現出時代感就好，我只是個轉介者。

因此故事的摹本，參酌了她筆下的嬌俏少女，還有幾張照片，以一次慶功宴為起手，她的風華年代就這麼於焉展開了……

大荒：一片巨大的荒野

◆李奕樵

繪圖・毛奇

大荒（一九三〇～二〇〇三），安徽無為人，本名伍鳴皋；一九四九年隨軍來臺。臺灣師範大學國文專修科畢業，曾任陸軍士兵、中尉軍官、國中教師。一九五一年起開始嘗試習作與投稿，一九五五年與唐靜予、彩羽等人創辦《現代文藝》月刊，一九七二年加入「創世紀」詩社。創作文類有詩、散文、小說和劇本，出版作品十多種。

李奕樵（一九八七～）。現為資訊工程師。曾獲林榮三文學獎等。著有《遊戲自黑暗》。

一

他癱坐在自己的家門前，等著妻子開門。

那是一九六九年的平安夜。冬天的白晝很短。下班後，他抱著皮包匆忙返家，風衣與圍巾在他身後飄動。到公寓的時候，他發現在那裡先一步登樓等著他的，是暮色。

站在那個昏暗的家門之外。他有點困惑，自己是怎麼來到這裡的。他明明是這麼急著趕回來，寒風和雨水甚至都還在他的圍巾裡。而沿街的各戶人家，它們毫不節制的電視機音量，都在播放平安夜的歌曲。這公寓裡的某層住戶，此刻就正傳出那歌聲，那歌聲穿過層層曲折的公寓樓梯空間，被階梯一路磨損，來到他的耳中，聽起來竟然有些淒咽。

他是在風雨中穿過了那麼多爐火般的溫柔暗示，回到這裡的啊。他在黑暗中摸索樓梯間的電燈開關，但總沒摸到。他是這樣一路在黑暗的公寓樓梯間一路迴旋踩階而上，回到這裡的啊。

一縷雪亮的燈光銀線般閃耀在牆角，那是門。他在黑暗中摸到門鈴，欣慰地連按兩下。一秒，兩秒，三秒，很多秒過去，沒有預期的動靜。再按，長而急……沒有人來開門。

一間未熄燈的空屋？她出去了嗎？聖誕夜是歡樂的夜，跳舞的夜，也許她參加什麼派對去了。他想。

他感覺自己的雙腿逐漸變瘦，變細，直到不勝負荷他的身體。他把皮包放在自己的屁股底下，倚門而坐，兩手抱著小腿。寒風穿過旋轉的樓梯間，像是通過來福線的槍彈猛烈地射在他身上。他想蜷縮成一顆球。

他劃火柴，給自己點一支菸。他抽完之後發現，那就是最後一支菸，他無望地搜索空盒。然後把火柴掏出來，一支一支劃燃。到最後一根火柴時，連菸盒一起燒掉。為了驅寒，他開始往復行走階梯。走到他懷疑，自己是不是個幽魂。是不是其實只有自己，忘記了自己已經死去，徒勞地期待自己完成一些什麼，而整個世界其實都已經對他封閉了。

然後，門開了。一道雪亮的燈光刺入他的眼睛。他的妻子扶著門，帶著一臉睡意跟陌生問他：「你找誰？」

他以為這是妻子還沒睡醒，便回說：「我不找誰。我是回家。」

但妻子的反應跟他預期的不太一樣。

「回家？你找錯門了。」她說。

「怎麼會錯，這是我的家，我早上從這兒出去的。」

「那你一定記錯了，你看看門牌。」她說。

「不用。看你比看門牌更清楚。」

「你胡說些什麼？誰認識你？」

門便被碰一聲關上了。

他竭力想用手掌撐住門。不讓她關上。他卻無能為力，他發現自己甚至抬不起自己的手臂。他實在是一點力氣也沒有了。

他站在那裡。覺得自己應該是在一場惡夢裡。他應該要醒來。

他徒勞站在那裡好一陣子。

然後他突然懂得了什麼。他身子一彈，奔跑下樓，旋轉著旋轉著下降。

是啊！也許我是真的走錯了。也許我根本沒有什麼家，我確實記不清我家的樣子。也許我不曾有過女人，我實在想不起她的形貌。也許，她就是她。而我已不是我。他想。

他對奔跑得太急切，以致於在旁人眼中彷彿快樂至癲狂的自己低語：我只是一個幽魂。

他跑到平安夜的街上。跑到被他人幸福圍繞的風雨裡。他覺得自己醒來了，這其實是一片這麼巨大的荒野。而雨水打在他的臉上。

「我只是一個幽魂！」他跑著，大喊。

二

傍晚時，他在一個小站，等候一班列車。鮮紅的夕陽尚未往山下沉落。太陽要落山的方向一點雲都沒有，沒有晚霞，天空給人的感覺很透明。

風很冷。班車的誤點時間很長，室內候車的人很多。但靠東邊的半間，只坐了一個人，而西邊長條凳上卻坐得滿滿的。那個人，一個襤褸的中年男子，那雙紅褐色的赤腳在水泥地上微微發抖。那人的褲子充滿補釘，上身是破敗的多層洋蔥，還套有舊呢大衣跟抹布般的毛圍巾。坐在那兒，微微前傾。眼睛渾濁而失神地看著地下，臉色醬紅，左額角靠太陽穴處，掛了一長條乾黑的血跡。

有些人注視著那男子以排遣無聊。而一些衣著講究的少女們，見到那人，便退到室外的寒風中。那人的眼從不看人，彷彿只有一人在那室內。他想，這真是人類的一種極佳典型。

有列車從遠處轟然而來。人們紛紛走近月臺，但那是快車，只留給小站一陣沙塵飛揚的風。人們發現列車沒有靠站的趨勢，又都退回候車室。

此時那襤褸的人全身抖動起來，幅度逐漸加大，兩手緊抓條凳邊緣，不知是沒抓到，還是沒抓緊，那人栽倒了，頭碰在地上，身體扭曲，四肢亂伸。他想起自己家中有條中毒死去的狗，也曾這般掙扎。過道上的少女的腳被抓到了，少女尖叫，跑了幾步出去。

「羊癲瘋。」有人這麼說。

襤褸的人靜止下來。睜著茫然的眼上望，口角含著白沫。他緩緩撐起身子，用袖子擦去口沫，又坐回原來位子上，恢復原來的姿勢。

「你的錢。」旁觀者告訴襤褸的人。

沒有先看撒了一地的硬幣，卻先用右手拉起左邊褲管，讓左手容易伸進褲袋。摸索一會兒，才蹲到地下一角一角的撿拾。拾錢的樣子笨拙遲緩，撿起來，一角一角的數，數過了，才放進褲袋。

並沒拾乾淨，旁觀者告訴那人坐凳下還有。那人又蹲下身，找了半天才找到。找到了，重新把錢從口袋掏出來，一角一角的數，數了幾遍才放回去，剛放回去，又掏出來重數，如此反反覆覆，好像他總弄不清到底對不對數。每裝進口袋，那人會從外面捏捏，確定在那兒之後，再用手拍拍。

襤褸的人從某個口袋拿出一張車票。看看車票，掀開大衣領子，將車票裝入最外面上衣口袋，裝進去，摸摸，又拿出，再掀開那件衣服，裝進更裡面的口袋。放好了，從外面揑揑，把大衣的領口扣上。然後扣好又解開。如此反覆移動那張車票，在不同的口袋間。

夕陽沉落，候車室燈亮。車才姍姍而來。當火車越衝越緩，眾人一哄而出。在列車進站的轟然鳴響中，他對那個襤褸之人反覆大叫：「喂！車來了！」

喂，車來啦。

那人本還沉迷在自己移動車票的行為之中，但想必是聽見了他的叫喚，一下子站了起來，神情迷惑。額上舊血跡之外，新血跡還在外滲。那人伸手進懷裡取票。大衣扣住了，扯不開。用力扯幾下，還是扯不開。那人站在那兒痙攣起來，雙手扶著過道的門框，彷彿試圖抵禦即將到來的傾跌。

火車鳴笛了。那人一個大搖動倒下。而他，輕盈跳上緩緩開動的火車。

在火車將他帶往黑暗的原野之際，他迅速地回撇一眼。他看到那人還在地上滾動掙扎，雙腳亂蹬，雙手亂抓。

而候車室裡，真的就只剩那一個人了。不會有人提醒那人撿拾地上撒落的硬幣，也不會有人提醒那人列車已然進站。

為什麼要出門呢？他悲傷地想。沒有門的人啊。

而他自己，必須盡快回到自己的家中。下車之後，他必須急急奔馳，讓風衣與圍巾在自己的身後飄揚。他的身上沒有鑰匙，但他將穿過屬於自己的那一道門。他想。有人在等他。

三

他想念那江的風景。他那無人識字的家族，世居在江堤上。他出生一年之後，整片大陸遼闊的集水區一齊降下罕見的大雨，堤防潰決，圩裡的淹死者不計其數。他的家在江埂上。看著無數死屍沿江流下。好像他們是在更巨大群體裡，被分配到「負責活著」任務的，那極少數天選之人。所有的稻子當然都已流走。父親挑起一擔籮筐，一端塞著被褥，一端便是一歲的他。往江的南方逃生。

從漂浮的籮筐縫隙看出去，廣闊的江面，水天一色。沒有路，沒有草，沒有起伏。那便是他原生的風景了。

父親就這樣一直走，走進一間草頂土牆的矮屋，然後把肩上的那擔籮筐放下來。他，跟他的被褥，還有這棟簡陋的土牆矮屋，在同時落地的這一瞬間就變得親密無比，而他將終其一生想要回來這個地方。有形的一切都是黃的。大地，房屋，還有人。一大片一大片的金黃。而不是黃色的東西，只有天空，還有稻葉。

父親在這裡佃農而耕。直到買下幾畝。甚至還有了自己的水牛。

在買賣契約時，他看著連自己的名字都只能勉強認得的父親，提起對方遞上的毛筆，顫抖地在紙面上畫個歪歪倒倒的十字，就算是簽字。父親連鈔票面值都認不得，死死記著一些勾劃，久了又沒有自信了。只能反覆去拜訪識字的人，確認手上的那一疊乾縐的，咒符般的紙，與他想像中的意義是重合的。

父親於是牽著他，到蒙館求學。蒙館要求購買的那些書的意義，父親當然也不能理解，但父親知道自己的夢是什麼。「你就好好識幾個字，將來好送你進城裡學生意，做站掌櫃的朝奉。」那就是一個男人扭轉家族命運的終極手段了。犧牲自己，犧牲妻子，甚至犧牲他的兄姊弟妹，換取一個機會。他有時不能理解，為什麼不是其他四人呢？他是這樣不正常地被溺愛著。

除了鄰國入侵的戰爭開打那三年，民生凋敝，私塾老師返鄉，他的前現代教育之路短暫中斷以外，他一直都被父親往一個神祕的形象培養。他穿過據說只有城裡小學生穿過的「洋服」，一條上面釘了一個「A」字，附背帶的細帆布短褲，橙黃色球鞋，皮鞋，也玩過城裡小孩玩的小洋號。直到十三歲遠赴十幾里外號稱京館的學塾，晚上睡眠，他都把一隻腳蹺在父親身上。

啊，那時的父親，身邊就只剩下他了呢。母親早幾年便已病逝，死前揮舞驅趕著眼前看不到的蜘蛛網。他眼睜睜看一切發生，甚至不知道該哭。

十五歲時，父親囑咐他留西髮，並給他一把新油紙傘，用來遮陽。啊，原來是這個樣子啊。他想：難怪不是夭折的哥哥，哥哥的臉因為天花留下滿臉的疤，不可能成為一個面貌白淨的人了。

他很快就弄壞這把紙傘。父親便斥責他。

父親為他的付出是特異的。父親賣掉一切能賣掉的東西，讓他成為方圓幾十里內唯一的中學生。

過年時，父親叫上他，要去賭錢。不菸不酒的父親，就算賭，也只是賭輸贏不大的小錢。

他們一起來到另一個村民的家中。他靜靜看著父親跟著眾人下注，不令人興奮的聲腔，不令人興奮的注額，那真是一種很不起眼的身姿。眾人在夜色裡，就著小小的燭火，往碗裡擲骰子。

忽然，有人叫聲：抓賭來了！

全場一哄而散，甚至把人家後壁都推倒了。父親緊拉著他的手，跟著往外衝。父親緊拉著他的手，躲在樹叢裡。地上一層雪。半滿的月閃著銀光。北風吹拂。附近有狗狂吠。

父親在發抖。

而他快樂。他是緊張，但緊張中有一種快樂——神祕的，和父親手拉手，共同冒險的快樂。

戰爭還未結束。但此時，那就只是遠方的事。

他知道，父親真的繼續會為他奉獻一切的，他不忍心，所以十七歲的他必須出門遠行。在這場戰爭結束之後，他將出門遠行，他在心裡這樣下定決心。他快樂，這是基於對另一個人的愛而做出的決定。

他知道父親會等他回來。

四

所以戰爭怎麼就這麼結束了呢？他坐在教職員辦公室，讀弟弟寫來的信。信裡說，父親死去了，但是沒有寫時間跟原因。而又過了很長的一段時間，他才知道，父親原來是在一場超巨型的群眾運動所引發的飢荒中死去的。算算，差不多是當他被困在這小島上十多年的時候。當他在金門開著吉普車，跟空軍修護士官長丁文智要油，陪步兵連通訊官管管採野花，去找金門廣播電臺准尉編撰官辛鬱一起看年輕的播音小姐的時候。當他對著那幾位好友準備的黃魚、螃蟹、牡蠣料理之間，那個酒瓶裡的小黃花流思鄉淚的時候。當部隊長關他三個月禁閉，讓他在小山谷裡當管理員練拳擊的靶子的時候。當他自覺無法活著離開軍隊而撰寫遺書的時候。父親是不是，正在死去呢？

金門怎麼算是個門呢？他是那麼渴望能夠通過。但不能。他曾經以為是門的各種事物，在他通過之後，便都一扇一扇地，闔上了。

他的妻子也把門永遠關上了。

但他果然無法停止行走。在荒野，行走是宿命，奔跑是宿命，遠行是宿命。

他收拾桌上的文具。周日他會想去盆地邊緣的登山步道走走，也許象山步道不錯。

在朋友召開的新詩朗誦會上，一個女孩的聲音從門外傳來，那是他班上的學生。引起他注意的是，她身邊還跟著另一位女孩。

進門之後，他的學生急切地小跑過來，留著她的朋友有些失措地，試圖莊重地走。

「伍老師，這是我的朋友。」他的學生興奮地說：「她很喜歡您的作品，沒有想到我正好就是您的學生——總之她很想見您一面呢！」

啊，好的。他有些茫然。其實那是他的第一本書，問世已有十數年，早就沒有什麼人在討論了。最近難得再版，但也不抱特別的希望。

他看著這個與自己年齡差距二十七歲，並不比自己獨自撫養的兒子大上多少的少女。他是個能認字的人了，因為他背後荒涼旅途的一切。他現在能唸出繡在少女制服胸口的名字，並且能知道這個名字的含義。

他是個非常，非常疲倦的人了。他走過這麼長的，徒勞的路，而且有那麼多扇門永遠關上了。但他從來沒有放棄行走。至少他還有一些自覺值得給予的東西，他想把那些東西傳遞得遠一些。就算要穿過更多扇門，他也不會退縮。

「陳昭瑛？」他問，看著少女的雙眼。明亮的美玉。

「是的。」少女回答，毫無懼色。

閃現小說感的大荒散文

決定要寫大荒老師的時候，最開始的目標，就是希望能用小說的形式來描寫這位在各文類皆有產出的秀異創作者。在過程中，非常幸運地，能獲得採訪陳昭瑛老師的機會，進一步獲得大荒老師可能如何看待自己與世界的重要參考資訊。雖然最初很希望能重現大荒老師的筆觸，但最後考慮當代讀者的需求，決定往完全相反的方向前進，也就是重現大荒老師生命經驗的其中一種切片，但用我個人的偏好重新潤飾。很幸運地，大荒老師的散文集中散落著不少珍貴的，閃現小說感的絕佳素材。我猶豫的是，不知道是不是應該把素材攪得碎一些，再重新組合成我想要的樣子，經營出更好的一體感。但考慮到，由我自己想像黏附起來的部分越多，就越背離呈現大荒生命景觀的原意。鑑於這樣的思路，最後的成品與其說是我的創作，不如說更像是我將大荒老師留下來的珍貴樂譜，重新編排成組曲並且自己演奏詮釋了。希望這樣的執行方式，能讓大家更好地享受這位孤高創作者的魅力。

一場並不孤單的獨腳戲

存在的書寫，不存在的貢敏訪談

◆廖宏霖

繪圖・毛奇

貢敏（一九三〇～二〇一六），南京人，本名貢宗耀；一九五〇年來臺。政工幹部學校第二期影劇系畢業，曾任政治作戰學校影劇系教師、華視暨中視公司製作人及編導、國光劇團藝術總監等。創作文類以劇本為主，兼及論述、散文；著有劇本《落魂崖》、《風塵千秋》等，文集《戲度今生》、《戲有此理》等三十多種。

廖宏霖（一九八二～）。東華大學華文系碩士。曾任職於出版社、秋野芒文創協會。曾獲聯合報文學獎、香港青年文學獎等。著有《*ECHOLALIA*》。

穿越時光如何見到您？這篇訪談建立在閱讀與想像之上，如同瑪格莉特．艾特伍所說的，寫作就是一種與死者的協商，協商而非代言，我與您之間的距離就是您留下的文字，以及我所嘗試的，用我的文字，穿越時光，不只見您，還與您交談，詮釋與誤讀，跳接與組合，初秋的深夜中，為了證明書寫創造存在，我們展開一場並不存在的訪談。

廖：該從何說起，其實我對您極為陌生，在專題的企畫會議上，一張密密的表格上填滿了許多前輩作家的名字，總編輯於是逐一地說起每個名字背後的故事，然而時間有限，那多半是從兩三句話的分類開始，這位是寫小說的，那位是寫詩的，以此開頭，好像每個名字都找到了自己的隊伍。您的隊伍特別少人——「啊，這是寫劇本的。」我聽見「劇本」，像是聽見關鍵字一樣，我在您的名字旁邊畫了一顆星星，像是我習慣在劇本裡重要的臺詞上做的記號一樣。

貢：我平生其實也並不追求著什麼名氣，能夠與眾作家入列齊名已是種榮耀，成為所謂的「劇作家」更是意料之外。若要說有什麼「家學淵源」，那也許來自於幼時家中在南京所經營的一間小書店，不過開「小書店」與「書香世家」相去甚遠，頂多是為識字之後的我「補充營養」，我的閱讀沒有系統，多半是在自家的小書店裡找些「故事」來讀，那時不認識「文學」，可能也不知道何謂「小說」，只知道「故事」，「故事好看」就養成了讀書的習慣。但大時代裡的小書店終究也成為了一個沒有尾巴的故事，七七事變之後，日本人在南京翻天覆地，書店最先淪為書攤，後來就成為了家族間共同的傳說。（註一）

廖：在書店裡長大的孩子，長大後成為作家，這聽起來也是個傳說啊！那麼戲劇呢？關於戲劇的線頭是繫在了哪裡呢？

貢：來自那位愛說故事的父親呀，因為他的故事正源自於京戲。是的，他是個京戲的票友，南京承平時期，京戲相當流行，看戲的機會很多，小的時候就常跟著父親去看戲，什麼《水滸傳》、《三國演義》、《七俠五義》，都是先在劇院裡看了片段，喜歡上了戲中演員的呈現，回頭才去書店裡把整本書找出來看。那段在劇場裡、書店裡的兒時時光，現在想起來，真是動亂時代下莫大的幸運。

廖：無怪乎您對戲劇如此著迷，整個人生都投入了戲劇之中，戲劇這件事也許就象徵了您童年那段無可取代的美好記憶，日後生命中的種種選擇也都像是在回應追尋著那份失落的時光。談談您有印象以來，所看過的一部「完整的戲」吧，或是說，您覺得有哪一齣戲是您的「啟蒙」，讓您第一次深刻地感受到戲劇的吸引力？

貢：這我當然記得，約莫是我十五歲左右的年紀吧，我看到一齣話劇，叫做《原野》——在小小的舞臺上是一片原野，鐵軌就直接從眼前一直通到天上去，非常神奇，我被布景吸引住了。戲也很好看，沒有唱，沒有打，又穿著現代的衣服，可是整個故事很吸引人，因此我就開始喜歡話劇了。（註二）我印象非常深刻，我甚至還記得這戲是在南京當時夫子廟附近的「飛龍閣」戲茶廳演出的，劇場的格局，小如臺北的「紅樓」，而居然有鐵道直達天衢的襯景視覺效果，使當時十五歲的我目瞪口呆。（註三）

廖：據我所知，您後來從南京到臺灣不只看戲，還演戲呢，可否為我們說說這段過程？

貢：現在想起來啊，大時代裡每個看似微不足道的選擇，都會造成一個人生命極大的變動，那時，誰都無法預期自己會成為一個什麼樣的人，也不是說沒想，而是沒有想得那麼遠，且現實的發展總是在意料之外。一九四八年，我和一群也喜愛戲劇的好友去報考國軍的話劇隊員，沒想到竟然就此錄取，那時我才十七、八歲，父親覺得我年紀太小，一度勸阻反對，但他最終還是拗不過我，只好順著我的心意。一九五〇年底，就這樣我跟著陸軍十八軍十一師的「飛馬劇隊」，由金門來到了臺灣，在隊中我們不只要演話劇，還要學唱京劇，對我來說，京劇完全是趕鴨子上架，別人是從小練起，我則是硬生生地半路出家。（註四）

廖：半路出家的也許不只有您，在軍中，您似乎也找到了一群熱愛文藝的夥伴，這些人後來也都在各領域有了極高的成就，「國軍文藝」在戰後臺灣的文學史篇章中也占了一個重要的部分，身處其中，您會如何評價或回憶那段時光呢？

貢：真要提起所謂的「國軍文藝」，我想那是在我進入政戰學校進修戲劇之後的事了，在那裡我結識了趙琦彬、劉柏祺、張永祥、王慶麟、宋項如、聶光炎、劉維斌等人，我們各自喜愛擅長的東西不盡相同，不過總能互相欣賞，彼此鼓勵。比如王慶麟，就是瘂弦，他那時候就寫詩，我還記得有一回我們說好了要一起參與一個徵文比賽，那都算是我們生平第一次，無論軍中業務多忙，一定要彼此砥礪，在期限內完成作品，把稿子寄出去。他說他要寫一首千行以上的長詩，而我則是要編一齣獨幕劇本，截稿前一天，我們都還在各自的稿紙上努力衝刺，終於在拂曉之時，我們都完成了作品，記得當時為了犒賞自己，居然還胡亂地煮了一鍋麵以資慶祝。只是生手笨腳地把麵都燒糊了，面對彼此被煤黑汙染的臉，和兩本謄清的稿子，我們不禁相視而笑，久久都忘了吃上一口……（註五）

廖：哈哈，那結果呢？兩位生平第一次的投稿的結果是？

貢：結果是……幾個月後啊，我們就穿著一身潔白，燙得筆挺的海軍中尉制服，去臺北接受頒獎了呀！於是就有了後來的瘂弦，以及後來的我。

廖：難怪，在那之後您在劇場上的創作量大增，像是開啟了某個開關一樣。一九五五年您導演的《陋巷之春》獲得國防部文康大競賽首獎，隔年，您所創作的獨幕劇《落魂崖》再獲國防部徵文第一名，再隔年，短篇小說〈第四面牆〉又獲香港亞洲畫報徵文第一名……聽說，某一年到臺北中山堂參加話劇比賽的七個團隊中，其中有三個劇團都選了您的劇本，是傳說中的「貢敏年」！

貢：那幾年確實給了我在創作上很大的信心，不過也是同樣那幾年，我感受到了自己的不足，特別是評論與學術研究上的能力。

廖：不過關於研究能力，我倒聽說您是一個極度用功的人，即使是看電影，每一部您都會針對劇本、導演、演員、舞臺、音樂、燈光、服裝，在筆記本中逐一寫下感想，這未必可以說是種獨特的能力，但至少這是一個很難得的態度。

貢：我有一個座右銘：「讀萬卷書，行萬里路，看萬齣戲。」（註六）對我來說，這三者都同樣重要。那時，有個機緣，魏子雲暗中推薦了我，我遂開始有機會在新聞局、文建會、教育部等單位所舉辦的劇本徵選活動中擔任評審，因而更進一步地認識了黃美序、胡耀恆、曾永義等戲劇學者。我從他們身上學到了許多專業的知識，自然不在話下，但最重要的還是，他們面對知識的謙卑與堅持，讓我往後在研究與創作中，似乎都漸漸形成了一個清楚的界線，就像是對我來說，好的戲跟壞的戲之間很少有灰色地帶，一定會有一個客觀的標準或原則能夠檢視，說好聽一點是擇善固執啦哈哈。這也是為什麼，後來我會在報刊雜誌上發表那麼多評論，因為我想要把一種更「正確」的觀念傳達給更多人。

廖：更「正確」的觀念？您能說得更清楚一些嗎？

貢：就以「劇本」為例吧！劇本雖如是重要，號稱「一劇之本」，但寫劇本的人，光彩每為演員或其他因素所掩，而被忽略。例如二〇〇四年春天，臺北演出《長生殿》時，文宣作業完全採現代商業機制的行銷包裝，鋪天蓋地的宣傳活動，幾乎可與總統大選媲美。為了加強演出聲勢，還出了一冊特大號的豪華精裝特刊。在這冊圖片及內容皆甚誇張的特刊中，強調此次演出的規模如何浩大，態度是如何慎重；編導如何、演員如何、服裝布景又是如何如何。雖然特刊中，並沒有遺漏《長生殿》原作者洪昇的名字，但完全忘了二〇〇四年正是這位偉大劇作家逝世的三百周年。這或許亦可說明，雖然人們很喜歡看戲，但對寫戲的人，卻並不那麼在意！（註七）

廖：您的觀察沒錯，我非常同意，但我想這之中也許還有中西文化的差異。也就是說，「劇作家」在臺灣，或是說在華文世界的文學地位，一直以來的確不若西方世界文學傳統下的劇作家。西方世界所推崇的「史詩」基本上就含有「詩劇」的概念，亞里斯多德的經典《詩學》一書中，也提及了悲劇有一種「淨化」的效果，更遑論莎士比亞以降，劇作家一直都是西方文學脈絡中，活躍且極具分量的角色。我自己對這個差異的理解，除了簡單地用文化發展差異去籠統地解釋之外，我認為這之中有一個關鍵在於，中國戲劇相對於西方戲劇的發展，朝向的是一個較為「寫意」的方向，這個「寫意」對照於西方的「寫實」，有點像是中國的「山水畫」相較於西方的「風景畫」。一種較為寫意的戲劇呈現傳統，無形中製造了某種「感受上的門檻」，進而某種程度上拉開了大眾與劇作家之間的距離。也就是說，大眾必須先掌握了一套感受上的規範，才能在寫意的戲劇中得到那份「實」。

貢：你所說的這份「寫意」很有意思，若不以「中西比較的角度」來看，跳脫於中國傳統戲曲的限制，當前臺灣的某些舞臺劇，似乎也過於「寫意」了。我有時會看到那種臺上不知所云，臺下一頭霧水的演出，就像在和觀眾嘔氣，以觀眾之「瞠目不知所措」為樂，終至激怒觀眾，奪門而出，向劇場告別。（註八）

廖：哈哈，最終向劇場告別的不只觀眾，演員、導演、劇作家也都將因為失去觀眾而不得不向劇場告別啊！

貢：談到觀眾這回事，有好幾年時間，我幾乎每周有三次以上的機會，混在觀眾中，看自己編導的戲在不同觀眾眼中的反應。這是一種極真實的自我驗證，也是活生生的戲劇教育。當周遭觀眾都抱怨或讚賞這齣戲時，你自然就會調整下一齣戲的處理技巧——無論是導或編。那幾年的「生活於觀眾中」的體驗，對我此後的戲劇工作，是極其有幫助的！（註九）

廖：不瞞您說，我現在正服務於一個花蓮在地的劇團，叫做「秋野芒」，我們在做的是將藝文資源帶進偏鄉，帶領大學生所組成的戲劇志工前往偏鄉國小演出兒童劇。如同您幼時美好的劇場時光，我們也想為偏鄉孩子們複製那樣的劇場經驗，將劇場搬進他們的教室裡，創造他們生命中的第一場戲。有時候，我也會想，我們在做的無非也是在「培養觀眾」，試想，一個人如果小時候不曾走進劇場（並且獲得感動），那他長大後只會成為「不走進劇場的人」，當這些人成為父母親，要他們再帶著自己的孩子走進劇場，更是難上加難。您相當幸運，有一個會帶著您進劇場看戲的父親，某些時刻，我看著偏鄉孩子們看戲時發光的眼神，我也會想像他們在往後會成為像您父親一般的大人，於是，在許多不同的時空下，也會有許許多多像您一樣，熱愛戲劇，將畢生投注於戲劇之中的人出現……

貢：關於「傳承」這件事，在我的晚年生活裡，雖然形體日益衰敗，但我總相信有一種「老年的價值」是只要能跟著時代呼吸就不致落伍，只要不斷地接觸，一些新人看到的你也都看到了，而你還有一大段歷史與經驗背景是他們沒有的呢。然而，如果要問我為什麼會一直待在戲劇的崗位上，我想可能是人生觀念的問題吧，我覺得一個人來世上走一遭，總要為人間做點事。就會問自己做什麼最有意義？什麼最適合你？（註十）

廖：感謝您願意接受我單方面的訪談，從深夜到黎明，彷彿幕起幕落，書頁與囈語之間，上演著一場並不孤單的獨腳戲。

註一、二、四、六、九：參考自黃美序，《資深戲劇家叢書——貢敏》，臺北：行政院文化建設委員會，二〇〇四。

註三、五：參考自貢敏，《戲度今生》，臺北：城邦出版，二〇一五。

註七、八、十：參考自貢敏，《戲有此理》，臺北：城邦出版，二〇一五。

劇場使人清醒

貢敏老師一生貢獻於臺灣戲劇，不僅跨足傳統與現代，劇場、廣播、電視、電影各領域，從創作到評論，研究到實務，皆能看見他辛勤筆耕的身影。本篇單方面不存在的訪談，摘錄了他多篇的評論文字，盡量「原音重現」，保留貢敏老師說話時的語氣，僅有部分文句為了銜接上下文，而稍作修改。此外，為了讓整篇訪談不只是在形式上有對話感，也能藉由這樣的閱讀、拆解、結構與再創作，讓前輩作家以「留下的文字」回應著作為後輩的我的生命實境，因此，我也試圖寫進自身與劇場有關的經歷，讓所謂的

「對話」稍稍深刻一點。

貢敏老師曾在一篇〈自我角色定位〉的短文中提及：「對於今世叱吒風雲，乃至在廟堂上攘臂哮跳的英雄好漢們，不知來日又幾人能成為『角色』？入戲後又將被勾畫成何種臉譜？所以很想建議他們多去看幾齣戲。議場使某些人瘋狂，劇場或可使他們清醒。」我想，更有甚者，現實生活就如同生存的議場，同樣使人瘋狂，走進劇場，就像找到了暫時逸離的途徑，那一時片刻的清醒，因此更顯珍貴。

那不純然是吳望堯式的放縱

◆蔡旻軒

繪圖・毛奇

吳望堯（一九三二～二〇〇八），浙江東陽人，出生於上海，筆名巴雷；一九四六年來臺。淡江英專畢業。早年為「藍星」詩社成員；曾旅居越南經商，一九七三年創辦「中國現代詩獎」，一九七七年因越南政治變色返臺，一九八〇年舉家赴中美洲，退隱詩壇，晚年寓居宏都拉斯。曾獲藍星詩獎、國家文藝獎等。創作文類包括詩、散文、小說與報導文學。

蔡旻軒（一九八九～）。臺北教育大學臺灣文化所碩士。現為臺灣大學臺灣文學所博士生。合著有《終戰那一天：臺灣戰爭世代的故事》。

災難在被認知以前，都是聽聽就罷的故事。

然而，回來臺灣已經一年，那些荒唐與可怖，吳望堯歷歷在目，「我親眼見過，短短的五十天，整個越南淪亡。」

他在回憶裡吞吐，咳出來的煙圈呼不成弧，卻氤氳成薄幕，視線對上了晦暗牆腳那位婦女，懷中瑟縮著的幼童眼神空洞而呆滯。急急把眼睛閉起，以為這樣就可以不再看見什麼，但當高溫襲來，曾在越南經歷過的一切，身體怎麼可能忘得了？

•

關於吳望堯的傳說不能再多。

他曾是藍星詩社的一員，一九三二年生於上海，一九四六年來到臺灣，一九四九年開始寫詩，作品自一九五〇年代起散見於《中央副刊》、《日月潭副刊》、《藍星》、《現代詩》等刊物。吳望堯寫起詩來先是唯美、細膩富格韻，而後走入剛健、宏觀且喧譁之境。有人說他是「遊俠詩人」，也有人稱他正是眾所期待的「原子詩人」，更有人直指吳望堯是一個「惡魔主義者」。

他在一九六〇年五月十二日與黃用許下十年為期的承諾，誓言相會於巴黎鐵塔，不見不散。同年十一月的基隆碼頭，有覃子豪、彭邦楨、瘂弦相送，吳望堯帶著三百公斤的書和八十元美金渡往越南。當時越南已發動第一次政變，西貢街頭發生血戰，從詩友到海關都勸他留下，但，「我已吃了朋友們餞行的酒宴，豈能臨陣脫逃？」要去，吳望堯當然會去。

有人說全臺第一瓶洗髮精正是吳望堯調配而成，他在越南起造化學王國，白手起家竟得工廠數間，成立以「天」為名的系列連鎖機構，並獲越南經濟部頒發「十二種化學產品的創制發明權」；他行事不羈似也不忘詩心，在事業巔峰之際出資辦理「中國現代詩獎」；他環遊世界兩次，考察世界工業發展，也進行文化方面的取材。

吳望堯很狂，自言「放風箏是不用線的」，他的落寞更狂，誰要他神傷，他必「猛踢黑暗一窟窿／成太陽」。吳望堯自覺生於詩人節次日，雖非十足的詩人，總是與詩相離不遠；而這一切經歷，都是為了在退休後，可以有寫不完的詩。

一

西貢的太陽老和地表貼合著，氣溫三十五度是日常，也是恆常。與之相對應的沁涼，則來自廈門街上，那個光害不劇、星河歷歷，有余光中和范我存的頂樓。

第一次見到吳望堯的人，很難把他跟「西裝筆挺的商人」想在一起。

年輕的吳望堯剃著小平頭，削瘦，不說話時常嘟著下唇、好像若有所思，說起話來口氣倒不小，看似陰鬱而不好親近，卻意外的自然熟。只要找到開關，他的靈魂可以瞬間抵達沸點，下個行動將是什麼？誰也無法預料。

范我存談起這個調皮的朋友，多是笑著，「有一次他甚至沒來由地打扮成耶誕老人來到我們家」。

當吳望堯、夏菁、黃用、余光中等人齊聚談詩時，那個位在廈門街的客廳簡直充盈了一個時代，一個名為「藍星四人幫」的時代。他們在沙發上或坐或臥，說著當下和未來以忘卻曾經的動盪，隻身在臺北的詩人們更像得到一個家。

是詩把他們圈在一起的，那段時間，他們日以繼夜談論著、書寫著、生活著。

他們躺在頂樓觀星，就著掌上的微光參照星圖。黃昏星、天狼星一一指認，冬天的夜晚，則是瞻望獵戶座自東南方而起。指認星象的同時，還有希臘神話相伴，這些經驗成為詩人創作的養分，興致勃勃地神遊其中，但，那些都不是夢，是詩。

吳望堯是「藍星」遲來的一員，卻參與了余光中人生最重要的幾個片段：

伸過來，一隻敏感的手
詩人的手，早年勤墾過邊荒
獵過靈感，探過星象
朋友的手，握過我年輕的手

扶過我新娘，抱過我稚嬰
印滿記憶，那手的指印
那手伸過來，我怎能不回答？

——〈赤子裸奔——迎吳望堯回國〉

從未婚到成家，直到余光中夫婦懷上孩子，范我存大腹便便之際，仍在吳望堯熱切邀請下走踏臺北街頭。當余光中出國深造時，吳望堯則以〈半球的憂鬱〉為記。這場關係頻密得理所當然。只要聚在一起，靈魂就自然而然地被啟開。他們不再追探彼此從何而來，寧願目往一個共享的未來。

廈門街的客廳，曾經容納了一個藍星世代，亦曾為吳望堯和黃用的十年之約做下見證。然而，隨著余光中赴美留學、進入學院任教，且吳望堯決然前往越南以後，理所當然的一切，就被緩了下來。

二

赴越的心情寫在〈黃金航日記〉裡，吳望堯那幾個搭船的日子，不是看海，就是看雲，盡覽海上的日出和日落，有一天，「午餐時的消息」傳來「大副正在傷腦筋，說西貢去不得了」，就連舵手也煩心的政治事件，在吳望堯看來，「可是正合我的胃口」。

沒有什麼比做決定還要困難的，換句話說，只要下定決心，就什麼都不再值得操煩。是以，一九六〇年十一月十五日，當船航入西貢，吳望堯所見皆熱情而可愛：

領港的年輕人登船了
遂向多支流的西貢河緩緩開入
棕櫚和椰子向我招手
而土人攀在船索上討取洋菸
呵！西貢已平靜了，很靜，很和平，
而太陽的熱度驚人，燒得很紅，很燙手

那朵冬陽炫目也和暖，一如他的事業。抵達西貢的他，先後創立了「第一化學工廠」還有「天龍實業公司」，卻因為政局動盪，兩間工廠在一九六八年被「春節攻勢」所毀。吳望堯毫無遲疑地積極重建，同時間亦籌畫了「東方」、「南方」兩間化學原料工廠。

在西貢的日子，吳望堯一心忙於工廠業務的推進、代理經銷網路的建立、資金之流轉，他決意追求最新、最進步的技術，沒想過因此與文學／文友脫節。

第一次驚覺，是一九七〇年的春天。

吳望堯翻箱倒櫃了起來，整理出國需要的文件。突如其來的舉止驚動了妻子玉嬋，她頻頻追問著，怎麼了？幹什麼呢？他埋頭就說：「我要找黃用去！我們約好要在巴黎鐵塔見面。」

這麼傻的事情，怎麼能算數？

吳望堯執意翻找他需要的一切，可能還包含那張簽了名的新臺幣。那是他們在余光中的客廳簽下的。因為黃用赴美在即，吳望堯又將前往越南，兩人約好一九七〇年的五月十二日中午十二點，要在巴黎鐵塔的頂樓相見。

如今已滿十年，傻不傻是一回事，吳望堯就是要去。他自西貢起飛，途經香港、臺北、東京、夏威夷、美國，最後是巴黎。自言依約前往，留下在巴黎鐵塔的獨照，對黃用的「失約」沒有苛責只有遺憾，「如果那天黃用也到的話，倒是一件挺有趣的事呢」，輕快地讓這個片段留在《巴雷詩集》裡面。

多年之後，黃用透過臉書喊冤，其實「在去巴黎之前吳望堯已和葉珊到聖路易看我」，「他是『明知』我去不成，還在塔下拍照證明黃用違約」。十年之約最有張力之處原來不是承諾的本身，還有中壯年詩人對彼此的調侃、依賴和寬容。

至於吳望堯和過往的第二次接軌，則是一九七三年，一封來自鍾鼎文的邀請函。想見老朋友的心情多於其他，他當然赴約。

三

一九七三年，第二屆世界詩人大會在中國詩人協會、國際桂冠詩人聯盟、世界詩歌學會、國際詩歌協會、國際名人錄編輯部和世界詩人資源中心共同贊助下舉行。

那天正好是吳望堯前往越南的十三周年，他在一九七三年十一月十一日上午十一點抵達臺北，吳望堯一再重述這些數字上的巧合，此行對他而言，恰是一次命定的回返，充滿詩意。

落地當晚便趕赴圓山飯店與鍾鼎文、張默等人一聚，吞吐著的不只酒和菸，更多的是國際情勢，還有詩學、文學的動態。

話頭一發不可收拾，吳望堯順勢邀請彭邦楨、于還素、碧果、葉泥、羊令野、商禽、大荒、朱沉冬、白浪萍、江萍（羅行）、紀弦、蓉子、趙一夫、辛鬱、菩提、白萩、周鼎、季野、宋穎豪、管管、向明、羅門、張默、尹玲、洛夫等人，前往城中餐廳再敘。

「很奇怪，為什麼我們不自己辦一個詩獎，而要去接受人家的詩獎呢？」乍聽「越南詩人企業家，打算為『我們』設立一項獎金」的消息，吳望堯想的則是文學社群如何結盟，他自問詩壇中壯世代，都已經寫了十幾年，創作的熱情卻未必隨著年歲而提升，衰敗反而成為了必然，是以，「應該鼓勵年輕詩人努力創作」。

當時「現代詩」、「藍星」和「南北笛」詩社都已停刊，但詩人還在，加上仍運作著的「創世紀」、「笠」、「詩隊伍」等，「中國現代詩獎」透過這六個詩社聯合推選評審委員。

說是風、就該是雨，吳望堯於十一月十九日下午再次邀請紀弦、羊令野、林亨泰、余光中、洛夫、蓉子、羅門、商禽、白萩、瘂弦、辛鬱、張默擔任評審委員，在中山北路的「中央酒店」舉行首次籌備會，這天，張默接下執行祕書的工作，開始為「中國現代詩獎」奔走。

吳望堯最單純的理想，即是：「把年輕一代的詩人扶植起來，並對老一輩的先驅詩人表揚他們的成果！」這個動機在張默等人的支持下付諸行動。

一九七四年六月二十三日，第一屆中國現代詩獎在中山堂舉行，整個計畫從構想到禮成，只花了七個月的時間。第二屆詩獎程序接著展開，緊鑼密鼓之際，張默收到來自西貢的信。

吳望堯先是提及「中國現代詩獎」的「得獎人『評語』盼能提早決定，以便訂製金牌」，後是「近日西貢局勢緊張，不過沒有什麼大問題，舞廳及娛樂場所皆被禁止，頗為無聊」，這是張默收到的最後一封信件，寫在一九七五年三月二十七日，不久，西貢赤化，吳望堯失聯，中國現代詩獎止於第二屆。

四

已經回臺一年，吳望堯逢人就說起在越南遭受的苦難，說著那個與地表極為貼合的太陽如何將西貢燃成火宅。就算這樣，他還是懷念西貢的，那個臨著海的街市，到哪裡都不算太難。

即便機槍聲不斷，他的家就在那裡。那張坐慣了的椅子、刻畫孩子們身長的牆面。他還記得父親是如何在家中病倒、中風、過世。當記憶襲來的時候，他強迫自己想想新山一機場的死寂和重生。

一九七七年九月十日清晨，吳望堯一家還在斟酌隨身行李。收了又放，放下不久又想再撿起來。他們知道，這次離家再也回不來了，可為了掩人耳目，東西不能再多。他更知道，帶不走的在所難免，他讓孩子們好好向養了兩年的熱帶魚道別。

不得不出門的時候，依然是清晨，一家六口穿著睡衣和拖鞋出發，繞啊晃的，壓抑不安、故作鎮定，終於抵達「越南航空公司」車站。

機場行政程序冗長，他們等待，直到下午四點紅十字班機才降落。昏暗的天光有飛機引擎低低的吼著，吳望堯一手牽著兒子，一手緊捏證件，眼前閃現著林海音、劉文蔚、姚有清和余光中夫婦，真得好好感謝這些人的奔走接應，他心想，終於是再見有期，只是抵返臺北前，必須先轉往曼谷。

至少再見有期，雖然這次告別帶著埋怨。

自從確定紅十字航班以後，風聲四起，「他們不會放過你的」，吳望堯一再被提醒，無奈、無助、無意識下走回自己創建的工廠。那裡有他從美國和義大利購買的最新設備，還有他引以為傲的高純度洗衣粉，而他自問傾注最高的成本，其實是十七年的歲月。

這次，吳望堯真是一無所有了。從失聯到回返，他將西貢見聞寫成《越共煉獄九百天》、《越南淪亡瑣記》等書，篇篇追討自由，原有的詩意都成了煉獄、苦海與折磨。這些指控除了精神面、事業面的困頓，也有部分與詩相關，至少吳望堯是這麼認為的，他說：「越共不但把我的基業挖掉，也把『現代詩獎』的根拔起，終至枯萎、凋零了……」

探問一個歷史的如果

進入博士班後，對詩有了不一樣的理解。開始想知道串起重重史料的、那張看不見的網，是透過哪些力量牽扯著。我試著揭起一張張標籤，從後現代跟羅青開始，巡到「中國現代詩獎」，看見余光中、羅門和張默等人的名字，最後遇上吳望堯。

選擇吳望堯，不純粹是好奇心的驅使。而這個選擇，在二〇一八年的夏天，拉著我走進余光中夫人范我存位在高雄的客廳。

我知道歷史沒有如果。但當我讀著吳望堯的相關資料時，最常浮現的揣想是：第一屆得獎人是獲譽為「新現代詩起點」的羅青，第二屆則是「土頭土腦」、土成臺灣詩壇「異端」的吳晟，倘若不曾有過中國現代詩獎，或是吳望堯不曾見證這波赤化，臺灣新詩的發展又將走往什麼樣的路向？

張放：一生赤誠不輟的筆耕

◆莊子軒

繪圖・毛奇

張放（一九三二～二〇一三），山東平陰人，別號放之；一九四九年來臺。菲律賓亞典耀大學文學碩士。曾任中央廣播電臺編撰、行政院文建會研究委員、菲律賓民答那峨中華中學校長、《文藝》月刊總編輯、《臺灣新生報》駐菲新聞特派員、中國文藝協會祕書長等。曾獲國軍新文藝金像獎、中山文藝獎、吳三連文藝獎等。創作文類以小說為主，另有論述、散文、劇本，出版作品七十多種。

莊子軒（一九八八～）。臺北教育大學語文與創作學系碩士。曾獲臺積電青年文學獎、夢花文學獎、林榮三文學獎。著有《霜禽》。

初夏，雨後晨光格外溫潤，光線的礦物節理因濕度而柔軟，折射出靡靡的纖維管束，空氣彷彿也有裂痕。校門山洞口像是從那破綻中開啟似的，光廊悠長，讓人錯覺仍停留在捷運接駁中途：列車抵達景美站，腳步自最末一節車廂往前挪移，窗上反映恍惚人影。

每周三，爬上舍我樓三樓，雪婡老師為我們上「文學概論」，在中文系的父權氛圍下，她顯得既和善又開明，口頭禪「這是我的想法，你們完全不需要同意！」，話頭語尾常掛著anyway，又是那麼自然的洋腔，毫不造作。上課鈴響便挺挺地走上講臺，鐸鐸有聲，身形頎長，長髮長靴烏黑瀏亮。

某天，她向同學說起：「我的爸爸是個作家。」語氣有些靦腆拘謹。

女兒眼中的作家爸爸

誰呢？那時我最熟悉的外省作家只有朱西甯和司馬中原。雪婡老師卻埋怨了起來：「我爸爸七十歲了，卻還寫青年男女的戀愛故事，太肉麻了！」語末她又補一句：「老人家寫這種東西是不道德的！」語氣帶著女兒挖苦父親時特有的親暱與狎侮，蹙著眉頭，也倒有三分認真意味，瞅著一票學生，勸勉道：「你們愛寫作的同學，千萬別這樣！」

學期中，我至辦公室交作業，雪婇老師留人吃茶點，一時好奇，我順手拿起茶几上的書翻閱，正巧讀到這麼一行：「她從小被寵慣了，兩隻充滿驕縱的小眼睛，迸射出不滿的表情……」一瞧封面，原來是《放齋書話》，作者張放正是雪婇老師的父親！那篇文章寫到作家爸爸擬稿不順，遂找家裡不事生產的大花貓發牢騷，嫌棄貓肥不諳捕鼠之道，萬一在夜間碰上大耗子，「不嚇得腿肚子轉筋才怪哩」，女兒挺身護衛愛貓，表現深深的革命情感，說那每天半碗貓糧都是她吃剩的冷飯，一點也不糟蹋糧食。

·

張放的文章裡，女兒化名「晶兒」，被揶揄為「專會指揮的理論家」，小時候，哥哥「星兒」幫小狗洗澡，她在旁指手劃腳，小心，別把肥皂泡沫弄到眼睛去了，哎哎，怎麼不洗耳朵呢？男孩默默勞作，一聲不吭。這隻狗名為「小胖」，後來因故走失，一家人揣測八成是被歹徒拐賣給香肉鋪了，老實而重情的「星兒」一旦提起此事，總會語帶哽咽，熱淚盈眶，張放心疼地說：「這比他考不取大學更使他難過。」

《三更燈火》記述著「小胖」的來歷，原本張放不願養寵物，趁夜要把孩子偷偷收留的小野狗掃地出門，一雙兒女當即攔在門口：「老大是個乖孩子，有些怕我。」但是，老二卻鼓足勇氣試圖說服固執的父親，並瞪著帶淚的小眼珠罵道：「暴君！」雪婇老師骨子裡有種剛烈的正義感，終究讓爸爸心軟，收留了小狗。

漢語譯洋腔戲謔入文

也許因為堅毅的性格，雪娸老師的求學之路備受期待，赴美前夕，父親激勵道：「沒有取得學位不准回來！」張放身上體現出傳統家長對子女普遍的控制欲以及焦慮的愛，不願動用人脈提拔兒女，不輕易稱讚孩子，認為這是揠苗助長。常常嘮叨：「放了學回來，這個摟小狗，那個抱花貓，走進廚房發牢騷！」取笑女兒說：「人家說你漂亮萬不可當真，你長得像我，像我哪還能漂亮呢？」戲謔中也帶著自嘲。確實，就體貌而論，張放雖是道地山東男兒，但骨架纖瘦，膚色白淨，和刻板印象中的北方漢子有些不同，多了幾分江南人的秀氣與機鋒。有回，作家爸爸幫女兒批閱學生作文，認為「擲書而嘆」的動作顯得性情浮躁，不若「掩卷長嘆」得體。這般改法被雪娸老師澆一大瓢冷水，譏之為「紹興師爺味特濃」，過分世故老成，沒了大學生活潑率真的朝氣。

．

在世新讀書的日子，我蒙受雪娸老師不少愛護，她總向別人介紹，子軒是個小詩人！我想，若張放在世，聽到這話將有什麼反應呢？在〈新詩圈外論詩〉一文中，他批評了張嘴艾略特、閉嘴范樂希的「假洋鬼子」，硬是厚著臉皮貼洋人屁股，附庸風雅，引導後輩詩人走火入魔，死鑽牛角尖。並強調，以上批判性的想法即使有人提出，也會立刻被把持詩壇的假洋鬼子揚起「司蒂克」，一棍子打死。

張放似乎挺愛取笑詩人，他不嗜酒，說李白「人生在世不稱意，明朝散髮弄扁舟」二句詩只是故作瀟灑，實則借酒裝瘋，耍孩子脾氣，說到底無非不甘寂寞，要人簇擁吹捧，貪慕虛榮追求自我享受，不在意民間疾苦。筆鋒一轉，張放指點起年輕詩人，「剛會握筆胡謅出兩句詩，卻裝作詩人李白模樣」，狂傲無禮，三杯黃湯下肚，「兩隻小眼紅得像深秋的酸棗兒，見了人把腿一伸，陰陽怪氣吼道：『高力士，把咱家的靴子抬克奧扶！』」這句話讀了幾遍，我才遲鈍地意會到是take off，和雪媃老師不同，這以漢語音譯的洋腔十足造作，帶著一點受傷的民族自尊，及更隱微的憤懣與無奈。

雪媃老師心目中的父親還是幽默可愛的，一家人住左營那段日子，和鄰居情感融洽。張放曾經模仿閩南腔說道，今天是三八婦女——那個節！我們女人幾千年來被男人壓在身下，現在要從男子身下爬起來，壓在男人身上！把眷村婦人逗得哈哈大笑，壓在男人身上，乍聽之下有種調情的意味，我腦海浮現的畫面卻是刁蠻活潑的女兒跨坐在父親肩上，拿波浪鼓充當鞭子，玩騎馬打仗的情態，多麼甜蜜的負荷！

像燉菜入味的隨筆散文

張放曾在書序中自謙，說是因為寫過廣播劇的緣故，導致文字密度低，如摻了水的酒，不夠香醇，但尚且純真赤誠，沒有官腔與文人的酸腐氣息。我想，他確實不是為文故作藻飾與賣弄故實的書櫥作家，但是，字裡行間真有一股酸味，那是類似演藝人員的譏誚，對古今之事多有不平，不走溫柔敦厚的詩教傳統，更貼近稗官者流，帶著說書人的通透，論人斷事看得穿也說得破，時而直白，時而隱晦，嚴肅時批評胡蘭成文風彆扭怪異，教壞了一批年輕的小說家，而沈從文筆下人物只會笑，不會哭，簡直如蠟像一般沒有生氣；輕鬆起來開開外省人說英文的玩笑，過年大家互道「害怕扭一耳」，說起早安則是「狗頭貓兒擰」，帶著各省鄉音的英語發音都讓張老爺子模仿得活靈活現。

翻看《雜花生樹》、《月白風清》等隨筆，想像其人神采，發噱之餘，總覺得他好比一位不能被威權體制畜養的倡優，相較於〈滑稽列傳〉的「道固委蛇」——將諫言以詼諧的方式轉化傳達，張放的幽默也許並不這麼「偉大」，只求隨遇而安，苦中作樂，曾引用清末相聲藝人朱少文的口頭禪：「混吃等死，早晚餵狗。」

所幸，我們的作家生活中也不乏小確幸，有了稿酬，先買一斤五花肉紅燒打牙祭，燉乳白色的豬骨湯下麵吃，他對滷肉飯也甚為鍾愛，肉燥上撒一撮香菜，放兩片黃醬瓜，配一盅苦瓜燉排骨湯；冬天吃狗肉火鍋，茼蒿菜、凍豆腐、蒜苗滿滿一桌，就著高粱酒豪邁進補。自少年起他漂泊大江南北十多個省分，到了北平吃正陽樓的涮羊肉、致美齋的燴鴨條、同和居的烤饅頭，徐州有羊肉辣湯，南京有馬興祥的醬牛肉，廣州有芝麻糊。那些談及飲食的篇章，一掃辛辣笑罵的「口業」，成為滋潤療癒的口福。

雪媃老師回憶兒時，每逢晚餐時刻，父親常捧著一鍋燉菜，熱呼呼擺上桌，滿臉騰騰地冒汗。全家圍著桌子共食，汁水淋漓，酣暢過癮。據說這道菜是從復興崗流傳出來的，稱作「復興菜」，以新鮮大白菜與肉塊燉煮，佐以蔥白以及魚丸、豆腐，最要緊的是粉絲，吸附湯汁後口感柔韌，滋味鮮美。軍隊平日開飯、迎賓宴會，這道「部隊鍋」都是重要的菜色。

張放的雜文就像這道菜，大量援引古今中外的典故逸事，剪裁得宜，因而並無滯澀賣弄之感。雪媃老師讀父親的情愛小說覺得肉麻，卻盛讚他的隨筆散文，玲瓏博物，觸角廣布。〈也是由衷之言〉論及寫文章引經據典的現象，首先提到林語堂不欣賞掉書袋的行為，稱之為「抄書」，缺乏由衷之言，沒有自己獨到的觀點與見解，徒然仿學古人。張放卻覺得能引用經典的文字讀來才有「滋味」，就像大鍋復興菜，未必拘泥一定的配料，也能熬出醇美的厚味。

一輩子寫了好多書的作家

張放先生什麼都寫，旅遊見聞、讀書感想、罵人的牢騷話，他一輩子出版好多書，唯一沒試過的，除了詩集，恐怕只有「臉書」了！當我這篇文章寫得靈思枯竭、無以為繼時，便點開視窗，搜尋雪婇老師紀念父親的貼文，看看這位「沒有文憑卻知識豐富的老芋頭」如何在女兒的貼文中伸展胳膊蹬蹬腿，如何和「賣菜的阿珠」當朋友，不屑與「自命清高的校園知識菁英」為伍。可惱的是，在這連咖啡也講究拉花裝飾的浮誇年代，張放許多樸實真摯的作品縱然將老兵們「平淡如豆漿」的生活描述得歷歷如繪，也不易引起讀者注目。

流亡歲月砥礪著老作家一身傲骨，即便知音無幾仍筆耕不輟。塗鴉牆的動態訊息如流瀑沖刷螢幕。我突然異想天開地思忖，若張放擁有自己的臉書平臺，每天發表即時雜感，那麼晚年生活會熱鬧些嗎？試想百字短文〈吳稚暉吃素〉浮現動態時報，吳先生打趣地向新婚的李石曾說：「石老上頭吃素，下頭是不吃素的。鄙人上頭雖不吃素，下頭倒還是素。」這般輕鬆小品將得到多少臉友反饋？或者以南朝筆記的寫法，敘述茅盾在文友餐敘之間，依鄭振鐸指定的回目滔滔不絕背誦《紅樓夢》的精采篇章，又能得到怎樣的迴響？

當然，這些荒誕的想法無緣實現了。張放先生晚年益發清瘦，回顧二〇一三年雪婇老師的臉書，有一張與父親的合影，老作家眼神依然閃著笑意，五官輪廓深刻，貼文形容：「我的爸爸越來越像卡通人物阿丹。」圓圓的腦袋翹著兩根稀疏的髮束，有點滑稽相，像個淘氣的小孩。照片中，雪婇老師體態挺拔，爽朗的笑臉上難掩英氣，十足女漢子的模樣，她因為父親的鼓勵而赴美深造，久居國外數年。她深知爸爸對「把持文壇的學院派」極為反感，終其一生，張放在這個小圈子處於邊緣地位，女兒進入學院，得以累積更雄厚的文化資本，想來彌補不少老人家心頭的缺憾與落寞吧。

．

晚年的張放變得柔軟許多，他會端詳著女兒的臉，篤定地說：「你是我最好的作品！」這個女兒不僅能寫作，還留洋拿了學位，以世俗的眼光論斷，其成就遠遠超越了父親。瘂弦曾開玩笑說，張放恨不得拿著機關槍守在女兒身邊。也許，在他心中這個孩子不亞鬚眉男兒，應當自強自立、獨當一面，根本沒必要嫁作人婦。

關於這對父女的互動情狀，在雪婇老師的描述下，我將久久記得這樣的日常場景：作家爸爸虛掩著門，在書房整理小說草稿，手指微微顫抖地黏貼郵票，忽然忘了哪家報社地址，回頭向客廳喊道：「嘿，兒子！」

此刻教授女兒斂起文件，推了推眼鏡，抬頭，不假思索地應了一聲：「噯！」

作家老爸與教授女兒

透過張雪媃老師，我才認識張放，張先生予我的第一印象比較接近「文青」：一個對寫作與人生抱持著憧憬與烏托邦式想望的人。

同時，他也是一位有些孩子氣的父親，幽默率真，愛唱歌，愛模仿別人說話，能捧能逗，表演力極強，血液裡有種諧星的特質，飛揚活潑的性情讓他的雜文不拘一格，下筆自在揮灑，沒什麼包袱。他能認真考據史料，鑽研知識，也願意像《笑林廣記》那樣，寫些輕鬆逗趣的小品，博讀者一粲。

雪媃老師跟學生分享好多父女相處的趣事，這也是我這篇文章的切入點。由於和張先生素未謀面，他的樣貌血肉都是從雪媃老師嘴裡聽來的，某層意義上，是女兒的視角聲腔給予父親一個肉身，晚年的張放看起來像淘氣男孩阿丹，雪媃老師則愈來愈像一位母親。

文章構想是簡單的，然而材料的揀選、剪裁，以及事件的連接和視角的調整，於我而言都是煞費思量的挑戰，我希望將父與女的形象互為表裡地嵌在一起，不只紀念張放先生，也向雪媃老師致上深深敬意。

「狠」的哲學

顏元叔與他的文學評論工程

◆陳柏言

繪圖・毛奇

顏元叔（一九三三～二〇一二），湖南茶陵人，出生於南京；一九四九年來臺。臺灣大學外文系畢業，美國馬克大學英美文學碩士，威斯康辛大學英美文學博士；曾任教於美國密西根大學，臺灣大學外文系教授、系主任。一九七二年創辦《中外文學》。創作文類以論述與散文為主，學術論著主要為文學批評與英美文學，並致力研究莎士比亞，出版作品計二十餘種。

陳柏言（一九九一～）。臺灣大學中文系碩士。現為臺灣大學中文系博士生。曾獲聯合報文學獎短篇小說組大獎等。著有《夕瀑雨》、《球形祖母》、《溫州街上有什麼？》。

從《家變》談起：苦寫與苦讀

初識顏元叔，是二〇一〇年陳芳明老師「文學批評」的課堂。期末報告，芳明老師要我們各選一位文學評論家，重新評論他的「評論」。我從眾多名單中挑選了顏元叔，以及他在一九七三年四月《中外文學》發表的〈苦讀細品談家變〉。那時我大二，堪稱「文青」，亦是初習小說的新手。現在想來，只能視為「憨膽」吧：馬步未打穩，總想要越級打怪了。

為寫報告，我的背包裡總放著一本《家變》。

在經年落雨的山城，有一段不短的時間，我並不知曉該拿包裡的書如何是好。就只是擱置。我這樣的無所作為，無非是玄理意義上的參禪，或只求心安的裝飾——神像帶著走，總有一天會顯靈？已出版多本詩集的學長，見我眉頭深鎖讀《家變》，哈哈苦笑：「如果不是寫課堂報告，應該沒人會讀這本書吧？」我亦笑笑稱是，當然當然，回頭繼續面書自省。

我困在《家變》許久，找不到一個入口。

直到期中考後，我在人滿為患的高鐵車廂打開《家變》，卻忽然讀進去了。讀得沉醉極了，竟忘路之遠近，忘鐵路便當。那是小學讀《天龍八部》以後，許久沒深陷的文字體驗。或許是窗外高速流轉的風景，或者那擁擠彷若禁錮的座位，竟交織出一股張力，讓我重新體會《家變》流轉的韻。我逐漸懂得：《家變》之「變」，不只是「家變」，更是「文變」；「牠」是文字、文風和文體的流變。牠的敘事，不是一般長篇小說向外擴張，而是向內扭捲：牠是一部強烈內爆的作品，一部「往內裡去」的《變形記》。牠不只是少年范曄的啟蒙敘事，更是小說家王文興掙扎轉骨，刻滿「成長痛」的心靈史。

•

《家變》是一鐵籠，是一逃脫秀——用王文興的話來說，是「困獸之鬥」。王文興搏鬥的對象，是文字本身——他以文字（也僅能以文字）與文字正面對決。同樣的，顏元叔對抗的，亦是陳俗的文學和老舊的觀念。而他的武器，是苦讀，是細品——他要從頭開始，破壞性重建，他要將「何謂文學」打掉重練。

苦寫與苦讀。他們預示著一波文學新浪潮的到臨。

為異端辯護

《家變》在《中外文學》連載六回，「讀者信箱」卻無一語提及《家變》。這是個滿異常的現象。彼時讀者熱心，文章刊出隔期，往往就有回應：不只揪錯字，褒貶作品，有時還隔空筆戰。何以彼時已小有名氣的王文興，竟無有一讀者討論？這樣的沉默讓人掛心，究竟讀者對於《家變》的看法如何？直到《家變》刊後兩期，編者才在雜誌文末的〈編後記〉言明：

> 王文興先生的《家變》，已於本刊第四期至第九期連載完畢。到目前為止，一般的反應是毀譽參半，甚至是毀多於譽。最重要的原因，在於原著文字之「詰屈聱牙」，令人難以卒讀。

由此看來，《家變》刊載時並非無人討論，甚至可能引發諸多非議。只是，編輯並未將這些批判信件刊出，或許有意「為尊者諱」。然而，編者卻也在文末，留下隱晦（或也帶有責備）的困惑：「一位在創作及理論兩方面都有造詣的人，在這樣嚴謹的態度下，為什麼寫出諸如《家變》的作品？」

•

時任臺大外文系主任的顏元叔，是第一個為《家變》辯護之人，而其辯狀即是〈苦讀細品談家變〉。

文章開篇，顏元叔就給王文興一記下馬威，憶述作者的幾篇小說「給我的印象十分之壞」，「我以為像〈龍天樓〉這樣的作品，是用意志壓榨出來的，既無文采，更無真實感。」顏元叔接著說，《中外文學》予以連載，乃因社裡同仁認為這是王文興歷時七年的創作，「可說是只論耕耘不論成果地和王文興訂下合約。」由此可見，顏元叔原對王文興的創作並不抱好感，甚至帶有懷疑：耗時七年完成的《家變》，很可能「苦勞大於功勞」。

然而，經過「苦讀細品」，苛刻的顏元叔竟給予《家變》前所未有的崇高評價：

越苦讀越覺得有甘味，越苦讀越覺得可以細品，越細品越令人拍案驚奇！我以為《家變》只是一部苦澀乾瘠如《龍天樓》的東西，如今我敢申稱《家變》是現代中國小說的傑作之一，極少數的傑作之一！

顏元叔帶入佛洛伊德的《夢的解析》與伊底帕斯戀母弒父情結理論，解讀小說中范曄與父母的關係，很好地疏通理論與文學作品間的關係。此外，顏元叔特別注意到「二哥」這個角色。他從拍攝全家照的段落，細緻解析這個正在崩壞的家庭的權力結構。除了情節分析，顏元叔更重要的貢獻，在於強調《家變》「詰屈聱牙」有其意義。顏元叔指出，不同於「珠圓玉潤」的傳統美文，《家變》追求的是形式的突破，是對「可讀性」（readability）與一切陳言套語（cliché）的背叛與革命。

特別重視語言的觀點，在顏元叔早前的小說批評已見肇端。例如一九六九年發表於《現代文學》的〈筆觸、結構、主題——細讀於梨華〉，顏元叔便批評於梨華過度的副詞、形容詞運用，乃至於俚俗造作的筆觸。而同一年發表的〈白先勇的語言〉，顏元叔亦特別標舉「語言」問題，並指出語言和敘事觀點不可分離。顏元叔注意到白先勇的嘲諷意圖，乃至於文白新舊雜揉的特質，卻也點出其有限性：

> 這些故事，這些人物，都有點像白先勇的語言，是新舊交替時代的人物，是一些被時間遺忘了的苟延殘喘的故事，是上流社會的眾生相。基於這些條件，他的語言是恰當的。假使白先勇侵略到中下層社會裡，或者處理著別的題材，他的語言可能就力不從心了。

在〈苦讀細品談家變〉之後，《中外文學》陸續刊出《家變》的評論，大抵循著顏元叔開闢的進路，持續探討語言文字問題。例如《中外文學》第十二期的歐陽子〈論《家變》之結構形式與文字句法〉和張漢良〈淺談《家變》的文字〉，就是此方面的專論。

一九七三年五月，《中外文學》主辦「《家變》座談會」，林海音、子于、張健、朱西甯、張漢良等諸多學者作家，齊聚一堂，針對《家變》提出見解，戰場果然就在「語言」。林海音開場便說，「王文興先生寫作實在太自由了，但是它也太不給我們自由了」；因此，閱讀時索性不管《家變》中「怪變」、「彆扭」的文字，只關注小說的人物與情節。子于則將《家變》和黃春明、王禎和的小說並看，認為他們寫的「可以說全是一套新的各自的語言」。子于進而指出，如此創作小說固然可行，卻會妨礙讀者接近。張漢良則針對前說加以反駁，認為文學本該是「以文字作媒介來表達的一種方式」，「既然是以文字作媒介，就不應該如林海音女士所說的那樣，把它們忽略過去。」

座談會上，與會嘉賓皆侃侃而談；惟顏元叔身為主席，卻未置一語。會議紀錄顯明：「時間不足，顏先生並未發表意見，他以為一般對《家變》文字的誤解甚深，當另撰文討論。」我卻以為，這份沉默，或許是顏元叔的一點機心。他已以長篇專文細論過此書，此刻的「不語」，不也是某種關乎語言的回應嗎？

折返跑：艾略特或歐立德？

顏元叔過世時，陳芳明以「新批評」為他蓋棺論定：「顏元叔對臺灣文學的最大衝擊，莫過於有計畫地引介『新批評』的實踐到國內。」楊照〈臺灣戰後五十年文學批評小史〉亦指出，「顏元叔這個名字和『新批評』是分不開的……顏元叔不只引介『新批評』，他更是大膽地以這套理論工具到處解讀作品。」而「新批評」的具體內涵為何？楊照說：

> 「新批評」認定作品是一個獨立統一的整體，因此批評必須以作品為中心，擺脫作家個性、社會環境、時代風氣等「不必要因素」……「新批評」傳入臺灣，立刻滿足了文學界兩大需要：一是對外國尤其是歐美最新知識的飢渴與崇拜；二是掙脫陳腐政治意識形態與道德解釋，為文學創作找到屬於自己的自由空間。

「新批評」等於顏元叔的同義詞，已是一個普遍的認識。於是，顏元叔的批評，不是顏元叔的批評，而是新批評；他像是一道律則，一尊名為「新批評」的新神。

回到根柢，我們仍要追問：什麼是「新」？

根據林巾力對「新批評」流派的爬梳，基本上，文學史是以休姆（T. E. Hulme）與龐德（Ezra Pound）為遠祖，而以艾略特（T. S. Eliot）和瑞恰慈（I. A. Richards）為新批評的奠基者。艾略特強調作品評論的「非個人性」（impersonality），並提出：「誠實的批評和敏感的鑑賞不應著眼於詩人，而應著眼於詩篇本身」。瑞恰慈則結合心理學和語義學，並在《文學批評原理》中強調文學是一門「應用科學」，而文學批評應當建構一套能與科學媲美的方法論。由此，「新批評」以作品為聚焦，以客觀方法為主的趨向，大致底定。

•

在華文世界，艾略特詩作的譯介早從三〇年代就開始。不過，根據楊宗翰的考察，艾略特對於臺灣的影響，要到戰後的五、六〇年代才逐漸顯現，諸如《現代詩》、《創世紀》、《文學雜誌》等詩刊，都刊出艾略特的詩作與致敬之作。一九六五年，顏元叔發表〈論歐立德的詩〉以降，顏氏更成為艾略特詩學在臺灣的主要詮釋者。

一九六八年，顏元叔發表〈歐立德與艾略特〉於《大學雜誌》，針對Eliot要譯為「艾略特」或「歐立德」有過一番辯駁。顏元叔說，T. S. Eliot出生於美國世家，受教育於哈佛大學，後來卻脫離美國，移民英國，只因為「不願意生活在一個文化傳統菲薄的國家」。換言之，T. S. Eliot其實是個「尊重傳統的保守人物」，「於是無論在他的詩歌、戲劇、散文之中，處處都可以聞到他的傳統與保守的氣息」。緣此，顏元叔主張將Eliot譯為「歐立德」，因為他是一個「立功立德的人」，「在Eliot的幽默之餘，我們該可察出一股嚴肅的熱情，是他擁抱著他所見到的生命真諦，便再無他求了。」

彼時，「艾略特」此一譯名已成定論，顏元叔的作為，顯然不是單純的任意妄為，也並非他對T. S. Eliot的個別認識；更重要的是，他對於「什麼是文學」的整體想像。在顏元叔的認知中，T. S. Eliot的詩學從未放棄傳統（猶如他的名篇〈傳統與個人才具〉）。換言之，要談「新」，必須先回到「舊」——新批評從來不「新」，更像一場折返跑：它要從舊傳統中提取新的資源。

文學倫理的包袱

事實上，早在一九六七年五月，顏元叔於《純文學》雜誌發表〈文學與文學批評〉一文，就已指出「文學批評旨在批評文學，而文學本身的功用則是在批評生命……，文學的最終目的是在教育良心。」而在隔年六月發表的〈文學之為藝術〉，顏元叔也說：「文學若無道德責任感，則不成其為文學。更由於文學的道德責任感，文學的社會關懷乃是必然的結果」。一九七六年，顏元叔結集出版《何謂文學》，可謂其文學觀的一個總結。首篇〈文學是什麼與為什麼〉，顏元叔即強調：「文學，就廣義言，是一種道德藝術，所以文學是為人類作價值判斷的工具。」綜上所述，在顏元叔的文學觀念中，並不認為文學只是文字技巧的展演，更帶有倫理化的傾向——這從他堅持將「艾略特」譯為「歐立德」，就顯見一斑。如此，文學必須回應人生，必須形塑道德，那麼，文學批評就不可能只是關注文字／文本。

．

顏元叔賦予文學深重的倫理承擔，也因此，一九七三年《談民族文學》的出現，也就不令人意外了。〈談民族文學〉一文，顏元叔高呼著文學的民族主義：

> 我們應該時時提醒自己，文學是民族性的，也應該是民族性的。文學若不為民族作喉舌，作表達，民族意識即無由繼承傳遞，民族文化即無根基，亦無骨幹。

基於鼓吹「民族文學」的信念，顏元叔將新批評帶入中國傳統詩歌的評論。橫行無阻的他，指稱〈長恨歌〉「梨花一枝春帶雨」帶有性的暗示，甚至擅改朱慶餘〈近試上張水部〉詩題為〈停紅燭〉，已備受爭議；而後又因詩歌詮釋方法，與葉嘉瑩、夏志清、徐復觀等論戰，甚至說出「誤解不正是任何求解過程的副產品」這樣的話。一九七七年，他在〈析杜甫的〈詠明妃〉〉一文，錯引杜甫詩句，更讓他在文化圈的聲名大壞。一九八〇年代，顏元叔幾乎退出評論圈，退守學院，苦心孤詣完成《莎士比亞通論》四巨冊，計兩百餘萬字。

折「舊」的新批評

閱讀顏元叔晚年遺作《一片冰心在沸騰》，顏幾乎將一切文學專業，讓渡給民族主義思維。一九九二年，他為《中外文學》二十周年所作的文章，題目就名為〈一切從反西方開始〉。英美文學出身的顏元叔，竟視西方價值如洪水猛獸，亦將他熱愛的荷馬、莎士比亞、艾略特（此時，他不再堅持「歐立德」），打為批判對象。顏元叔歌頌中國的文化大革命，歌頌紅衛兵「造反有理」，他引述毛澤東的天安門宣誓：「中國人站起來了！」期許「振興中華」的一天。

顏元叔曾因自己拿的是英美文學博士學位，意氣風發（他認為自己是正統英美科系畢業，而非「比較文學」）；晚年卻對所學加以批判，在文學評論場域，近乎自我噤聲、自我消除。

這是一代文壇霸主的終局。

•

時間回到一九七三年，仍是〈苦讀細品談《家變》〉。顏元叔在文章中說：

《家變》給我的感受，就是一個「真」字。你細細讀去，字裡行間都是真實生命，真實人生……《家變》的臨即感，時而百分之百。文學能「真」，夫復何求？

結語處，顏元叔再次宣示：「總而言之，最後一句話：《家變》就是『真』。」對顏元叔來說，最好的文學，只是一個「真」字；而文學評論，不也是求「真」的工作嗎？

狂飆年代已經過去，顏元叔留下的「新」批評早已折舊；而晚年的民族主義信念，更被蘇曉康譏為「大愛國者兼專制主義者」。

顏元叔曾為異端辯護，為誤解辯護，最後，甚至為「敵國」辯護。

我以為，這不只是顏元叔嚮往的「真」，更是他在〈狠的哲學〉中，標舉的「狠」。「狠」的要求是澈底，是百分之百。「狠」的要求是迫使自己，作毫無保留的努力。

文學江湖的七傷拳

寫顏元叔的這段時間，我買了兩盆植物，一個電鍋，絕交了一個大學時的友人。心裡特別平靜。寫顏元叔像是懺情，像要彌補什麼。他是我對「現代小說」的最初想像：一頭怪物，一名苦行僧，或者「魔鬼代言人」（伍軒宏語）。這次讀他，一以貫之的印象，就是全身帶勁的「狠」（像是電池廣告？）。他的狠不是陰險的「九陰白骨爪」，而是嚴以待人，狠以律己，兩敗俱傷的「七傷拳」。他的武術自有章法，吵起架來卻愛火力全開。忘了是在古龍的哪部武俠小說讀到，「不怕死的人是最可怕的」，這是顏元叔奉行的「狠」。若像《穿著Prada的惡魔》那樣的套路，再兇狠之人，內心都有軟爛的一塊。奇怪的是，顏元叔的文字，幾乎讀不出這個面向——在小說或一般散文中，也讀不到。就這方面而言，顏元叔藏得太好，夠狠。

此文的完成，要特別感謝《文訊》同仁，以及盧瑋雯的碩士論文〈顏元叔與其狂飆的文學批評年代〉提供的文獻資料，非常有幫助。

水晶：舊時代的人物們

◆利文祺

繪圖・毛奇

水晶（一九三五～二〇一八），江蘇南通人，本名楊沂；一九四九年前後來臺。臺灣大學外文系畢業，美國愛荷華大學藝術學院碩士，加州大學比較文學所博士。曾任教於南洋婆羅乃大學、美國洛杉磯州立大學中文系、淡江大學英文系。曾獲《現代文學》小說獎。創作文類有論述、散文及小說，出版作品近二十種。

利文祺（一九八六～）。愛丁堡大學比較文學碩士、漢學碩士。蘇黎世大學漢學博士。現為愛丁堡大學人文高等學院研究員。曾獲英國比較文學學會翻譯首獎。著有《文學騎士》、《划向天疆》。

我對水晶的第一印象，來自於陳芳明在《後殖民臺灣：文學史論及其周邊》提到張愛玲時，認為水晶的《張愛玲的小說藝術》以及其研究功不可沒，不同於以往夏志清等人將張愛玲至於反共文學作家，水晶是第一位超越政治偏見，「純粹就（張愛玲的）文學作品本身進行藝術的考察」。同時，水晶也指出朱西甯和王禎和如何受到張的影響，也預言了張如何被重視，水晶言：「張女士注定要在自由中國，成為最重要的作家，受到許多後來者的推崇與讚美。」此時，水晶對我來說，只是個推動文學的評論家。

然而閱讀他的作品，我發現他許多有趣的一面。水晶本名楊沂，一九三五年生於江蘇，之後舉家遷到上海。兒時的上海記憶可以在自傳小說〈安娣簡妮佛的黃絨虎〉窺見端倪。這是一篇有趣的小說，從水晶的孩童之眼，觀看家族在國共內戰時的興衰，人情的嚴峻冷酷。主要角色乾娘是在亂世仍「照樣燙髮、化妝，粉白脂紅，有幾件鮮豔的織錦旗袍」，乾爺則敗掉了家產，賭博、逛窯子、吸鴉片，樣樣都來。而大姊夫曾在國民黨軍之下做事，如今共產黨要來抓他，水晶的母親想護著他，其他近親卻冷酷地要把他交出來。

自傳小說，回憶逃難記

有一天，年幼的敘述者和家人在看梅蘭芳復出的第一場戲，也等著要來觀戲的乾媽，等不到乾媽卻等到了惹人厭的乾爺。乾爺大哭，說乾娘暴斃了（其實是自殺）。而後上演了最精采的戲碼，乾爺問水晶的母親關於葬禮：「——到時候你們還沒有離開上海吧？」恰好說中了母親急欲帶著一家，離開中國躲避內戰的心事。母親只好回應：「彥伯，你放心，星期二我們一定來。」此時，讀者開始思考這樣的難題該怎麼解決，不去的話表示被說中了，去的話可能離不開中國。最後，明智的母親想到一招，而凸顯了母親保護全家的用心。她待在家中，只讓大姊去葬禮，讓她向可鄙的大舅說：

買船票的事是有的，不過，只買了兩張，是她和大姊夫想走。母親並不想離開上海，因為——她年紀大了，又有高血壓的毛病。一時瞞著大家，因為實在不好說。母親吩咐過，萬一今天遇見大舅，大舅問起來，要據實以告，還要大舅舅代為保密，別告訴別人……

這棋下得太好，以祕密換祕密，犧牲換成全。大姊向大舅說了祕密，也求祕密不要外洩，成為另一種她和大舅之間的祕密，而母親也決定作為「人質」，換大姊夫、大姊和水晶的自由。故事最後，水晶提到，乾爺在共產黨底下竟吃得開，成為一塊極好的樣板：在舊社會無可救藥的人，竟在新社會的援助，重獲新生。

這篇故事還有後話。在〈船過水無痕〉一篇，水晶描述和二姊過了半世紀在美國重逢。此時才回憶如何逃出中國，當時解放開始，大姊夫和大姊登上了輪船逃亡，臨走時把幼小的水晶順便帶走。母親完全蒙在鼓裡，意識到時他們已經投奔自由。母親之後的心思朝朝暮暮，想著那離開的一兒一女。而二姊的身世也相當特別。她在十六歲就蹺家投奔共產黨，後來升遷，「後面跟著帶槍的小解放軍」。民國三十四年，母親輾轉住在南京，後來和這女兒重逢，但總是對她很客氣，話也不多。水晶知道「母親是不喜歡共產黨的。先父在抗戰時期、重慶國民政府當過不大不小的官，她對共產黨的厭惡感可想而知。怎麼到頭來女兒也幹起這一行來？」從此母親生病時就喜歡躺在床上，生病後更少下床。水晶想著：

外面是個殘酷的世界。從民國三十三年到三十八年，短短的五年不到，這個殘苦不仁的世界，奪走了她的丈夫，逼走了她的愛子、愛女、愛婿……她已經無處可以遁走，只有賴在床上，用悔罪式的思念，消耗生命中的餘念（年）餘瀝（曆）了。

另一篇虛構小說〈午夜夢囈〉也是我讀來深感趣味的。水晶將故事中的外省人的

「我」比做許仙，林素真為白蛇、以及符艷女為青蛇（兩人皆為本省人），徐姓上司為法海。在這次到谷關的公司郊遊，「我」迷戀上了同事林素真。在颱風欲來的晚上，旅館彷彿鬧著鬼魅，「我」卻突然意識到林素真在溫泉池中自殺了，趕忙急救之下才保了性命。而後回到公司，「我」在情慾的作祟下，決定一再地向林素真表白，卻收到林素真委託符艷女提出的鄭重婉拒。後來，林素真自殺了，「我」找到了符艷女詢問原委，確定當時謠傳林素真和徐上司的戀情是真的，而林素真覺得自己被玷污而配不上「我」，婉拒了「我」的追求，也因為和徐上司不堪的地下情而結束生命。這段故事，根據水晶所言，乃想重新闡述法海的心理，他認為法海嫉妒年輕、春風得意的許仙，法海是「老醜而又道貌岸然一本正經的男人，企圖納妾，又恐怕玉人芳心另有所屬而產生的嫉妒交加心理」。然而，如同〈安娣簡妮佛的黃絨虎〉，水晶善於將故事營造得有趣味，吊讀者的胃，讓人想知道接下來會發生什麼事。而恰巧兩篇小說都有自殺情節，原委又寫的那麼撲朔迷離，如水晶提到乾娘的死如《紅樓夢》的秦可卿，「闔家都有些疑心」，林素真的死也如此這般，恐怕是「淫喪天香樓」。

作家性格，散文見一二

水晶的散文，或許最能夠體現作家性格。主題涵蓋生活大小事、民初流行樂、張愛玲研究、電影、中國文學、英美文學批評。他寫美國生活，也寫歸回臺灣的瑣事。美國生活大抵不脫華人如何看待美國，有些描寫處相當新鮮，如〈地鼠與玫瑰〉描寫地鼠如何咬嚙玫瑰的根，或者作家體認到自身客居於此，終究不是美國人，於是以一種憤世的心情觀察社會，如〈美國精神何在〉，水晶認為美國強調的貨真價實、童叟無欺，在這二十年逐漸消逝，僅剩欺騙和不盡責。

〈對不起，借過一下〉描寫中國人在美國寄人籬下，渴望融入，卻又格格不入，產生特有的卑奴又自大的心態。水晶提到美國甚囂塵上的種族主義，並開始打轉美語中「對不起」到底有多少含義，最後他發現，「對不起」在讓路時竟表示「滾開點」！水晶自我安慰：「你喊這個詞兒，只代表你的種族優越感，其他我們一律平等。」某天，他們討沒趣地找了超市試驗，一位黑裔或西班牙裔的女子高喊：「對不起，借過一下！」敘述者道：

> 這時我有一個不可理喻的衝動：想笑出聲來，但是我不能！在優孟衣冠禮儀之邦的美國，這樣的「失笑」是要貽笑大方的。我強自把笑的衝動壓抑下去，代之而起的是一陣不可遏止的憤怒；這太豈有此理了，這樣小不點人兒，竟也是美國主義的一個執法者。

這篇自嘲的散文，讓我們看到阿Q式的精神勝利法，以及人在異地遭受不平時的懦弱和無力。

他對美國有「獨到的偏見」，水晶從美國回到了臺灣，他的散文開始描寫臺北生活，如花市、切西瓜、養鳥等，有時也寫下另一種「獨到的偏見」，讓現今的讀者感到好笑，想著水晶到底是認真還是反串？如〈誘惑的紫色〉梳理該顏色在中國史的意義，是孔子所言的「惡紫之亂朱」，或《紅樓夢》中鳳姊穿的紫貂，「使人想起魅麗的異鄉趣味，亦非正色」，或如舊金山同性戀區的「粉光脂艷」的房子。當今的臺北，讓他誤以為回到了「同性戀族人聚居的卡斯楚區」，只因臺北街頭巷尾都漆成了紫色，「歌林冰箱，扶手把柄、品牌，也有一半綴以淺紫色」，這是儒家所賤斥的「擋不住的誘惑」，水晶道：

跟著紫色浪潮洶湧而來的，是黑星手、安非他命、校園暴力、警匪槍戰、立院的火爆場面，還有，就是即將來臨的大地震嗎？啊！紫色，可怕的紫色……聰明的臺北人，拜託，不要一味說「只要我喜歡」，請趕快放棄這代表災星到臨的亂色吧！

喜愛老歌，書寫滄桑記

他對老歌的喜愛，促使他寫了《流行歌曲滄桑記》，這本書剖析了早期重要歌星的作品，以及留下了一些訪問。坦白說，這本書我讀來是無味的，原因為對於這些歌星的不熟悉，以及毫無年代劃分的章節，但這也不能怪水晶，這本書是要給有一定知識的老讀者。在這本書的序，水晶提到流行歌的研究來自於一九七九年，他在經營博士論文，當時他抗拒博士論文的寫作，因為那不是靈性之作，只是為了功名而已。他在花園中修剪殘枝敗葉，此時，「下意識裡冰封著的流行歌曲，便春雪般地溶解開來，而且浪濤洶湧，只管奔湊了來」。在研究老歌的過程，水晶意識到並沒有所謂的時代淘選，所謂好的老歌禁得起考驗並非事實，「殘存的不一定是『天演論』的勝利者，沒的也未必盡是劣贗品，中國人的淘汰原則完全是不天然的，人為的因素倒占大多數」。

水晶也主持電臺節目「水晶談老歌」，介紹民國三十八年前的流行歌。收錄在《說涼》的兩篇散文〈我到上海挖老歌〉、〈莫忘今宵〉，描寫輾轉尋歌過程。前者提到他託人在上海圖書館找尋四百首老歌，卻讓事情越來越複雜、離題，讓他不得不親自到中國一趟。在第二篇散文，提到水晶的上海驚魂記，他坐上計程車後，兩位司機向他要美金或臺幣相換，水晶立即警覺到他們將拿假鈔交換，隨即鎮定地請他們先找尋旅館。在遍尋不到旅館的情況下，眼看時間越來越晚，水晶立即想到他在上海的接應，於是要求找電話亭。司機將車開到黑弄堂口的小屋內，通話時朋友要水晶留下電話號碼和地址。回到車中，果然從黑影裡竄出兩三位強盜，手裡攜著械，吆喝著：「車上的臺胞老先生，勿要怕，阿拉載儂去儂要去格地方。」車上司機則說：「儂勿要亂來，車子裡坐勒是臺胞，晏歇府（等一會）公安同志來了，儂勿要跑！」在驚慌之中，想來就要完蛋，然而衝出了一名中年人，「看起來像是舊社會的龍頭老大。他揮揮手，兩名鼓譟得正兇的年輕人，機器人似的停止了一切火爆的語言、粗魯的動作。」

這是事先預演好的嗎？他們為何打算搶起來之後又放了他？車上的兩位司機是同夥的嗎？後來他見到了朋友，朋友說，當初要水晶留下訊息或許讓他們打了退堂鼓。因為朋友知道水晶的下落，也可以聯繫公安。又或者司機對是上海人的水晶留情，這一切已不得而知。

•

水晶的張愛玲研究大多收錄在《張愛玲的小說藝術》，其他的散文集亦有零星文章。較有趣的是〈煞風景——張愛玲巧扮死神〉，提到她最著名的照片，在獲得時報文學獎後所拍攝。她手握一卷報紙，上面頭條是「主席金日成昨猝逝」。我們或許會納悶，張要向讀者洩露何種訊息？然而水晶認為，這是一種「煞風景」，在獲獎照片上擊碎讀著對張的浪漫幻想，間接指出「死亡使人平等」。

水晶作品，早期生活史

水晶的散文和小說有舊式風格，以年輕的觀點來看或許不合時宜，然而我在閱讀的過程卻相當愉悅，是四平八穩又容易理解。像他們那一輩的人，他從中國、香港、臺灣、到了美國，最後又落腳臺灣。他的文筆照鑑了舊時代的人們，屬於民國初期，國民政府來臺，五、六〇年代，以及後現代五彩繽紛的物質臺灣。水晶的作品是早期生活史，體現了不斷流浪的悲傷，對中國的鄉愁，以及思考如何自處於當代變動的社會。

意料之外的「水晶」

對於研究臺灣詩歌的我來說，並不熟悉散文家和小說家。水晶也是透過陳芳明的專書，間接了解他對張愛玲研究的貢獻。光憑筆名，我甚至誤以為他是香港人，並且是個女性。這些錯誤讓我以為水晶的作品必定如張一般閃耀著。索性答應寫作計畫並在三民訂了書。閱讀下來，我發現作品是有缺陷的，如〈安娣簡妮佛的黃絨虎〉常以大量的括號表露作者的心意，似乎擔心讀者讀不出含義，這做法完全破壞了文本的流暢性。〈午夜夢囈〉的上篇幾乎可以刪去，因為和後來的故事無關。另外，張愛玲和流行歌的研究散文，並沒有嚴謹的學術論證或系統整理，較多如行雲流水隨興所至。但大致讀完，仍能找到一些有趣的作品。我將這些作品整理出來，完成這篇簡短的賞析供讀者參考。

帕米爾的某一午後

尉天驄與《筆匯》的追尋

◆朱宥勳

繪圖・毛奇

尉天驄（一九三五～二〇一九），江蘇碭山人；一九四九年來臺。政治大學中文系畢業。曾任《筆匯》、《文學季刊》、《文季》、《中國論壇》主編。為臺灣鄉土文學論戰代表作家，並編選《鄉土文學討論集》。曾任政治大學中文系教授。曾獲巫永福文學獎。創作文類以文學評論、散文為主，亦有小說，出版作品計十餘種。

朱宥勳（一九八八～）。清華大學臺灣文學所碩士。現為奇異果版高中國文課本執行主編。曾獲金鼎獎、林榮三文學獎、全國學生文學獎、臺積電青年文學獎。著有《暗影》、《湖上的鴨子都到哪裡去了》、《他們沒在寫小說的時候：戒嚴臺灣小說家群像》、《作家生存攻略》等。

「告訴你們蘋果是什麼。蘋果就是……幸福罷。」

任公坐在辦公桌前，桌心就只有一本薄薄的《筆匯》雜誌，封面上寫著「第二卷第十一、十二期合刊」。隔著辦公桌，縮在左側沙發上、沉默地吸菸的中年人，是被夢老戲稱為書呆子的公偉。右側則是剛退伍的姪兒天驄，頭上還是一片短刺的髮型，腰板無意義地挺直著，好像還未從軍中的規矩恢復過來的樣子。兩人臉上的表情變換著，都是一會兒惶惑、一會兒倔強的樣子。

就讓他們多悶一會兒吧。

•

任公明白他們有話想說，也故意不先搭話，假若無事地翻開了這期《筆匯》。那篇差點引起麻煩的，署名為「鄭左金」的小說〈三月〉自然是抽掉了，換成了陳根旺的〈蘋果樹〉。任公的目光停在書頁上那句沒頭沒腦的，關於蘋果和幸福的話，也沒有什麼要深究的意思。說是十一、十二期合刊，其實內容仍只有一期的分量。不只是分量，連內容都幾乎跟原定的第十一期一模一樣，只除了眼前的這篇不起眼的小說。讀者一定覺得莫名其妙吧——這等於就是平白脫期了一個月，卻又渾若無事地出了下一刊。

此處是帕米爾書店的二樓。臺北的十一月陽光像是浸了水一樣，即便在沒有下雨的日子，那陰冷的色調也很難算得上是晴天。這是任公一手創辦的書店，「帕米爾」有兩層意思，一是取其「亞洲屋脊」的高聳之意；二是取其位居絲路要津，溝通中西的樞紐位置。幾年來，帕米爾出版了大量關於三民主義的理論書籍，也基於反共目的，出版不少研究共產黨的書目——這時節，若非有任公這黨內的老字號頂著，等閒也沒辦法出這些書的吧。

誰都知道，任公不可能是匪諜的。人一生可以有的背叛機會是有限的，他的已經用掉了。

這份《筆匯》雜誌，本來也是任公和幾個老朋友辦來評議時政的。只是辦來辦去，始終不成氣候，大家也就散了，這才在兩年前交給天驄。

天驄倒是辦得有聲有色。改版為「革新號」之後，《筆匯》減低了政治性、轉型成一份文藝雜誌，就靠天驄到處拉老師、拉同學入夥，竟也在臺北文壇小有名氣了。任公名義上是發行人，事實上也沒怎麼過問雜誌內容了。小伙子們出風頭，任公也著實沾光。出入一些文藝場合時，總有人過來恭維。有人熱心談起新刊有什麼精采文章時，他一概含笑：「過獎、過獎。」一方面是謙遜，一方面也是他真的沒怎麼讀過，除非那期也刊了自己的文章，才會順手翻看版面排得怎麼樣。

有次到「文協」開會，張道藩甚至還主動上來，握住他的手：「任兄，你那幾個後生真了不得。精采！」

現下想來，那應該就是預兆了吧。

打滾大半輩子，半生共產黨、半生國民黨，什麼詭詐手段沒見過？這次竟然毫無警覺，其實也真怨不得人。

真的老了吧。看著眼前的一少、一壯，心裡更是感慨。人老不只是身體的事、精神的事而已，世界也會衰老的。把《筆匯》交給天驄時，任公唯一的一絲不甘，是覺得自己輸給了《自由中國》這個論敵，竟然比對方還早撤出戰場了。可是誰知道呢，去年《自由中國》竟然整個就給抄了。想起自己幾年間和《自由中國》針鋒相對的筆戰，一下子通通虛無了起來。

也許有限度的不只是背叛的機會。人也是見不得太多人事起滅的吧。見多了，就不會跟年輕人一樣心存僥倖。

任公這才輕咳了一聲，放下冊子。

「想得如何了?想通了沒有？」天驄和公偉一齊抬頭望向他。公偉照例還是沒什麼表情，他總是一副木雕人偶的樣子。天驄就不同了，任公一和他對上眼，就忍不住暗嘆了口氣。這幾周的風波顯然沒讓他學會多少，二十多歲的氣力正旺盛著呢。

「會不會……其實是我們太小心了呢？」天驄頓了一下：「姑父，我明白您是為我們好，您事情見得多，小心慣了。可是時代不同了，我們畢竟還是講民主、講自由的不是？仔細看看，那篇〈三月〉真的也沒什麼，只是有人背地裡嚼舌根罷了，總不至於這樣就出事吧？」

「你真覺得那篇沒什麼？」

「或許有那麼一點，敏感吧……但那也是真實的故事啊。三十六年那時候，確實有那樣的混亂和痛苦的吧。夢老不總是在說嗎：文學是要寫真正的人生，真正的世界，不能說假話的。」

空話。都是空話。

都是人年輕時特別容易相信的那種空話。

而任公已經不年輕了，老到足以站在少年時代的任卓宣對面了。他的掌根用力撫過自己的臉頰，努力不讓語調洩漏出心底的疲憊：「你知道鄭左金坐過牢的嗎？知匪不報啊，天驄。這不是玩的。」

「我們刊過他稿子，他就是個南部的老實人，就跟我們一樣熱愛文學，我相信他——」

「你相信他？」任公聲音提了起來：「你認識他嗎？他現在如果就進到帕米爾，你認得出來嗎？國衡認得他嗎？公偉認得，還是夢老認得？你們誰見過他了？至少我就沒有！我們才多大的文藝界，我就沒聽過這號人物。『相信』這兩個字，你說得倒很輕易，你怎麼知道他沒在牢裡見了誰、談了什麼條件？三十六年三月，天寶年間的事了，就他一人記得，然後寫成小說投過來，只此一家別無分號！他本來被判五年的刑期，三年就放出來，這事你知道嗎？你不知道，你就『相信』了！」

天驄脹紫了臉，話全梗在喉頭說不出口。辦公室裡安靜了一陣，只有樓下書店店員和顧客交談的聲音，像幾絲蒸汽般漏了上來。

好半餉，公偉終於第一次開口，輕聲說：「任公，要說坐牢，我也是坐過的。」

任公身子往後一仰，大半個人沉到了椅背裡。他知道自己說得有點太過了，有問題的從來不是天驄，當然也不是什麼南部的鄭左金。一個多月前，天驄根本還沒退伍，稿子是公偉代為編輯，送到帕米爾發印的。這兩年來，任公從不干涉他們編些什麼，他就跟所有訂戶一樣，只會在出刊日有一份《筆匯》躺在他桌上，這次當然也不例外。

只是，稿子一送印就出了事。

「文協」那邊有耳語傳來，張道藩祕密找人開了幾次會，說是偵知了某文藝刊物有鼓動分離主義、搧動叛亂嫌疑的文章，正在研討要怎麼處理。任公一聽便起了警覺：這等小事，從來是那些缺業績就羅織罪名的卒子所為，堂堂張道藩怎麼會管到這裡來？同樣道理，隨便什麼刊物被「文協」整治了，又與任公何干，有什麼好碎嘴的？稍一琢磨，就明白帶耳語來的朋友，是意在含蓄的警告，火要燒到身上來了。

任公動用故舊探問，不禁心頭一涼。據說，在張道藩召開的那些會議裡，每個人都拿到了一份尚未出刊的《筆匯》第十一期的排印稿。

尚未出刊而又有稿子，這說明了書店裡有他們的人。

•

任公腦中似乎響起了那年的槍聲。一陣排槍過後，他是那應當被槍斃卻竟未死去的人。他相信是老天的安排，共產黨不聽他的建議使他被捕，國民黨的子彈卻沒能殺得了他，從此他便成為了不再需要信仰，而能操縱他人信仰的人。槍聲可以擊碎一切，碎掉的人就再也不會被擊敗了。

於是他投效國民黨，深受層峰信任，甚至有人譽之為宣傳體系第一理論家。如果有什麼人會忌憚他，那自然也會是原來就在宣傳體系裡的人，招人眼紅也是題中應有之義。依此推想，就算張道藩從一開始就在書店裡安插了人來監視他，那也不是什麼出人意表的事。

但任公心上還是閃過一陣刺痛。是誰呢？是在樓下辦公的哪一個店員嗎？

在天驄他們不知道的地方，任公做了很多緊急處理。他立刻以身體狀況不佳為由，辭掉了「文協」裡的一個位子，這是向張道藩表示自己無意爭權的意思。他當然也沒有輕舉妄動，此刻若是雷厲風行查起帕米爾的內鬼，就更坐實了有在密謀些什麼的指控。他透過關係，放出了一些關於張道藩的負面消息，暗示將有媒體刊登一些花邊緋聞；張的風流韻事文藝界的人早有耳聞，構不上什麼實質傷害，但他正是希望將這件事降級成格調低落的小打小鬧。

最後，他才找來公偉，要求他們壓住第十一期不出，直到天驄退伍回來再做定奪。幾個年輕人憤懣不平，但雜誌的登記證就扣在發行人任公手上，他不點頭就不可能出版。最終他們勉強同意抽掉鄭左金、換上陳根旺，才出了眼前這期合刊本。他們的委屈全寫在這期的〈敬告讀者〉裡頭了，開頭的第一句就是：「本刊第十期出刊後，由於登記證遺失及其他種種事件，迫使我們不得不擱淺下來……」但任公知道，這一關算是過去了。無論如何，落人口實的那期刊物從未出版，誰也沒辦法拿不存在的第十一期來指控《筆匯》。

•

任公聽過子彈從耳邊削過的聲音。那只是與死亡貼近，而其實意味著存活。

接下來的問題是未來。

「算了，都過了。以後你們多留點心也就是了。」

「任公，這正是我們今天想來找您商量的……」

公偉話音未落，天驄錚然的聲音就衝了出來：「沒有什麼以後了罷。姑父，我們幾個人商量過了，如果您沒有意見，我們在想，《筆匯》就到這一期為止了吧。」

「什麼？」任公有點狼狽：「你們要收了？」

公偉神色尷尬，似乎沒有料到天驄會講得這麼直接。天驄則一臉倔強，大有寧折不屈的氣勢。任公不禁皺了皺眉，尋思自己是不是慣壞了姪兒。當初把《筆匯》交給他，確實是欣賞他的才氣鋒銳，但若因此助長了他不知人事的莽撞，那可就弄巧成拙了。

「是的。財務上本來就有些困難，大家也都畢業，各自有事了。更何況選稿還不能自由，那……」

「你這是跟我賭氣？」

「姪兒不敢。只是，我們辦刊物、寫文章，不就是仗著一股不平而鳴的勁道嗎？」

「人得先活著，才談得上勁道不勁道的。」任公淡淡說。

「因為一篇小說就得談死談活的，我們又不是共產黨！」

「是嗎？」任公冷笑一聲：「你倒曉得了！」

話說出口，任公看到天驄的神色凝了一秒。在那瞬間，任公也有點後悔，這句話是否說得太多了。帕米爾裡有內鬼的事、張道藩私下的小動作，任公完全沒有告訴他們，即使是信任的小輩，也難免人多口雜。因此，在他們看來，任公只是因為幾條曖昧不清的耳語，就橫加干涉選稿吧。然而這句話的鋒銳所指，幾乎就是坐實了背後真有什麼在運作著。

「若真是如此，那還有什麼好辦的呢？」天聰雙手覆面，用力搓揉了一下，像把自己拋進沙發椅那樣往後倒。聲音越來越微弱：「無論寫些什麼，也是不會有人聽到的吧。」

「其實也不是真的要誰聽到，但總覺得不甘心啊，為什麼一切最後都會落空呢。姑父，我明白您不容易，可是我們也是好不容易聚在一起的。夢老、公偉、國衡、國松、永善……寫寫文章，辦辦刊物，這已經是我們最後能做的一點事了，難道在這樣的空氣裡，連這也是奢望嗎？從一開始就是我們搞錯了，事情本來就不可為的，是嗎？」

直到天色晦暗得非開燈不可的時分，任公才像猝然清醒那樣，發現時間已白白流走了好長一段。帕米爾二樓辦公室裡面早已沒有沉默的中年人和姪兒憤懣的身影了，如果任公勉力回憶的話，或許還能記起他們離去時鞠躬的姿勢。不過此刻的任公，腦袋裡似乎只剩下天聰離去前苦澀的話語；那樣的少年，好久好久以前，任公也是認識的：在法國、在莫斯科、在湖南、在上海……在臺北。

這樣的午後不會有槍聲。天聰說得沒錯，時代不同了，他們是沒有聽過槍聲的一代，也最好不必聽過。

任公沒有什麼好對天驄辯解的。對一切茫然無知到可以繼續憤懣的程度，是他們能給年輕人最好的幸福。

任公無意識地翻動著最新也最後一期的《筆匯》。〈敬告讀者〉一文的敘事者（這該是公偉執筆的吧？）還欺瞞地、壯膽似地說著，從下一期開始，他們將要……沒有將要了。有的就是一篇被抽換上來的，幾乎像是告別宣言一樣的小說〈蘋果樹〉。在模糊的黃昏光線裡，任公尚未完全老花的視力，還是讓他看到了小說的最後一句：「林武治君所指稱的蘋果樹，其實只不過是一株不高的青青的茄冬罷了。」

他不知道那是什麼意思，但卻忽然感受到了十一月的微寒。他聽到書店店員上樓的聲音。他認得出逼近的腳步聲，那是帕米爾最資深的王一非，早在上海時代就幫他打理大小事的老部下了。任公遲早會囑他去註銷《筆匯》的登記證。不過，不是今天。今天他只會再委託一非很小的事：就到這裡，早點打烊吧。

與歷史錯身的某個午後

我喜歡歷史的縫隙，而所有的傳記資料都有縫隙。他們有時候是故意的，有時候是不小心的，但作為讀者，我確實是存心往縫隙裡鑽的。那些文字未竟之處令我腦中的問號如泉湧，小說的可能性也就這樣淹漫而出：

尉天驄從姑父任卓宣手上接過《筆匯》，真的只是接下一份刊物而已嗎？

任卓宣前半生共產黨、後半生國民黨，因他而躍入文壇的年輕作家漸漸左傾，有沒有巧合以外的可能？

《筆匯》停刊前消失了一期，即便到最後一期出刊時，〈敬告讀者〉一欄都還寫著未來的規畫，此前此後發生了什麼事？

如果我們遍掃二十三期《筆匯》的目錄，是不是會看到一些可能、或暗地裡發生的交會時刻——比如跨語一代的左獨小說家和早星初綻的左統小說家，正巧以某種形式錯身而過？

這些問號很可能只是我的浮想連翩，親歷那段時光的人或有三言兩語就能解釋過去的方法吧。然而，這種小說之外的小說感，卻深深吸引我的注意力。因此，我寫下了〈帕米爾的某一午後〉，試著以小說為一段可能不存在、卻也可能無比真實的歷史重新上色。

幸而唐文標永遠學不會冷漠

◆蔡旻軒

繪圖・毛奇

唐文標（一九三六～一九八五），廣東開平人，出生於香港；本名謝朝樞。曾就讀香港新亞書院英文系，後於一九五六年移民美國；一九六六年獲伊利諾大學數學博士，曾任教於加州大學沙加緬度分校。一九七二年來臺後，任臺大數學系及政大應用數學系教授。創作文類以散文及論述為主，著有《平原極目》、《唐文標雜碎》、《張愛玲研究》等。

蔡旻軒（一九八九～）。臺北教育大學臺灣文化所碩士。現為臺灣大學臺灣文學所博士生。合著有《終戰那一天：臺灣戰爭世代的故事》。

每年秋天，美國加州州立大學沙加緬度分校裡的銀杏燦黃展軸，棗樹也漸結成果，這個時候，總有個人形色匆匆地穿梭其中，留連忘返，低頭昂首探看著。學生早見怪不怪，他們都知道那個人，是香港來的、教授數學的老師。

等到時機終於成熟，他一一拾起落果，這個形色飽滿、那顆光滑堅實，用手掂了掂，揚起了滿意的笑容。白果這東西，吃起來雖然有些禁忌，但是驅痰定喘，對呼吸系統極好，適合年邁的母親。

他的雙手沒有停過，起落之間，恍惚可見母親的料理。白果啊，這個東西真好，再不濟，直接烤來吃也是不錯的選擇。等過陣子，天氣更涼些，棗子也要成熟了。這次該用什麼方法把棗子給掠下來呢？往年總是徒手搏棗，使盡蠻力狂搖樹幹。落果不少，但氣力盡發，效果不彰，也驚駭了其他學生。

想到這裡，笑出一口不齊的牙，他想，今晚抽空打電話給老媽媽吧。

一

和他的相處不算太長，關於謝朝樞怎麼變成了唐文標，我始終不太清楚，只知道他的童年與第二次世界大戰重疊了一段。謝朝樞的老家在廣東開平，生活不是太好，家鄉的男人多在成婚生子後，前往美國打工，換取一個可能的未來。

謝朝樞的父親就是這樣，頂了個姓唐的名字前往舊金山。直到大學階段，父親才接他們到美國長住。

記得我們初見之時，他即將取得伊利諾大學的博士學位。從文科學士一跨成為理科碩博士，軌道切換得令人措手不及，好似闖過生命的髮夾彎。然而，在他看來，數學有趣的地方，就是：此套邏輯的核心定義在於每一個元素都有其存在的價值與意義，也有其運行的道理。

數學如此，文學倒也不離此心，總的來說，這是他看待世界的方法。唐文標的專業是數學，志業在文學。小至文本判讀，大到理論批判，涉獵之廣，用力之深，為他在文化／文學圈換得了「大俠」稱號。

臺灣人知道他，多是一九七〇年代以後的事了，唐文標先以〈先檢討我們自己吧〉、〈什麼時代，什麼地方，什麼人——論傳統詩與現代詩〉、〈詩的沒落——臺灣新詩歷史批判〉、〈僵斃的現代詩〉等文論助燃現代詩論戰及鄉土文學論戰，後有《張愛玲雜碎》、《張愛玲研究》等出版品挑戰張愛玲小說及其相關論述。

世人總津津樂道他的故事，往往忘了在唐文標之前的他，是謝朝樞。

•

賓客盡返的深夜，他直勾勾看著我，除了玻璃，跟那口難以辨明的廣東國語，我們之間再無任何阻隔。

「龜代哥，看看，這是你家鄉的蔬果，多少吃些吧。」

「你說，都這個時候了，還有什麼戲可作呢？」

又是這種時候，我也只能直勾勾地回看他。

唐文標倏地直起身子，高大寬廣的形象盡現，伴隨思考的推進，他時坐時站地移動著，移動在我每天生活著的地方。

各式紙張、書本，連同還沒切邊的那種「半成品」四處疊放。書房裡堆滿了他喜歡的東西，來訪的朋友總驚訝於藏書之豐富與稀奇，這倒事小，唐文標這個人，不論來者，一旦捧起書看上兩眼，就是那句：「喜歡就拿走吧，我不Care！」

好的思想必然要散播出去，他的大方不是一天兩天的事情。

而我想強調的是，只要唐文標在的時候，這個書房總特別擁擠。

就像現在，整個空間充盈了唐文標的聲音，口無遮攔地連同手勢稀哩嘩啦地淘洗著我。

氣勢之雄渾，見解之澎湃，他的聲音，從「廣東話國語」切換成「國語廣東話」，間歇地穿插英語於其中，這麼滔滔不絕地說，大抵認定了我只得聽著吧：「龜代哥，你想想，幸福若不能由今日的我們來爭取，明天會有可能從詩中、小說中走出來嗎？」

拋出問句，只為回收自己的話頭，這種時候，有我無我，影響其實不算太大：「我常說啊，世界是向前走的，我們勇於出走到外面世界，放棄個人的狹小天地。」對著烏龜大談出走的人，豈不矛盾嗎？一點也不，「你老松可不要想歪啊，出走的重點要放在『不歸順』上面，不歸順的目的不是叫你要流浪，不是要你去旅行，瀏覽一下各地風景名勝就好，而是我們要敢於進入社會，這是很重要的喔！歷史這種東西，就是要敢於背負。」

「敢於背負上一代傳下來的歷史，敢於和世界所有平凡但努力的人一起工作，把自己投身到建設未來的行列！」講到激昂處反而坐了下來。

「在我看來，不歸順只是為了進步，為了讓所有人生活得更好，獲得所有的自由，為了讓人不再壓迫人，為了讓世界向平等正義、永遠和平的那一面走，為了讓人成為人的一種方法。」

「這個世界，還是有希望的」，唐文標終於慢了下來，進入短暫的沉默，真的，一下子而已，他的沉默是種轉折，通常不會太久，再次出聲時，彷彿獲得某種了悟：「如果我們愛這世界，這世界就屬於我們。」

是嗎？原來是這樣的嗎？只要我們愛這世界，這世界就屬於我們，嗎？

二

許多人在和他熟識以後，常嚷著無法把他的人跟文章想在一起。他是一個難以被安置的存在，部分原因可能在於：他認為自己是沒有根的。透過書寫所見到的唐文標，細膩、廣博而深厚，他雖批判傳統，卻也繼承傳統。凡此矛盾與衝突，落在這個人的形象上，則絲毫不修邊幅，看似落拓卻不散漫，唐文標，實是一個豪爽縱情而又極度自律的人。

唐文標說起話偶有清談，更多的時候是雄辯。直到現在，我還是無法習慣這每日皆得上演的對話。然而，不管我同不同意「唐大俠」所拋出的話語，我都無以否認他所提供的、值得深掘的思想。

有一陣子，書桌上堆滿了里爾克、海德格，話題便是人與神、人與生命、人與自然之親疏，當然還有句子與句子、詞組與詞組，何以砌出有趣的排列組合。當他醉心於紀德的時候，特別喜歡把《地糧》的句子掛在嘴邊：「如果說我們的靈魂還有什麼值得稱述的話，那就是它燃燒得比別人熱烈！」

他不只博覽西方文學，也嚮往攜伴一起上梁山，《水滸傳》、《儒林外史》、《紅樓夢》等經典更是信手拈來，他曾想過，一百零八條好漢裡面，自己能扮的只有朱貴。

細究朱貴與唐文標的相似性，大致可以有三點：朱貴身型高大、魁偉，看起來很唐文標；再者，朱貴謹守本分，和唐文標身為知識分子的自覺，態度上大致吻合，他曾說過：「我的文學就是一個愛這社會，也愛文學的人的文學觀。我雖然有我的偏見和頑固，我相信我仍本我的良知，誠懇地寫出我的見解」；三是朱貴善於居中斡旋、穿針引線、投其所好地編織情報網。

相較於朱貴承擔的責任，唐文標樂於分享卻是種天賦，他關心每一個朋友的喜好，我說過的，書房裡堆滿了他喜歡的東西，不少是他為朋友們四處奔走蒐集的珍本，「拿去吧！我不Care。」這樣一個人，稱他是「唐大俠」或「朱貴」，都不如喚他聲「幫主」來得妥貼。

我只擔心他有朝一日淪落為魯公子，裡外不討好。

•

後來，唐文標密集地飛往臺灣，幾次回來總神采飛揚。

「龜代哥，在臺灣的時候，我簡直太高興了！」他的聲音連同寫上「文學季刊」的箱子運了進來，「我啊，精神充足，到處交朋結友，這是你老松完全無法想像的吧，像我這樣沒有根的人，竟能一下子和臺灣相結在一起？」

緊接著「廣東笑」而來的、那濃厚的鄉音已不再困擾我，但我依然只得聽著。

「我這個老廣東，如今總算找到了歸宿，準備落籍臺灣了。」所有的不得安寧此刻轉成動盪侷促，從沒有想過他會放下美國的一切，至少我是這樣相信著，即便身在無根的美國，唐文標終將成為治文學、史學，乃至社會科學於一身的國際學者。

如果，如果外務不那麼多，不那麼為朋友的苦樂分心……

「這你就不明白了，是我要一個安身立命的地方」，唐文標邊說邊踱回書櫃，「如果我只為今天而存在，沒有明天，也沒有希望。而我作為知識分子……」

等在美國腳步站穩了，再回臺灣也不遲呀。

「作為一個讀書人，當不在拯救世界，而是散布自救的種子。」唐文標湊過來，放下幾片菜蔬，「龜代哥，臺灣其實是個有趣的地方，在兩個強權間，乍看是牽制，卻也吸收了二方作為，綜合東、西文化，這是很實際的！啊呀……你這樣，不歡而散、不歡而散！」

「跟你說這麼多次，聖人不生，我們來作，言盡於此了。」

三

和他的不歡而散，延至一九八五年才又聚首，一九八五年啊，是曾被唐文標戲稱為

「歷史上沒有意義的一年」，然而對我來說，所有的意義都凝縮在那年六月。

・

到臺灣以後，唐文標與王杏慶、陳忠信等人曾試圖建立「臺北學派」，透過觀察當代社會／文化以發展論述，「建構臺灣的社會分析」。

沒想到，「臺北學派」還來不及構築一套論述系統，「高雄事件」便先行爆發。

當時，唐文標和陳忠信夫妻住在新店的公寓裡，前有青山橫走，遠處則可眺望一彎新店溪，這個房子環境清幽，卻有些小問題，隔音效果不算太好。他們分宿不同樓層，陳忠信和唐香燕總大老遠就能聽見唐文標的呼朋引伴，熱鬧至極，一刻也不得閒。

是以那個腳步、喝斥與碰撞齊發，卻又無以言說的、風聲鶴唳的清晨，即便唐香燕在事發之後選擇不告而別——她相信：再多的訊息，只會給唐文標平添麻煩——唐文標卻早被樓上傳來的聲響驚醒。他隔窗目送陳忠信被押走，此後夜不成寐，每每無意識地瞪視著水泥牆，想著他們夫妻是遭遇了多大的恐慌？

唐文標不明白，「為什麼會發生這件事？現在怎麼辦？歷史倒退了要怎麼辦？忠信會被怎麼樣？」更遺憾的是，他們努力了這麼久，剛要建立起一點什麼，事到如今，被湮滅的還有可能重建嗎？

這些問題不再適用於數學的推論與邏輯，除了絕對的困惑和缺憾，他再也得不出最佳解。只能這樣了，唐文標明確的知道歷史之殘酷在於接受。

正視、並且接受。

他不可能忘記那一年，名為高雄的事件，是如何震碎他們的理想，甚至為他埋下病因。

•

龜代哥，還記得你離開那天，我終於聽見你的聲音。

那是在提醒我吧，告訴我，你終究要走了。於是發出一種、純粹為了叫而叫的聲音。那是道別嗎？輕盈得好像泡泡在微風中破碎，卻煞車一樣的、絕望的聲音。

回來臺灣後，我一直想著曾經跟你說過的話。在臺灣的這些年，我才知道，這個世界不是程咬金的三斧頭可以改造好的，十斧頭、一百斧頭都不可能。一切急不得，得慢慢地來才行。

但我已經沒有時間了。

我知道、我知道，我還有朋友。

你看，那個開車載著我的，是春明還有忠信他們吶。

龜代哥，還有什麼戲可作？

「愛與憎都是感情，最害怕的是冷漠」，這是某次行銷學的課堂，來自教授的提醒，也是我對唐文標這個人的觀察，唐文標在一九七〇、八〇年代，直指現代詩與張愛玲的種種困境，看似火力全開，實是因為他對文學動了真感情。

處理唐文標的難處，在於他講過太多話，寫了太多字；這次的撰寫，所有對白皆取自他的散文、評論，乃至友人側寫。他待人至真，身邊總不乏朋友環繞，每一個片段都是真實的，每一個追憶更是。不難掌握他直面社會的熱情，卻很難聚焦出一個明確的對象、還原他傾訴時的狀態，資料讀得越多，越難釐清謝朝樞／唐文標真正的表情。

正好《平原極目》中，提到了他所豢養的烏龜，「一天晚上，我清楚地聽見了牠叫出一種透明極了的聲音，好像裡面沒有渣滓，什麼也不包含，就為叫出一種聲音來的聲音，然後，牠便死了。」一個能言、善言、敢言的論者，竟能聽見烏龜的聲音，那聲響，許是一次凝滯、絕然的自我思辨中，被勾動的牽掛吧。

唐文標獨有的「廣東笑」我無緣親晤，但我想，我可以試著留下他的「廣東腔」，文中的「龜代哥」實是「龜大哥」，「老松」指的是「老兄」，至於「還有什麼戲可作」，是他常掛在嘴上的那句：「還有什麼事可做？」

我不是擅長說故事的人，這次書寫對我來說極具挑戰，而要我犯險的原因，想來只有：期待看見史料／論述／論戰以外的唐文標。

以身為度的生命之歌

杏林子的另一種讀法

◆林立青

繪圖・毛奇

杏林子（一九四二～二〇〇三），陝西扶風人，出生於西安，本名劉俠；一九四九年來臺。北投國小畢業，一九九七年獲靜宜大學頒贈榮譽博士學位。十二歲罹患「類風濕關節炎」，十六歲信仰基督教；一九八二年創辦伊甸殘障福利基金會。曾任總統府國策顧問等。曾獲十大傑出女青年獎、國家文藝獎等。創作文類以散文為主，兼及小說及傳記，出版作品有三十多種。

林立青（一九八五～）。東南科技大學進修部土木工程系畢業。友洗社創有限公司創辦人，曾任工地監工。曾獲Openbook好書獎等。著有《做工的人》、《如此人生》、《臺北大空襲小說集》（合著）等。

我拿著杏林子的書送去「新巨輪協會」，不良於行的人第一次聽到杏林子的名字，當下我想到的是：「我找到了！」果不其然，他們開始聽起杏林子的故事，眼睛發亮。

人們所記得的「杏林子」

杏林子本名劉俠，在我的印象中是一位有著獨特身分的作家。她的文字樸實真誠，我的母親阿姨都讀過，杏林子的書具有幾個特色：主題鮮明，故事簡單，情感真摯，篇幅簡短。這樣的作品適合投稿，適合集結成為散文冊，更適合教師作為勵志教材，在課堂上鼓勵學生。我就讀國中時，常有發給學生的「閱讀範例」，老師選出一些短篇文章，要我們看完以後，寫出心得填在聯絡簿上。

當時課堂上老師大力推薦購書，還有團體購買的書單可以勾選。杏林子本身的故事被作為勵志典範，那時標準的勵志口號是：「殘障者都可以寫作出書得獎並且創辦基金會」，有點矛盾的是，那時考試主要是考文言文註釋，對於像是杏林子的文章，讀過帶過以後，老師便說「白話文看過就好」。

因為學校國文課教學的「狀況」，一直到二〇〇三年杏林子過世時，我對她還是沒有太多記憶，只記得讀五專時發生了一個大事，新聞中的印傭抓狂害死了她，之後就此別過，消失在我的記憶之中。那時候的臺灣社會，還沒開始關注移工以及長照家屬議題。等到幾年以後我接觸到年長者以及身障者，才開始發現杏林子的影響力以及文字渲染力依舊，她所寫下來的文字至今能夠有新的讀者，只要仍有因病而苦痛的人，她的文字就持續給予力量。

無論用任何角度看待，杏林子都是極為暢銷，也極為多產豐富的第一線作家。她的文字淺白，能夠讓人直接看懂並且感到舒服喜歡——那些短篇易於閱讀的文字，加上結尾一段聖經禱詞作為一天的開始或是結束，適合當作睡前讀物或者晨間剪報。

撰寫這篇文稿時，我問起周遭人關於杏林子的回憶。令我驚嘆的是在那個沒有Google的時代裡，人們喜歡作者的文字，是如同我的國中老師一樣，剪下來以後留存，有時候作為金句箴言，有時候從中得到力量。老師們告訴我，或許有一天這樣的文字不只是學生作為短文書寫的材料，而是有機會讓孩子們讀完以後得到鼓舞祝福。

在教育的觀點下，杏林子的作品最合適了。

現在的臺灣社會顧及政治正確，有許多人已經不願意用這樣的勵志典範來鼓勵學生了，人們也同時深怕消費、錯誤代言或者討厭被同情的眼光，對於扶助他人或者是鼓舞，總保持了一層戒心。可是這些重要的精神支持，在杏林子的作品中一直是最重要的主題，她相信自己的文字以及經驗可以帶給人勇氣以及感動，甚至她的《生之頌》（初版為《生命頌》）前半以人生體悟為主，後半附上禱詞，供人仰望上帝。這樣的做法已不見於現在，卻在她的書中出現得如此理所當然，這當然和她的身分有關：一個自學的類風濕性關節炎患者，在信奉耶穌基督以後，終身執筆鼓舞人心，甚至以稿費版稅創辦「伊甸基金會」，這樣的勵志人物很難再有，甚至在我看來，已經像是特殊意識形態中的樣板人物。

會造成這樣的誤解，其實來自於對她本人的不夠了解。

杏林子的另一個面向

有關於劉俠的研究已經夠多，但我想從另一個方向去理解杏林子，尤其是從她所在的時代開始說起。

在那個臺灣經濟正要起飛的時刻，對於身障者的福利以及保障極少，關注的人更少，臺灣社會長期以來對於社會政策總是以教育取代社會福利，無論是選才或者其他保障，總是學歷高的人占盡優勢。

讀起杏林子的作品時，更有這類的感觸——她面對的的痛苦極大，書中的紀錄幾乎都是家人的愛與關照，有時也自怨成了家人的負擔，在偶然信奉基督以後，轉為信仰支持，在這之中，國家社會對她幫助不大，反過來說，還要她前去抗爭遊說。但這樣一位飽受身體痛苦的奇女子，既然還能帶頭爭取權益，並且要求政府改進，她本人的生命或行為，就是一部極為精采的文學作品。

我這次的閱讀，希望將她的幾種類型作品歸類後，找出一些新時代重讀的價值。作為一個寫作者，我相信文字絕對能夠帶來更多的理解，劉俠的第一類文章我認為是「生命小語」，第二類是「自傳型散文」，第三類型是「社會參與紀實」；杏林子本人參與社會運動以及創辦伊甸基金會，則又是另一個值得書寫的故事。

書寫這篇時，我來到《文訊》的文藝資料中心書庫閱讀杏林子的作品，驚覺她的作品數量巨大，著作等身。杏林子曾說過，她的版稅加上稿費，每個月收入可達三萬元之多，爾後創辦「伊甸基金會」時，也多是靠這些積蓄而來，這讓人不禁思考那個時代的報章雜誌稿費以及銷售額夠大，老作家是否處在一個較好的創作環境之中？也開始思考為什麼她能夠成為上一個時代的主流？

杏林子本人所寫的散文集在每篇後方帶入禱詞，這些禱詞後來被編入詩歌之中，在教會傳唱。也因為杏林子的寫作風格，這些文字簡樸易讀，學生時代杏林子文章被老師指定作為作業文本，讀起來就沒有壓力，而今看著整系列書時不禁感嘆：究竟要多強大的意志，才有能力年復一年、日復一日地進行這些鼓勵他人的書寫？

答案或許在她的回憶錄中，關於病痛以及書寫的關係，她直白地這樣寫著：

生病久了，竟然病出「附加價值」，我似乎成為別人的「止痛劑」、「安慰劑」。經常聽到有人對我說：「我一想到你的病，我這點小毛病算什麼！」和疾病奮戰的經歷、對生命不屈的意志，都成為許多殘障朋友（包括身體健康、心理殘障的朋友）的「最佳教材」真是始料未及，彷彿病得越久，價值越高，看來，為了幫助別人，我還是不要輕易跟大家說再見吧！

在閱讀到這段文字時，感覺到一種奇特的信仰精神，對她而言，書寫除了本身是發聲的管道以外，她也清楚知道透過她的文字將苦痛昇華，就有機會可以讓讀者受到激勵。從臥病開始，杏林子就是一個持續筆耕的作家，可說是著作等身，對於她寫作的經驗，她誠實地說：

退稿對初習者，是件難為情的事，尤其怕人笑話。每天只要聽到郵差的腳踏車在門口煞車，接著信箱蓋子「啪噠」一聲，你的心立刻懸在半空，簡直比法官宣判還要緊張。後來，乾脆在稿末註明「如不合用，不必退還」幾個大字。編輯老爺不免會心一笑，又是一隻菜鳥。

我不是天才型作家，先天條件不夠，退稿可說家常便飯。有時明明覺得寫得還不錯，不知何以得不到編輯老爺青睞，心中的沮喪、懊惱、懷疑、不滿兼而有之。好在寫作也會上癮。有時灰心到極點，發誓再也不寫這勞什子；不要多久，心癢手癢，又在那裡孜孜矻矻爬起方格子來。

我看著這一段時，突然有一種「杏林子也是另外一種投稿不中的文青啊」的感受。我也將這段文字給身邊的人看，他們哧哧地笑說「這是誰的臉書，寫得真好玩」，這可愛的回答也讓我閱讀時，決定用另外一種方式繼續理解這樣一位作家——她並非只是一個單純仰望信仰之人。事實上，她被退稿，和三毛、張拓蕪聚在一起時，也會彼此「取暖」和「調侃」一番。拓老生前曾對我說，劉俠幫他介紹女友，結果反過來嫌他木訥——「劉俠啊，這個朋友啊，介紹女朋友給我都沒下落，這事還是沒法讓人幫忙的。」

以筆為劍、走上街頭的劉俠

杏林子不僅僅是作家，她參與社會運動非常著力。她在回憶錄中寫到一九九〇年時，「殘障福利法」修正案終於通過，而那也是立法院第八十四會期唯一通過的法案，其他時間都被立委用來打架了。人們都說創作者最好遠離政治，偏偏劉俠她卻用另一種方式介入政治——她有筆、有朋友圍繞，前往立法院即使沒有席位或者官銜，也能在旁聽時施加壓力，她筆下所記錄的當時立委發言，若在現在或許就直接上新聞頭版——

有立委認為「自閉症就是把自己關起來」；談到精神病患應該列為輔助對象時，立委回答「哎呀，他們都是因為談戀愛失敗，才會得精神病，幫他們再找個男朋友或女朋友就好了」；談到身障者應該有交通輔助時，立委回答「每個學生都給部輪椅就好了，哪裡還需要什麼車子」……從今天的角度，批判政府並前去社運場合者，多數總是能得到光環，只是或許都還不如杏林子所做的「溫和監督」。

近年來由於學歷貶值，臺灣社會重新思考過去重視教育投資、輕視社會福利保障的政策是否需要修正，改為用增加社會福利作為平衡的呼籲越來越多。劉俠卻早在一九八九年時，就率領殘福聯盟前去申請「代表」，當時的立法委員需要高中以上學歷，礙於她本人僅有國小畢業而被拒於門外。她的做法是前去一個一個部會拜會，結果是教育部推給考試院，考試院推到內政部，這事件後來一路到大法官釋憲，才有了「劉俠條款」，全面廢除民選民意代表的學歷限制。

這樣的作家，即使拿到當今來看，也可以說是空前絕後了——以筆為劍，為殘請命，甚至還為此釋憲。從這樣的故事去看，她可能是最能代表上一代思維的作家——堅毅恆忍、展現出努力及向上的意志，堅定信仰並且擁有強烈的象徵性；也可能是當時影響力最強的作家——運用自己身體作為見證，積極參與社會公益並且擴及身障者服務。

接觸得越多以後，越認為這樣的成就實屬難得，杏林子並非是過去我刻板印象中的「教條樣板人物」，也絕對有足夠的自我意志和長期的恆忍決心，一次一次請願和爭取權益的道路上，即使屢遭挫折，也一樣努力向上，她清楚知道她要的是什麼，也盡一切可能的朝著自己所重視的努力目標邁進。

帶著這樣的認知，我讀完杏林子作品以後，將她的書拿給新巨輪的朋友們看，卻又令我難受起來——他們沒有聽過，也沒有讀過杏林子。而當我聊起她的故事以後，同樣坐在輪椅不良於行的這些身障者們，卻開始有了興趣「她是作家？」「她當到總統府資政？」「所以伊甸基金會的創辦人本身是一個身障者？」

這時候我發現，或許杏林子本人和文章都應該要再度被看到，她的文字質樸有力，大眾都能輕易看得懂，她本人的故事足夠精采，在過去透過國文課本教給我們，現在更應該讓其他的身障者看見。

一個老作家應該要被大家重新看見的原因有很多，有時候是因為作品反映了時代或者人性，有時候則是她所處的特殊時代。劉俠的文字一直以來都是那個時代的「主流」，即使到了現代，還是依舊值得被重視並且看見價值，可能不再是課堂之中，而是更多地在親近以及與她所愛的那些身障者們身上。

我在樸月老師的部落格上看見一段文字，寫著：「我認識很多的基督徒，但沒有任何一個人能像媽媽那樣，讓我那麼肯定、明確地知道她到哪兒去了！」

杏林子——劉俠的功績和獎勵，並非凡間所能給予的，我很清楚她去了哪裡。

找回作家的信念與堅持

朋友得知我要書寫杏林子時，紛紛告訴我「伊甸基金會」的故事——這個全臺灣目前最大，也最有影響力的身障者福利團體，已經突破了原本劉俠所求所想的，而是一個全方位，並且超越一百個服務據點，每年服務數萬名家庭的大基金會。劉俠當年的心願已經達成，得勝有餘。

只是基金會近年來承接政府標案，有些標案已經導致虧損，我在書寫這篇文章時，看著當時劉俠挺身而出，為身障者爭取福利的紀錄，同時，伊甸基金會的復康巴士司機卻是一群被伊甸壓迫的人。當我希望大家重新去讀劉俠的《生之歌》時，心裡卻更想要請伊甸的管理階層也去讀劉俠的回憶錄。

一個司機告訴我，當年劉俠會陪他們一起吃飯聊天，如果劉俠還在，他們不至於淪落於此。經典應該重讀，從文字中，找回對於作家的信念和堅持，永遠都是需要的事。

蔡源煌：因愛而寂寞

◆蕭鈞毅

繪圖・毛奇

蔡源煌（一九四八～），嘉義人。臺灣大學外文系畢業，美國紐約州立大學英美文學系博士。曾任《中外文學》主編、臺灣大學外文系教授，二〇〇一年退休；曾獲文復會文學評論金筆獎。創作文類以論述為主，著有《寂寞的結》、《文學的信念》等七種。

蕭鈞毅（一九八八～）。逢甲大學中文系畢業。現為清華大學臺灣文學所博士生。曾為電子書評刊物《祕密讀者》編輯同仁。曾獲臺北文學獎、林榮三文學獎等。

文學之愛

「恕我直言……」他常用這樣的口吻起頭，若是得罪人，恐怕也只會心裡說聲失禮，文章的話，還是會持續寫下去。

不為什麼，就是還熱愛「文學」這個詞彙，及其所涵蓋的知識。

若有人不願進步而持續妄言，大概就要在他文章裡變成「某某」再被指正缺失。不是沒有想過這樣的後果，但終究是不能容忍──繼續容忍那些裝傻、裝作世界其他文學沒有新東西，以古老方式看待文學的守舊。

他不只一次在他幾本集子裡的文章，再三指出文學的演變與發展絕不停止，也懷疑起發生過的幾次論爭論戰乍看都像是歷史的惡性循環，建樹有限──這也像是他文學評論生涯的隱喻：總是那些問題，非得寫了又寫、更深入地寫，才能期望或許有朝一日可以改變一些什麼。

但一個人仍舊有限。

在他論著最豐的一九八〇至一九九〇年代間，即使他時常寂寞，還是在他於外文系執教的歲月，累積了一些成果；恰好當時臺灣的外文學門也銜上了變化的串鏈，西方文化理論重省二十世紀文學、文化的成績，外文學門有人開始重視。

儘管如此，他仍然覺得不夠。而又寫下了好些文章，引介其他國家文學之餘，更要求臺灣文學界要有理論的視野，才能更深入思索「文學」這個詞彙及其知識的內涵。

文學是這樣一種東西：對大部分人而言，它給予的，比它索要的更多——除非，你也是個創作者，否則你很少有機會認識到，文學的需索，簡直到了不可能被滿足的地步；當創作要在文學中出現海、出現山、出現人，文學的規則、範式、及其內部不停逼使創作者直往「好」的意念前進的咒詛，必將使這些乍看只要寫下來就好的字詞，蘊含著更廣遠的系譜，非得讓那些人山海，都要有足夠的空間、事件與思想，才願意姍姍出現。

字詞即宇宙，文學有文學的命。

對他來說，評論家——批評家，自然，也必然是創作者的一種。

評論家絕非作家的寄生蟲——銜接二十世紀前期西方文學對「作家／批評家」的定位之辯，他認為，有忠於自身學術良心與素養的評論家，可使每個時代的文學再進一步。

當他還是個大學生的時候，他或許就隱隱然發現，在他嗜讀的文學身前與背後，原來還有這麼多的知識，不僅僅是文學作品的內部，而是「文學」這個概念的延伸。

於是他繼續下去，從臺大外文系到碩士再到美國讀了博士。

一九八一年，蔡源煌從紐約州立大學賓漢頓校區取得英文系博士學位。

評論的評論

我自己比較傾向於「文學評論」這個名詞，主要是評論本身可以擴大涵容關於文學的各種論述——如理論、評註，或文學課題之爭論等等。就這一層功能而言，文學評論未必後於作品；理論性的陳述或闡明，甚至對爭議性的議題發表有系統的意見，事實上對作家更具有導引的作用。」

——蔡源煌，〈文學評論何去何從？〉，一九九二

當他開始寫，就清楚話語從來就沒有結束的一刻。

一個不寫的人是幸福的，他可以是安靜地觀賞這個世界結束的那一個人。但開始寫的人就再也沒這樣的運氣，他非得要——在寫作的時候重新感受，或是再創造新的苦難不可。而這種命運，恐怕沒有終結的一刻。作家的不寫不意味著書寫從此結束，文字是不寫了，思維卻難以斷絕。

文學因此是一種致命的苦難。作家是，評論家亦是。

蔡源煌的評論之路即使已經回歸平靜，但他在正盛的時刻，嘗試在文章中號召與改

進臺灣文學界的思維之努力，乍看之下，多少有些斷聲後的無奈。

在他幾本論著中，談「理論抗拒」或「理論綁架」（蔡源煌稱之為文學綁票）都將得罪光譜兩造的人馬，但那也沒辦法，該談仍是得談，文學與文化理論的適切性與變革，乃至於本土化，一直都是人文社會科學爭論的重點：該怎麼做？該不該做？等問題始終難解，但這並不意味著問題就能因其費解而懸置，反而更要在「文學教育」之中不停被挖掘、探索，才能延續文學在一個系統中的生命。

於是，蔡源煌不再只滿足於文學評論的時候，他更開始了「文學評論的評論」；關於「文學教育」的議題，他也沒少批判過，身為第一線的教育工作者，他來說話當然合情合理，而當一個問題連第一線的工作者都無法忍受的時候，就可知其流弊有多深厚的累積。

……而當他慨嘆許多問題的周而復始、永劫回歸之時，時至今日的我們，或許也沒有遠離了當時論爭的那些議題。

一個合理的文學發展，即使出現了同樣議題在歷史上的同義反覆，它也應該要沿著不同的時代，得出不同程度與符合當代的回應；但如同他的論述〈小說的虛構與現實〉這樣的議題，發展至今，問題依舊在他當年談過的「再現」議題上打轉。

文學循著時代改變，不知為何仍然有限；蔡源煌所發現的那些關於「文學」的悲觀要素，也即是他所批判之物，在他行文裡——當他批判時，力道用了三分，無奈卻也占了七分，或許那依然是他早已預見的現實：沒有良好的評論在整個體系中運作，徒有創造力的作家在文學場域上來回流轉，這整個機制仍然不夠健全。比方說，在同一篇文章，蔡源煌提出了一件事放到當代仍有其批判力：「眼看著三天兩頭主編還要把一些過時觀念的『末世聖徒』請出來，不明就裡的人還以為臺灣無時無刻都在醞釀文藝復興呢！既然學院所能發揮的文學教育功能，影響範圍較小，但報紙副刊影響範圍再大，若只是天天打混仗，長此以往，我們也不敢奢望會從那裡看到新氣象。」這是一九九二年的文章，而蔡源煌有此觀察，相信也不會只是一年、兩年之間的事；早在八〇年代，他便屢屢針對文學引介、譯介、普及化的問題再三言明，若是沒有足夠有理據、細緻的工程，臺灣的文學發展便只能在舊有的事物上打轉。

也難怪他對於「新批評」在一九八〇年的臺灣仍大行其道感到不滿，彼時，其實已有文學工作者留意到「後現代主義」這個詞彙在各國蔓延的狀況，但在臺灣的接受與批判工程上，卻顯得顢頇而遲緩。蔡源煌總再三強調他並非意圖全面接收外來文化即可，所有的接受都應保持批判的距離，可是若一味排拒，便是自外於文學發展與變化的狀態，屆時任憑他再怎麼疾呼〈小說不會死〉、嘗試回答〈小說何處去？〉、言明〈小說的創新與突破〉這類文學的基本心法，恐怕都有遲暮不及之感。

於是，我們看見一個外文學者，在他的書桌前寫字時，寫下的是他言有未盡、話說不完的文學藍圖。

當他開始寫，就清楚話語從來就沒有結束的一刻。

文化與菸斗

「除了讀書，我唯一的嗜好就是抽菸斗，它可以說是我的第二生命。」

——陳斐雯專訪，〈汎若不繫之舟——訪文學評論家蔡源煌〉，一九八三

他懵懵懂懂就往文學鑽，在他在家境還不錯時，這無傷大雅。到了家裡的經濟出現問題，大學畢業後的選擇就成了當下的現實。留下來讀完碩士，據說拿到了筆獎學金，才終於出國。讀英美文學的人，總是還得要出外試試，看看那套系統的真實環境。

不知道他什麼時候開始染上這被當代視之為惡習的第二生命。

在舒愜的時候點著菸斗、需要冷靜的時候也點著菸斗、感到寧靜時，或許也是。當菸絲燃燒的香氣在他的面前打轉，他可能同時寫下了更多評論。偶有火氣，時有火花，即使不討好也沒有辦法，還是那些「坦白說」、「直說一句」、「恕我直言」的開頭。

無論他再怎麼強調——「我一再強調自己走的是文學研究的路；因為它是可以超越

國籍的限制」——他還是沒有如他理想的，那麼專注於文學研究，反而更要花上大量的心思在文學研究上下前後不同座標的議題上，想辦法找出文學發展與研究的問題。

一如早在一九九一年，蔡源煌一篇短論〈文化人睡著了〉就有言：「歷來，文化人一向以『文化歸文化、政治歸政治』作為自我安慰的藉口，彷彿文化人就注定是『化外之人』，不管周遭的社會中發生多少政治變化，都可以漠然視之，依舊過著群居終日而言不及義的日子。」直言了那一個時至今日仍是諸多領域使用的遁詞「某某歸某某、政治歸政治」僅是聊以自慰，在文學發展史之中，文學從來就沒有餘裕外於政治的變異。

話雖如此，他也絕不同意文學僅為政治附庸的說法，一九八三年的訪談他這麼說：「真的，把文學當成文學來做吧。」這和上面似乎有所矛盾的說法，細究下來，其實並不衝突：蔡源煌指出的是文學與政治和其他外圍千絲萬縷的關係，文學表現與文學作家無法自外於時代與社會，文本會經由時代產出，再隨著時代的演變產生詮釋上的變化。

這是一種現實。蔡源煌再三指陳出來的現實，這也是他談「文化」這個大議題時，背後理念的模型來源：「這種形式主義的執著，美其名是要找出文章或作品的美感特質，實際上卻容易將文學視為一項孤立的產物，教人誤以為文學是『獨立』的東西，與文化毫無關係。」

文化是一種廣泛而且滲入內裡的概念，蔡源煌花了諸多篇幅乃至專書談《解嚴前後的人文觀察》、《文學的信念》、《當代文化理論與實踐》，就是以文學研究、文學教育的角度在文化議題上提出箴言。

從文化研究的訓練而來，以哲學與社會學的方式評論文學以外的對象——將所有社會上的事件、產品都視之為文本——蔡源煌不只一次希望傳統文化，乃至於文學界不要輕易地貶斥大眾文化與流行，即使他自身並不那麼喜愛，但這些成為「文化」一部分的內涵，其實更有豐富的前因後果等待探詢；就算他談小說總提到《法國中尉的女人》或貝克特、納博科夫，那也不代表他就不能評析在八〇年代的臺灣電視產業——即使有些觀點，至今看來早已過時，甚至趨於保守，例如當他在談瑪丹娜與大眾文學排行榜時。

然而，他終究是個很懂得在話語中安置但書的人。這可以說是對自己言論的負責，也可以說是避開某些爭議的預防針：當他談文化，字裡行間總暗示讀者，那僅是他某一個階段或暫時性的看法。想來也有合理性，畢竟時序推移，萬事萬物沒有不變之理，自身所學能從中間窺知一二已屬難得，便更不敢妄言乃至誤人子弟。

從他談文化的方式，我們看見將文學與外緣部件相互聯繫的藍圖，文學並不獨立於其他文化範疇，但它在文化之中又是一個極其特殊的存在。願意時而接受新知並且反思的評論家，才能是真正在文學中有所助益的評論者，當他要求文學不外於政治時，得罪了一批只以「美感體驗」為尚的文學人；當他又要激越的評論家不要讓理念綁架了文學時，又得罪了另一批文學人。

夾在兩者之間，抽著菸斗，呼哧呼哧讓青煙捲蓋面旁的蔡源煌這麼說：「所以啊！我對寂寞這兩個字，特別有感應。」

未解的問題，諷刺的無奈

重讀蔡源煌的論述就像回到大學時代。時隔多年，比以前當然看懂更多，卻也發現蔡源煌論述中明顯的不足處；但不足是必然的，那些都是三、四十年前的論點，有其不足非常合理，反而是還能對現下時局鞭辟入裡的部分，才真的讓人覺得心灰意冷。

蔡源煌談文學的議題，時至今日仍不算太過時；當他提到小說的本體論、文學與文化研究在學術體制中的期許、理論在臺灣學界中的接受程度種種議題，挪到二〇一八年的現在，仍然有種「確實如此」的感覺。有這種感覺或許才是悲傷的，這意味了許多問題橫串三、四十年仍未有解，而文學的活力也從未有我曾經想過的那般活躍。

因襲容易，改變事難。重讀蔡源煌能得到最具體的感受，對我而言，諷刺地並非他戮力為之的評論邏輯，反而是，那些他嘗試不在文裡透露出的無奈。

小說再實驗

續寫黃凡的〈小說實驗〉

◆廖宏霖

繪圖・毛奇

黃凡（一九五〇～），臺北人，本名黃孝忠。中原大學工業工程系畢業。曾任臺灣英文雜誌社企畫、《聯合文學》特約撰述等。曾獲中國時報小說獎、聯合報小說獎首獎。九〇年代初自文壇退隱，潛心學佛；沉潛十年後，再度復出文壇。創作文類以小說為主，兼及散文，著有《大時代》、《賴索》、《躁鬱的國家》、《黃凡的頻道》等二十多種。

廖宏霖（一九八二～）。東華大學華文系碩士。曾任職於出版社、秋野芒文創協會。曾獲聯合報文學獎、香港青年文學獎等。著有《*ECHOLALIA*》。

黃凡的〈小說實驗〉是一篇後設小說，主角「黃孝忠」（亦為黃凡的本名）是一名上班族，正為了老闆的奇想「請每位員工都交出一份自己的家譜」而時常加班。某日下班後，與女友相約在書店，書店裡小說家「黃凡」正在進行一場名為「小說實驗」的活動，把自己關在透明的玻璃櫃子裡，預計進行為期三個月的自囚創作。在書店裡，他看見老闆出現在活動之中。而在離開書店的過程中，小說家黃凡撞到了黃孝忠，黃凡聲稱有人在追他，他必須要去找他的出版商顏正光，並請黃孝忠與他同行，沒想到顏正光陳屍於自宅，一連串離奇的過程就此展開，而後主角黃孝忠公司裡的總機小姐也被謀殺，兩起命案似乎都與那場「小說實驗」有關，小說家黃凡也為這兩起命案提出了「兩個構想」……

〈小說實驗〉原有十五節，故本「續寫」從第十六節開始。

十六

經過調查局幾周下來的調查，證實我的老闆根本不是什麼中共的特務頭子，而他進行員工的家譜調查，純粹是為了他自己的第二個副業——他正要從某傳銷公司的藍寶經理晉升至紅鑽經理，需要更多的下線，公司員工的親屬正是他積極開發的目標，一旦掌握了這些基本資訊，他只要用這層關係切入，多少就能有些效果。這也是為什麼那本「家譜」會有如此特別的寫法：

叔叔，宮保中，職業：市場管理員。負責場內連絡，就職日期七十三年二月十八日，別號：天宮。最親近的朋友萬文。住址……（註一）

親屬關係是人與人之間最基本且無法避免的羈絆，「家譜」就像是人類歷史中某種接近社群網路的古老概念，換句話說就是人們透過婚配與繁衍，所創造出來的一個龐大的社群結構。在家譜中特別註記職業是為了更快瞭解對方的社經地位，工作年資與經歷則能快速掌握一個人的性格屬於積極或保守，這些註記以家譜的方式呈現，就像臉書一樣可以把每個人在一個結構中可能被影響的品味、習慣、愛好，透過某種關鍵字大數據的方式描繪出來，再針對這些族群做特定的商品推銷或廣告投放，這應該算是所謂的「同溫層銷售法」吧。

老闆雖然洗刷了嫌疑，但我還是沒有辦法保住我的工作，我的老闆知道我跟一位小說家黃凡竟然提出了這種天方夜譚的推理，我的下場當然只有走人。調查局的人對我跟小說家還算客氣，相關的證據也顯示我們並沒有涉入這兩起殺人案，不過無論如何，我們是目前所知第一時間發現顏正光屍體的人，所以調查員還是把我們列為關係人，也請我們如果在過程中想起什麼，務必與他們聯繫。

「我們現在都是科學辦案，一切都講求證據，尤其是像這種殺人案件，光靠傳統的推理完全不行啊，又不是在寫小說……」蓄著大鬍子卻戴著金邊眼鏡的調查員A對我們這樣說道。

•

我不知道黃凡作為一個小說家聽起來會有什麼感覺，但作為小說讀者的我，確實感覺到小小地被冒犯了，有一種被輕蔑的感覺，想說些什麼卻又說不上來，好像自己是一個被寫壞了的小說人物，對小說中的世界與劇情的推演一點幫助都沒有。

「話不是這樣說。」小說家黃凡突然發出聲音。

「如果不是我們從一開始就做出不像是現實生活中才會做出的行為跟判斷，又怎麼會第一時間就發現命案現場，所謂『案件』這樣的事，基本上就是以各種具有『小說感』的元素交織而成的啊！你知道嗎，有許多小說家，就是從社會新聞中取材，把那些光怪陸離的現實安排成比較有邏輯的故事，你以為現實生活比較有邏輯，所以可以用科學辦案嗎？那真的未必呀……」黃凡連珠炮似地回應，好像還能夠說得更多，像是我第一次在希雅書店後面的巷子遇到他一樣，「小說家真的是有很多話可以說啊」，這是綜合這幾周跟他相處下來，我的結論。

我又想起了那場在希雅書店沒完成的接近於行為藝術的「小說實驗」，那是我與小說家相遇的起點，也是這一連串小說事件般的第一個具體的事件，原本說是要自囚於書店大廳透明玻璃櫃三個月，突破傳統寫作模式的小說家，不知為何打破了櫃子逃了出來，然後在書店後巷撞到了我與我的女友，那時我正慾望高漲，想與女友親熱。我突然想起小說家那時跟我說的第一句話是「對不起」，第二句話則是「我的眼鏡呢？」

然後，我像是也成為了他的實驗的一部分，走進了他的小說世界之中，涉入了之後發生的兩起命案。現在回想起來，一切都沒有那麼自然，巧合與偶然只是一種薄弱的說法，我生活中平淡無奇的人事物，都在那一次的「相撞」之後，有了戲劇性的發展。

•

不過，蓄著大鬍子卻戴著金邊眼鏡的調查員A，似乎並不真的想要理解小說家想表達什麼，逕自拿出了手機，要我們加他的LINE，他說他有一個「關係人群組」，裡面都是來自不同案件的關係人，要我們加入，這樣隨時想到什麼就可以傳給他，關係人之間也可以互相討論彼此身處的案件情境，有時候案件就是在這種你一言、我一語，蓋大樓的過程中，有了突破性的發展。我心想，剛剛不是才說了要「科學辦案」，原來他所謂的「科學辦案」指的是善用科技的工具，但還是以傳統的方式辦案，讓整件事看起來好像接近「科學」一點。這跟批踢踢上面各種鍵盤辦案的網路柯南不是同一群人嗎？我不禁這樣想道。

我跟黃凡對看了一眼，他說他不用手機很久了。眼前這位曾公開在書店裡「自囚」於透明櫃子的小說家，說自己不用手機感覺還滿合理的，畢竟創作是很孤獨的一件事，也許那是另外一個他的「小說實驗」。我只好拿出我的手機，解鎖螢幕，點開LINE，用QR CODE掃描加入了那個傳說中的「關係人群組」。我覺得這時候調查員，是否也該跟我說些什麼？就像是小說家撞到我時說的那句「對不起」。

但是他沒有，他只是在LINE的群組裡貼了一張可愛的貓熊貼圖跟大家打招呼，然後說：「讓我們歡迎新成員」。這個群組比我想像得龐大，短短三秒鐘，那張熊貓貼圖就已經有了三十幾個「已讀」出現在下方，開始有人也回覆以各種可愛的打招呼貼圖，我一時不知道該回覆些什麼？是要簡單地打招呼呢？或是要自我介紹一下，這種感覺就像是一個轉學生來到新班級要上臺自我介紹，第一句開場白很重要，因為那可能會影響到未來一學期，自己在這個班級裡的命運。正當我在猶豫時，視窗中一個暱稱為「賴索」的人，丟出一個連結：

「https://goo.gl/MwK9DX」

沒有上下文，這名叫做賴索的關係人，就這樣丟出了一個連結。照理說我應該要將那則連結點開，但我有點分心了，因為「賴索」這個名字太顯眼，這是小說家黃凡最有名的小說人物啊，我仔細滑了一下這個視窗裡出現的所有的「關係人」，除了賴索之外，還有一個名字也非常眼熟：「丁太乙」，他剛剛才丟出一個類似長輩圖的貼圖，這好像也是黃凡另一篇小說中的角色，一個經營房地產生意非常成功的董事長……還有一個叫做「席德他爸」的人，我幾乎也可以確定他也是黃凡小說人物的角色，印象中那是一篇反烏托邦式的科幻小說，結局無奈而悲傷。

•

我開始覺得整件事詭異了起來，從我跟小說家黃凡在一個名為「小說實驗」的活動相遇之後，一些光怪陸離的事就連二連三地發生，先不提那兩起命案，現在這個「關係人群組」，出現的暱稱竟然有來自於黃凡小說中的人物名字。我偷偷看了正在對調查員分享他長期研究「龍山寺靈籤」（註二）心得的黃凡一眼，對小說提不起興趣的調查員，沒想到對於這樣的主題顯得格外興趣濃厚，竟然也與小說家聊起了過去一些死結般的懸案，是如何透過這種民間信仰，獲得蛛絲馬跡，進而露出破案的曙光……我想到調查員A剛剛才提到的「科學辦案」，以及手機螢幕裡那個謎樣「關係人群組」，還有現在跟小說家熱烈討論的「民間信仰」——有一種感覺，這些原本看起來各自獨立甚至矛盾的概念與事件，此時，不知何故，卻又如此和諧地並存、發生在現實之中。

我繼續上下滑動著這個神祕的群組，記下每個帳號或暱稱：「小葉」、「我是卓耀宗，別叫我小不點＞＜」、「賴曉生」、「曾一平」、「二八班三排六號賴仲達」、「盧方」、「馬穎奇」、「耀南」、「素素」、「漢堡303號」……我有一種預感，這些名字，我也許都可以在黃凡的小說中找到。好不容易，滑到了調查員Ａ一開始丟出的那隻貓熊貼圖，我看見了他的暱稱：「趙念」，我甚至也懷疑這是黃凡某本小說中出現的某個配角。

像是要再次回到現實世界的某種儀式，我慢慢地抬起頭把眼神從手機螢幕上移開，重新把眼前的事物再看清楚一點，離我大概只有一公尺多的兩個人，一個小說家，一個調查員，看起來對我腦袋中正在轉動的這些思考並不知情，也不像是在等著我做出什麼反應的樣子，他們兩個人非常投入於他們自己的對話情境之中，那種投入會創造出一種像是在網路上將聊天室「上鎖」的狀態，彷彿這個世界上只有他們兩個聽得見彼此，或者是說，我才是那個沒有被邀請進入群組的人。

•

「那你知道臺灣過去還有個民間傳說是在談『美國人的由來』嗎？這跟籤詩的構成很像，當人們遇見某種未知、不可預測的新事物時，就是會透過說故事的方式，給他一個來歷與說法，來安頓那樣的焦慮感。」黃凡持續談著他的「靈籤」話題，而名為趙念的調查員，此時已像是一個忠實的讀者那樣，仔細地聆聽著小說家，甚至微微地點頭表示贊同。

「那個，如果沒事的話，我可以走了嗎？」我有點突兀打斷他們。因為我想要盡快離開這個地方，忘記這起詭異的事件，我感覺自己才是那個被關在透明櫃子裡的人，我覺得我幾乎可以寫出一篇「小說」了。

「孝忠兄別走啊，關於這兩起命案，我剛剛有了『第三個構想』，你一定得聽聽！」黃凡認真地看著我，我遲疑地看向調查員，他竟也認真地點點頭。

「是啊，小說什麼的我是不懂啦，但是關係到案件，我倒也想聽聽黃老師怎麼說？」調查員趙念說。

「好是好，但在你發表第三個構想前，我可以先讓你看看這個詭異的『關係人群組』嗎？」我點開LINE的對話視窗，點選成員，逐一和黃凡對照，這個群組裡的人的暱稱或名字，是否都來自於他的小說。

「賴索就不用說了，是我出道的代表作；丁太乙跟那個小不點卓耀宗是我一篇短篇小說〈房地產銷售史〉中的人物名字，那是我生平最滿意的幾個短篇之一；賴曉生、曾一平是另一篇〈如何測量水溝的寬度〉裡的人物，有幾個評論家說這篇小說開啟了臺灣小說的後現代風潮；耀南如果是姓黎，那他應該就是來自於〈躁鬱的國家〉，發表這部小說之前，我曾經停筆了十年；二八班三排六號賴仲達是〈系統的多重關係〉裡的主角，我用第一人稱的方式書寫，想呈現一名青少年的內在心境與外在體制之間的衝突與對話……」黃凡看起來並不太驚訝，好像這些人物出現在現實生活的LINE群組裡不是什麼太值得大驚小怪的事。

「所以你也不知道為什麼？」我滿懷疑惑。

「你知道嗎？你也是我的小說人物之一啊，而且不只出現過一次，幾乎每篇小說裡都有你……」小說家說這話的時候，語氣誠懇而肯定，像是真的在解一首籤詩。

「等等，你是說你很早就認識我了？」我打斷他問道。

「這的確是一個關於『認識』的問題，我們藉感官認識外在世界，當我們感覺到某些現象時，由於感官的運作方式，以及人腦整理解釋外來刺激的方式，使我們賦予這些現象一些特徵。這種整理過程有一個極重要的特點，就是我們把周遭的時空連續體切割成片斷，因此，我們才會把環境看作是由許多屬於不同名類的事物所組成，也把時間之流看成一連串分離的事件。」（註三）小說家說著我不是很懂的話，但這幾周與他相處下來，我隱約感受到他的確有把小說跟現實混淆的傾向，通常這個時候，他應該又是在構思一部新的小說了。

「等等，這樣說來，我也在那個群組裡，所以我也是你的小說人物嗎？」調查員趙念終於跟上了我們的對話。

「以小說家的話來說，是這樣沒錯喔，你可以去圖書館查一下黃凡的作品，看看你是否也『被困在裡面』，這樣也很符合你科學辦案的精神！」我用一種小說人物的口吻回應著他。

此時，關係人群組裡，一名暱稱為「普通讀者」的人發出一「篇」訊息洗版。在這個簡訊時代裡，一則訊息超過五十字，都會被當作令人不耐的文字。我和黃凡一起透過那個發光的手機螢幕，閱讀著那則滿版的訊息：

「黃凡老師您好，我知道您正在看這則訊息，有件事在我心中已經困惑許久，您的短篇小說〈小說實驗〉，是小說的成分比較多，或是實驗的成分比較多呢？您究竟想透過這篇小說表達什麼呢？文中的謀殺案有什麼象徵嗎？小說一定要有符合邏輯的情節嗎？怎樣才算是一篇好看的小說？您在小說的最後一節也提到一些概念，如：『小說的實驗就是生活的實驗』、『上帝是小說家』、『上帝的意志就是想像力』，若果真如此，人們該如何面對無趣的生活，又該如何解釋為什麼生活中的大部分都是缺乏想像力的時光……」我還沒讀完這一連串看似咄咄的問題。

冷不防地，黃凡長按著那則訊息，選擇了刪除。

註一：摘自〈小說實驗〉。

註二：黃凡於二○一三年出版了一本《龍山寺靈籤故事》，以籤詩為軸線，旁徵博引了詩中所蘊含的歷史文化故事。

註三：摘自黃凡小說〈如何測量水溝的寬度〉。

歡迎加入「黃凡群組」

臺灣的後現代小說發展，如果能夠從一九八五年黃凡發表的〈如何測量水溝的寬度〉算起，已經超過三十年了，十幾年前在大學課堂上讀黃凡的小說，只覺得這個小說家很愛「鬧」，後設技法如俄羅斯娃娃一樣「後不完」，閱讀他的小說有一種「清醒感」，因為小說家自始至終，都無意說服你將文字建構出的幻覺當作真實，重點是在看似「鬧」的情節設計下，持續追問著小說的本質與邊界。

這篇〈小說再實驗〉續寫黃凡的〈小說實驗〉，延續著原本劇情中有些荒謬意味的謀殺案情節，我加入了像是臉書、LINE群組，這一類三十年後才會出現的社群媒體作為書寫的素材，構思著一種更符合當下氛圍的後設情節：「如果有一個LINE群組裡全都是黃凡小說中的人物……」

如果說，所謂書寫小說是在一個有限的（文字）空間裡，創造出時空、人物與情節，那麼我們每天點開臉書與LINE，每則貼文、每個群組，一條條蠕動著的「有人正在發表新留言……」狀態顯示，就像是最後現代的小說景觀，誘引著那些還未讀的眼睛。

國家圖書館出版品預行編目(CIP) 資料

穿越時光見到你：36場歷史縫隙的世代對話/利文祺等著；楊宗翰主編. -- 臺北市：文訊雜誌社出版；[新北市]：聯合發行股份有限公司發行, 2023.07

面；　公分. -- (文訊叢刊；44)

ISBN 978-986-6102-86-8(平裝)

863.3　　112008291

文訊叢刊 44

穿越時光見到你

36場歷史縫隙的世代對話

著者	利文祺等
主編	楊宗翰
總編輯	封德屏
責任編輯	杜秀卿
工作小組	安重豪・吳穎萍・吳權暄・游文宓・蘇筱雯
繪圖	毛奇
美術設計	翁翁・不倒翁視覺創意

| 出版 | 文訊雜誌社
地址：100012臺北市中正區中山南路11號B2
電話：02-23433142　傳眞：02-23946103
電子信箱：wenhsunmag@gmail.com
網址：http://www.wenhsun.com.tw
郵政劃撥：12106756文訊雜誌社

印刷	松霖彩色印刷有限公司
發行	聯合發行股份有限公司
出版日期	2023年7月
定價	新臺幣480元
ISBN	978-986-6102-86-8